总主编 方长安

中国写作学会「十四五」重点教材

创意写作理论与实践

主编 陈晓辉 安晓东 苏岑

CHUANGYI XIEZUO LILUN YU SHIJIAN

中国教育出版传媒集团

高等教育出版社·北京

内容提要

本书为中国写作学会"十四五"重点教材。

本书包括上、中、下三篇。上篇是创意写作史论，讨论创意写作的基本概念和理论、中西方发展简史、教学法等相关知识；中篇是分体写作，以目前最常用的几种文体为例，包括诗歌、小说、散文、戏剧，以及儿童文学、融媒体写作等，通过典型案例的分析，并提出延伸性创作指导；下篇文化资源的文学性开发，探讨本土文化资源的利用与开发，思考其下一步再开发的思路、方法和可能性。

本书既可作为高等学校创意写作课程教材，也可供社会读者阅读参考。

图书在版编目（CIP）数据

创意写作理论与实践/陈晓辉，安晓东，苏岑主编. —北京：高等教育出版社，2024.2（2025.1 重印）

中国写作学会"十四五"重点教材/方长安总主编

ISBN 978-7-04-061337-7

Ⅰ.①创⋯ Ⅱ.①陈⋯ ②安⋯ ③苏⋯ Ⅲ.①文学写作学—高等学校—教材 Ⅳ.①I04

中国国家版本馆 CIP 数据核字（2023）第 217318 号

策划编辑 张晶晶	责任编辑 张晶晶 叶也琦	封面设计 张文豪	责任印制 高忠富

出版发行 高等教育出版社	网 址 http://www.hep.edu.cn
社 址 北京市西城区德外大街4号	http://www.hep.com.cn
邮政编码 100120	网上订购 http://www.hepmall.com.cn
印 刷 上海新艺印刷有限公司	http://www.hepmall.com
开 本 787mm×1092mm 1/16	http://www.hepmall.cn
印 张 15.75	
字 数 345千字	版 次 2024年2月第1版
购书热线 010-58581118	印 次 2025年1月第2次印刷
咨询电话 400-810-0598	定 价 38.00元

本书如有缺页、倒页、脱页等质量问题，请到所购图书销售部门联系调换

版权所有 侵权必究

物 料 号 61337-00

总　　序

　　写作活动贯穿整个人类文化史,古今中外浩如烟海的著述,无论哪个领域、哪种类型,也无论是在什么语境中所作,皆蕴含着丰富的写作学思想与问题。人与世界、社会、他人尤其是与自我的关系,始终变动不居,写作学的内容在这种变动中拓展与沉积,构成写作学基石的教材也随着这种变化而不断发展。

一

　　当前,我们面临世界百年未有之大变局,为实现中华民族伟大复兴,需加强中国特色社会主义文化建设,增强文化自信,面向世界讲好中国故事。在此背景下,中国的写作学术体系须放在中国与世界、当下与历史的坐标中进行思考与研究,将具体的写作学科体系建设问题,拓展到社会政治、经济、文化背景中思考,拓展到不同学科的语境中思考,拓展到中国与世界关系范畴里人的德智体美劳全面发展的高度思考,使学科体系、学术体系、话语体系充分体现中国特色、中国风格和中国气派。因此,重新构建具有中国特色和普遍学科意义的写作学科体系极为重要。

　　以培养新时代创新人才为目标的写作类课程,在目前高等教育体系中的地位越来越突出。全国高等院校,不论是综合性大学,还是理工农医艺等专业性学校,大都重新重视写作学科的建设,要么恢复写作学专业,开设写作学专业课程;要么以自设方式建设写作学硕士、博士学位点;要么建立全校性写作中心,开设写作学通识课。

　　学科体系同教材体系密不可分。在中国写作学会成立40周年之际,我们系统梳理了写作教材建设情况,评选出新时期40部优秀写作学教材。这些教材的编写原则、体例与结构,各有特色,反映了改革开放以来写作教材建设的基本状况与成就,在写作教学、人才培养方面,作出了突出贡献,有一些堪称经典。但如今面对新的社会形势与新的学科构建理念,我们亟须探索编写与新时代特征相适应的、能够满足写作人才培养新要求的新型教材。

中国写作学会是以推进全国写作学研究、提升写作人才培养质量为宗旨的国家一级学会。当今形势下，要解决写作学科面临的问题，中国写作学会责无旁贷。自2020年始，在几次学科建设会议期间，我与高等教育出版社的张晶晶女士就当前教材建设问题进行了多次深入交流，彼此理念一致，决定共同立项建设一套体现新时代特征的写作学教材。我提出的教材编写思路、建设构想与实施方案，也得到了高教社领导和中国写作学会同仁的认同与支持，并将这套教材列为中国写作学会"十四五"重点建设教材。

二

我们的共同理念是：立足新时代，突出立德树人观念，以培养新时代创新人才为目的，建设一套面向全国高校的开拓性、创新型写作教材，满足各高校写作教学的新需要。基于这一理念，在总结既有写作教材编写经验的基础上，结合当前的新形势、新要求，本套教材建设突出三大特征。

一是突出立德树人目的。写作，是复杂的精神活动，在写作教学中，要将价值引领、知识传授、能力培养相结合，以文化人，以写塑人。本套教材以社会主义核心价值观为立场，重视价值引领，向学生传递中华民族优秀的传统文化，培养学生的爱国情怀、奉献精神和社会责任感，提升学生讲好中国故事的意识与能力，将写作教学过程变成立德树人的过程，变成涵养现代科学精神的过程，使学生通过写作这一复杂的精神活动，形成正确的世界观、人生观与价值观。

二是体现新文科特征。新文科主张打破学科壁垒，强调各学科交叉融合，使学生形成跨学科的视野和意识，成为新时代创新型人才。因此，这套教材在写作知识范畴、文体边界、写作训练方法上，努力突破既有写作学科观念与边界，拓展写作空间。例如，在案例设计上，拓展传统写作教材的边界，列举典型的艺术学、法学、经济学、管理学、生物医学等不同学科的书写案例，使得本套教材成为彰显新文科特征的教材。

三是满足混合式教学需要。混合式教学模式将课堂教学与课下学习实践相结合，目的是充分发挥学生学习的主动性、积极性和创造性。尤其是在新技术革命的背景下，为适应教学模式的变革，本套教材在知识编排、体例设计、案例选择等方面，既考虑课堂教学的需要，又适应网络教学特点，将知识叙述的简洁性与问题的研讨性相结合，将有限的纸媒文字和无限的网络知识相链接，大大拓展了教材的边界和功能。在内容上，注重概念原理清晰，强调提升学生的问题意识，使之成为引导学生进行自主性、创新性学习的教材。

三

本套教材的编写,注重处理好以下三对关系:教学性与学术性的关系、通用性与专门性的关系、繁复性与简约性的关系。教材与一般学术著作最大的区别是其"教"的属性,需要向学生较为完整地展示、传授被普遍认可的学科知识,使学生获得专业知识与能力;同时又必须融入最新研究成果,引导学生进入学科研究前沿,思考、研究新问题。因此,教材编写必须以教学的普遍适用为前提,融入学术的专题探索性,删繁就简,进行简洁而逻辑清晰的叙述。

在体例安排上,本套教材吸收了武汉大学文学院教材编写的经验,每章除了基本知识,还设计了导练平台、课堂研讨和拓展链接等板块,每本教材根据教学实践,各有特色。

基本知识板块是教材的主体部分,是"固本创新"之"本"。该板块需要讲述清楚课程的基本内容,突出普遍性的写作知识与特征,将不同文体的基本概念界定与系统性知识梳理相结合,做到观点明确、难易适中、结构合理、重点突出、层次清晰。

导练平台板块就是围绕基本知识的"导"与"练"。清晰地介绍基本知识学习的背景材料,分析基本知识构造特征,指导学生掌握基本知识学习规律,指出课堂教学的重点、疑点与难点,介绍课外自主学习的方式、方法,并设计思考题,引导学生思考和训练。

课堂研讨板块是为学生课堂研究讨论问题搭建的平台,包括两个方面的内容:一是研讨的问题,二是研究的参考资料。研讨的问题包括课程中涉及的写作学老问题和新时代出现的写作新问题,它们或者属于写作学术史维度上的问题,或者属于当前写作热点问题。问题的设计具有学术性、思想性、前沿性,目的是提高学生的写作理论素养,尤其是提高写作能力与思维创新能力。围绕研讨的新老问题,辑录相关文献资料,对这些文献资料,可以作个案性展示与分析,揭示其特征,引导学生围绕问题,使用文献资料进行研讨。

拓展链接板块是学生的拓展性学习指南,是在学习深度、广度上拓展,包括知识的深广、问题研讨的深广、写作训练的深广等方面。该板块研讨的问题更开阔,更富有专业性与学术含量,将具体的写作学科问题,拓展到人文学科语境中和现代化建设的高度,而资料文献由经典性著作、论文、案例、范文拓展到与新的研讨问题相匹配的相关中外文书籍和期刊,还链接相关学术网站、公众号以及慕课等,为学生提供海量的写作资源库。

四

中国写作学会和高等教育出版社，共同负责本套教材的立项规划与编撰管理工作。教材分批次建设。每种入选教材，都是经由书面申请、匿名评审、团队答辩与专家论证等严格程序而遴选出来的，并按照套书理念、体例编写完成。

本套教材计划出版30余种，以满足综合性大学、理工类大学、师范大学、艺术院校、农业大学、医科大学、警官大学以及高职高专等各类大专院校不同学科写作教学的需要。它们有的属于中文专业写作学教材，有的属于非中文专业写作通识教材；有的属于文学创作类教材，有的属于应用写作教材；有的属于传统写作学范畴教材，有的则是新兴创意写作教材，具有跨学科特征。本套教材定位为教学用书，但也可供社会人士阅读参考。

作为新时代一项重要的文化建设工程，"中国写作学会'十四五'重点教材"的立项建设、编撰出版与高等教育出版社的深度参与、鼎力支持分不开。在这里，要特别感谢高等教育出版社和中国写作学会的同仁，他们为本套教材建设贡献了智慧，尤其要感谢本套教材的各位主编和所有参编人员，没有他们的付出，就没有这套教材。

当然，作为探索性、创新型教材，本套教材的体例设计与编写一定存在着不完善的地方，希望使用本套教材的师生反馈意见，我们将根据大家的建议结合不断变化的时代和人才培养需求，优化教材建设规划，修订完善教材，提升该套教材建设质量。

方长安
于珞珈山
2022年7月22日

前　　言

创意写作在国内的兴盛,是近十多年来发生在中文学科中反应最烈、影响最大、意义深远的"事件"。在复旦大学、中国人民大学、上海大学等国内高校的带动下,目前已有百余所高校创办了该专业或开设了相关课程,师生规模逐年扩大,学科体系渐趋完善,教学研究更加深入,创作成果愈加丰硕。

作为国内设置创意写作专业的先发单位之一,西北大学在党的二十大精神的引领下,乘着创意写作中国化的东风,赓续我校"作家摇篮"的传统,立足本土,放眼世界,结合科技发展的最新成果,践行跨界交流的"新文科"理念。早在 2012 年西北大学就创办了创意写作本科专业,构建了"五位一体"的学科体系、融课程群体系、多元教学体系、总体研究体系、协同实践体系、知识服务体系,创建了产、学、研、用深度融合的创意写作"西大模式",将创意写作人才培养提升到文化育人的战略高度,以书启智、以智作文、以文化人、以人促业,试图打造具有开放性、建构性、体悟性、交互性、实用性的新文科教育共同体。

但是同时,中国创意写作教育教学仍然面临许多严峻问题,这体现在对创意写作认识不足,一方面将其简化为"写作实操训练",使之变成没有思想和灵魂、没有科学依据和教育理念支撑的基础技能培训;另一方面将其简化为"文学创作",走"精英"路线,培养职业作家,忽视创意写作应是培养写作习惯、激发创意思维、提升写作技能、鼓励跨界产业融合的文学素质教育,严重窄化了它的多元化和普泛性。特别是对创意写作的理论思考还不够充分,不仅表现在国内理论探讨量少质低,体系凌乱,多是对西方相关研究的整合借鉴,未产生彰显自身文化特质的著作,而且表现在教学创新能力薄弱,创意写作"工作坊"的理论深化和模式拓展、创意思维激发的多元路径探讨、各文体写作技法掌握、创作基础知识的积累等问题均亟需突破。

有鉴于此,编写高水平的、本土化的创意写作理论与实践教材,是确立中国化创意写作学科体系的根本和基础,也是形成学术研究与创作实践双引擎驱动的现代中文学科教育的保障,具有必要性和紧迫性。创意写作教材的编写既能为创意写作学科发展提供坚实的保证,又能为中文学科平衡自身、繁荣文化产业、服务公共文化公益系统提供支持。

基于创意写作的特征,本教材编写的总体思路是:深刻领会学科融合、学术创新的精神,以学科问题为导向,以创意写作基本理论和发展简史为基础,以创意写作研究法、教学法和学习法为抓手,以文学批评和分体写作实践为旨归,以自然资源和文化资源的文学开发利用为辅助,以课后实操训练、自由探讨和延伸阅读为检验学习效果的手段,融理论探讨、创作训练和学习反思于一体,竭力满足热爱创意写作的不同人群的差异化需求和异质性愿望。

本教材主要包含上、中、下三编,上编为史论部分,是对创意写作基本理论、中西方发展简史和创意写作方法论的讨论;中编为分体写作部分,选择散文、小说、戏剧剧本、儿童文学、融媒体、现代诗、旧体诗为样本,结合新时代社会发展需求,由浅入深,通过文本细读实现创作训练;下编为文化资源的文学性开发,以中国古代寓言、中国古代神话的文学利用与开发为例,进一步探讨地域文化资源的文学利用与再开发的思路和方法,以期在创意写作中实现文化传承与文学创新融合交汇、文学精品生产与文学产业发展、社会服务齐头并举的愿望。

本教材的创新之处主要体现在以下几点:

(1)突出中国化。所有引入的外来理论和知识都是为了解释和解决中国问题,因而,中国化是一个不能也无法回避的问题,创意写作也不例外。虽说它在西方是已经发展得非常成熟的学科,但它在中国仍免不了水土不服的现象,因此建构具有自主知识产权的创意写作知识体系,突出其中国化特色,就成为本教材编写的首要目标。这个目标通过两种方式予以实现。一是打造高度中国化的创意写作知识体系,充分体现本土化特色。教材依据目前国内的学科知识架构,按照史论知识、分体写作和辅助知识编排教材体例,形成了一个由基本理论、写作实践和知识积累相结合的中国化创意写作知识体系,同时符合国内学生长期以来形成的知识接受方式和学习习惯。二是选择了高度中国化的材料和教法。在教材下编,设置了中国神话、寓言和地域文化资源的文学利用章节,用于阐述传统文化资源创造性转换的路径,引导学生积极转化中华文化资源,讲好中国故事。与此同时,教材注重从汉语写作经验出发引导写作者介入创作实践,注重创意思维的训练和激发的同时,充分体现本土化特色。

(2)强调创意性。创意写作最为看重的是其创意性,即创新意识的养成和创意思维的训练。因而,本教材在编写中,一方面重视创意写作方法论,将创意思维激发贯穿于写作实践始终。教材将创意写作的方法分为研究法、教学法和学习法,通过对研究方法的差异化、工坊制教学组织方式、创意思维训练等面向,结合学生的个体差异,引入创意激发的方法,破除创意者自我激发的障碍,培养学生独特的创造性思维,以指导写作实践。另一方面,本教材编写组将课程思政的内容和思想内涵融入教材的编写当中。在文本选择上,注意遴选能够体现革命文化和社会主义文化的经典文本为范例,特别选择中国优秀传统文化中的典型代表神话传说、寓言故事为例,在解读其光辉思想的同时,进一步探讨其文学开发和传播的可能,寻求中国文化的创新性发展和创造性转换。编写组以强烈的爱国主义和责任意识打造中国化创意写作的学科和知识体系,服务文化强国的战略目标。

(3)凸显时代感。本教材呈现出一定的时代性特征,主要表现在两个方面:第一,采用了现代网络技术和新的教学方式与时俱进。早在2019年,编写组就响应高校教育教学改革的要求,按照现有教材的基本体例,录制了"创意写作"慕课,既在"爱课程"平台面向全国爱好者免费开放,又以通识教育SPOC课程形式向我校学生开放,形成了"线上+线下"相结合的课程体系,优化了现有的教学方式。几年来,通过多轮教学,已有近四万名学生通过线上课程进行了学习。第二,引入时代元素,注重写作知识更新。编写组引入具有较强时代感的文本和文体入教材,比如网络小说、儿童文学、融媒体写作等,并通过对这些具有时代气息的范文案例的写作特征、艺术手法和语言风格的细读分析,满足学习者对现时代流行文学样式的学习诉求。

(4)重视实操性。本教材非常重视理论讲授与创作实践的有机结合,特别强调写作的实操性指导。在体量最大的中编部分,教材通过小说创作、散文创作、诗歌创作、新媒体写作等诸多问题内容的详细讲解和具体操作,引导学生积极完成审美性写作、生产性写作、工具性写作实践。为了巩固学习效果,在每章均按照"课堂研讨""实践训练"和"拓展链接"模式,自主设计了配套练习题。"课堂研讨"重在对创意写作理论的思考深化,"实践训练"重在对章节内容的操作实践,"拓展链接"重在开拓学生的知识视野。

编　者

2024年1月

目　　录

上编　创意写作史论

- 003　**第一章　创意写作基本理论**
- 003　　第一节　创意写作的含义
- 007　　第二节　创意写作的特征
- 009　　第三节　创意写作的边界
- 012　　课堂研讨
- 013　　实践训练
- 013　　拓展链接

- 014　**第二章　创意写作简史**
- 014　　第一节　主要英语国家创意写作发展概述
- 020　　第二节　主要英语国家创意写作发展总体特征与启示
- 025　　第三节　中国创意写作发展概述
- 032　　课堂研讨
- 032　　实践训练
- 033　　拓展链接

- 034　**第三章　创意写作方法论**
- 034　　第一节　创意写作方法论概述
- 037　　第二节　创意写作研究法
- 040　　第三节　创意写作教学法
- 043　　第四节　创意写作学习法
- 046　　课堂研讨
- 047　　实践训练
- 047　　拓展链接

中编　分体写作

051　第四章　散文写作

051　　第一节　散文的定义与特点
053　　第二节　写作起点：感思日常
055　　第三节　写作立意：取新颖之意
057　　第四节　散文核心：真挚至诚
059　　第五节　散文语言：诗意美
060　　课堂研讨
061　　实践训练
061　　拓展链接

062　第五章　小说写作

062　　第一节　可操作的小说定义
063　　第二节　小说类型选择
067　　第三节　情节模式
072　　第四节　人物设计
078　　第五节　人称选择
086　　第六节　时间设置
091　　第七节　场景写作
097　　课堂研讨
097　　实践训练
097　　拓展链接

098　第六章　戏剧剧本写作

098　　第一节　戏剧剧本写作概述
102　　第二节　戏剧语言
109　　第三节　主题与戏剧结构
111　　第四节　戏剧性的产生
119　　课堂研讨
120　　实践训练
120　　拓展链接

第七章　儿童文学写作　121

- 121　第一节　儿童文学概述
- 126　第二节　童话故事写作
- 130　第三节　儿童诗写作
- 135　课堂研讨
- 135　实践训练
- 136　拓展链接

第八章　融媒体写作　137

- 137　第一节　融媒体写作概述
- 141　第二节　微信公众号写作
- 148　第三节　短视频的策划与创作
- 153　课堂研讨
- 154　实践训练
- 154　拓展链接

第九章　现代诗写作　155

- 155　第一节　现代诗概述
- 157　第二节　现代诗写作的基本原则
- 160　第三节　不同类型的现代诗特点及写作要求
- 168　课堂研讨
- 168　实践训练
- 168　拓展链接

第十章　旧体诗写作　169

- 169　第一节　诗体的界定
- 172　第二节　平仄的分辨
- 175　第三节　近体诗格律
- 184　第四节　曲子词格律说要
- 188　课堂研讨
- 189　实践训练
- 189　拓展链接

下编　文化资源开发与文学利用

193　第十一章　中国古代神话故事资源与文学利用

193　　第一节　中国古代神话基本概况

197　　第二节　神话改编的思维路径：以西王母神话为例

202　　第三节　神话改写中的关键要素

207　　课堂研讨

207　　实践训练

208　　拓展链接

209　第十二章　中国古代寓言资源与文学利用

209　　第一节　中国古代寓言的特点与发展概貌

213　　第二节　中国古代寓言对文学创作的启示

216　　第三节　寓言故事的改编策略

219　　课堂研讨

219　　实践训练

220　　拓展链接

221　第十三章　地域文化资源与文学利用

221　　第一节　地域文化资源概况

224　　第二节　地域文化资源的文学利用的基本思路与方法

227　　第三节　陕北地域文化资源的文学利用：以路遥作品为例

230　　课堂研讨

230　　实践训练

231　　拓展链接

232　后　记

上编 创意写作史论

第一章　创意写作基本理论

第二章　创意写作简史

第三章　创意写作方法论

第一章　创意写作基本理论

[学习目标]
1. 厘清创意写作的概念。
2. 明确创意写作的学科定位。
3. 了解当前创意写作中国化的发展方向。

近几十年来,创意写作在中国迅速发展,已然历经了三个时期。21世纪初,中国香港、台湾地区高校设立创意写作教学课程。2009年,复旦大学招收第一届创意写作专业学位硕士研究生、上海大学成立了文学与创意写作研究中心,内地创意写作进入萌生期;2012年,西北大学等高校创意写作本科专业方向的设立,标志着创意写作勃兴期的到来;2018年,清华大学全校开设"写作与沟通"必修课、华东师范大学成立了创意写作研究院,至此,大部分中国高校都已承认创意写作作为学科的合法性,创意写作稳步进入了深耕期。

第一节　创意写作的含义

美国著名学者艾布拉姆斯(Meyer Howard Abrams)提道:"一个有待探讨的领域,假如没有先在概念做框架,没有达意的术语来把握,那么这个领域对于探索者来说就是不完善的——它或是一片空白,或是一片混沌。"[1]在艾氏看来,准确的概念和术语意味着研究的科学性和合法性,创意写作也不例外。

创意写作(Creative Writing),有人称之为"创造性写作"[2],还有人称之为"文

① 艾布拉姆斯.镜与灯:浪漫主义文论及批评传统[M].北京:北京大学出版社,1989:43.
② 2014年7月18日至7月20日,在首届"高等院校创意写作骨干教师研修班"上,以上海大学葛红兵为代表的学者,将Creative Writing翻译为"创意写作",而以中国人民大学的劳马、王家新为代表的学者,将其翻译为"创造性写作"。其差异随后也体现在各自学校的研究生招生目录名称之上,规约了时下不同学校的翻译结果。

学创作"①,其命名的差异,体现了国内同人对其理解的分歧,这是 Creative Writing 一词中国化时,在汉语语境内进化重译的结果。在我们看来,取创意而非创造是因为创造指有意识地对世界进行探索的劳动行为,注重创作的具体行动和动态的行为过程,它是对创作中下游活动的概括与总结。而创意是创造意识或创新意识的简称,是指对现实存在物的理解及认知,衍生出一种新的抽象思维和行为潜能,更加重视这种抽象思维和行为潜能的开发与训练。它是对创作活动的上游阶段的概括与总结。"创意写作"与"创造性写作"概念的分歧,体现了"重实践"和"重思维"两种不同的思考方式,表明了主体对创作活动中具体环节侧重点的偏好。我们将 Creative Writing 与"文学创作"相对应的做法,一方面是因为国外高校的创意写作专业,显然很多也是以"纯文学"作品的创作教育为主,久而久之,人们也以"文学创作"代表了 Creative Writing。另一方面,由于那时该词刚被引入国内,学者对于概念的界定还在探索之中,所以才会出现此种情况。我们赞成将其翻译为"创意写作",以表达我们在写作教育中不但要重视写作过程中的具体环节和实操行为,更要重视创意思维训练和创意潜能激发的核心诉求。两者之中,后者才是重中之重。

很多教师和同学经常质疑,难道我们古代的写作中就没有创意吗？这是将"创意"和"写作"的词语组合后当成了特定的学科定义,曲解了创意写作的意涵,创意写作实际上与古人无关。"创意写作"不是一个可以分离讨论的词,它本身是一个源自西方的特殊的、具体的、成熟的学科。在目前创意写作学术语境中,没有任何人否认在古代的文学创作中,甚至在任何艺术创作中都包含创意的成分。古代文献中"创意"两个字首次组合出现的地方,并不是创意写作学科的诞生地,"所有艺术创作中都有创意"并不能证明创意写作学科不能成立,总之,写作中蕴含创意,与创意写作并非同一个概念。

本书所言的创意写作是一个学科概念,来自 1837 年 8 月 31 日,在马萨诸塞州剑桥城美国大学生联谊会上,美国作家拉尔夫·爱默生(Ralph Emerson)以"美国学者"为题所做的演讲中明确提出的一个与学术研究相对的概念。② 经过一个多世纪的发展,它业已形成包括本、硕、博体系的成熟学科。根据大卫·迈尔斯(David Myers)的统计,截至该书出版之时(2006 年),仅美国就每年授予近 1 000 个创意写作学位,创建了超过 300 个创意写作科系。③

《牛津英语词典》曾给创意写作定义:"特指文学与艺术,也指作家或艺术家有创造才能或想象力,想象力也体现在智力活动中,创造才能与想象力与其仅仅在批评、'学术'、新闻、职业、技术方面的表现相区别,而表现在文学或艺术产品中。所以,创

---

① 刁克利曾说:"创意写作,英文为 Creative Writing,就是我们通常所说的文学创作。"参见刁克利《作家培养何以可能——美国创意写作教学的启示》,《中国社会科学报》,2011 年 11 月 15 日。

② 有关"创意写作"概念在何种意义上使用,读者可参见刘卫东著《创意写作基本理论问题》,上海大学出版社 2019 年版,第 5—9 页。

③ MYERS D G. *The Elephants Teach: Creative Writing Since 1880*[M]. Chicago: The University of Chicago Press, 2006: 2.

意写作是此类的写作。"①不难看出，创意写作是艺术创作中，想象力，即个人开创性思维和写作能力的渗入和运用，它关注具体的创作实践，强调思维上的创新和幻想，是一种超越常规的想象力在创作活动中的具体展现。在文学与其他艺术中，思维创新能力和想象能力是文学、艺术与其他专业相区别的主要标志，也是创意写作着力训练的核心。汪正龙写道："'创意写作'，也可译为'创造性写作'，原指英美大学语文系开设的一门与文学创作有关的写作课程及其写作形式。本章主要讨论这种写作对文学创作的启示，即真正的'创意写作'应该是挑战写作自身、挑战作者自身经验极限、挑战语言表达极限的写作。"②汪正龙的界定凸显出创意写作的两个要义：一是强调创意写作自动包含了文学教育教学课程改革的特征，二是强调了创意写作并不简单地将撰写经典作品、培养精英作家当成核心任务，而是将探索创作边界、寻求内心真实的自我表达作为创意写作的核心目标。这就将创意写作从传统写作学的精英主义培养桎梏中解放出来。葛红兵认为，创意写作是指以写作为样式、以作品为最终成果的一切创作性写作活动。作为一个历史概念，它最初仅仅是指文学写作，后来泛指文学写作和一切面向现代文化创意产业，以及适应文学民主化、文化多元化、传媒技术的更新换代等多种形式的写作。③ 从葛红兵的定义可见，他宁愿将创意写作概念宽泛化，以使其能够包括并符合文学产业化的多样化诉求，以拓展出足够宽阔的发展领域和延伸空间。上述三种定义仅仅代表了创意写作发生过程中的个别意见，④而且，这样的界定既没有完全延续创意写作的西方传统，又没有兼顾中国文艺界的现实情况和发展需求，未能厘清作为学科的创意写作的概念。

在对西方创意写作发展历程的爬梳中不难发现，文学教育教学改革是创意写作诞生的前提之一，其当然与以古典语文学教育为核心的文学教学模式有所区别。根据迈尔斯的考证，创意写作兴起于19世纪末期美国高校的文学教育教学改革。在发展初期，它首先作为"一项在全国高校内开设的小说、诗歌写作课程的校园计划"和"一个招募小说家、诗人从事该学科教育教学的国家体系"出现。在发展中期，它则承载了一部分社会改革的责任，众所周知的是其成功应对了二战前后军人战争创伤、黑人教育、移民浪潮、女权运动、多元文化差异、文学类型化、美国梦形成，以及文化创意产业等诸多方面的挑战。而在当代，除了以上论及的两方面内容，创意写作还在承载为现代文创产业输血的功能，它为文学创作、电影工业、文旅产业和社会服务提供了大量优质的文化创意人才，最著名的莫过于艾奥瓦大学⑤的"国际写作计划"及其城市文创项目。

如果人们认同上述的三阶段划分法和所涉及的维度，并承认创意写作中国化所面临的实际困难是制约学科充分发展的瓶颈，那么我们就能根据创意写作中国化过

---

①② 安德鲁·本尼特，尼古拉·罗伊尔.关键词：文学、批评与理论导论[M].汪正龙，李永新，译.桂林：广西师范大学出版社，2007：83.

③ 许道军，葛红兵.创意写作：基础理论与训练[M].桂林：广西师范大学出版社，2011：14.

④ 更多有关创意写作的定义，可参见刘卫东著《创意写作基本理论问题》，上海大学出版社2019年版，第9—27页。

⑤ 即 The University of Iowa，也译作爱荷华大学，本书通译为艾奥瓦大学。

程中的实际情况,对其重新定义:创意写作是对一切创造性思维训练、分体写作和批评实践的总称。这个定义包含四个要点。

第一,创造性。常言道,内容为王,创意制胜。在任何艺术创作中,创造性的重要性怎么强调都不为过。毫不夸张地说,创造性是创意写作最为突出的品性。然而,创造性是一个被曲解了的概念。这种曲解表现在:一是把创造性当成天才的专利,其弊端在于把民众驱离于创造,使创造性失去最为广泛的群众基础,严重扼杀了创造性艺术品产生的可能性;二是把"无中生有"的原创性当成创造的根本,其弊端在于把创造变成一种无法企及并缺乏判断标准的幻想,使大多数参与创造的艺术家失去信心和勇气。根据柏格森的论断,创造性是人的一种生命本能。生命本是创造性的。每个人都具有创造性,创造性并非原创性,其本质是人的一种"有中生有"的智慧和能力,是普通人在日常生活中为解决实际问题、立足现有基础而推陈出新的一种智慧。创造性既立足于现有格式,又超越了格式化的既定框架和创作界限。对创意写作学科和创作个体来讲,创造性就是一种日常生活的常态,是每个人追求新变的朴素信仰,人们优先要做的是:让创造性回归普通人,回归到普通人的日常生活,让它成为一种普通人通过努力就可以实现的理想。最重要的是,我们要培养创造意识,提升自己的专注力,累积能够整合各种已有知识的生命智慧,兑现投射于生活的创造愿望。

第二,思维训练。创意源自人的思维意识。创意写作不仅注重下游的写作训练,更注重上游的思维训练。在创意写作的视域中,只有具备了创意思维,才能够写出具有创造力的文学艺术作品。创意思维训练是创意写作教学的第一要务,也是践履创造性,体现创意写作上游训练特质的核心环节。按照国内创意写作学科的教学设想,创意思维训练包括克服写作障碍、深挖自我潜力、思维意识(把创新当成思考的重点)培养、思维习惯(创新成为惯例)训练、创造性思维培养方法等。这就要求创意思维训练应该融入生理学、心理学、教育学等相关学科的前沿知识,跨学科综合养成。目前,常见的思维训练法包括:自由联想法、思维导图法、逆向思考法、发散裂变法、类比创新法等。

第三,分体写作。如果说思维训练储备了创意写作的内在动力,那么分体写作则是内在动力的文字外化。创意写作把培养学生创造性的写作能力作为主要目标,分体写作是彰显创意写作文体实践的主要方式,各种不同类型的文体写作实操训练是关键任务。当下的创意写作应该按照审美性写作(艺术创作)、生产性写作(策划脚本)和工具性写作(实用写作)三条路径践行。各个学校或重一端,或全面推进,比如新西兰惠灵顿维多利亚大学、复旦大学就以纯文学创作训练为主,西北大学则将审美性写作、生产性写作和工具性写作训练并重,对学生进行全面培养,效果良好。

第四,批评实践。无论是西方国家,还是我国,创意写作赖以栖身的空间主要是普通高校,创意写作既无法规避寻求合法学科身份的努力,又无法摆脱教授、组织学生的传统教育教学模式,因此创意写作在蓬勃发展中,仍然赓续了文学研究的知识性传统,形构了创意写作的批评实践。与传统不同,创意写作的批评实践以创意写作基本理论、问题探讨和基于创作论的文学批评,特别是以教育教学法讨论为核心,开创了自己独特的主题与领域,主要体现在以下三个方面:一是以创意写作发展史和学科体系建构为核心的史论研究;二是以"工坊制"为核心的创意写作教学观念和技巧、方法的探索;三是立足创作论和作品鉴赏为核心的创意写作文学批评。这三个层面以互文的方式同存,不但阐释了批评实践的对象,而且规范了批评实践的边界。

第二节　创意写作的特征

在《创意写作的兴起》一书中,马克·麦克格尔(Mark McGurl)认为,美国的创意写作的真正兴起是二战后,那些战后老兵因为战后失去家庭、家园,甚至肉体遭到了严重的伤害。在时间的历史长河中,他们一方面想将自己的人生际遇表达出来,另一方面更想通过一种方式,宣泄自己的情绪,疗治自己内心私密的创伤。在这种背景下,创意写作,特别是回忆录、传记、家族史等非虚构性写作成为承担这种重任的文种。由此可见,创意写作的勃兴,是在一种功利性、现实化的具体目的中实现的,它具有以下特征:

一、实践性

文艺创作、自我表达、情感宣泄、叙事疗愈……很显然,创意写作一直在尝试解决人们日常生活中所遭遇的实际问题,具有非常强烈的实用和功利目的。然而,为了实现其功利目的,人们只有通过切实的写作实践活动,真正实现自我的个性表达才能完成;即使不为解决实际问题,只是体验创作的过程,圆成自己的创作梦想,创意写作也只能通过持续的文字书写活动,才能得偿所愿。因此,实践性是创意写作的根本所在。这就要求,创意写作必须将重心放置于不同文体、不同类型、不同媒介的写作实践之中,培养学生的写作实操能力。如果就创意写作所涉及的文体来讲,非虚构性写作最能彰显创意写作的实践性特征,如日记、书信、传记、家族史等文种的写作。

二、创意性

创意性或曰创造性(creativity)[①],是指在创意写作中所强调的上游训练,即思维的开发与拓展,是创作者立足自己的知识和经验,把已知的、原有的元素打乱并重新对其进行各种形式的排列组合,形成一个未知的、前所未有的新元素的过程。任何创作实践都是创意思维指导下的产物,创作者在创意思维的激发下,借助各种不同的创意方式,为写作实践提供一种新的创作方式、写作角度、运行原则和表达格调等,以保证创作的独特性和深刻性。创意性是创意写作的命脉所在,也是创意写作有别于传统写作的主要表征之一。其实,创意写作中的创意激发与训练早在 20 世纪早期就开

---

① 需要注意的是,英文中的"creativity"一词,在中文的表达中,往往被称为"创意性""创造性"或"创造力"。换句话说,在被翻译成中文的英文著作中,上述三个词表达的基本是同一个意思。本书对于该词的使用,也基本遵从这个思路。

始了。当时,在纽约和巴黎都拥有宽松范围的文学"咖啡沙龙",意在通过随意的讨论,激活作者的思维和观念,从而促使他们进行创造性的创作活动。

三、商业性

在西方创意写作发展的中后期,伴随创意写作在很多高校课堂的多元高效展开,不但其学科本身趋于成熟,而且逐渐培养出大量的专业作家,例如聂华苓、石黑一雄、哈金等人,他们创作出了大量的优秀艺术作品。这些作品不仅本身成为畅销书或者经典文本,而且很多被改编成电影、电视剧、游戏,甚至以畅销文艺作品为基础,建构了许多著名的文娱场所和文化行业,比如迪士尼乐园、好莱坞电影等,以此将创意写作与文化产业(经济)联姻。与此同时,创意写作中的很多写作活动都与商业活动关系密切,甚至是为商业活动服务的,比如商业活动创意和策划文案,影视剧、舞台剧脚本等。这些都构成了创意写作商业性特征的基础条件。反言之,在作品的创作过程中,创作者应该更加关注市场运行的原则,关注读者的群体特征,关注受众的阅读和欣赏心理,在保持个体写作特性的前提下能够熟练运用文学成规,获得更多的读者认同和市场份额。在这种情况下,创意写作也同样具备了商业性特征。

四、理论性

就创意写作而言,不管是发展了近百年的西方国家,还是刚刚发展了几十年的中国,都存在一个显著的缺陷,即对创意写作理论的总结与深化研究较为薄弱。其实,任何人都不应该质疑创意写作理论的重要性和有效性,因为创意写作在其诞生之时就伴随着一种理论性的追问。安德鲁·本尼特(Andrew Bennett)和尼古拉·罗伊尔(Nicholas Royle)曾指出:"创意写作20世纪中叶在美国的出现,和它近来在英国以及其他地方的体制性扩张,是伴随着'什么是文学'或'什么是文学性'的问题成为文学本身以及文学批评与理论中心议题的过程而产生的。"[①] 在他们看来,创意写作的创生,本来就是文学理论主动思考与探索的结果。特别是在国内外的创意写作专业大多设置在普通高校的情况下,受其管理体制与考评机制的制约,创意写作理论研究更是学科得以存在的必备条件,也是创意写作专业教师安身立命的根本。这就要求,在创意写作发展和成熟的过程中,强化理论性更是不能迟延的科研任务。况且,创意写作理论的深化不仅能够促进学科自身的持续发展,而且可以指导作家、学生更好地完成写作实践。

五、跨学科性

创意写作的分体创作实践由审美性写作、生产性写作和工具性写作三条路径支撑,并以创意思维激发为核心特征。姑且不论思维激发本身就涉及心理学、脑科学、神经学等的相关知识,这三种创作实践类型在写作过程中就要求样式纷繁的跨学科

---

① 安德鲁·本尼特,尼古拉·罗伊尔.关键词:文学、批评与理论导论[M].汪正龙,李永新,译.桂林:广西师范大学出版社,2007:85.

知识,单就其具体的课程设置而言,也往往涉及历史学、生理学、经济学、文学、哲学、社会学、计算机科学等邻近学科的知识,无论是任教者还是学习者,都需要尽可能多地掌握这些专业知识。更重要的是,随着 AI 技术的成熟和自媒体写作的勃兴,任何写作,无论是文学创作还是应用写作,都明显需要跨越不同媒介,整合多学科的知识。数字文学的创生和迅猛发展就是明证。这从另一个侧面证明了创意写作的跨学科性质。

六、开放性或生长性

作为一门特殊的学科,创意写作虽然有它的核心对象,但对象本身随着社会现实的变化而变化,无论是技术的发展,还是新的理论成果,都会促生新的创作形式和成果。比如,在传统写作学的视域中,文学指的就是经典文学作品,或者起码是以审美性为表征的文艺作品,但在创意写作的视域中,除了纯文学作品外,微信公众号写作、策划文案写作和游戏脚本创作等也都是文学。社会变化不停,创意写作吸纳新元素之后的演变也同样不会停止。这就使创意写作呈现出明显的开放性、生长性。具体而言,创意写作面对的是活生生的社会生活,生活总是在发生变化,创意写作需要根据社会本身的变化而加以变化,以适应科研教学和文创产业发展的时代需求,比如网络游戏对文学(影视剧剧本)创作的影响、电子技术对影视剧的影响、VR 技术对游戏脚本创作和故事架构的影响等,都解构或者修改了原来的创作图式。我们不仅要了解它们的作用,而且需要总结其理论的独特性。这些都需要我们承认并深谙创意写作的开放性和生长性,紧盯时代变化,以不断修正和变化的创意写作进一步服务社会经济文化的切实需求。

第三节 创意写作的边界

创意写作的诞生"是伴随着'什么是文学'或'什么是文学性'的问题成为文学本身,以及文学批评与理论中心议题的过程而产生的"[①]。这种对文学改革、教学方式、文学本质等传统文学的理性讨论,不仅延续了创意写作与传统文学的关联性,而且共同催生了创意写作学科的诞生及成熟,使之在欧洲、美洲、大洋洲及亚洲等国家和地区的高校中推广开来。

问题在于,在当下国内外创意写作栖身高校的背景下,合法的学科身份是其安身立命的前提和基础。而创意写作学科身份的获得,由其自身的核心特征和独立性而定。因此,特别重要的是,我们需要甄别创意写作的独特征候,以及与其他相关专业之间的差异,确定它的学科边界。

---

① 安德鲁·本尼特,尼古拉·罗伊尔.关键词:文学、批评与理论导论[M].汪正龙,李永新,译.桂林:广西师范大学出版社,2007:85.

（一）创意写作与文艺学的关系

从学科性质和思维方式上看，创意写作学与文艺学有很多相同之处，比如二者都对社会文艺现象高度关注，对理论研究高度重视。然而，二者虽有相似之处，但区别也比较明显，主要在于：

第一，研究对象不同。二者都重视理论研究，但文艺学是一门以文学为对象，以揭示文学基本规律，提供相关知识为目的的全面的、整体的理论研究，包括文学理论、文学史和文学批评三部分，三者形成紧密联系、互相包容的有机整体。按照艾布拉姆斯的说法，文学是以作品为核心，由作家、作品、读者、世界四个要素构成，显然在理论上也可以形成作家论、作品论、读者论、世界论。创意写作当然也研究理论，但其一，它奉行作者中心论，以创作论作为核心，完成创意写作的理论研究和文学批评。其二，作为文学教育教学改革的产物，创意写作非常重视教育教学法的研究，研究如何组织、管理、实施和完成创意写作教学活动；在教学上研究创意写作教育教学体系的建构、发展、课程设置、能力训练方法等问题，为创意写作课程体系提供理论支撑，连接文学写作活动和创意写作学学科。其三，作为与文化产业关联度极高的学科，创意写作着力讨论创意写作活动与文化创意产业的关系、创意的产业化开发、创意产业管理和运营等商业化、经济性问题。

第二，学科发生和发展的阶段不同。文艺学是一门古老的学科，有其发生发展的长期的、广阔的历史，已是非常成熟的学科。但创意写作作为学科创生于20世纪30年代末的美国艾奥瓦大学，其后才作为新兴专业在美国及其他国家和地区高校得以确立和推广，包含近20个子类，设有本科、硕士、博士研究生等培养层次，总共不过近百年的历史。纵观国内，港澳台地区起步稍早，内地从2009年复旦大学招收创意写作MFA算起，创意写作刚刚走过十多年，尚处在追赶和深耕阶段，还远未发展成为成熟的学科。

简言之，文艺学以超长的历史、成熟的学科和文学理论的全面研究明显与创意写作的创作论研究与批评、创意写作教育教学法研究、创意产业管理研究等相区别。

（二）创意写作与现当代文学的关系

从驻校作家制度、学科渊源等因素来看，创意写作与中国现当代文学堪称姊妹学科，关系紧密。但作为独立的学科，创意写作与中国现当代文学的差异也较为明显，主要表现在：

首先，学科取向及侧重点不同。中国现当代文学是文学专业中的传统学科和主流分支，已有成熟固定的研究对象和方法。它是对现当代重要作家作品创作经验、创作历史、文学思潮、文学现象和规律的认识和总结，侧重于历史梳理和经典作品批评，以客观知识传授和学术能力培养为主。与现当代文学相异，创意写作横跨心理学、教育学、创意学、脑科学等，其重点在于重建积极的认知和反应模式，激发思维以促进艺术创作为旨归，强化对受众写作实践能力的培养。特别需要指出的是，在某种程度上，现当代文学研究结束的时候，恰好是创意写作开始创作的时候。因为对创意写作的学习者而言，对文学作品的鉴赏和批评，其主要目的在于通过分析具体作品和他人的创作经验，建构自己的文学知识框架，养成独特的文艺创作指导原则，助益自己完成创作实践。

其次，核心理念不同。现当代文学立足于传统中文教育理念，专注于以普适性、人文性和精神性为诉求的专业作家和经典文学批评，尊崇立足于生活经验的个人创作。但创意写作教育教学系统不仅关注作家，还注重为整个文化产业发展培养具有创造能力的核心从业人才。进言之，现当代文学讲求经典化创作，但创意写作在创作的经典化之外，重视不同群体与个人之间相互协作的文学集体化、程序化、模式化的艺术生产，也重视文学在文化创意、影视制作、出版发行、印刷复制、广告、演艺娱乐、文化会展、数字内容和动漫等所有文化产业中的创造性作用。

现当代文学重在文学批评，创意写作则重在艺术创意和文学创作；现当代文学重在文学创作的经典性，创意写作除了关注文学创作的经典性，还注重文学创作的商业性和社会性价值。

（三）创意写作与传统写作学的关系

创意写作与传统写作学的关联性毋庸讳言，但创意写作若要发展成为成熟的、独立的学科，仍然需要厘清与传统写作学的主要区别。根据目前学界公认的观点，传统的写作学可以分为不同的时期。

第一，继承期。强调文章的"八大块"论，即以文章构成要素为主线的绪论、题材、主题、结构、表达、语言、修改、文风。其缺陷在于只对静态的文章构成进行研究，是成型文章的研究，不涉及文章写作的动态过程，更不论对写作心理规律和思维规律的研究。

第二，发展期。这一时期，首先，写作开始走向科学化，它由两大块组成：写作总论和写作过程论。写作总论研究写作、文章的概念，写作学的研究范围，写作的本质等根本问题；过程论则用来描述写作的三个阶段——准备阶段、行文阶段和完善阶段，形成客观和微观结合的总论—分论框架。其次，写作由文学写作转向实用写作、应用写作。最后，写作开始由静态向动态转变，也开始把写作学向哲学、社会学、思维科学、心理学等科学进行渗透。

第三，综合期。此一时期，学界提出走"现代科学宏观综合之路"的口号，开始研究写作过程中的主体素养、客体存在、读者心理和问题规范四因素之间的复杂关系，并将它们置于写作的动态过程中和写作的基本规律（意化、物化）之下加以考察，且把复杂的写作活动概括抽象为采集、运思、表述、修改四个环节，形成了本质论—过程论—技巧论—文体写作论体系。

第四，锤炼期。此时，将写作学高层次原理与写作实践技术操作相结合，开始从写作活动过程纵向角度（物—感—思—文）和个体写作的横向角度（外物—作者—成品—读者）视角及其交叉融汇来系统地透视写作活动。

不管是继承期以绪论、题材、主题、结构、表达、语言、修改、文风八大块为核心要素的文章论，还是发展期由写作总论和写作过程论两块组成的总论—分论框架，综合期形构的本质论—过程论—技巧论—文体写作论，传统写作学呈现的显著特征是，在每一个时期侧重于写作的某一方面，而且只注重写作的理论研究。相较而言，创意写作不仅注重理论研究，更重视写作实践。它同时并在地包含三方面的实践：以文学创作为核心的审美性创意写作、以实用写作为核心的工具性创意写作和以策划文案、分镜头脚本为核心的生产性创意写作。与此同时,创意写作更重视思维训练和写作的创造性养成。

传统写作学注重写作理论。究其实,其注重的是写作理论和写作学科本身。但创意写作有三个指向,即作为写作活动、作为社会运动和作为学科。① 传统写作学发展缓慢,一个主要的原因是很多人,包括很多大家都信奉"作家无法培养""写作无法教授"的理念;但创意写作不同,其本质是以"作家可以培养""写作可以教学"理念和"驻校作家制度""工坊式教学"方法为标志的新型"写作教育"与"创意教育"。更重要的是,与传统写作学注重讲授式教学的方式相比,创意写作特别重视在写作活动中以工坊制模式开发和拓展创意思维,以此促进多元化、多层次文体创作实践。

传统写作学以精英主义教育观、约翰·沃森的行为主义刺激-反应理论为指导,强调教师中心论,以大班教学(超30人)为基本模型,认为学生是"被动的容器",故而特别重视教师的课堂"讲授"。同时,它认为写作是个人思考、独立体验的结果,最好的写作方式是单人创作(天赋、灵感和个人体验最重要)。但是,创意写作以约翰·杜威(John Dewey)社会改革与教育改革共生的"实用性"教育观、伯尔赫斯·斯金纳(Burrhus Skinner)的行为主义学生中心论,以及让·皮亚杰(Jean Piaget)的建构主义教育理论为核心,强调教学应以学生为中心,教师组织引导,学生互动激发,以激发模式与过程训练共同催生的工坊为核心教学模式,通过过程教学法,分步骤、分模块地完成写作训练。而且,创意写作认为灵感是可以相互激发的,创作不仅是个人化的,也是集体共同激发完成的,强调参与激发、过程设计与步骤安排,认同步骤与灵感同样重要的观念。根据不同的视角可见,创意写作以注重写作实践练习而与传统中文学科的学术研究培养模式相区分;以注重创意思维训练而与专注文体训练的传统写作学相区分;以小规模的工坊制组织方式而与常规的大班教学相区分。

创意写作与传统写作学有一定的延续性,不过,传统写作学注重教师的理论讲授,理论讲解,外部激发,鉴赏批评,忽略了写作实践能力,特别是忽略了创意思维训练。创意写作以思维激发为先导,以工坊制模式为基础,注重文体写作实践。换言之,创意写作强调写作的上游思维激发和创意养成,注重写作的分文体实操训练,特别认可写作是一种生活态度,也是一种生活方式,更是一次精神旅行的观念。

概言之,创意写作以创作论批评、实操性旨归、建构式教学和多元化功能,把自己与文艺学、现当代文学、传统写作学区分开来,并重新建构了与现实世界的多重紧密关系。

 课堂研讨

1. 根据文中"中国创意写作发展概述"一节的相关内容,谈谈你对创意写作学科

---

① 刘卫东.创意写作基本理论问题[M].上海:上海大学出版社,2019:84-114.

设置的看法。

2. 除了文中业已谈到的相关情况,在未来的一段时期,创意写作还有什么发展的可能性和可行性?

3. 你如何理解创意写作的生长性和开放性?

4. 除了教材中的说法,请举出别的例子说明创意写作的跨学科性。

实践训练

1. 请查阅中外相关文献,看看学者们是如何定义"创意写作"的,请对不同的定义进行分类。

2. 若有不了解创意写作的同学向你求教"创意写作"是什么,你该怎么回答?请将回答写出来,不少于300字。

拓展链接

1. [美]戴安娜·唐纳利:《作为学术科目的创意写作研究》,许道军、汪雨萌译,上海大学出版社2019年版。

2. 许道军、葛红兵:《创意写作:基础理论与训练》,广西师范大学出版社2011年版。

3. 刘卫东:《创意写作基本理论问题》,上海大学出版社2019年版。

4. 雷勇:《创意写作的创意理论研究》,上海大学出版社2021年版。

5. 中国大学MOOC:西北大学"创意写作"。

第二章 创意写作简史

[学习目标]
1. 熟悉美、英、澳、加等英语国家创意写作发展概貌。
2. 理解创意写作内涵在历史发展中的丰富性。
3. 认知中国创意写作发展路径。

第一节 主要英语国家创意写作发展概述

为了弄清创意写作是什么、为什么、干什么的问题,有必要回到历史现场,梳理创意写作在西方语境中的发生发展路径。创意写作在西方已经经历了一百多年的发展,在不同的时代呈现出不同的时代内涵,在不同的国家呈现出不同的形态。明晰创意写作的发展嬗变,有利于理解创意写作学科的基本规律,辨明创意写作学科的基本问题。

一、创意写作在美国的创生、成长与繁荣

"创意写作(creative writing)"一词的使用可以追溯至美国思想家、文学家拉尔夫·爱默生。爱默生在 1837 年 8 月美国大学生联谊会上的发言中提到了"创意阅读"(creative reading,或译创造性阅读)和"创意写作"(creative writing,或译创造性写作)这样的表述。相比较而言,在原稿中,爱默生重点阐述了"创意阅读"的价值。爱默生的演讲在美国思想文化界具有重要影响,爱默生的发言阐述了他的人本思想,突出精神创造和个体自由,创造的精神应该得到足够的尊重。对于美国学者而言,引导人们创造性地思考才是更重要的事情,阅读的目的不在于被动地获取知识,而是应该借助阅读激发创造的智慧。爱默生谈论这两个词语意在阐述他的思想,创意写作学人对"创意写作"进行词源学考察时推及他那里,除了词源对位,爱默生偶然论说之要义也与创意写作的精神在某些方面暗合。

大约半个世纪以后,爱默生的思想在高校得到了一定的回应。在 19 世纪七八十

年代,英语写作(English composition)在高校教学中兴起。兴起的背景为:美国大学逐渐抛弃古典教育模式,英语语言文学学科逐渐确立,英语写作逐渐取代拉丁语写作进入大学课程;文学教学的语文学方法不利于创造性理解文学,教授文学写作有利于对抗传统的科学分析倾向;高校科目得以细化,传统修辞学教学在高校逐渐衰落,传统修辞学注重以表达准确的口语训练为主要目标,显然已经不能满足激发学生想象力的需要,"修辞学的范畴也渐渐缩小,越来越集中于写作上。不久,写作课程变成了新近成立的英语文学系的一门附属学科"①。当时,虽然无"创意写作"之名,但高校英语写作教学已经具有后来创意写作的特质。故而,在D.G.迈尔斯看来,"英语写作现在被视为创意写作的先声"。当时,哈佛大学的英语写作课程引人注目,弗兰克斯·J.蔡尔德(Francis J. Child)、亚当斯·谢尔曼·希尔(Adams Sherman Hill),以及巴雷特·温德尔(Barrett Wendell)为哈佛大学英语写作教学变革作出了贡献。哈佛大学开设新生写作课,也开设了高级写作课,在高级写作课程中,学生通过诗歌和短篇小说等文学写作练习来激发自我表达愿望,写作训练不是基于修辞学意义而是基于个体内在的需求。哈佛大学英语写作课程因此在创意写作历史上留下了浓重印记,"在哈佛,创意写作第一次在美国高校中获得了学术声誉"②。在这之后,艾奥瓦大学开设了以文学写作为主导的英语写作课程。值得注意的是,高校英语写作虽然看重以文学写作的方式来接近文学,注重激发学生内在表达,但整体上而言,英语写作仍然最终服务于文学学术,通过写作来使学生获得修辞学训练进而获得正常的书面交流能力是课程开设的某种初衷。

在20世纪20年代,创意写作在中学教育领域真正做到了名实相符。在一些卓有远见的中学教育者看来,学生的创意写作学习并不以学习写作规则为第一任务,创意写作作为一门学习课程十分有利于学生创造天性的释放。"创意写作是学生以他认为最合适的方式表达自己的想法和感受"③,与传统的记忆和背诵教学方式相比较,创意写作更有利于激发学生自我表达能力的培养,因而,在中学教育领域,"创意写作是一种新的英语教学方法"④。长期从事中学英语教育的休斯·莫恩斯(Hughes Mearns)对此有着深刻的思考,"创意写作"一词就出现在他早期的著作中。受到其著作的影响,"创意写作"一词的使用逐渐扩散开来。但是,中学创意写作与高校创意写作之间并没有直接的关联。这是因为中学创意写作教学目标比较单一,大学创意写作不可能仅仅满足于通过创造性的表达实现个体天性的发掘。

在20世纪30年代初期,已经有不少的高校开设了与创意写作密切相关的课程,而没有正式的创意写作学位。到了1936年,艾奥瓦大学提供创意写作艺术硕士学位,正规的创意写作项目得以创建,这被学界视为创意写作学科史的真正发端。艾奥瓦大学创意写作项目的创建得益于长期的酝酿,"艾奥瓦作家工坊成长于皮珀

---

① 祁寿华.西方写作理论、教学与实践[M].上海:上海外语教育出版社,2000:27.
② MYEYS D G. *The Elephants Teach: Creative Writing Since 1880*[M]. Chicago: The University of Chicago Press, 2006: 40.
③ JANE S. Creative Writing in High School[J]. *The English Journal*, 1925. 14(8): 591-602.
④ PAUL D. *Creative Writing and the New Humanities*[M]. Abingdon: Routledge, 2005: 54.

(Piper)的课程,他曾于1922年说服教师们为创造性作品提供学位。艾奥瓦大学于1931年提供相关博士学位,该学位允许提交创造性学位论文而获得……1936年,艾奥瓦大学写作项目提供艺术硕士(MFA)学位"①。提供艺术硕士学位之举具有重要意义,此时,创意写作不再仅以课程为存在形式,而是需要经过系统的训练与学习进而获得一个艺术硕士学位。1941年,诗人保罗·安格尔(Paul Engle)开始担任艾奥瓦大学作家工坊的负责人,此后主持工坊二十余年,在他的努力下,创意写作获得了更大的生存空间和发展资源,作家进入高校从事工坊教学,培养了一批优秀的毕业生,他们中的一些人后来甚至成为高校创意写作项目的创建者。

在这此后十年间,创意写作其实在高校并未得到广泛推广。

从整体上而言,冷战前创意写作的发展一直都比较缓慢。而且,创意写作发展的动力也大多局限于教育革新。二战后不久,创意写作迎来了它的一个高峰期。1945年后的短短几年里,约翰·霍普金斯大学、斯坦福大学、丹佛大学、康奈尔大学相继创建了自己的创意写作系统。当时,创意写作发展的重要契机有如下两点。一为参与战后老兵安置,大量老兵涌入创意写作课堂。斯坦福大学创意写作系统的创建就明显与此有关,"在1945年,斯坦福大学提供了一个职位把斯坦格纳唤回了西部,一年后,退伍兵的故事给他的启发加上爱德华·琼斯的投资,促使他在那里建立了举世闻名的研究生课程系统"②。二为在逐渐开启的"文化冷战"背景下,创意写作得到了来自政府和社会组织的大力支持。埃里克·班尼特用这样的措辞描述当时创意写作发展的时代契机:"创意写作制度化发展的经济动力既非源于学生渴望写诗也非源于通过写诗赚钱。它来自一个强有力的组织,这个组织渴望重塑美国文化,以此作为美国优先新国际秩序的一部分。"③洛克菲勒基金会等组织的支持为一些创意写作项目提供了重要的经费保障。当然,这些不是创意写作项目日渐兴起仅有的原因,二战后,美国当代文学作为学术领域的合法性日益增强,大量作家进入校园被聘为教员,以及国家相关基金会对其展开支持④,一些高校在20世纪的五六十年代创建了自己的创意写作项目。不过,这期间创建的很多创意写作项目是MA性质的,直到1964年,马萨诸塞大学阿默斯特分校、北卡罗来纳大学格林斯伯勒分校、俄勒冈大学才相继设立了新的创意写作MFA学位。1967年,为了适应发展形势的需要,R.V.卡西尔(R. V. Cassill)联合十三个写作项目的负责人成立了联合写作计划(Associated Writing Programs),后来,它改名为作家和写作计划协会(Association of Writers & Writing Programs)⑤。也是在这一年,保罗·安格尔和聂华苓共同创立了艾奥瓦"国际写作计

---

① DEWITT H. A Short History of Creative Writing in America[A]//Heather Beck (eds.). *Teaching Creative Writing*[C]. Basingstroke: Palgrave Macmillan, 2012: 18.

② 马克·麦克格尔.创意写作的兴起:战后美国文学的"系统时代"[M].葛红兵,等,译.桂林:广西师范大学出版社,2012: 108.

③ ERIC B. Creative writing and the cold war university[A]//Graeme Harper (eds.). *A Companion to Creative Writing*[C]. Chichester: Wiley-Blackwell, 2013: 378.

④ DEWITT H. A Short History of Creative Writing in America[A]//Heather Beck (eds.). *Teaching Creative Writing*[C]. Palgrave Macmillan UK, 2012: 19.

⑤ 该协会网站资料显示,目前,协会为全国500多所学院和大学提供支持,拥有成千上万的作家会员。

划",募集资金,邀请来自世界各国的作家到访艾奥瓦,在此后的 40 余年间,该计划"成功地将来自 120 多个国家的 1 000 多名出版作家带到艾奥瓦城,让他们有时间去写作、学习和跨文化交流"。到了 1970 年,"在美国,已经有 44 所学院提供创意写作硕士学位或与创意有关的英语学位"①。

在后续的时间里,美国高等教育的扩张、视听技术的进步、文化需求的旺盛促使高校创意写作发展更加多元化,创意写作所具有的商业价值和其他社会价值都得到重视,创意写作项目逐渐得以蓬勃开展。创意写作子类逐渐扩大,创意写作学位类型增多。全美作家和写作计划协会网站发布了一份反映 1975 年至 2012 年创意写作项目发展情况的统计表格,该表格显示:1975 至 2012 年,文学硕士学位从 32 个增长到 113 个,艺术硕士学位从 15 个增长为 191 个,博士学位从 5 个增长为 38 个。从总的情况来看,近四十年间,各类创意写作项目总数从 79 个增长到 880 个。创意写作的学科属性逐渐得到彰显,创意写作扮演的社会角色也越来越重要。美国创意写作的发展越来越完备和成熟,因此,其创意写作发展也往往被视为具有典范价值,"美国为全世界英语创意写作教学提供了最大范本"②。近些年,随着创意写作研究的深化,专门化的研究组织得以成立。创意写作研究组织(Creative Writing Studies Organization,简称 CWSO)成立于 2016 年,《创意写作研究期刊》(*Journal of Creative Writing Studies*)是其所属的学术刊物。

二、创意写作在英、澳等其他英语国家

大约在 20 世纪的 60 年代,在自身发展已经较为成熟的条件下,美国创意写作开始对其他英语国家产生影响,创意写作延伸出新的发展轨迹。

在 20 世纪 60 年代,尽管英国文学批评领域对来自美国的创意写作仍有质疑,但这并不能排除传统大学、新建的理工学院、成人教育院校等已经采纳了非正式的创意写作课程教学。一些新建的大学更是选择接纳创意写作作为正规教育。按照格雷姆·哈珀的说法,到了 20 世纪 70 年代,英国的高校中已经出现了传统大学的非正式教育、新型大学的技能型教育、理工学院的实用课程、"平板玻璃"大学创新教育四种典型的创意写作教育类型。③ 与美国相比较,英国早期创意写作教育的开展具有较强的选择性。"经过一段孵化期后,在 20 世纪 80 年代末、90 年代初,研究生和本科生创意写作课程、模块和项目开始大量点缀英国大学景观"④,在文化产业逐渐繁荣的

---

① MYERS D G. *The Elephants Teach: Creative Writing Since 1880*[M]. Chicago: The University of Chicago Press, 2006: 163.
② GRAEME H. Introduction: The Possibilities for Creative Writing in America[A]//Graeme Harper (eds.). *Changing Creative Writing in America: Strengths, Weaknesses, Possibilities*[C]. Bristol: Multilingual Matters, 2018: 1.
③ GRAEME H. A Short History of Creative Writing in British Universities[A]//Heather Beck (eds.). *Teaching Creative Writing*[C]. Palgrave Macmillan UK, 2012: 14.
④ STEPHANIE V. Sleeping With Proust vs. Tinkering Under the Bonnet: The Origins and Consequences of the American and British Approaches to Creative Writing in Higher Education[A]//Graeme Harper & Jeri Kroll (eds.) *Creative Writing Studies: Practice, Research and Pedagogy*[C]. Clevedon · Buffalo · Toronto: Multilingual Matters, 2008: 67.

背景下,英国创意写作迎来了它的兴盛期。在出版产业、新媒体产业及影视产业需求刺激下,大量的创意写作项目得以开展。英国创意写作之兴盛给人的深刻印象就是大量的高校之所以注重创意写作教育乃是因为它为学生提供了职业技能。"由于缺乏美国那种功能性或工具性写作技能系统训练作文学科模式,创意写作将其自身视为获得职业有用教育的间接手段。"英国创意写作学科发生发展缺乏美国创意写作学科所依赖的条件,因而呈现出与美国不同的面貌,实用主义的创意写作教育观是其特色。在组织建设上,20 世纪的 80 年代,伴随着推动创意写作教学的需要,英国成立了全国教育作家协会(National Association of Writers in Education,简称 NAWE)。为了适应创意写作学术研究的需要,近年,该组织创办了在线同行评议期刊《写作实践:创意写作研究杂志》(*Writing in Practice: The Journal of Creative Writing Research*)。据格雷姆·哈珀所说,到了 2003 年,"在英国,有超过 140 个创意写作课程可供本科生学习,有 70 多个硕士学位课程,有大约 20 个博士项目"。据 NAWE 网页显示的新近资料,有 83 所高等教育机构提供创意写作相关本科课程,有近 200 个同类硕士课程可供选择,有超过 50 所大学提供创意写作博士学位。①

澳大利亚创意写作的兴起受到英国和美国的双重影响。在 20 世纪 50 年代末、60 年代初,澳大利亚文学界出现了谈论大学培养作家的创意写作现象,但彼时"讨论创意写作没有引起多大关注"②,更不用说有高校创建创意写作项目了。20 世纪六七十年代,在澳大利亚文学繁荣并突出写作创新意识的背景下,澳大利亚很多高校已经开展创意写作教学。据保罗·道森所述,在当时,麦克里大学是全澳第一个运营创意写作班的大学③。到了 20 世纪 80 年代,高校创意写作发展更具有自觉意识,例如,诗人批评家华勒斯·克莱伯(Wallace-Crabbe)于 1981 年在墨尔本大学创立了创意写作班,诗人罗恩·普雷蒂(Ron Pretty)则在 20 世纪 80 年代中期负责为伍伦贡大学建立创意写作专业④。这些大学后来都在创意写作教育中取得了突出成就。

随着澳大利亚出版业的兴盛及文化创意产业的发展,创意写作项目数量在逐渐增加。在组织建设上,澳大利亚在 1996 年成立了澳大利亚写作计划协会(Australian Association of Writing Programs,新西兰创意写作系加入后更名,但仍简称 AAWP)。该组织创办有期刊《文本》(*TEXT*)。据澳大利亚格里菲斯大学创意写作研究学者奈杰尔·克劳斯(Nigel Krauth)提供的数据资料,截至 1999 年,澳大利亚高校创意写作项目共有 142 个。其中非学位性质的项目 13 个,本科学位 50 个,荣誉学位 18 个,研究生学位 61 个,有 8 所大学提供博士学位。澳大利亚创意写作发展充分借鉴美国经验,同时也注意回避美国创意写作学科发展中存在的问题。澳大利亚高校创意写作课程的开设更加注重文化产业需求,积极拓展跨学科发展空间。创意写作课程不仅仅存在于传统的英语系,而是与产业实践性强的系科结合在一起。

---

① https://www.nawe.co.uk/writing-in-education/writing-at-university/writing-courses.html.
② PAUL D. *Creative Writing and the New Humanities*[M]. Abingdon:Routledge,2005:129.
③ PAUL D. *Creative Writing and the New Humanities*[M]. Abingdon:Routledge,2005:151.
④ PAUL D. *Creative Writing and the New Humanities*[M]. Abingdon:Routledge,2005:153-154.

新西兰高校创意写作起步于20世纪七八十年代,"维多利亚大学创意写作课程可以说是新西兰最古老的,至少,是最早提供学位学分的课程。它作为一种本科毕业论文起于1975年,通过它给予学生写作能力以确认"。奥克兰大学本科创意写作创建于20世纪80年代。随着时间的推移,大学创意写作课程吸引了越来越多的学生,到了20世纪90年代以后,惠灵顿维多利亚大学、奥克兰大学、奥克兰理工大学等引入了丰富的硕士学位课程。

加拿大第一个高校创意写作系出现在英属哥伦比亚大学,在1965年由诗人兼小说家厄尔·伯尼(Earle Birney)创建(到了1995年,该系与戏剧影视系合并)。经历了近六十年的发展,英属哥伦比亚大学提供了丰富多彩的创意写作项目,覆盖传统的文学写作、新媒体写作、儿童写作、编剧等多种类型的写作项目,创意写作系统发展成熟,除了向加拿大文坛输送高质量小说家,英属哥伦比亚大学更是有其发展特色,"尽管校友中的小说作家最受关注,英属哥伦比亚大学也以其强大的银幕写作和诗歌写作,以及将儿童写作和非虚构写作纳入课程系统而闻名"。此外,康考迪亚大学、圭尔夫大学、纽布伦斯威克大学、多伦多大学、维多利亚大学等高校也拥有创意写作系。不过从整体上而言,加拿大创意写作项目规模不及美、英、澳等国。据达瑞尔·惠特(Darryl Whetter)的统计,在2000年以前,加拿大拥有创意写作MA学位的高校有5所,拥有创意写作MFA学位的高校仅有英属哥伦比亚大学1所。2000年以后,拥有创意写作MA学位的高校增加了3所,拥有创意写作MFA学位的高校增加了4所。加拿大只有3个创意写作博士项目,且其中只有2个是关乎英语语言的。[①] 虽然加拿大创意写作硕士学位项目数在2000年前后新增了一倍,但其总体规模仍然整体偏小,其创意写作博士学位项目则更少。2010年,加拿大全国性创意写作组织加拿大创意作家和写作计划协会(Canadian Creative Writers and Writing Programs,简称CCWWP)成立。

美、英、澳等国家的创意写作教学对其他以英语为母语的国家、英语作为主要交流语言的国家,以及很多非英语国家产生了影响,创意写作也逐渐传播到世界各地,很多国家都受到这种世界潮流的影响创设了创意写作项目。以爱尔兰为例,"受到英国的影响,爱尔兰圣三一大学在1989年开设了爱尔兰写作哲学硕士学位,1998年设立了第一个英文创意写作哲学硕士学位……都柏林大学与科克大学也随之效仿。目前爱尔兰各大综合高校以及部分理工院校均设有创意写作学科"。[②] 再以以色列为例,据巴伊兰大学学者马塞拉·苏拉克(Marcela Sulak)的描述,他所主导的珊蒂·鲁多夫创意写作研究生项目创立于2002年,并长期是"中东唯一一个授予创意写作学位的项目"[③]。巴西创意写作项目创建起步较晚,据贝尔纳多·布埃诺(Bernardo Bueno)的梳理:2006年,文学硕士课程的学生才有通过提交文学作品获得学位的可

---

① DARRYL W. Can'tLit: what Canadian English departments could (but won't) learn from the creative writing programmes they host[J]. New Writing, 2017(3).
② 雷勇.创意写作的创意理论研究[M].上海:上海大学出版社,2021:5-6.
③ GRAEME H, XU X, MARCELA S, et al. Internationalising the MFA[J]. New Writing, 2013(2).

能,2016年出现了创意写作本科课程。① 巴西第一家创意写作研究杂志《写字间》(*Scriptorium*)于2015年创立。欧洲一些非英语国家也拥有创意写作项目,非英语国家和英语国家创意写作教师、学者们基于区域合作发起成立了欧洲创意写作计划协会(European Association of Creative Writing Programmes,简称EACWP)。该组织致力于推动多个国家大学创意写作项目的互动交流,据悉,该组织创立缘起于2005年德国莱比锡文学研究所成功举办的国际创意写作计划大会,会议期望加强欧洲创意写作合作,随后,欧洲创意写作计划网络(the European Network of Creative Writing Programmes,简称ENCWP)成立。2010年,它被重新整合为欧洲创意写作计划协会。其成员来自法国、西班牙、捷克、奥地利、丹麦、挪威、爱尔兰、英国等国。当然,不同国家有不同的文化、教育现实,对创意写作的接受程度和形式也不尽相同。据学者塞西莉亚·吉多蒂(Cecilia Ghidotti)所说:意大利创意写作教学主要委托给了私人企业,如学校、协会、慈善机构、书店等,仅有成立于1994年的霍顿学校(Holden School)提供全日制创意写作课程。② 日本、韩国创意写作发展与本国高校作家培养传统结合在一起,南非、菲律宾等国家也较早设立创意写作项目并形成了较为完善的体系。

第二节 主要英语国家创意写作发展总体特征与启示

由上述发展简史可知,英语国家创意写作发展有其内在机制和演化逻辑,创意写作从最初的一种表述最终成为今日繁荣发展的学科经历了百年左右的历程。创意写作在主要英语国家兴起并得到发展有其原因,梳理主要英语国家创意写作发展变化有利于探究创意写作发生发展的动因,总结其特点,继而探讨其启示。

一、主要英语国家创意写作发展的总体特征

因历史及空间地域不同,创意写作在主要英语国家也经历了不同发展阶段,显示出不同的发展形态。从总体上而言,主要英语国家创意写作发展也显示出整体上的一些特点。

(一)逐渐创立了完整的体系

主要英语国家创意写作历经创生、成长而成熟,形成了较为完整的发展体系。包括:创意写作学科包含丰富的门类;创意写作学术研究得以系统开展,一批创意写作学者得以成长并活跃在创意写作教学与研究领域,产出一批系统性的创意写作研究

---

① BERNARDO B. Creative Writing in Brazil: Personal Notes on a Process[J]. *New Writing*, 2018(2).
② CECILIA G. Creative Writing Courses Are Useless: Creative Writing Programs and the Italian Literary System [A]//Ilya Kiriya & Panos Kompatsiaris & Yannis Mylonas (eds.). *The Industrialization of Creativity and Its Limits*[C]. Springer Nature Switzerland AG. 2020. pp.67.

成果,美、英、澳均拥有属于本国的创意写作团体和创办有相应的学术刊物;以创意写作项目为依托的人才培养体系完善,美、英等国拥有创意写作组织发起的发展动态监测体系、发展质量评估体系;拥有一套比较成熟的招生和资助体系;教学与社会文化产业对接体系得以优化。以招生体系为例,创意写作 MFA 学位招生具有较强的自由度,考核入学学生文学写作潜质被认为是至关重要的事情。学生来源多样化,社会人士进入创意写作艺术硕士课程学习是常见的事情。英国和美国创意写作项目招生具有国际面向,不同国家和不同文化背景的学生进入创意写作课堂学习。在职业来源上,无论是毕业不久的学生,还是已经从业的律师、医生、自由职业者等常常都可以申请入学。这样的文学写作学习有一个好处那就是学习者已经拥有非常丰富的人生阅历。再以资助体系为例,很多美国优秀的创意写作项目为求学者提供不同程度的奖助学金,以解决他们的后顾之忧。当然,采用工坊形式进行文学写作训练的项目也不全在大学校园之内,它们虽然不提供正式学位,但也常被认为是创意写作体系的重要构成。

（二）成就突出

在成熟的体系之下,主要英语国家创意写作系统人才培养成效非常显著,创意写作系统向文坛输送了大量创意作家,如小说家、诗人、编剧等,也向社会文化产业贡献了大量的记者、翻译家、出版人、编辑、创意策划人等,为学界贡献了批评家和文学学者。如美国著名的小说家弗兰纳里·奥康纳、雷蒙德·卡佛等出自艾奥瓦大学创意写作系统。再如,1970 年就已经开设创意写作硕士课程的英国东安格利亚大学在作家培养方面也享有盛誉,其创意写作毕业生石黑一雄获得了 2017 年度诺贝尔文学奖,该校培养出的毕业生麦克尤恩已是世界有名的小说家。单就美国创意写作系统而言,它促成了作家培养制度的建立,助推了美国文学的创新与繁荣,更是促使美国文学产生了世界化影响,"自 20 世纪 30 年代以来,美国文学在世界上的影响力迅速提升,其中一个重要原因是:创意写作的普及造就了许多有潜质的作家。当美国本土有很多人都具备了文学写作的能力,文学创新、思潮更迭的中心便从欧洲转移到了美国,美国成为诸多新的文学技巧和文学思想的发源地"。[①] 大学创意写作作家培养机制已经深深嵌入美国二战后文学发展之中。

（三）互动性强

创意写作兴起于美国,在经历了初步的成熟之后,已经开始对其他英语国家产生了影响。这是由文化背景所决定的。创意写作兴起于英语文化背景,故而,在英语为母语的国家中也更容易"穿行"。加之,美、英、澳、加等英语国家在经济、文化、教育等领域本就交往密切,创意写作在这些国家的传播也就被视为理所应当的事情。尽管我们已经分析了创意写作有其国别的发展轨迹,但其实,值得注意的是,英语国家创意写作发展的交互性特点也非常明显。英语国家作家、批评家、文学学者和其他文学活动交往密切,这使得大学创意系统之中多重要素的组合具有超越国别限制的可能。美国很多大学创意写作项目面向国际招生,当然,英语文化背景的学生则更容易进

---

① 刁克利.作者[M].北京:外语教学与研究出版社,2019:166.

入。西方很多大学创意写作系统内部的教师文化背景的构成比较复杂。一些创意写作学者的学术背景更是横跨多个英语国家,例如,格雷姆·哈珀在英国和澳大利亚分别获得过学位,又担任美国密歇根州奥克兰大学的教授。他所主持的《新写作》杂志在英语国家影响广泛。在大洋洲,澳大利亚创意写作系统与新西兰创意写作系统保持密切沟通。西方国家重要的创意写作组织也都具有国际性,除了英语国家,还有更多国家从业人才参与。

(四) 确立了核心命题

如何有效指导学习者进行文学写作一直困扰着创意写作的发展,围绕着相关的问题,西方创意写作发展过程中形成了一系列核心经验,确立了核心命题。例如:作家入驻高校从事创意写作教学,创意写作教学采用工坊制等。在西方大学创意写作系统中,作家、作家型学者或者学者型作家等从事创意写作教学是常见现象,有些创意写作项目的教师则完全由作家构成。对于作家而言,高校提供了优渥的报酬和良好的职业环境,对于高校而言,吸纳作家进入校园从事写作教学无疑是一件好事情。这逐渐形成了一个良性的文学生态:作家在校园从事文学创作教学,作家的教学对其创作也有一定影响,文学批评密切关注近在咫尺的作家作品,作家也在校园的教学中发现"新人",向文坛推介新一代有创作潜质的青年人,创意写作系统培养出的作家返回高校教学,借助创意写作系统,作家、文坛、文学批评、高校教师、出版商等要素被联系到了一起。工坊教学法是创意写作基本的教学法,工坊活动本来近似于作家们的交流沙龙,平等而民主的交流气氛为讨论作品、获取灵感提供了益处,它被引入学院,"一战前,早期的学院派工坊开始被安排进哈佛大学的高级创作课程中,随后1897年爱荷华大学(即艾奥瓦大学)开设了诗歌创作课程,1906年至1925年哈佛大学开设了戏剧研究生工坊课程……在威廉·施拉姆的指导下,'工坊'于1936年启动,并提供创意写作艺术硕士学位(MFA)。在继施拉姆与福斯特以后,20世纪40年代到50年代,保罗·恩格尔放弃了创意写作研究的文学批评部分,转而专注于以作家工作室为基础的工坊模式,这种模式后来实际上成为创意写作课程的原型。1949年,第一个本科工坊创意写作项目进入英语文学专业,但因为工坊教学法是为研究生教学设计的,很快就令将它导入本科课程的教师们感到不太适应"。[①] 由此可以看出,工坊制教学一直伴随着创意写作的发生发展。在教学工坊中,作品讨论是主要环节,学生的地位得到凸显,教师的角色则需要在读者、作者、批评者之间反复切换。作为一种基本的教学法,工坊质量对工坊主导者提出了更高的要求。一些工坊教学诗学观念如"写你知道的""发现你的声音""展示而非讲述""像作家一样阅读"等也被提了出来。

英语国家创意写作发展起步较早,已积累了较为丰富的经验。同时,英语国家创意写作发展也遭遇着某些难题、面临着某些困境。如创意写作学科地位之确立仍遭受一定的质疑;工坊教学法显示出一定的局限性,工坊空间可能还涉及潜在的性别、

[①] 戴安娜·唐纳利.作为学术科目的创意写作研究[M].许道军,汪雨萌,译.上海:上海大学出版社,2019:87-88.

种族歧视;创意写作课程程式化训练方法招致一些批评;作家型教师学术评价机制仍有不成熟之处;创意写作研究如何为学术贡献新知识,以及创意写作研究如何深化等学科问题至今仍困扰着英语创意写作学界。

二、主要英语国家创意写作发展史的启示

数十年来,创意写作在英语国家整体上有了发展成就,对非英语国家和地区也产生了影响。对于没有创意写作教育经历的国家和地区来说,了解英语国家创意写作发展,并从中寻求启示是必要的。

(一)创意写作有多个维度面向

到底是什么在驱动创意写作的兴起与发展?这样的一个问题值得反思。考察创意写作发展的驱动因素,或许为理解创意写作多个维度的面向提供方便。19世纪80年代,英语写作在高校兴起,此时英语写作的确立是为了对抗传统的语文学教学方法。由此可以看出,英语写作兴起的内在驱动力是英语教育的创新变革。20世纪20年代中学教育中的创意写作同样富有进步主义教育革新的理念。在很大程度上,英国、澳大利亚等国家引入创意写作是为了改善人文教育出现的危机。然而,在历史发展中,新的因素在驱动着创意写作蓬勃发展。比如说商业在推动20世纪70年代以后高校创意写作项目扩张方面发挥了很大的作用,创意写作系统就不仅仅专注于培养作家和富有作家气质的教师了,而是以更多的精力为文化创意产业培养人才。与美国相比,英国、澳大利亚等英语国家创意写作起步较晚,后起的创意写作项目更加重视利用创意写作课程培养具有原创精神的文化创意人才。英国、澳大利亚、新西兰等国家创意写作项目的开展往往具有很强的产业面向性。此外,创意写作还有助于心理疗愈、第二语言习得等。

(二)教育维度是创意写作基本维度

19世纪80年代,英语写作在高校兴起已经表明创意写作参与文学教育的创新变革。那个时期,英语写作仅仅只是具备课程的形式,但是在教学法和教学理念上,它已经凸显了创意写作的某些精神。在中学英语教学中,创意写作也扮演了重要的角色。20世纪20年代,美国中学教育中的创意写作教学并不是旨在鼓励学生成为作家,事实上,中学生也难以成为作家,中学生作品集的出版显然不是出于这个目的。作品集的出版其实是在向中学教育界展示:通过创意写作训练,中学生的语言表述及创造性思维能力得到了很好的开发,学生的想象力得以开发,学习的主动性和兴趣性也增强了,收到了很好的教育教学效果。从某种程度来说,西方创意写作发展史上,中学创意写作往往具有某种"先声性",即由于它的灵活性而导致其先于大学创意写作教育出现,美国大学创意写作项目创建之前,中学创意写作教育就已经存在。这种情况在英国和澳大利亚创意写作发展史上得到了一定的验证,在保罗·道森看来,美国20世纪20年代高中的创意写作同样刺激了20世纪60年代英国和澳大利亚学校的创意写作运动。[①]目前,中国中小学创意写作教育正以灵活的方式铺展开来,尽

---

① PAUL D. *Creative Writing and the New Humanities*[M]. Abingdon: Routledge, 2005: 132.

管它们与大学创意写作在教学目标上还有很大差异,但是,中小学创意写作实践可以进入大学创意写作研究视野,大学创意写作教学与研究同样可以反哺中小学创意写作教学实践。在整个西方创意写作发展史上,创意写作基本上在教育的框架下运行,从狭义的角度来看,创意写作是一种教学法。无论是中小学教育,还是大学教育;无论是正规的教育,还是非正式教育;无论是学位教育,还是非学位教育;无论是文学教育还是非文学教育。创意写作的成功模式被大量复制、重构。教育引入创意写作的原因在于创意写作注重创造性能力的培养,激发学生的想象力。

(三) 突出实践性

仅就字面义来理解"创意写作",它本身就具有实践性。它狭义可指文学创作实践,后来泛指一切带有创造性的写作实践。而后,才有关联性的教育实践、创意实践、文化实践等形态。无论如何强调创意写作有更多别的内涵,实践维度是其基本维度。脱离了实践性,创意写作也就失去了光彩。因而,在创意写作逐渐具有学科形态的发展过程中,它常被视为与音乐、绘画等相似的艺术学科,创意写作的教授是一门"技艺"的教授。创意写作作为课程之时,本身就是写作实践。在创意写作成为学位时,也被设定为具有艺术特征的实践学位,"尽管被安排在英语系,但创意写作的更高学位被授予艺术硕士学位"①。致力于创意写作批评与研究的学术型高端学位之设立是后来很晚的事情。基于实践性,创意写作课程设置突出实操训练,传统的文学写作科目如小说写作、非虚构写作、诗歌写作广泛存在,新型的写作实践训练项目根据不同的教学诉求而被融入其中。为了增强实践性,作家教学和工坊制教学法被引入其中。创意写作学科的实践性特征看起来很容易理解,但若要真正将其落地实施却需要很大的勇气和创新精神。

(四) 创意写作的跨领域增长

从西方国家20世纪70年代以后创意写作发展情况来看,创意写作的跨学科增长能力凸显了出来。创意写作创生之初,它很大程度上就存在于语言文学学科框架之内。直到今天,很多西方大学创意写作学科仍然是英语系的构成部分。也有的创意写作项目的开展独立于英语文学系之外,"美国的部分创意写作项目是建立在英语文学系里面的,但也不总是如此"②,创意写作分散在艺术、教育等别的机构,成功拓展了发展空间。即便创意写作处于英语系框架之内,创意写作也在凸显与英语文学学术不同的学科意志。一开始,它是为了对抗文学学术对文学教育的不利影响,但最终,创意写作仍然服务于文学教育。美国创意写作系统培养了大量作家,在美国,绝大多数的作家都有创意写作学习经历。二战后美国文学深深受到创意写作系统的影响,创意写作系统既培养作家,也培养教授作家的教师。创意写作机制发挥了联动效应,将作家、高校、文坛紧密联系在一起。与此同时,创意写作系统内部的扩张还将触

---

① PAUL D. Writing Programmes in Australian Universities: Creative Art or Literary Research? [J]. TEXT, 1999, 3(1).

② 戴安娜·唐纳利.作为学术科目的创意写作研究[M].许道军,汪雨萌,译.上海:上海大学出版社,2019: 148.

角伸展到出版、传媒、影视等文化产业深处,艺术教育也采纳创意写作方法。于是,在后来的发展中,创意写作的学科突破能力增强,"它也可以被部署在别的学科"①。目前,中国创意写作学科的构建遇到了这样相似的情形,创意写作的兴起得益于文学教育领域对文学学术教育问题的反思,创意写作学科成长于文学学科框架之内。创意写作的跨学科发展未来值得期待。

从英语国家创意发展史来看,何谓创意写作这样的问题应当有了明晰的答案,创意写作一开始是倾向性的提法,后来它成为教学法和课程,并逐渐从课程演化出学位项目,并由此具备了学科形态。创意写作在美国兴起,而后在一些重要的英语国家产生影响,繁荣发展的创意写作逐渐突破"英语国家""西方文化"等地理和文化空间束缚,传播到世界各地。在一个世纪左右的发展中,创意写作实现了从艺术实践到商业实践的扩容。这显然增加了创意写作的社会功能,增强了创意写作介入生活、经济、文化、教育的深度和广度。在客观上,创意写作延伸了大学在社会中所发挥的作用,这促使很多世界著名高校接纳了创意写作这种技术产出性学科而非学术学问型学科。

第三节　中国创意写作发展概述

创意写作传播到世界各地都会经历本土化的过程,这是因为,不同的国家和地区都有其局域性的教育、文学、文化现实。西方创意写作发展经历了成熟而繁荣的阶段进入平稳的发展期,西方创意写作学术研究也已经取得了不少的成就,对其自身创意写作发展有较多的反思,中国创意写作学科创构可以从中汲取历史和现实经验。

一、创意写作引入我国的时代语境

不同国家和地区有其独特的社会现实条件,创意写作引入和发展形态各异。创意写作在我国内地开启本土化进程相对我国港澳台地区较晚,考察中国创意写作的发生发展离不开审视其所处的时代语境。

(一) 传统写作学已有相当的积淀

创意写作是新生事物,关于这一点,学界已有共识。在创意写作视域下,如何审视传统写作学又成为新的问题。从 20 世纪七八十年代,中国写作学事业取得了很大成就,高校普遍开设写作课程,相应的社会组织应时而生,大量的写作指导书和写作研究论著得以涌现,相关资料显示,十一届三中全会至 20 世纪 80 年代末,我们国家"公开出版的各类写作理论著作已超过两千种"②,比较遗憾的是,当时写作学并未确

---

① PAUL D. *Creative Writing and the New Humanities*[M]. Abingdon: Routledge, 2005: 127.
② 李景隆.给文学青年以更多的关注:《中国文学写作大全》序[M]//李学勤,等.中国文学写作大全.北京:中国工人出版社,1992: 1.

立自己的学科地位,这影响了高校培养写作人才的热情。20世纪90年代及以后的时间里,写作学发展虽然声势已弱,但写作学事业依旧在延续中前行。以西北大学写作学科为例,20世纪八九十年代,该学科教师长期承担中文系写作类课程教学,创新写作教学方法,推进写作学研究和写作教材建设,教师出版有专著《论写作能力的培养》《短篇小说结构理论与技巧》《写作心理学》等,主编教材《实用文写作》《现代应用文写作大全》等,参编《理工大学写作》《中国写作学大辞典》,该学科还长期坚持文艺理论创作论方向研究生培养。进入21世纪以后不久,创意写作成为新的发展趋势。创意写作教学与传统写作教学有很大区别,相比较而言,创意写作拥有一套成熟的学位体系,以及一系列行之有效的教学方法,创意写作课程的适用性很强,创意写作承担的社会功能也较为强大,能够积极投身于创意国家建设。创意写作教学致力于激发学生创造性能力,学会通过写作的方式面向自我。目前,创意写作仍然处于中国化的阶段,在这个相当长的阶段里,创意写作要做的事情就是结合中国文学、文化和教育语境,吸收西方先进的创意写作教育经验,探索本土化的发展路径。创意写作需要有更强的突破精神,但值得注意的是,目前,中国很多高校创意写作项目的创生又是建立在传统写作学科发展的基础上的,传统写作学在理论建设和教学实践上的方法也或多或少地对当前创意写作教育产生影响。

(二) 已有作协等多元作家培养系统

从西方创意写作发展史可以看出,优秀的创意写作系统致力于培养作家,直到今天,较早创设创意写作学位的很多著名大学如艾奥瓦大学、斯坦福大学、东安格利亚大学等都培养了一批优秀的作家,甚至有些创意写作系统毕业生还获得了诺贝尔文学奖,创意写作栖身高校培养作家。我国拥有作家协会作家培养机制,作家协会在发掘和培养作家方面发挥了重要的作用,"如果说,西方一些国家主要在大学培养作家,那么,在中国,作家的培养主要靠中国作协和各地作协的作家培训系统进行……所有这些文学院,对培养作家做出了重要贡献。特别是鲁迅文学院,处于全国作家培训的中心地位,办学六十多年来,探索的道路是极具启示意义的"。① 与此相较,高校在培养作家方面显得处于弱势。在20世纪的80年代末、90年代初,高校曾一度有作家班热。但由于各种问题,高校作家班这种新型的作家培养机制销声匿迹。在很长一段时期内,高校中文系声称不以培养作家为己任。从某种程度上来说,作协作家培养机制承担了类似西方创意写作系统作家培养的职能。此外,文化企业、文学期刊等主体都有孵化培育作家的实力,作家自身也有自我养成的可能。那么,高校新兴起的创意写作系统又如何充分发挥自己的学术优势、人才优势、教育优势开展作家与文化创意人才培养,值得展开新的探索与思考。这里涉及的问题包括:在高校学习创意写作是否成为一名作家的必然途径?已有成就的作家是否有意愿和有能力进入高校从事文学写作教学?高校创意写作系统"孵化"作家的优势到底在哪里?等等。

(三) 推动文化与文艺创新成为时代使命

纵观英语国家创意写作发展史,可以发现,创意写作也承担着国家文化战略使

---

① 胡平.作家是可以培养的:关于中国特色的作协文学院教育[J].百家评论,2013(4):4-13.

命。20世纪末以来,文化产业在国民经济中所占的比例越来越大,在有些国家,文化产业成为支柱型产业,文化创新人才需求旺盛,更多国家创意写作发展与该国文化产业战略息息相关。在当代社会,推动文化与文艺创新成为时代使命,文化与文艺创新有助于提供高质量文化消费品满足大众精神需求,有助于讲好中国故事,促进中华文化的世界传播。培养高质量文化与文艺创新人才势在必行,创意写作系统培养原创能力强的文化人才,为文化与文艺创新提供原动力。文化革新、文艺革新宏大背景之下,文学创新发展诉求强烈。文学写作如何更好地在书写内容和书写方式上重构自身进而服务于大众精神诉求?网络文学兴盛的背景下如何促进网络文学作家的成批量、高质量养成?文学如何更好地服务于传统文化创造性转化?文学书写如何彰显世界性价值?引入创意写作视域来思考这些问题具有意义。

(四)文学教育革新的内在驱动

自创意写作创生起,它就承担着教育革新的使命。创意写作的发展主要依附于高校,这表明创意写作的基本理想与高校教育的某种需要达成了契合关系。在19世纪末,美国英语写作课的存在就是为了对抗语文学文学教学传统。在高校文学教育框架下,创意写作以其强烈的革新精神显示出与文学学术教育不同的面貌。在很长一段时期以来,我国高校中文系声称不培养作家,在中文系框架之内,写作课程以某种边缘的形态而存在。随着时代的发展,专注于学术化文学教学的模式不能满足于新型产业人才培养的需要,传统的文学教育需要作出相应的改变。为了适应文科人才培养新需求,国家提出"新文科"理念,"新文科"不同于传统文科,它倡导创新人才培养,明确提出学科导向向需求导向的转变。创意写作教育的兴起符合"新文科"教育理念,致力于以交叉融合的方式培养创意作者和文化创意人才,它源自对传统文学教育的不满,承载了文学教育及文学教育之外的新内容。

鉴于时代所需,有必要在发掘中国文化资源和借鉴西方创意写作成功经验的基础上,创构中国化创意写作模式,在世界创意写作教育中发出中国声音。中国创意写作学科创构有其生发的时代背景,中国创意写作发展有其特殊语境。写作学科已有长足发展,一些高校也拥有优秀的作家培养传统,但值得注意的是,创意写作是新兴学科,它与传统写作学在基本理念上有明显的区别,如何处理继承传统与创新发展的关系是值得思考的问题。中国文化创新有着特色诉求,中国文化产业发展有着独特现实,创意写作学科的发展和创意写作教育的开展需要在借鉴西方优秀经验的基础上,探索中国特色创意写作发展模式,累积中国创意写作发展经验,进而在世界创意写作学科发展中发出中国声音。

二、中国创意写作发展历程与现状

我国香港地区作家戴天曾参加艾奥瓦"国际写作计划",他借鉴艾奥瓦诗歌工坊模式于1968年创立了"诗歌写作工坊",被认为是"香港第一个此类汉语创意写作课程"[①]。

---

① JAMES S. From Iowa City to Kowloon Tong: On the Cold War origins of creative writing pedagogy in Hong Kong[J]. Writing in Practice, Vol.5, 2019.

据宋时磊的研究，我国香港、台湾地区较早地接触到了国外创意写作的概念，也更早地实施了创意写作教育，香港地区大学创意写作教育大约起步于20世纪80年代，但其真正兴起却是在21世纪以后，香港公开大学、香港浸会大学、香港大学等学校开设了各具特点的创意写作教学课程。我国台湾地区高校创意写作项目之设立也始于21世纪初，东海大学、台北教育大学等高校设立了创意写作项目。① 在澳门，澳门科技大学提供创意写作博士学位课程，中小学教育中也有创意写作的参与。

在中国内地，创意写作曾经多多少少与我国文学界和高等教育界有关联，但一直未得到明确的认知和持续的践行。

20世纪80年代以来，社会上出现了为数不少的文学写作指导书籍，有的翻译自美国。如中国青年出版社在1986年翻译出版了克林斯·布鲁克斯和罗伯特·潘·华伦编写的《小说鉴赏》，这本书对中国作家创作也起到了帮助，作家阿来曾提到在他年轻时读教写小说的书，这是他"读得最多的一套书"②。辽宁教育出版社于2002年出版了邢锡范等所译的《创造性写作》一书，该书也是一本美国创意写作指导书。

从20世纪80年代开始，内地一些作家通过艾奥瓦"国际写作计划"接触到了美国作家生成的新方式，随着认识的逐渐深化，他们中的一些人逐渐意识到艾奥瓦"国际写作计划"的背后有着强大的写作培养系统作为依托，艾奥瓦"国际写作计划"本身也是艾奥瓦大学创意写作系重要的构成。也有的作家直接接受了美国创意写作训练。

20世纪80年代中期兴起的高校作家班间接受到艾奥瓦"国际写作计划"的影响。关于武汉大学作家班的创办，於可训曾谈道："武汉大学作家班，虽然是插班生制度的产物，但创办作家班的某些基本理念，却是受了美国爱荷华大学'国际写作计划'的影响……在商议中文系插班生的招生培养工作时，掌握这个信息的教师、领导大都想到了爱荷华大学的这个'写作计划'，这无形中就成了我们创办作家班的一个参照物。我心目中甚至认为，我们的作家班应该办成这个样子。"③从20世纪80年代中期开始，武汉大学、北京大学、西北大学、南京大学、北京师范大学、山东大学、复旦大学、江西师范大学等高校采取与作协合作的方式开办作家班。高校作家班摸索出作协推荐加单独招考制、班主任或总导师管理制、一对一师徒制等制度，向中青年作家学员提供大专、本科、研究生层次的学历教育。作家班办学在插班学习文学课程之余以各种形式鼓励文学创作。作家班办学取得了很大成绩，大学中文系里走出了很多当代著名作家，以西北大学为例，该校作家班首批学员于1987年入学，共举办了三届，走出了迟子建、王宏甲、杨少衡、穆涛等优秀作家。不过，提供正规学历的作家班办学未

---

① 上述观点据宋时磊《创意写作在中国接受与传播的历史考析（1959—2009）》（《写作》2018年第6期）一文。有关我国港澳台地区创意写作发展情形的介绍，可参考此文。该文提到，我国港澳台地区较早地接触到了西方创意写作，台湾作家在20世纪50年代就已经赴艾奥瓦开展交流，台湾学者更是在20世纪70年代就已经将"creative writing"翻译成"创造性写作"。
② 阿来.我的写作道路与创意写作教学[J].写作，2019(2)：6.
③ 於可训.回忆当年武大中文系办作家班[J].武汉文史资料，2019(10)：12-13.

能延续下去,很多高校的作家班办了一两届就停止了招生,没有健全学位制度的支撑,也没有形成完善且行之有效的写作教学法。作家班办学的影响是深远的,以致20世纪90年代至21世纪初一段时期内,部分学者注意到美国创意写作项目时仍以"作家班"之名称呼之。

由于英语专业教学较早接触到了国外创意写作,因此也在教学中引入了相关课程。大学开设英语创意写作课,有利于我国学生学习英语语言、了解英语文化。据学者戴凡了解,2005年,美国访问学者郭亚力(Alex Kuo)在北京林业大学的授课应该是最早的英语创意写作课。中国人民大学和中山大学分别于2006年、2009年也开设了英语创意写作课程。①

从总体上来看,在前创意写作时代,我国内地对西方创意写作的认识一直未曾得到深化,高校文学相关专业虽有文学创作人才培养之经历,但以创意写作之名义构建中国特色文学创作人才培养系统却是无从谈起。

2009年至今,中国内地创意写作已历十多年的发展,十多年来,创意写作发展历萌生、勃兴而逐渐进入深耕期。

(一)萌生期

2009年,复旦大学"在全国设立首个以戏剧冠名的创意写作专业学位硕士点"②,上海大学则成立了文学与创意写作研究中心。在这之后的几年内,创意写作及其重要命题曾引发一定范围内的热议,在经过了短期的讨论以后,创意写作的基本内涵和重要价值逐渐为人们所认清,共识性见解在很大程度上得以达成。2011年,葛红兵、许道军《中国创意写作学学科建构论纲》一文发表在《探索与争鸣》杂志。同年,《湘潭大学学报(哲学社会科学版)》推出了《创意写作学的学科定位》《虚构与叙事——创意写作方法论问题》《创意写作:课程模式与训练方法》等专题论文,对创意写作学科定位和基本教学法进行了详细的介绍。系列文章的发表与传播有助于学界对创意写作有更加理性的认知。

(二)勃兴期

2012年,西北大学等非京沪地方高校创意写作专业创设,这标志着内地创意写作的发展进入勃兴阶段。与创意写作艺术硕士人才培养相呼应,西北大学、广东外语外贸大学开设创意写作本科方向,在国内较早开展创意写作本科人才培养。短短几年之中,在不同办学层次的高校,创意写作引发了不小的热潮。创意写作教育的开展从个案走向共识。2014年,我国首个创意写作博士点(计划外二级学科)落户上海大学,创意写作学科建设实现了升级。在这一年,北京大学开始招收创意写作专业硕士,北京师范大学开始招收"文学创作"硕士,中山大学则成立了中国内地首个英语创意写作研究中心。三亚学院成立创意写作研究中心。2015年,中国人民大学"创造性写作研究生班"招生,同济大学推出创意写作艺术硕士。山东大学文学与创意写作研究中心于当年揭牌。温州大学则在这一年建立了创意中文实验班。2016年1月,

---

① 戴凡.国内外创意写作的教学与研究[J].中国外语,2017(3):64、69.
② 王宏图.创意写作在中国:复旦大学模式[J].写作,2020(6):15.

东北师范大学文学院成立创意写作中心。2017年,江苏师范大学开始招收创意写作研究生。

在勃兴期内,创意写作学科的蓬勃发展还表现在:

① 创意写作研究走向深入,一些高校的学者获批高级别研究课题,专题性创意写作研究论著逐步推出,介绍西方创意写作和解析本土化发展路径。译著《创意写作的兴起——战后美国文学的"系统时代"》于2012年由广西师范大学出版社出版,对国内了解美国创意写作发挥了重要作用。

② 创意写作著作和教材建设得到重视。中国人民大学出版社"创意写作"书系的推出,对了解创意写作教学法发挥了重要作用。该书系涵盖类型广:既有译介自英美等国的,也有国内学者编写的,国内学者编就的如许道军的《故事工坊》、王祥的《网络文学创作原理》。2017年,葛红兵、许道军主编的《创意写作教程》与《大学创意写作》分别由高等教育出版社、中国人民大学出版社出版。

③ 创意写作教研领域的全国性交流得到加强。2014年7月,中国人民大学文学院、中国人民大学外语学院和中国人民大学出版社主办的"创意写作国际论坛"召开,100余名专家学者和作家参会。2014年,世界华文创意写作协会注册成立。2015年6月,由中华文学基金会和世界华文创意写作协会主办的世界华文创意写作大会在上海大学召开,100多名参会人员到会。2016年,中国作家出版集团、文艺报社和上海大学中国创意写作中心主办的全国创意写作大会在北京召开,50余名专家学者和作家参会。从整体情况来看,在后续的几年里,"创意写作国际论坛"和世界华文创意写作大会的影响越来越大。由于学术平台的大力推动和宣传,创意写作教育的基本内涵和教学改革潜在的成效引发了更多高校对它的关注。

(三) 深耕期

2018年,清华大学面向全校本科生开设"写作与沟通"课程,华东师范大学成立中国创意写作研究院。华中科技大学则开设"创意写作研究"课程,作为研究生公选课。2021年,四川大学创意写作中心成立。北京大学则于2021年在前期曾开设创意写作专业的基础上设立文学讲习所,推进文学创作人才培养。由此,创意写作进入了深耕发展期。也正是由于创意写作引起更多人的注意,2018年,创意写作作为中文专业选修课程被列入《普通高等学校本科专业类教学质量国家标准》。更多的高校结合自身实际展开不同形式、不同程度的创意写作教育,开设各种类型的创意写作课程,"超过100所高校招收该专业本硕学生,成为近年中文教育改革最为重大的'事件'"①。进入深耕期,创意写作事业发展还表现在:

① 创意写作学术研究、课程与教材建设持续深入。创意写作学术研究走向深水区,与创意写作有关的研究选题见诸国家社科基金项目或者文科权威期刊。2019年,学术集刊《中国创意写作研究》创刊号出版,为中国创意写作研究成果的推介提供了学术平台。2019、2020年,上海大学创意写作丛书(第二辑)覆盖的《作为学术科目的创意写作研究》《创意写作基本理论》《创意写作的创意理论研究》等出版。2020年,

---

① 陈晓辉.近十年中国内地创意写作发展素描[J].田家炳中华文化中心通讯,2019(3).

葛红兵教授《创意写作学理论》以及冯汝常教授主编的《大学创意写作》由高等教育出版社出版。西北大学创意写作教学团队录制的《创意写作》课程于2020年初上线中国大学MOOC平台。2021年初，刘海涛著《文学创意写作》由高等教育出版社出版。以作家创意写作课为依托的写作教程、创作批评书籍之出版日渐增多。

② 高校创意写作人才培养成效日趋显现。由于一些高校的创意写作教学实践已历多年，人才培养的效果逐渐得到检验，一些青年作家在创意写作系统中成长，更多的毕业生走向社会从事编辑、策划、教育、行政等领域工作。创意写作方向人才质量得到社会相当程度的认可。

③ 创意写作奖项逐渐推出。致力于奖掖文学新人、鼓励创意写作教研，一些专门的奖项得以推出。2021年，"何建明中国创意写作奖"在上海设立。

④ 中国创意写作发展成绩逐渐受到域外学界的关注。在英语创意写作学术期刊上，逐渐出现介绍中国创意写作发展情况的研究论文，中国发展经验受到域外关注。

综而论之，目前，中国创意写作发展成就总体表现如下：

（1）规模体量逐渐扩大。可以说，在复旦大学、上海大学、中国人民大学、西北大学、广东外语外贸大学等高校引领之下，更多的高校意识到创意写作教育的时代性意义，开展创意写作教学。创意写作的学科形态日臻成型。从一到多，英语国家创意写作发展经历了较为漫长的历史。然而，在创意写作后发国家和地区，得益于文学教育变革和文化产业人才培养需求，创意写作的扩散极为迅速，我国创意写作学科发展就经历了这样的发生发展。

（2）多元定位，探求不同格调。拥有作家培养传统的高校开展创意写作教育则更擅长精英作家培养。如中国人民大学在2015年开办创造性写作作家班，每年招收具有创作基础的青年作家展开培养，学员创作成就突出。复旦大学创意写作教育也非常重视纯文学创作的训练。上海大学创意写作教育注重与文化产业结合。更多高校则希望在作家培养和文化创意产业人才培养之间取得平衡，创建系统性的人才培养模式。以西北大学为例，西北大学创意写作教育注重审美性写作、生产性写作和实用性写作的综合养成，形成了作家班、博士方向、学硕、专硕、本科"五位一体"有机统一的发展体系。也有的高校则注意到创意写作通识教育的重要性开设创意写作通识课。

（3）创意写作组织活动与学术研究日渐活跃。在创意写作学科发展中，全国性创意写作组织得以出现并对推广创意写作教育教学发挥了重要作用。与美国创意写作发展不同的是，我国创意写作学术研究伴随着创意写作教育的兴起而兴起。美国创意写作教学起步较早，但真正意义上的学术研究却是近三十多年的事情。内地创意写作研究与创意写作学科的兴起发展同步。据在中国知网上的检索，2009年，以"创意写作"为主题的论文有9篇（其中真正对创意写作进行专题研究的仅有2篇），此后，这个数字呈现逐年递增趋势。到了2020年，这样的文章已经达到305篇。

（4）文坛与高校文学写作教育出现更加明显的互动。作家进校园从事写作教学引发现象级讨论，近些年来，当代作家如王安忆、阎连科、毕飞宇等被全职聘请进入高校从事写作教学、指导硕士生，一些大学创意写作学科公开招聘社会作家加盟。作家进校园刺激校园文学创作与当代文坛的沟通，向当代文坛输送文学创意新鲜力量。

作家从事创意写作教学,同时从事创作或文学批评,多相兼容,促进了文学批评与文学研究的更新。2018年南京大学与江苏省作协共建江苏文学院,并协同培养创意写作研究生。同年,北京出版集团下属十月文学院启动"十月文学高校计划·青年创意写作营"。此外,一些文学期刊也注意到创意写作的引入向文学写作提供了新的写作知识,主动推广创意写作理念,在行动上也主动与高校创意写作专业合作,搭建青年作家成长平台,推动文学写作创新,满足日益多元的读者需求,拓宽文学期刊新的发展空间。

我国创意写作发展虽然取得了很大成就,但不可避免地也面临着一些问题,表现在:

① 对创意写作基本理论的认知仍需深化。创意写作引入中国的过程非常迅速,但其中很多的基本原理和问题没有得到全面而客观的认知,国外创意写作理论引入不足,中国化教学法的探索亟须推进。

② 创意写作学科拓展欠佳。英语国家创意写作学科拓展能力很强,我国创意写作学科拓展能力则需要厘清思路,探索创新发展路径,积极发挥创意写作的社会公共服务功能。

创意写作学科的发展仍在路上,我国引入创意写作时间虽然不长,但很快进入状态并积极拓展本土化发展空间。由于高校创意写作发展的带动,中小学语文教育、社会写作教育等领域也受到影响。但同时,也应该充分意识到,中国创意写作事业起步晚,仍然存在着一定的不足。在文化创意产业强势支撑和创意写作领域学人的共同努力下,中国创意写作事业美好愿景值得期待。

课堂研讨

1. 美国创意写作发展特征有哪些?
2. 创意写作引入我国的时代背景有哪些?
3. 如何看待写作学科和创意写作学科之间的关系?
4. 结合当下实际,谈谈我国创意写作发展还需要破解哪些难题。

实践训练

1. 查阅资料,看看21世纪以来还有哪些国家和地区的高校开始注重发展创意写作事业。
2. 查阅我国作家参加艾奥瓦"国际写作计划"相关资料,看看中国作家是如何认识艾奥瓦"国际写作计划"的。
3. 查找20世纪80年代大学作家班办学资料,比较当年作家班与当今创意写作的异同。

拓展链接

1.［美］马克·麦克格尔：《创意写作的兴起：战后美国文学的"系统时代"》，葛红兵等译，广西师范大学出版社2012年版。

2.［美］D. G.迈尔斯：《美国创意写作史》，高尔雅、葛红兵译，上海大学出版社2022年版。

3.陈晓辉：《近十年内地创意写作发展速描》，《香港公开大学田家炳中心通讯》，2019年第1期。

4.宋时磊：《创意写作在中国接受与传播的历史考析（1959—2009）》，《写作》，2018年第6期。

5.中国大学MOOC：西北大学"创意写作"。

第三章 创意写作方法论

> [学习目标]
> 1. 洞悉创意写作方法论的三个面向。
> 2. 找到创意写作研究新的增长点。
> 3. 明确创意写作"工坊制"教学的组织方式和一般逻辑。
> 4. 探索创意思维训练的核心方法。
> 5. 形成创意写作学习的长效机制。

虽然创意写作源自西方,是从美国引入国内的新学科,但钱锺书曾说过,"东海西海,心理攸同;南学北学,道术未裂"。① 在中国发展多年后,创意写作早已与国人的文艺观念和精神气质相契合,成为践行高校教育教学改革、文艺精品创作和文化产业开发的重要抓手。

在多年的发展中,创意写作已经总结了一系列经验教训,需要继续对其梳理提炼,以便进一步打造中国化创意写作的知识体系。中国化创意写作进入深耕期,检视创意写作的方法论问题,既是为了总结其教学、研究等经验,汲取教训,也是为了表明态度,体现出对这个学科的责任和担当。

第一节 创意写作方法论概述

一、方法论的定义

根据胡经之、王岳川的考证:"西文中的'方法'一词,来源于希腊文 μεταδος,这个词,由'沿着'(μετα)和'道路'(αδος)两个词组合而成,其意为沿着某条道路前行。这是古代哲人对方法的素朴直观把握。而在现代意义上来理解的'方法',则是指从实践上、理论上把握现实,从而达到某种目的的途径、手段和方式的总和。

---

① 钱锺书.谈艺录[M].北京:中华书局,1993:1.

方法的本质在于,它一方面是联结主客体的中介,同时,它不仅是一个中介物,而且可以作为独立存在的研究对象,即超越这一中介,达到对本体的把握。"[1]可以说,方法是人们实现特定目的的手段或途径,是主体接近、达到或改变客体的工具、媒介和载体。

方法论本是一个哲学概念,是有关方法的学说。方法论是指人们认识世界、改造世界的一般方法,是人们用什么样的方式、方法来观察事物和处理问题的范畴、原则、理论、方法和手段的总称。换言之,所有针对同一范畴或问题的所有方法,聚合在一起,就可以形成有关该范畴或问题的方法论。人们有关世界"是什么""怎么样"的根本观点,形成了世界观,而利用这种观点作为指导,去认识和改造世界,就形成了方法论。世界观主要解决世界"是什么"的问题,方法论主要解决"怎么办"的问题。

二、创意写作方法论的定义

艾布拉姆斯以作品为核心,连接世界(宇宙)、作者(艺术家)和读者(观众),建立了自己的文学四要素学说(图3-1),奠定了当下文学研究的基点,也建构了文学研究的方法论。其后,很多学者在此基础上,根据自己的意图对其进行了修正和完善,比如叶维廉的文学要素图谱(图3-2)。不过,站在创意写作的角度来看,前二人的文学要素图谱并不适合本专业的阐释,反而是刘若愚的文学要素图谱(图3-3)更适合我们的诉求。但由于创意写作强调作者主体和创作过程的往复性、关联性和丰富性,因此这个图谱可以稍微做一点调整,这样,基于创作论和作者主体的创意写作图谱(图3-4)可能更加恰当。

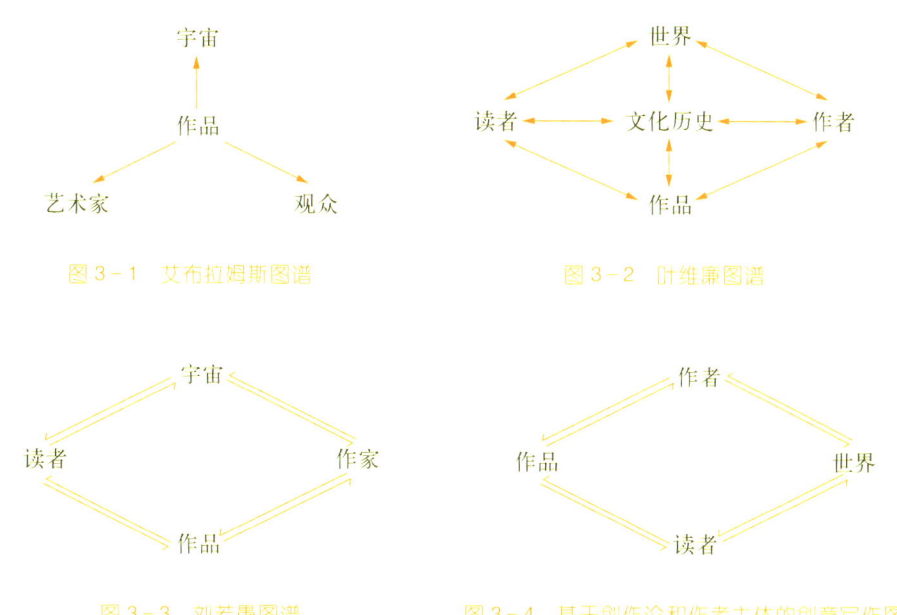

图3-1 艾布拉姆斯图谱　　图3-2 叶维廉图谱

图3-3 刘若愚图谱　　图3-4 基于创作论和作者主体的创意写作图谱

---

[1] 胡经之,王岳川.文艺学美学方法论[M].北京:北京大学出版社,1994:2.

在图 3-4 中,作者是图谱建构的核心,作者从世界当中汲取素材,经过自我的体验和内孕,通过语言文字外化为作品,读者(作者是自己作品的第一位读者)在阅读中对作品作出品评。这些品评意见进入世界,成为作者修订或者重新创作的参考。反之,虽然不存在没有作者(包括人工智能创作)的作品,但作者在成长过程中,不管他愿意或不愿意,都在日常生活中吸纳了世界中的各种元素,形构出自己的个人经验和接收屏蔽,其创作根本无法根除这种影响;作为世界现实呈现,作品是作者意图的主动反映,但作者以所认可的作品而形成的创作思想和创作方法,会成为他创作中的指导原则和期待视野;即使忽略掉作者的读者身份,读者是世界构成的一部分,无论是普通读者还是专业读者,其意见都会在市场效应和艺术评价中呈现出来,成为影响作者创作的因素之一。因此,即使在创意写作中,我们是围绕"作者"为中心绘制图谱并建构方法论,但也不宜过于轻视其他要素的作用。其实,这个图谱表明:创意写作是一个以创作主体为核心,联结现实世界、创作结果和读者群体的生态系统。这个系统可以概括如下:它以作者为中心,通过一系列正向驱动、反相驱动的方式形成创作的内在驱动力,激发创作灵感,实现创作目的的一个循环往复,周而复始的行为过程。从某种意义上来讲,在创意写作中,只要创作者生命不息,他的创作就不可能停止。

创意写作方法论的基本思路就是以开放包容、创新求变的创造性思维意识,积极主动地拥抱与文学相关的新生活、新规律、新思潮、新现象、新媒介等,体现出较强的融古纳新、取长补短的学科品质。更重要的是,创意写作的跨学科性、开放性和生长性特征将会使其与心理学、社会学、艺术学、应用经济学,以及计算机科学与技术等学科交叉融合,推陈出新,无论是在文学的数字人文批评、数字文学创作,还是非虚构性写作、文学的社会疗愈、文创产品开发、文学经济学全产业链打造,无不显示出巨大的交融性和创造性。

鉴于创意写作是一个复杂、复合的生态系统,创意写作的方法论应该是一种基于创作论的"人文科学大理论"。具体而言,创意写作的"人文科学大理论"将文学当成一个有机的、整体性的生态系统,将各种方法按需分配,组合互构,形成方法理论的综合统一体。其中,"有机的"强调创意写作理论的开放性、生长性,能够积极地、主动地把时下正在发生、正在形成的新现象、新技术、新媒介、新形式纳入自己的视野,融会贯通,为我所用,以流变性作为最稳定的规律,建构新的方法;"整体性的"强调创意写作是以"创作主体"为核心,关联世界、读者、作品,并相互转化、相互形构的完整生态体系;"生态系统"强调方法的跨学科性、跨界域性,它把自然科学、社会科学和人文科学之间的界限打破,把文字语言书写和非文字语言书写相结合,打破媒介的限制,相互借鉴,相互融汇,主动互补,主动更新,形成了一个具有很强的包容性和开放性的整一系统。

创意写作方法论的总体要求是"大体须有,定体则无。文无定法,法而无法",即创意写作方法论应该遵守基本的文体规范和写作意识,但由于文学创作不应该墨守成规,固守单一的方法,因而更应该基于创作的实际要求,依照现实生活和创作研究中的实际情况,与时俱进,融会贯通,举一反三,选择恰当的研究方法、教学方法和学习方法。

三、创意写作方法论的面向

通观国内外,创意写作最主要的栖身之所是普通高校。此外,目前尚未找到更好的生存和成长环境。然而,高校的创意写作是被作为一个独立的学科来打造的,这就意味着创意写作有两个核心任务:首先是它必须满足教师教学的需要,其次是它必须满足师生科研的需要。这就在高校长期的教学科研中形塑出两个非常明晰的面向,即教学法和研究法。这既符合西方创意写作因教育教学改革而诞生的基本逻辑,也符合西方高校创意写作按照研究和教学两条路径发展的基本规律。这个逻辑和规律也给我们清晰的指引,中国化创意写作要想在高校良性发展,势必需要通过科学研究进一步建构完善的学科体系,确保创意写作跨学科生长特色的同时,突出学科的独异性,以确证自身存在的合法性。与此同时,探索符合创意写作学科的自身规律,又有别于传统文学教育方式的教学法,也是精细化、特色化、高质量完成教学目标,获得丰硕成果,助益学科建设的应有之义。

创意作家的成长是一个漫长的过程,并非短期内就能获得巨大成果。况且,学习也不仅限于学校之内,人们有很多学习都是在学校之外的社会中完成的,这才有"终身学习"理念的提出。故而,在创意写作方法论的家族中,也应该提供一种立足于学习者视角,注重培养学生的思维方式和认知能力的创意写作学习法。也就是说,致力于学习法的人虽然有可能学习创意写作的研究和教学,但出于创意写作的专业特色,他们主要还会致力于文学创作的学习,因此创意写作的学习法实质上也是对创作思维、创作意识、创作技巧、创作式阅读、文学修辞等方面的学习。

总而言之,创意写作方法论的特质是一种人文科学综合研究法。创意写作的人文科学综合研究法构成了一个方法论的家族。这个家族中包括了创意写作教学法、创意写作研究法和创意写作学习法,以三者形构创意写作方法论的总体框架。其中,创意写作研究法因高校学科建设和学术研究的需要而不可或缺;创意写作教学法既是创意写作在西方兴起的首要原因,也是在中国创意写作学科体系建设和形构中国创意写作教育教学自主知识产权体系的重要举措;创意写作学习法既能破解现实生活中人们无法长期在校学习的实际困境,也能满足现代社会强调终身学习的执念,在落实创意写作的审美教育功能、文学批判功能的同时,将创意写作的社会服务功能拓展至一个新的境地。

第二节　创意写作研究法

创意写作研究是搭建创意写作学科体系,深化创意写作认知,提升创意写作教学水平和学习能力的重要保证。其方法与现有的文学研究有相似之处,也有相异之处。

一、创意写作研究法的普遍性

如前文所述,创意写作研究主要包括基于创作论的史论研究和文学批评。其中史论研究既包括创意写作、体验经济、真实性、文学成规、虚构性写作、非虚构性写作等核心概念和关键问题,又包括中西方创意写作发展史、批评史、教育教学史等。文学批评实则是一种基于创作论的文学鉴赏与评论。它用"像作家一样阅读"的方式,形构出一种"创作式阅读"模式,将自己与传统的"像批评家一样阅读"的"批判式阅读"模式区分开来。在"创作式阅读"中,读者设身处地,以己度人,提炼作者在情节架构、人物设置、语言风格、写作观念等方面的创作思想和创作技巧,并以此为据探寻其他创作的可能性,在不断地"试错"中建构自己的创作理念和写作原则,为自己的文学创作提供个人化的、切实可行的指导服务。

这就表明,传统文艺理论研究和文学批评中有关创作论、模仿论、功用论、表现论、形式论等的主要方法均可适用于创意写作的一般研究。比如常见的社会历史研究法、传记研究法、象征研究法、精神分析研究法、原型研究法、符号研究法、形式研究法、新批评文本细读研究法、结构研究法、现象学研究法、阐释学研究法、接受美学研究法、结构主义研究法、数字人文批评、数字文学创作研究等。

二、创意写作研究法的独异性

创意写作的研究适用传统文艺理论研究和文学批评中有关创作论的主要方法,但它有其独到的特异性。主要体现在以下几个方面:

(一)基于创作论的理论研究和批评实践

这表现在与文艺学、中国现当代文学的区别上。与文艺学研究方法的区别在于:从研究方向而言,文艺学是基于文学四要素的整体性史论研究,而创意写作的研究是以创作论为中心的史论探讨;从研究的对象而言,文艺学主要聚焦于文学现象、文学规律、文艺思潮等的史论研究,创意写作不仅包括其史论研究,还包括创意写作教学法、文学产业化的相关研究。与中国现当代文学研究的区别在于:从阅读者的身份定位而言,中国现当代文学专业读者的阅读,基于文学批评的目的,是一种"像批评家一样的阅读",带着质询和挑剔,而创意写作专业读者的阅读,基于创作的目的,是一种"像作家一样阅读",带着模仿和探索;从阅读的目标而言,中国现当代文学专业读者的主要阅读目标是在文学审美的同时,撰写出文学批评论著,创意写作专业读者的主要阅读目标是站在创作者的角度,评判创作、作品中的优劣得失,探索另一种创作的可能性,并以此建构自己的创作思维、创作理念和创作方法,进而指导自己的文学创作。从这个角度讲,中国现当代文学阅读者鉴赏批评结束的时候,才是创意写作阅读者创作的开始。

(二)基于新的创作可能性的前瞻性研究

汪正龙写道:"即真正的'创意写作'应该是挑战写作自身、挑战作者自身经验极限、挑战语言表达的极限的写作。"[①]这就是说,创意写作是一种向生活世界、向作者经验、向文体技巧、向修辞表达,向个体意志的边界突围并探寻新的写作可能性的行

---

① 安德鲁·本尼特,尼古拉·罗伊尔.关键词:文学、批评与理论导论[M].汪正龙,李永新,译.桂林:广西师范大学出版社,2007:83.

为过程。它从根本上拥有"向一切不可能挑战"的执念,把关注现实民生,求新求变,在现有框架中突破框架的写作理念作为创作的基本准则。

创意写作的核心任务之一是通过创意思维激发,发现创作主体在文学创作中创造的可能性。创作主体对现有文学作品和作家的阅读、考量和分析,都是为了给下一步的创作来服务的。创意写作者的阅读是一种像作家一样的"创作式"阅读,他们对现有作家作品创作的批评是一种为自己今后的写作积累知识、获取灵感、汇聚能量的必然行径。这既是对现有写作文体和写作方式的承继和发扬,又是对现有写作文体和写作方式中蕴含的新的写作可能性的孕育和展望,更是以其开放性和生长性,拥抱新事物,接纳新写法,创造新景象的创作思维。

因此,从本质上来讲,创意写作研究是人们基于新的创作可能性的前瞻性研究。也就是说,创意写作研究是一种面向未来、面向未知的研究,应该致力于以新的研究方式、研究视角寻求新的写作可能性。

(三) 基于文学的交叉融合研究

创意写作是一门随中国语言文学学科的现代化发展而衍生的新型交叉学科,具有明显的交叉融合性质,已成为人文科学与社会科学、自然科学跨学科融合创新的典范,也成为最重要的"新文科"建设方向之一。创意写作通过文学与计算机科学、公共管理、心理学、应用经济学、艺术学等学科的交叉融合研究,以实现数字人文批评、数字文学创作、文化产业创新和社会良性治理的终极目标。

创意写作交叉研究的三个主要方向是:数字人文批评与数字文学创作、文学的叙事疗愈、创意写作与文学经济学研究。

数字人文批评与数字文学创作研究主要分为:一是文学的数字人文批评。它通过文学的数据库建设,运用现有的文字云、型符比、谷歌图书语言分析器、文本关系分析器等方法,借助超级语言程序和计算工具,对现有作品做出计算、分析、批评,形构自己的计算工具、批评语言和独特结果。二是数字文学创作研究。它依托数字技术创作,基于数字代码完整呈现表意结构与审美表征,具有动态性、多元整合性和强交互性等特征,聚焦于熟悉 INFORM、TADS、TWine 等智能在线创作平台,深入阅读"交互小说"、数字新媒体小说中的经典作品,探寻数字环境下文学创作的新形式,如设置连接与节点以达成叙事的非线性、控制阅读时间和翻页方式等,讨论其有效性和合法性。

文学的叙事疗愈。它主要牵涉面向自我的写作,针对诸如空巢老人、留守儿童和有心理缺陷的社会人群:一是采用个人文字书写的方式,通过以私密日记、书信、回忆录、家族史等方式记录自己的日常生活和情感思绪,达成情感宣泄、抚平创伤、自我疗愈的目的,重新认识生命、重塑生命的目标;二是采用讲述-倾听的范式,通过倾听者对讲述者的倾听和引导,达成讲述者情感宣泄,实现社会疗愈,降低社会治理成本,彰显创意写作的社会服务功能。

创意写作与文学经济学研究。创意写作赖以栖身的普通高校受制于主流经济形态,读者市场迫使作家主动寻找文学的商业形态,媒介传播造成文学流通的经济性,而且文学创作本身具有文体的经济性。更典型的是,创意写作中的"体验经济"蕴藏着巨大的经济社会效益。创意写作经济性研究的重点在于讨论创意写作的显性和隐性经济形态、创意写作的经济评价体系、创意写作中的"体验经济"、创意写作的作家培养模式、创意写作的经济效应开发、创意写作文化产业系统建构,从理论和实践层面回答创意写作经济形态的类型及独特性、创意写作经济效益的开发和创意写作经济体系建设三个问题,为国家创意经济和文化产业的繁荣发展提供新的增长点,助力国家文化的国际影响力。

综观创意写作的研究法,它是基于创作论的史论研究和文学批评,以此与相关学科构成一种既联合又斗争的关系;它是基于开放性、生长性的跨学科研究,以此与其他学科构成一种既拥抱又拒斥的关系;它是基于前瞻性、超越性的未来研究,以此与传统知识构成一种既继承又引申的关系。

第三节　创意写作教学法

创意写作的诞生首先是为了解决文学教育教学改革中存在的问题。虽然1837年,拉尔夫·爱默生就提出了与学术研究相对的创意写作概念,但显然人们不满以古典语文学教育为核心的文学育人模式,才是西方创意写作创生的核心原因之一。戴维·迈尔斯认为,创意写作最初是作为教学科目建立的,它有两个含义:一是作为"一项在高校开设小说、诗歌写作课的校园计划",二是"一个招募小说家、诗人从事该学科教育教学的国家体系"。1880年,哈佛大学首次提供高级写作的选修课程。1936年,艾奥瓦大学的艾奥瓦诗歌创作工坊出现。这些教学改革活动一再说明创意写作的问题首先是教育教学的问题,也是教学法的问题。

作为新近国内高校中文专业着力打造的新兴学科,创意写作需要妥善解决该学科的日常教学问题,满足更多的现实需求,才能最终获得存在的合法性和必要性。这表明创意写作不仅要接续传统的中文教学方式,还要以自己独特的教学方式获得受众的认可。基于这种情况,通盘考虑中国化创意写作的教学,可以将其主要教学方式归结为"讲授式"教学法、"研讨会式"教学法和"工坊制"教学法三种。

一、创意写作"讲授式"教学法

在当下国内高校采用的教学方式中,以教师为主的"讲授式"教学毫无疑问是最为普遍、最为重要的教学方式。在中国化创意写作学科体系中,创意写作在"讲授式"教学之外,应该寻求更加多元、契合、独特的教学方式。但就目前的实际情况看来,鉴于目前国内学校的师生比例、师资水平,以及对创意写作的专业理解、执行能力等方面的实际,要想完全剔除"讲授式"教学方式显然不合时宜,因此,这种教学方式还有着非常重要的意义和价值。

传统的"讲授式"教学以约翰·华生(John Watson)的行为主义刺激-反应理论为指导,奉行教师中心论,认为知识是由教师向学生的单向传递,推崇教师的课堂讲授,相信学生是"被动的容器",所以它形成以教师讲授为主,学生被动接受的教学模式。一般采用大班(超 30 人)教学的组织方式,通过创意写作的理论讲解,以对具体作品的鉴赏批评实现学生创作的外部激发,引导学生完成写作练习。

在这种教学模式中,教师一方面相信写作应该是一种个人化思考、独立性体验、单人完成的模式,相信个人的天赋、灵感和个人体验在写作中的特殊功能,另一方面由于班级过大,教师无法对学生作品一一细读和精评,甚至在课堂上连学生互评都几乎完成不了,故而这种教学方式大多数忽略学生写作实践能力的具体培养,特别是会忽略创意思维的针对性训练。他们认为写作就是写出作品,重写作结果轻过程控制,重文体讲解轻思维训练。

二、创意写作"研讨会式"教学法

研讨会(Seminar)是创意写作课程教学的另一种组织形式,是指为了对创意写作活动的某一专题做主题性讨论、研究、交流而在一个集中场合专门召开学术会议的教学方式。在"研讨会式"教学中,组织者会邀请创意写作领域的相关专家、作家、行业人士作主题性发言,参加人数可多可少(几十人到几百人不等)。与会人员还包括工坊成员、主持人和社会相关人员。研讨会采用学术会议的形式进行,基本程序包括专家发言、专业人士归纳、提炼、点评、参会人员提问、讨论、教学案例展示等各种各样的方式。主持人负责会议的组织、会议的进程、问题的提出、话题的衔接和转换、安排发言等。

研讨会的形式可以为学者与作家、学者与学生、作家与学生提供当面交流的机会,通过专业理论指导、发展趋势预估和具体案例分享,为具体的写作实践提供现实参照和智力支持,有效帮助学生提高理论认识和创作水平。

三、创意写作"工坊制"教学法

"工坊制"教学法被认为是迄今最有效、最有特色的创意写作主流教学模式。创意写作工坊(workshop,又称为工作坊)是创意写作最主要的学习活动的组织方式和实施单位。以工坊为核心的创意写作教学方式,通常称为"工坊制"教学。

(一)"工坊制"教学的理论基础

创意写作工坊最初源自美国艾奥瓦大学的诗歌写作工坊,其后在斯坦福大学、哈佛大学、波士顿大学、印第安纳大学等著名高校的英文系开设。[①] 创意写作工坊以卡尔·罗杰斯(Carl Rogers)的体验性学习理论、伯尔赫斯·斯金纳(Burrhus Skinner)的操作性条件反射行为主义学习理论、学生中心论,以及让·皮亚杰(Jean Piaget)的建构主义教育理论为指导,强调文学教育应以学生为主体和中心,教师组织主导,师生互动激发,在过程训练中催生互构式的教学组织方式。这并非否定以知识传递为标志的讲授制教学组织方式,而是说二者可以共构新的文学育人组织模式。

---

① 此处有两点予以说明:一是艾奥瓦大学的创意写作在其文理学院下开设;二是英语国家的英文系实际上类同于我国的"中国语言文学系"或"文学院"。

(二)"工坊制"教学的组织方式

创意写作工坊制教学的四种模式

工坊以一名有经验的主讲人(可以是专业作家、学者或文创职业人)为核心,配备一到二名助教,以20位以内的学生为主体,根据学生各自的兴趣、文体、任务,分为不同的二级单位,如小说工坊、诗歌工坊、创意文案工坊、儿童文学工坊、玄幻小说工坊、剧本杀工坊等。在主讲人的指导下,师生们通过阅读、活动、讨论、短讲等多种方式,共同探讨某个话题,展开阅读、创意和写作。

一般地,创意写作工坊的主讲人由作家承担。主讲人有三种类型:第一种是传统意义上的专业作家,包括小说家、诗人、剧作家等,第二种是对"创意写作"进行理论研究的"专家",诸如在高校实施创意写作教学的专职教师,第三种是在文化创意、影视制作、出版发行、印刷复制、广告、演艺娱乐、文化会展、数字动漫等所有文创产业中具有原创性并取得突出成就的职业人才。在作家中,一些是驻校作家,比如西北大学的贾平凹、吴克敬和弋舟等;一些是短期访学、讲学或客座教授,如诺奖得主勒克莱齐奥曾于2018年在西北大学开设了短期的创意写作课程。

工坊"是一种注重实际应用的教学方法,即以导师组织学生创作和研讨各自的作品为主。导师激发学生的创作热情,传授切实有用的创作经验,发展学生的创作个性是主要教学内容。教学目的则是让学生创作出具有一定水准的文学作品"。① 也就是说,在创意写作工坊中,学生与教师共同组成教学团体,学生在课堂分享阅读和创作体验、朗读自己的作品,然后由其他人做出评价,提出修改意见。工坊既尊重学生的创意与个性,又尊重写作规律;既可以讲授教学,又可以自由讨论;既可以在室内教学,又可以组织田野采风、写作(夏令、冬令)营、户外活动、实地考察等;既可以面授,也可以建立网上讨论群、网页、论坛、微信等其他方式;既可以按照写作规律开展教学,也可以以项目或活动带动全体学员参加而展开学习。

(三)"工坊制"教学模式的独特性

与其他教学模式相异,"工坊制"教学的独特性在于以下几个方面。第一,重视过程教学。它以一组预先设定的程序,分步骤、模块化完成从打草稿、定稿、修改、发表的写作全程实践。第二,重视相互激发。不仅相信个人天赋的差异性,更崇尚灵感的群体性共同激发。第三,重视集体创作。既承认写作是独立思考、个体体验、单人创作的结果,又强调文学作品可以通过集体协作共同完成。此外,从上面的论述不难看出,注重思维激发、过程控制、集体创作的创意写作工坊,实质上可以理解为它是一种项目式的教学方式。

创意写作工坊"本身是人类活动的一个事件,一个重要场所"。② 工坊为创意写作的教学活动提供了必不可少的活动空间。但不可否认的是,借用格雷姆·哈珀(Graeme Harper)的话说,"创意写作工坊是人类事件的场所——实际上是一种人类经验(体验)的交流。"③在戴安娜·唐纳利(Dianne Donnelly)看来,虽然创意写作工

---

① 刁克利.作家培养何以可能:美国创意写作教学的启示[N].中国社会科学报,2011-11-15(11).
② DIANNE D. *Does the Writing Workshop Still Work?* [M]. Bristol: Multilingual Matters, 2010. p.xvi.
③ DIANNE D. *Does the Writing Workshop Still Work?* [M]. Bristol: Multilingual Matters, 2010. p.xix.

坊是人类经历的重现并相互交流的现场,但"在创意写作工坊中,最重要的无疑是需要评估人类经验(体验)的价值"。① 也就是说,提供创作活动的空间只是工坊的基本功能。更重要的是,在创意写作工坊活动的全部过程中,始终贯穿着人类的经验和感受。人类体验也是创意写作工坊的一部分,每个人的理解贯穿于该活动始末。创意写作工坊"最重要的一点是,关于人类经验的价值讨论",②通过这种汇集集体智慧的方式完成文艺创作,凸显其与传统个人化创作的差异性。

概言之,创意写作以"工坊制"教学模式为主,结合"讲授式"教学、"研讨会式"教学共构了新的文学育人组织和教学模式,甚至形成了一种三者融合的"混杂式"教学模式。创意写作教学重在培养学生的创造意识,工坊制也好,讲授式也好,研讨会也好,或以其他方式,不过是"术",而非"道"。

第四节 创意写作学习法

艾尔弗雷德·怀特海说过,"教育的目的是激发和引导他们的自我发展道路"。③ 创意写作的教育教学也不例外。只有学习者学会了自我反思和批判学习的方法,知道自己想要学习的内容,能够适时准确地自我调节,才不会被当成"被动的容器",被迫接受教师希望其学习的各种知识,因而规避"讲授式"教学的弊端,培养出学生的学习能动性。这无疑需要掌握创意写作学习法。

一、创意写作学习法的定义

虽然大多数创意写作的学习者也有可能学习创意写作的研究和教学,但他们主要还是致力于文学创作的学习,因此创意写作的学习法不仅是在创作技巧、文学修辞、表达方式等方面的学习方法,更是在创作思维、创新意识和思想深度等方面培养作者创造力的方法。

更重要的是,如上文所述,创意写作是一个周而复始、循环往复的活动。这既表明了创意写作的过程性,也透露了创意写作的综合性。也就是说,在创意写作的过程中,作者不仅需要丰厚的知识经验、个体体验、叙事技巧、表达方式、文学修辞等常规写作能力的支撑,而且需要能够整合作家自己清醒的创新意识、持久的专注精神、顽强的创作意志和厚实的创作能力。因此,创意写作的学习不仅是知识技能的提升和写作能力的培养,更是对作家创造力、专注力、意志力、整合力的长期养成。

二、创意写作学习内容

学习者都需要熟悉各类典型文本,提升思想的深度和广度,长期坚持定时与不定

---

① DIANNE D. *Does the Writing Workshop Still Work?*[M]. Bristol: Multilingual Matters, 2010: xviii.
② DIANNE D. *Does the Writing Workshop Still Work?*[M]. Bristol: Multilingual Matters, 2010: xix.
③ 怀特海.教育的目的[M].庄莲平,王立中,译注.上海:文汇出版社,2012: 前言1.

时的自由写作训练,创造性地练习表达方式、叙事技巧和文学修辞。但此外,他们还需要学习以下几个方面的内容:

(一) 培育自己的信心与兴趣

美国作家多萝西娅·布兰德(Dorothea Brande)曾说:"一般的学生或大多数初学写作者所遇到的困难并不是小说创作技巧所能够解决的困难,他需要解决的是我能不能写的自信心问题。"①对大多数学习者而言,由于对写作兴趣不足,或者存在畏难心理,其心理准备不足,自主开展创意写作的条件还不成熟。因此,培养学习者自己的写作兴趣,提升他们写作的自信心和自豪感,是亟须解决的问题。

(二) 养成自己的创作意识

在自信、乐观的基础上,学习者要善于完成深层次的追问,比如"作家是什么样的人?他们如何工作?""如果我要成为作家,我需要成为什么样的人?什么才是真正具有艺术气质的艺术家?"这些问题事实上是无法被真正解答的,直到你成为"作家",写出创作的第一个字,拥有自己独到的感悟和认识,建构自己的作家身份,才是答案。

(三) 控制自己的无意识与非理性

文学创作常常被当成非理性、无意识的天才游戏,推崇天赋和灵感在作家创作中的作用,进而强调文学创作中的无意识、非理性的灵感、激情作用。然而,从实际创作经验来看,好的作品都是感性和理性的结合体。仅凭灵感和激情,按照无意识和非理性的创作往往会成为无序的情感宣泄,故而,学会控制自己的无意识和非理性,让作品呈现出有序而精妙的设计感和多次而精细的修改性,借用多萝西娅·布兰德的话说:"成为作家的第一步就是要约束你的无意识,让它为你的写作服务。"②

(四) 自由激发个体的创新思维

如前文所述,以创造性为表征的创新思维激发是创意写作教学的灵魂。然而,自由激发创意潜能是一个复杂的、具体的过程,需要我们真正地做到回归自我、向内发掘,而且突破创意束缚,也需要我们找到适合自己的方式方法并持之以恒地为之努力。

只有运用创意思维,学会控制自己的无意识、非理性,培养创作意识,将思想深度、艺术技巧等融入创意写作的分体写作实践中,学习者才能真正完成作家身份的建构。

三、创意写作学习要点

创意写作"怎么学"的问题除了涉及具体的写作技巧和方法,还集中于写作心理和创造意识的培养,主要包含以下三点:

(一) 克服写作障碍

卡琳玛和利克斯基在《克服写作障碍》一书中将写作障碍定义为:"人们将想法表述为文字时遇到的阻碍,也指不能顺畅地表达自己的现象。"也就是说,写作障碍指

---

① 多萝西娅·布兰德.成为作家[M],刁克利,译注.北京:中国人民大学出版社,2011:3.
② 多萝西娅·布兰德.成为作家[M],刁克利,译注.北京:中国人民大学出版社,2011:45.

的是学习者不能用文字语言准确表达自身意思,无法持续写作的情形。常见的写作障碍有四种。一是心理障碍。它是一种自卑、恐惧、害羞、软弱的心理,老害怕挨批评,纠结于要不要写、写不写得完等问题。二是习惯障碍。它伴随着一种长期地拖延、无休止地抱怨、永不停歇地讲述、吹毛求疵地批评,但就是不立刻做,坚持行动,用具体的写作实践来形塑良好的创作习惯。三是知识障碍。它指的是学习者的阅读量不足、生活体验不够、专业知识储备有限、思考能力不足,以致没有能力深度思考,并无法完满完成预设的创作任务和目标。四是技法障碍。它指的是学习者未能熟练掌握表达方式、叙事技法和文学修辞的方式方法,更遑论融会贯通,举一反三,难以形成有效的文学叙述。克服写作障碍的重点就是培养学习者的写作自信,能够针对以上提及的写作障碍,观察生活认识事物,从生活中吸取实在的材料,接受内心的良知审查,做好自己的日常准备工作,随时跟随自己的意愿来写、及时去写,用写作的实际行动祛除创意写作中的困难。

(二)学会自我发掘

许道军、葛红兵说:"'自我发掘论'是创意写作基础理论的一个非常重要的基石。创意是自我人生的投射,创意写作是发现自我、反思自我、开发自我、形成自我并超越自我的活动。"[①]自我挖掘就是要求学习者能够认真对待自己的创造潜力,重新认识与接纳自己,其核心是自我认知心理的培养。学习者掌握知识技能,要能够不断地从个人的经历、回忆、观察、思考等过程中深挖写作的素材,以写出以往没人写出过的原创性作品为目标,将写作从某种意义上变成认识自我、发现自我、表达自我、重塑自我的完整过程,激发学习者的创造潜能,让创意写作成为能够真正贴近学习者的个人经验和人生体验,变成学习者自我实现的有力推手,正如马克·麦克格尔(Mark McGurl)所言,创意写作的目的之一是作家们在学习中"通过自我认知发现来找到灵感,从而实现人生转折"。[②] 在自我发掘时,学习者应该在下面几个方面作出写作的努力。其一是写你喜欢的。杰克·赫弗伦(Jack Heffron):"关键在于,'写你知道的'这个陈词滥调是完全错误的。相反,应该写你喜欢的。……如果写的东西让你感觉到罪恶般的快感,那么你就是走在正确的轨道上。"[③]这就是说学习者要善于通过发现自我,认识到自身特殊的情感或思想,以找到自己独特的自我表达能力和方式。其二是写你不知道的。只有你不知道的,别人也不知道,才更需要去思考去探索,才更值得写出来。也就是说,学习者要有深度思考、自我诊断和批判反思的元思维能力,能够将自己的困惑、疑问和思考呈现在作品中,引导大家共同探索。其三是学会与他人连接。周志建写道:"人人都渴望亲密关系,渴望与他人连接(connection)。"[④]当学习者能够设身处地,换位思考,就能够与读者连接,与作品中的人物连接,更容易理解人物的心思,引起读者的共情与共鸣,也让自己与整个世界紧密连接。

---

① 许道军,葛红兵.创意写作:基础理论与训练[M].桂林:广西师范大学出版社,2011:11.
② MARK M. The Program Era: Postwar Fiction and The Rise of Creative Writing[M]. Harvard College Press, 2009: 3.
③ 杰克·赫弗伦.作家创意手册[M].雷勇,谢彩,译.北京:中国人民大学出版社,2015:56.
④ 周志建.故事的疗愈力量:叙事·隐喻·自由书写[M].北京:华夏出版社,2012:72.

（三）养成创造性智慧

创造性就是普通人在日常生活中为了解决问题而立足现有基础推陈出新的一种智慧和能力。创造性的发挥既要立足于格式，又要超越格式化的既定框架和界限。赖声川曾说："创意的原始能量不是被培养出来的一个特质，而是等待被发掘的本能，等待被揭露的能量。"①赖声川的论断在柏格森哲学中得到了有效验证。按照柏格森的说法，创造是生命本能。生命本质就是绵延，是过去不断涌向现在，是"从中心向四周"分解，分化出不可预见、创造性的进化方向，不同支脉因其同一性根源而互有联系。可以说，对创造性问题而言，重要的是对其立足现有经验，予以发掘，提升学习者整合生命力的智慧。创造是将把已知的、原有的元素打乱并重新地进行各种形式的排列组合，形成一个未知的、没有的新元素。创造性是生命的本能，是艺术活动的根本特征，重点在于如何在艺术活动中激发、活化创造性。显然，创意写作学习法的根本在于学习者在创造意识的驱动下，能够明确创作目标，提升创作能力，训练自己专注于创作活动的高度注意力，长期坚持、不怕失败的强大意志力和锻造一种立足于个人现有知识技能和个人经验的智慧整合力，形成强大的创造力。

有一点需要说明的是，以上有关"怎么学"的三点暗含了一种学习上的时间顺序和递进逻辑，无法随意调换次序。

胡经之、王岳川主编的《文艺美学方法论》中说："人们渴望通过新方法，去对不确定的生命过程加以意义确定，从而展示出人的本然处境和无限的可能性。"创意写作最有魅力的地方正在于以其开放性、生长性，让创作滋生出无限的可能性结果。其通过思维训练，切实培养了学生写作中的创造意识，使之融入学生的生活体验之中，这才是最大的成功；创意写作课程通过互构式的小班教学工坊模式，在学生和教师形成了异常稳定的学习共同体，团体成员之间不仅建立了知识的关联，而且建立了情感的连接，体现出非常强的凝聚力、认同感和责任感；在教学和研究的过程中，当感受到来自同伴（不分学生、老师、朋友、陌生人，可以是任何人）的热情、认可和好意的时候，不把创意写作当成精英教育和某些特殊人才的特权，而是通过我们对研究法、教学法和学习法的粗浅理解，回报更多需要创意写作的人群。这也是创意写作在审美教育、社会批评的功能之外，兑现面向自我，服务社会的公共文化价值的有力保证。

 课堂研讨

1. 除文中提及的三个面向，创意写作方法论还有哪些面向？
2. 请结合实例，谈谈创意写作的研究有何独异性？
3. "工坊制"教学何以成为创意写作教学法的核心表征？你是否认同？为什么？
4. 根据本章内容，谈谈如何将创意思维训练方法贯穿到数字文学的创作过程中去？

---

① 赖声川.赖声川的创意学[M].桂林：广西师范大学出版社，2011：87.

 **实践训练**

1. 有人认为文学创作是无法教授的,你如何回应这种说法?
2. 在创意写作学习法部分,本章主要致力于讨论学习的非技巧因素,并未过多涉及技巧因素,你能列举一些技巧并用自己的创作来证明其有效性吗?

 拓展链接

1. [美]罗伯特·J·斯滕博格:《创造力手册》,施建农译,北京理工大学出版社2005年版。
2. [美]杰克·赫弗伦:《作家创意手册》,雷勇、谢彩译,中国人民大学出版社2015年版。
3. 陈晓辉:《中国化的创意写作学科体系猜想》,《湘潭大学学报》2016年第1期。
4. 中国大学 MOOC:西北大学"创意写作"。

中编 分体写作

第四章　散文写作

第五章　小说写作

第六章　戏剧剧本写作

第七章　儿童文学写作

第八章　融媒体写作

第九章　现代诗写作

第十章　旧体诗写作

第四章 散文写作

[学习目标]
1. 通过解读名家作品审视中国散文写作特点。
2. 学习从"心"入手,创造性地进行散文写作。
3. 掌握散文写作的方法。

第一节 散文的定义与特点

一、散文的定义

　　散文是相对于韵文而言的散行文字。虽然南宋末年罗大经的《鹤林玉露》才首次把"散文"作为文体概念提出来,但中国散文历史悠久,是中国文学史上较早充分发展的文体,大概经历了三次高潮。一是先秦历史散文和诸子散文,此时散文感情激越、论辩性强,文章宏丽、辞藻华美,多用寓言和比喻。二是唐宋八大家散文。他们倡导文风革新,因此其散文作品自然流畅、饱含政治理想。三是明清时期公安派、竟陵派、桐城派散文。他们或推崇活泼率真、直抒性灵,或看重义法、平易质朴。五四文学革命时期,散文被赋予现代意义,如刘半农《我之文学改良观》中的"文学的散文",傅斯年《怎样做白话文》提出包括解论(exposition)、辩议(argumentation)、记叙(narration)和形状(description)在内的"白话散文"。进入现代以来,散文也是取得较多成绩的文体。
　　中国现代文学中,散文可从广义散文和狭义散文两方面来理解。广义散文指与诗歌、小说、戏剧并行的文学体裁,包含以议论性或叙事性为重点、在不同程度上融合抒情性的文章,如杂文、政论、学术小品、序跋、回忆录、人物特写、报告文学、传记文学等体裁。狭义散文侧重抒情性,融合形象的叙事与精辟的议论,包括小品、随笔、游记、日记、书信等体裁。
　　实际上,散文和普通人的生活更接近,也更适合我们来学习。散文是一种侧重于表达内心体验和抒发内心情感的文学体裁,它对客观的社会生活或自然图景的再现,也往往反射或融合了作者的主观感情,它主要是以从内心深处迸发出来的真情实感打动读者。

二、散文的特点

一般说来,散文有如下特点。

(一)篇幅相对短小

散文的篇幅一般不长,它不像长篇小说那样洋洋洒洒数十万言,有的作家的散文只有几百个字,有的作家在创作历史文化散文时会写上一两万字,较短的篇幅更便于读者在闲暇之余品味其中的审美意趣。

(二)取材广泛

散文取材包容性强,对题材没有严格的限定,既可以写历史,也可以写现在;既可以写读书感想,也可以写生活体验;既可以写国外,也可以写国内;既可以想象宇宙之大,也可以凝思尘土之微。诚所谓:写人叙事以观世态万千,写景状物开审美想象,抒发情感而可达心入境,表意言理以求人文深思。

(三)散文写法灵活

散文与小说、诗歌等文学体裁的写法不同,散文对结构、语言并没有严格的限定性要求,不要求讲好一个逻辑自洽的故事,也没有节奏韵律方面的严格限制,只要作者内心中有一个内在之"神"统摄全篇就可以了。这使得散文写作之束缚看起来很少,但这并非意味着写好散文就很容易。读者阅读散文可以很直观地看到作者的内心、作者的功力,正如余光中所认为的那样,散文形式上所需要的技巧太少了,有很多的内容是赤裸裸地展现在别人面前的。散文可写人,可写景,可叙事,可抒情,可说理,不同的作者可以根据自己想要表达的东西选择运用各种写作形式,散文写法多样,使得其风格千变万化、各具特色。

(四)散文长于抒发作者内心情感

写散文最重要的一点就是要写出"人"来,要写出"人"的思想、情感和心理,或者说要写出人的心灵和人格。当前全社会都在讲创新、创意,那么什么是散文创意写作呢?概括来说,散文创意写作就是具有创新意识的作者创作具有创新观念的散文作品,从而带给读者创新精神享受的写作。这个定义包括了作者、作品和读者三个方面,关键是具有创新意识的作者。那么,作者怎样才能具有创新意识呢?归根结底,还是"人",要从人的真实生活、情感中挖掘创新点。

(五)散文语言张弛有度

散文的语言与其他文学体裁的语言不太一样,诗歌写作对字词的要求是非常苛刻的,小说的语言要服务于故事情节,不能过于随意,相比较而言,散文的语言可以张弛有度,在相对缓慢的节奏中展现汉语自然、流畅之美。当然,散文写作也不能将注意力过分放在语言雕琢上,好的散文作者擅长用简练的语言表述自己内心的真实想法。有些语言看起来似乎有些随意的散文作品,却能于娓娓道来中透露出生活的气息,彰显着汉语之美,显示出作者高超的语言驾驭能力。

（六）散文呈现趣与味

散文呈现作者才思，又兼个性语言之美，让人回味无穷。很多散文作家都会用"意味""意趣""趣味"等词语来形容散文的审美品质。散文的趣味既可以是浅层日常生活之趣味，也可以是更高的审美层次上的趣味。

第二节　写作起点：感思日常

散文写作写什么呢？其实，大千世界，事无巨细，没有什么不可以进入作者的笔下，但要想写得深，写得透，能让读者共鸣，就不那么简单了。一般来说，只有作者受到震动，有表达的冲动之后，才能触动和感动读者。为此，作者就要写自己亲身经历、亲自体验的事情，换句话说，就是耳熟能详的人和事。史铁生的《我与地坛》之所以感人，很重要的一个原因就是作者对地坛的了如指掌。十五年的朝夕相处，作者和地坛之间你中有我，我中有你，就像作者所说的："地坛的每一棵树下我都去过，差不多它的每一米草地上都有过我的车轮印。无论是什么季节，什么天气，什么时间，我都在这园子里待过。"很多时候，作家往往写他执笔为文那一刻的所思所想。鲁迅说他写《朝花夕拾》"是从记忆中抄出来的，与实际内容或有些不同，然而我现在只记得是这样"，这里的"现在"便是"创意"写作的动力所在。俞平伯也对"现在"情有独钟，1923年8月他和朱自清同游南京秦淮河后所写的《桨声灯影里的秦淮河》结尾便提醒读者："我告诸君的只是忆中的秦淮夜泛。至于说到那'当时之感'，这应当去请教当时的我。"著名散文家朱自清就善于写现代人的日常生活，像《背影》中爬月台的肥胖父亲的背影，就大写了小人物在日常生活中的艰辛和挣扎；《荷塘月色》中的荷叶、荷花、月光、杨柳等看似"宁静"的日常生活风景背后却是"颇不宁静"的内心风暴。朱自清写活了现代日常生活中的人和人的现代日常生活。林语堂散文的日常性从题目上也看得出来，像《我怎样买牙刷》《论看电影流泪》等。汪曾祺写过很多有关美食的散文，居家过日子的油盐酱醋、故乡的瓜果美味、别处的酸辣咸甜等都成了汪曾祺散文写作的素材，品之有生活之味。

胡适《我的母亲》写自己母亲的身世以及她带给自己的影响：

> 我母亲管束我最严。她是慈母兼任严父。但她从来不在别人面前骂我一句，打我一下。我做错了事，她只对我一望，我看见了她的严厉眼光，就吓住了。犯的事小，她等到第二天早晨我眠醒时才教训我。犯的事大，她等到晚上人静时，关了房门，先责备我，然后行罚，或罚跪，或拧我的肉。无论怎样重罚，总不许我哭出声音来。她教训儿子不是借此出气叫别人听的。
>
> 有一个初秋的傍晚，我吃了晚饭，在门口玩，身上只穿着一件单背心。这时候我母亲的妹子玉英姨母在我家住，她怕我冷了，拿了一件小衫出来叫我穿上。我不肯穿，她说："穿上吧，凉了。"我随口回答："娘（凉）什么！老子都不老子呀。"我刚说了这句话，一抬头，看见母亲从家里走出，我赶快把小衫穿上。但她

已听见这句轻薄的话了。晚上人静后,她罚我跪下,重重的责罚了一顿。她说:"你没了老子,是多么得意的事!好用来说嘴!"她气得坐着发抖,也不许我上床去睡。我跪着哭,用手擦眼泪,不知擦进了什么微菌,后来足足害了一年多的眼翳病。医来医去,总医不好。我母亲心里又悔又急,听说眼翳可以用舌头舔去,有一夜她把我叫醒,她真用舌头舔我的病眼。这是我的严师,我的慈母。

作者在这篇作品中回忆了童年时母亲对我的种种好,以及种种严厉的教育,这些生活细节都在作者心中留下了深刻的记忆。通过这些细节,一个柔弱中带着刚强的母亲形象出现在读者心中。

贾平凹《静虚村记》写自己居住在城市近郊一个村子里的生活感受和精神感受,请看如下段落:

  常有友人来家吃茶,一来就要住下,一住下就要发一通议论,或者说这里是一首古老的民歌,或者说这里是一口出了鲜水的枯井,或者说这里是一件出土的文物,如宋代的青瓷,质朴、浑拙、典雅。

  村子并不大,屋舍反反斜斜,也不规矩,像一个公园,又比公园来得自然,只是没花,被高高低低绿树、庄稼包围。在城里,高楼大厦看得多了,也便腻了,陡然到了这里,便活泼泼地觉得新鲜。先是那树,差不多没了独立形象,枝叶交错,像一层浓重的绿云,被无数的树桩撑着。走近去,绿里才见村子,又尽被一道土墙围了,土有立身,并不苦瓦,却完好无缺,生了一层厚厚的绿苔,像是庄稼人剃头以后新生的青发。

从这里可以看出,作者在散文中写日常是将日常生活中的点点滴滴随手写了出来,自己在房前屋后散步的感觉,以及自己如何招待来访的朋友等琐碎之事都被写进了作品中。

冯骥才《珍珠鸟》则写生活中一段养鸟的经历,请看如下段落:

  真好!朋友送我一对珍珠鸟。放在一个简易的竹条编成的笼子里,笼内还有一卷干草,那是小鸟儿舒适又温暖的巢。

  有人说,这是一种怕人的鸟。

  我把它挂在窗前。那儿还有一大盆异常茂盛的法国吊兰。我便用吊兰长长的、串生着小绿叶的垂蔓蒙盖在鸟笼上,它们就像躲进深幽的丛林一样安全;从中传出的笛儿般又细又亮的叫声,也就格外轻松自在了。

  阳光从窗外射入,透过这里,吊兰那些无数指甲状的小叶,一半成了黑影,一半被照透,如同碧玉;斑斑驳驳,生意葱茏。小鸟的影子就在这中间隐约闪动,看不完整,有时连笼子也看不出,却见它们可爱的鲜红小嘴儿从绿叶中伸出来。

文中详细罗列了如何为鸟儿布置鸟笼,如何在不打扰鸟儿的情况下为其喂食,以及如何享受鸟儿在纸上跳动带来的生活气息。由此可见作家观察日常生活之细以及作家对待生命之真诚。

这对我们的启示是,要擅长在日常生活中发现写作的素材,日常生活的范畴其实是很大的。无论是在旅行中,还是在家中;无论是过去发生的,还是现在进行时,我们都可以把所见、所闻、所思、所想拎出来看看它们是否能成为一篇散文作品的素材。

在旅行之中,我们可能会见到一些有意思的人和事情,会见到壮美的自然景致,会看到诸多的人文景观,它们会引发我们独特的思考。当然,也不一定非要远足旅行的见闻才能写成散文,我们也要擅长发现自己社区周围的小事小情,这些生活的细枝末节也能够为我们提供素材。作为普通的学生,也许生活经历不丰富,行旅的经验不多,但我们也有自己的优势,那就是阅读的优势,散文创作不一定非要走得远、见得多才能写得好,重要的是要有发现生活、思考生活的心思,在阅读史书时,在阅读哲学、美学著作时,在与同学、老师交往时,我们要多留意打动人的瞬间。

第三节　写作立意:取新颖之意

虽然散文多取材于日常生活,但这也并非意味着日常生活中的一切都值得写出来。把自己的亲身见闻写了很多很多,但是这样的作品就是好的散文吗? 一些散文看起来写了很多东西,但仔细阅读的话,好像又不能带给读者一些收获。散文写作,要敢于创新,要有新意,也就是说,不要落套,不要人云亦云。对此,散文家秦牧曾经这样说过:"我碰到一个有意义的题材,就把它记在心头,反复思考。如果这个材料很丰富,我就想:这样的事情在它同类的事情中是不是比较突出? 如果把它写出来,能不能够精彩动人? 我能够把它发挥到什么程度? 如果我掂量这一切,觉得写出来比较平凡的话,我就把它放弃了。如果我觉得写出来又把握达到一般水平以上(自己给自己打分,就算它75分吧),我才写它。如果一个材料来到心头,自己觉得还比较单薄,那就不忙于写,而是继续观察,继续思考,或者找到有关这件事情的书籍来读,增加知识积累。到了一旦'豁然开朗',也就是'心有灵犀一点通'的时候,这才动笔。"[①]从秦牧的言语中,我们可以发现散文写作的立意创新是非常重要的,为了实现这种立意创新,散文作者要注意如下几点。要善于在生活中寻找有价值的写作素材,如果写作的材料本身就有很强的独特性,那么写作的过程其实是很轻松的,稍加思虑之后,剩下的就是表达的问题了。有时候会出现秦牧所说的取材并不具有突出性的情况,我们可以把这样的材料暂时放一放,经过时间的沉淀之后,也许这样的材料与后来的所见所闻能够契合,形成材料串,我们就能写出一篇立意很好、材料丰富的作品来;也或者取材一般,但后来经过我们的阅读与思考,又有了新的路径处理这些材料,那么,有意思的作品也有可能诞生。

秦牧所说的要善于给自己打分也很重要,在写作过程之初,就要考虑材料有没有写出来的价值,以及自己是否有能力把材料处理得有价值,对作品要有一个预判:这样的作品到底在哪里能够吸引读者? 作品能带给读者什么别样的思考? 等等。这决定着一篇作品的文学价值、艺术价值之高低。因此,散文作者不仅是一个作者,他还是自己的"第一个读者",这个"读者"合不合格以及是否具有较高的评判能力,决定

[①] 秦牧.秦牧论散文创作[M].广州:暨南大学出版社,1990:37-38.

着这个"读者"是不是一个好的"作者"。

请看茅盾名篇《白杨礼赞》中的片段：

白杨树实在是不平凡的，我赞美白杨树！

……

它没有婆娑的姿态，没有屈曲盘旋的虬枝，也许你要说它不美丽，——如果美是专指"婆娑"或"横斜逸出"之类而言，那么白杨树算不得树中的好女子；但是他却是伟岸，正直，朴质，严肃，也不缺乏温和，更不用提它的坚强不屈与挺拔，它是树中的伟丈夫！当你在积雪初融的高原上走过，看见平坦的大地上傲然挺立这么一株或一排白杨树，难道你就只觉得树只是树，难道你就不想到它的朴质，严肃，坚强不屈，至少也象征了北方的农民；难道你竟一点儿也不联想到，在敌后的广大土地上，到处有坚强不屈，就像这白杨树一样傲然挺立的守卫他们家乡的哨兵！难道你又不更远一点想到这样枝枝叶叶靠紧团结，力求上进的白杨树，宛然象征了今天在华北平原纵横激荡用血写出新中国历史的那种精神和意志。

白杨不是平凡的树，它是西北极普遍，不被人重视，就跟北方农民相似；它有极强的生命力，磨折不了，压迫不倒，也跟北方的农民相似。我赞美白杨树，就因为它不但象征了北方的农民，尤其象征了今天我们民族解放斗争中所不可缺的朴质，坚强，力求上进的精神。

茅盾这篇文章，我们早已耳熟能详。不同的人会看到白杨树的不同侧面，有的人可能会觉得白杨树没有什么可写的价值，但在茅盾看来，白杨树成了他宣泄情感的媒介，看到白杨树，他内心涌动的激荡情感一下子找到了释放点，因为白杨树的外形让他联想起中华民族在困难面前彰显的可贵品格。白杨树在北方特定的环境下非常常见，但不见得所有人看到白杨树都能用富有创造性的思想来呼应它，在寻常之物中展现不寻常之情，茅盾做到了。

有些同学在撰写散文作品时，也知道从风景中取材，从回忆中取材，从生活所见所闻中取材，文章也写了不少的字数，但是经常会感觉没有"意思"，于是自己也不愿写下去了。别人写怀念自己的亲人，自己也写怀念亲人故友，但写完后发现，只是写了些如何如何思恋，流于表层。别人写游览了某个名胜古迹，自己也写游览胜迹，但自己对名胜古迹不太了解，可能东拼西凑了一些，写了出来，让人觉得犹如在读"说明书"或者"记账本"。别人写故乡，自己也写故乡，但好像自己的故乡也没什么可写的特别东西。这是什么原因呢？这就与散文立意、立"神"有很大的关系。写树只是写树本身，这当然是没有意思的，自己也觉得不会动人、没有创意，但像茅盾那样从平凡之中找到不平凡的感受，这就会大大刺激出表达的欲望。若我们想把散文写得深刻一些、言之有物一些，需查阅相关资料，对相关东西作一些思考，从中提炼出一个独特的想法。从这个角度来说，散文写作的门槛虽然看起来并不高，是人人都可以去写的，但也不是人人都能写好的。

有了好的立意，散文也就有了精神的内核，有了好的内核，散文的"神"也就立了起来，散文的谋篇布局就可以围绕着这个立意而展开，其谋篇松散也罢、有序也罢相对来说都是次要的了。

再请看余秋雨作品《废墟》的片段：

我诅咒废墟，我又寄情废墟。

废墟吞没了我的企盼，我的记忆。片片瓦砾散落在荒草之间，断残的石柱在夕阳下站立，书中的记载，童年的幻想，全在废墟中殒灭。昔日的光荣成了嘲弄，创业的祖辈在寒风中声声咆哮。夜临了，什么没有见过的明月苦笑一下，躲进云层，投给废墟一片阴影。

但是，代代层累并不是历史。废墟是毁灭，是葬送，是诀别，是选择。时间的力量，理应在大地上留下痕迹；岁月的巨轮，理应在车道间碾碎凹凸。没有废墟就无所谓昨天，没昨天就无所谓今天和明天。废墟是课本，让我们把一门地理读成历史；废墟是过程，人生就是从旧的废墟出发，走向新的废墟。营造之初就想到它今后的凋零，因此废墟是归宿；更新的营造以废墟为基地，因此废墟是起点。废墟是进化的长链。

一位朋友告诉我，一次，他走进一个著名的废墟，才一抬头，已是满目眼泪。这眼泪的成分非常复杂。是憎恨，是失落，又不完全是。废墟表现出固执，活像一个残疾了的悲剧英雄。废墟昭示着沧桑，让人偷窥到民族步履的蹒跚。废墟是垂死老人发出的指令，使你不能不动容。

废墟有一种形式美，把拔离大地的美转化为皈附大地的美。再过多少年，它还会化为泥土，完全融入大地。将融未融的阶段，便是废墟。母亲微笑着怂恿过儿子们的创造，又微笑着收纳了这种创造。母亲怕儿子们过于劳累，怕世界上过于拥塞。看到过秋天的飘飘黄叶吗？母亲怕它们冷，收入怀抱。没有黄叶就没有秋天，废墟就是建筑的黄叶。

从对散文《废墟》片段的阅读中，我们可以发现作者的立意是独特的，一般而言，废墟是不美的，但作者却能在传统的解读之中找到相反的看法，这其实就是一种立意上的创新。创造性的思维有很多种取径，有的创造性思维是相似性比较，有的创造性思维是推理可得，有的创造性思维则是反向思索，有的创造性思维则强调树立形象，等等。余秋雨《废墟》之立意属于反向的思索，在反向思考中，废墟不再完全以负面形象示人，而是具有了美的属性。也正是由于作者立意富有新意，作品的谋篇布局虽然看起来很随意，但其实并不凌乱，有其内在的有机整一性。

第四节　散文核心：真挚至诚

一切出于真挚和至诚，是散文创作的核心，虚假是散文的大敌。散文是一种侧重于表达内心体验和抒发内心情感的文学体裁，在写作时，我们尽可诚实、忠实于对自己的考察，对自己人性的神秘之处观察得越深，对自己的了解就会越多，从而也就越能了解别人。要学会控制、利用无意识，提供个人的角度，表达自己的想法，这有助于自身精神的成长和艺术创作的多样化。

贾平凹谈论散文时认为散文"是情种的艺术,纯,痴,一切不需要掩饰"①。写散文要说真话,表达真情实感,写出内心的感悟,抒发深深触动过自己心弦的审美思索,同时又得保持自由自在的心态,这是总的创作原则。胡适《我的母亲》写出了"我"对母亲往事的追忆,他的另一篇文章《追悼志摩》写得情深意切,语句之间表达了其悲伤之情。林语堂《读书的艺术》是一篇说理的文章,林语堂在文中结合自己的读书经验提出了一些读书的方法,在林语堂看来,这样自由的、富有创造性的读书方法才是真正的求学之道。茅盾的《白杨礼赞》从作品的名字就可以看出作者倾注了浓厚的感情来赞扬白杨树,在一个普通的散文作者那里,白杨树林也许只是一处风景,但在茅盾的仔细观察之下,白杨树不再是与人无关的风景,它的枝干、树叶以及平凡的外表都能让人联想起民族可贵的精神品质,在作品中作者直抒胸臆,写出了内心最真实的感受,这种感受还得到了读者们的积极呼应。

再看鲁迅《藤野先生》中的片段:

将走的前几天,他叫我到他家里去,交给我一张照相,后面写着两个字道:"惜别",还说希望将我的也送他。但我这时适值没有照相了;他便叮嘱我将来照了寄给他,并且时时通信告诉他此后的状况。

我离开仙台之后,就多年没有照过相,又因为状况也无聊,说起来无非使他失望,便连信也怕敢写了。经过的年月一多,话更无从说起,所以虽然有时想写信,却又难以下笔,这样的一直到现在,竟没有寄过一封信和一张照片。从他那一面看起来,是一去之后,杳无消息了。

但不知怎地,我总还时时记起他,在我所认为我师的之中,他是最使我感激,给我鼓励的一个。有时我常常想:他的对于我的热心的希望,不倦的教诲,小而言之,是为中国,就是希望中国有新的医学;大而言之,是为学术,就是希望新的医学传到中国去。他的性格,在我的眼里和心里是伟大的,虽然他的姓名并不为许多人所知道。

他所改正的讲义,我曾经订成三厚本,收藏着的,将作为永久的纪念。不幸7年前迁居的时候,中途毁坏了一口书箱,失去半箱书,恰巧这讲义也遗失在内了。责成运送局去找寻,寂无回信。只有他的照相至今还挂在我北京寓居的东墙上,书桌对面。每当夜间疲倦,正想偷懒时,仰面在灯光中瞥见他黑瘦的面貌,似乎正要说出抑扬顿挫的话来,便使我忽又良心发现,而且增加勇气了,于是点上一枝烟,再继续写些为"正人君子"之流所深恶痛疾的文字。

《藤野先生》是鲁迅的名篇,是一篇回忆性的散文,在文章中,鲁迅回忆了曾经在日本求学时认识的藤野先生,他曾是日本仙台医学专门学校的教师,给鲁迅留下了深刻印象。鲁迅回忆了过去的人和事,写出了藤野先生打动自己的地方,将内心剖白,抒发了自己的真实情感。鲁迅在《藤野先生》中写出了至少两个层面的"真情":第一个层面是对藤野先生的崇敬之情,"我"是敬佩藤野先生的,他与其他狭隘民族主义者

---

① 贾平凹.关于散文[M].北京:三联书店,2015:54.

不同,藤野先生诚恳为人令人感动,他治学严谨的态度给"我"留下了深刻印象;第二个层面是"我"对国家、民族前途命运之忧思,显示出一种深沉的爱国主义情怀。

作为直写个人情感和心理的文体,现代散文的特征很大程度上是基于文本作者个性人格的设计。郁达夫表示,现代的散义之最大特征,是每一个作家的每一篇散文里所表现的个性。在他看来,个性乃个人性与人格的两者合一性。梁实秋在《论散文》里直言,有一个人便有一种散文,强调散文的艺术便是作者的自觉的选择。林语堂则推崇性灵(自我),自信其比陈独秀的革命文学论更能抓住文学的中心问题而能做新文学的指南针。综括来说,不论是平淡,还是深刻的形式或余味曲包,现代散文都有博大、深厚与包容的品格。

第五节　散文语言:诗意美

小说的语言一般要服务于讲故事,常见的情况下,小说作者更专注于故事情节的构造。诗歌的语言显然与此不同,人们在语言当中获得情感,语言这个媒介的作用不可忽视,它们的显现性比较强,很多诗的作者要刻意雕琢语言。相比较而言,散文的语言是比较"自由"、富有感性的。陈剑晖曾在分析了一些优秀散文作家的作品语言后指出:"散文语言的功能,绝不仅仅具有工具的作用;语言的锤炼,也不是无休止的'造句活动'。散文的语言既是形式也是内容,是作家的个性气质、生命情调的显现,也是传统文化的结晶。散文的语言要活跃、纯真、朴素自然和浑然一体,关键是要寻找到一个产生语言的原初性背景,并将生活深处的原生美,将那些最美丽又最杂乱无章的潜在语言结构或语言氛围呈示出来,这样散文的语言才有可能既获得感性的美,又达到真正审美意义上的'真'的境界。"[①]由此可知,散文的语言与作者是密切相关的,表现着作者的个性与气质。散文语言有一个隐藏的原初性背景,那个原初性背景在陈剑晖看来可能是生活的美、人性的美以及文化的美。散文的语言可以是简单质朴、自然流畅的,作者写人、叙事、抒情信手拈来,举重若轻,给人一种轻盈感。散文的语言可以是清新的,不拖沓,不啰唆,彰显着散文作者的美学追求。甚至散文的语言也可以是晦涩的,有大量的说理成分,有些散文家的作品读起来较为费劲,但其中蕴藏的内涵则较为深刻。但如陈剑晖所说,散文的语言无论呈现出什么样的风格,质朴、自然、跃动大概是其总体的特征。陈剑晖的观点还给了我们散文写作一个更大的启示,即散文写作不能完全停留在语言修辞上,修辞形式也要与内容有机结合,过分停留在形式美上,散文会显得华丽空洞。

因此,散文的语言要自然、流畅、凝练、富有感性、诗性,又不能因过分追求形式美而伤害了作品之内容,散文作者要善于把握其中的"度",形成自己的散文语言风格。例如余光中《听听那冷雨》中的片段:

---

① 陈剑晖.诗性想象:百年散文理论体系与文化话语建构[M].广州:广东人民出版社,2014:232-233.

雨不但可嗅，可观，更可以听。听听那冷雨。听雨，只要不是石破天惊的台风暴雨，在听觉上总是一种美感。大陆上的秋天，无论是疏雨滴梧桐，或是骤雨打荷叶，听去总有一点凄凉，凄清，凄楚，于今在岛上回味，则在凄楚之外，更笼上一层凄迷了。饶你多少豪情侠气，怕也经不起三番五次的风吹雨打。一打少年听雨，红烛昏沉。两打中年听雨，客舟中，江阔云低。三打白头听雨在僧庐下，这便是亡宋之痛，一颗敏感心灵的一生：楼上，江上，庙里，用冷冷的雨珠子串成。十年前，他曾在一场撼心折骨的鬼雨中迷失了自己。雨，该是一滴湿漓漓的灵魂，窗外在喊谁。

雨打在树上和瓦上，韵律都清脆可听。尤其是铿铿敲在屋瓦上，那古老的音乐，属于中国。王禹偁在黄冈，破如椽的大竹为屋瓦。据说住在竹楼上面，急雨声如瀑布，密雪声比碎玉，而无论鼓琴，咏诗，下棋，投壶，共鸣的效果都特别好。这样岂不像住在竹筒里面，任何细脆的声响，怕都会加倍夸大，反而令人耳朵过敏吧。

雨天的屋瓦，浮漾湿湿的流光，灰而温柔，迎光则微明，背光则幽黯，对于视觉，是一种低沉的安慰。至于雨敲在鳞鳞千瓣的瓦上，由远而近，轻轻重重轻轻，夹着一股股的细流沿瓦漕与屋檐潺潺泻下，各种敲击音与滑音密织成网，谁的千指百指在按摩耳轮。"下雨了，"温柔的灰美人来了，她冰冰的纤手在屋顶拂弄着无数的黑键啊灰键，把晌午一下子奏成了黄昏。

余光中的散文如同他的诗歌一样富有节奏、意境又饱含情思。余光中在作品的创作中充分调动了人的感官，也充分调动了他的古典文化想象。这篇散文的用字用词并不晦涩，表述也非常清晰流畅，涌动着诗性的美。

课堂研讨

1. 阅读鲁迅的《作文秘诀》，讨论散文写作的关键。

2. "乃得语言自然节奏之散文；如在风雨之夕围炉谈天，善拉扯，带情感，亦庄亦谐，深入浅出，如与高僧谈禅，如与名士谈心，似连贯而未尝有痕迹，似散漫而未尝无伏线，欲罢不能，欲删不得，读其文如闻其声，听其语如见其人。"谈谈你对这段话的理解。

3. 贾平凹说："大散文之大，首先就表现为篇幅大，数千字、上万字，甚至数万字。洋洋洒洒，纵横捭阖。其次是表现为大气魄。把散文从小视野中解放出来，大胆地用它写大题材，写重要的社会、历史、政治、经济等国政大事。"结合散文《秦腔》，谈谈你是怎样理解贾平凹的"大散文"概念的。

4. 请结合下面的文字，谈谈你对散文写作中"真实"与"虚构"的关系的理解。

海登·怀特在谈到历史学家所陈述的"事实"时认为，历史学家必须认识"事实"的"虚构性"，所谓的"事实"是由论者先验的意识形态、文化观念所决定的。那么，我的"先验的意识形态"是什么呢？苦难的乡村？已经沦陷的乡村？

需要被拯救的乡村？在现代性的夹缝中丧失自我特性与生存空间的乡村？我想要抛弃我的这些先验观念（后来的调查表明，这是非常艰难的事情，你的谈话方向无一不在显示你的观念，并试图引导你的谈话对象朝着你的方向思考），以一个怀疑者，对或左或右的观念保持警惕，以一个重新进入故乡密码的情感者的态度进入乡村，寻找它存在的内在逻辑。

——梁鸿《〈中国在梁庄〉前言》

实践训练

1. 以"端午节"为题写一篇散文。注意观察人的变化、人们生活方式的变化和思想观念的变化。梳理自己的情感：喜欢什么、讨厌什么，赞成什么、反对什么。考虑从什么角度入手去写，应该突出地、详细地描绘什么样的细节，采用何种方式抒情。文章写好后至少朗读两遍，消灭错别字，润饰语句。

2. 从以下三组词语中任选一组，写出一篇百字左右的散文。
   （1）水桶　马　屋顶　鸟
   （2）呼叫　做饭　飞　计算
   （3）大　尖利　高　小

3. 从手机中翻出一张你感兴趣、对你有吸引力的照片，对照片做最基本的描述。

拓展链接

1. 上海辞书出版社文学鉴赏辞典编纂中心：《现代散文鉴赏辞典》，上海辞书出版社2020年版。
2. 张怡微：《散文课》，华东师范大学出版社2020年版。
3. 中国大学MOOC：西北大学"创意写作"。

第五章 小说写作

[学习目标]
1. 发现、选择自己擅长的小说类型。
2. 了解小说故事情节的基本构成。
3. 学会从人称、时间、场景等角度入手写好小说。

第一节 可操作的小说定义

任何工作都是如此,只有目标非常明确的时候,才能够很好地完成它。要写一篇小说,那么什么是小说?这是我们要解决的第一个问题。

对"什么是小说"这一问题的解答,有理论的和实践的两种。所谓理论的解答,是从特定理念出发提出的有关小说本质的命题。比如法国小说家米兰·昆德拉在《小说的艺术》中指出,"小说家是存在的探究者",小说的任务在于"动用所有的精神手段和所有诗的形式来阐明'只有小说能够发现的':人的存在"。我们可以把它总结为:小说是对人的存在的探究和发现。这个命题自然是很深刻的,但并不是我们想要的。这样的定义不仅不能解决"我要写什么"和"怎么写"的问题,反而增加了问题的复杂性,它为小说写作的目标蒙上了一层面纱,让它神秘化了。

对于写作者来说,不需要这样的定义而是需要一个关于小说是什么、可实践的、可操作的建议。这种实践的、可操作的建议应该满足以下条件:

(1) 它不应该用其他的概念来代替小说这个词。原因如上所述,任何替代性的定义都只是转移了问题,而没有解决问题。

(2) 它应该足够简易,足够形象化,使人能够形成对小说的直观印象。

(3) 最重要的,是它应该能够让写作者有信心拿起笔来,进入写作。

实际上,并不存在一般意义上的小说,即永远是这样或那样的小说。小说不依赖于定义,却自具面目。比如对于一位推理小说迷来说,小说定义可能是这样的:小说就是类似《东方快车谋杀案》那样的作品。与米兰·昆德拉的理论命题相比,这个定义似乎太浅薄了。米兰·昆德拉的小说定义显然告诉了我们一些超出小说印象之外的、超出我们的阅读经验之外的东西。而这位推理小说迷的定义却没有提出任何新的东西,他不过是举了个例子罢了。不仅如此,这个定义的适用范围还非常小,对于那些没有读过《东方快车谋杀案》的人来说,这个定义没有意义,对于压根不喜欢这本小说的人来说,这个定义甚至是错误的。但是这个在逻辑上不严密的、浅陋的、适用范围很狭窄的、带着强烈的个人偏见的定义,却正是我们要寻找的那种可操作的小说定义。

因为这个定义符合上面所讲的三个条件:第一,它没有用其他的概念替代"小说",《东方快车谋杀案》显然是一部小说;第二,它足够直观,至少对于喜欢这本小说的推理小说迷来说,提到这本书,它的神秘的气氛、紧张的冲突,还有意想不到的结局会直观地浮现于眼前;第三,它能够激励写作者尽快拿起笔来。对于熟悉这本书的人来说,他至少有了一个参照,可以模仿着写一个类似的东西。这比让他去模模糊糊地设想一种所谓的"小说",而后凭空创造要容易得多。

直到近几年,在创意写作教学研究兴起的背景下,一种新的、可操作的小说概念得到发现与强调。这种概念并非关于小说的阅读与批评,而是以辅助写作实践为目标,总结和归纳出写作要素。简单来说,就是小说创作的环节与一般流程。以小说的创作为标准,"写作"这一活动,具有一般性的流程:类型选择—情节模式—人物弧线—人称选择—时间设置—场景写作。这六个要素按写作顺序呈线性发展。我们也将以此顺序,对这六个环节逐一讲述。

第二节　小说类型选择

一、小说类型概述

(一)类型与类型意识

类型是对作品之间的相似性的归纳。当不同的作品共享同样一些支配性的艺术要素,比如题材、篇幅、主题、风格等的时候,它们就可以被看作是一种类型。

在小说这种文学体裁中,题材无疑是最重要的艺术要素。因此,说到小说类型我们一般指的是小说的题材类型,比如武侠小说、言情小说、推理小说、幻想小说、世情小说、历史小说、军事小说、官场小说、冒险小说、恐怖小说等,其中每一类之中又可以分出更小的亚类。不同类型之间也可以相互结合,形成各种混合型的作品。这是在宽泛意义上所讲的小说类型的定义。

但是,对于写作者来说,重要的不是类型的定义而是类型意识。小说的类型意识是一个功能性的范畴,而并非本体论的概念。对写作者来说,类型的意义在于为自己即将创作的作品提供一个模板、一个模型,有关小说类型的知识,重要的并不是它是否准确、是否能够对其中涵盖的作品给予准确的描述,而是它对写作者自己是否具有指导性。

我们可以举一个例子。武侠小说家金庸把唐传奇中的名篇——杜光庭的《虬髯客传》视为后世武侠小说之鼻祖：

> 这篇传奇为现代的武侠小说开了许多道路。有历史的背景而又不完全依照历史；有男女青年的恋爱；男的是豪杰，而女的是美人（"乃十八九佳丽人也"）；有深夜的化装逃亡；有权相的追捕；有小客栈的借宿和奇遇；有意气相投的一见如故；有寻仇十年而终于食其心肝的虬髯汉子；有神秘而见识高超的道人；有酒楼上的约会和坊曲小宅中的密谋大事；有大量财富和慷慨的赠送；有神气清朗、顾盼炜如的少年英雄；有帝王和公卿；有驴子、马匹、匕首和人头；有弈棋和盛筵；有海船千艘甲兵十万的大战；有兵法的传授……所有这一切，在当代的武侠小说中，我们不是常常读到吗？

这段文字常常被后人引用，用作对武侠小说类型的描述。因为金庸在这里敏锐地捕捉到了武侠小说这种类型的各种常备的要素。它有程式化的情节如恋爱、追捕、逃亡、化装、复仇、借宿、奇遇、结义、赠送、弈棋、盛筵、约会、密谋、战斗、授艺；它有脸谱化的人物如豪杰、少年英雄、美人、道人、帝王、公卿；还有反复出现的细节；虚实结合的历史背景、空间背景；客栈、酒楼、驴子、马匹、匕首、人头、金钱、棋、酒等。

客观地说，这些要素当中的每一个都不是武侠小说独有的。但是它们在特定风格的武侠小说中又反复出现，似乎是不可缺少的，尤其对金庸自己所继承发扬的那种武侠小说来说，更是如此。总之，这段话并非对武侠小说类型的准确描述，但是它构成了金庸的武侠类型意识，这是基于他自己的阅读经验，建构起来的有关武侠小说的知识。我们去读金庸的武侠小说，会发现他的创作实际上就是基于这里所体现的类型意识。

一种对于写作者具有指导性的类型意识实际上是建立在写作者自己的阅读经验之上的，与写作者自己的审美趣味紧密地结合在一起。没有人能写出一部自己完全没有读过的小说。我们只能写出那种自己读过，而且为之感动的那种作品，不可能超出这个范围。从这个意义上来说，类型是写作者个体的文学阅读经验、文学审美积淀的凝练和形式化。

因此，在类型意识的建构上，写作者的阅读经验具有至关重要的意义。有关类型的知识，固然可以通过二手资料，比如写作教材、理论著作或者别人的总结获得，但是，这些知识如果不能与我们的阅读经验结合，那么，它在写作中能否发挥指导作用是很值得怀疑的。反过来，基于自己的阅读经验和审美体验而总结出来的有关特定小说类型的知识，尽管在理论上是不完善的，或者由于阅读范围的限制而往往是有局限的、印象式的，但它们终归是写作者自己审美和个体反思的产物，往往在写作中能够发挥实际的作用。

（二）小说类型之于写作者的指导意义

在小说写作的教学中，特别强调类型的概念。但在很长一段时间内，人们对于类型存在着各种误解。最核心的责难是：类型意识在创作上会压抑创造性，而类型化则是作品艺术质量低下的标志。人们认为文学是独特个性的表达，它一定是创新的、唯一的、不可重复的,用类型指导写作等于是让写作者去模仿或因袭已经存在的作品,这与文学的创造性的本质是背道而驰了。

对此,要提出两点辨析:

第一,从文学发展的历史来看,类型和类型化是文学艺术成熟的必然状态。从文学作为一种自成传统的、成熟的艺术门类来说,没有一本小说是全新的。小说不仅仅从作家的心灵当中产生,它也从它所属的类型传统中、从其他已经存在的小说中产生。可以说,类型就是文学的内部机制,是写作职业化的标志。了解类型,接受类型规约,自觉地在类型指导下写作是进入职业写作的必然途径。

第二,用类型指导写作等于使写作者的创作行为从神秘的灵感回归到艺术的本质,即模仿和制作上来。无论中国还是西方,人类最早的艺术观就是模仿论。艺术就是模仿,模仿是艺术的"当行本色",文学也不例外。模仿不等于抄袭和复制,模仿是艺术虚构本身,是艺术竞争和发展的内在机制。

因此,我们必须认识到,类型意识对于写作者具有重要的指导意义。

有关特定小说类型的知识,对于初级阶段的写作者来说是一个非常强大的工具。它将小说创作这样一个非常复杂的工作,合理地拆解开来。一部分是通用的、程式化的东西,比如一种类型的小说往往有固定的主情节、角色体系、结构样式及叙述惯例。这些东西无须我们创造,它们现成地存在于已经有的小说当中,我们是可以通过模仿而得到的。另一部分则是个性化的东西,比如作品的主题内涵、时空背景、次要情节、人物形象、生活细节、写作风格等。这就需要我们通过创造性的写作活动来达到。

没有类型意识的写作需要作者在方方面面进行独创,这对于初学者来说出力不讨好。但是有了类型意识,初学者就可以尽快地进入写作,并且有所收获。因此从类型开始是学习小说写作的一条捷径。初学者应首先确立一种类型意识,先从一种类型的小说学起,成为类型的专家,然后向突破类型的方面发展。

二、小说类型示例分析

小说的类型,主要是小说的题材类型。写作者需要通过类型意识,厘清自己的创作思路,明确自己小说的主题。例如《搜神记》里的"白水素女":

> 谢端,晋安侯官人也。少丧父母,无有亲属,为邻人所养。至年十七八,恭谨自守,不履非法。始出居,未有妻,邻人共愍念之,规为娶妇,未得。端夜卧早起,躬耕力作,不舍昼夜。后于邑下得一大螺,如三升壶。以为异物,取以归,贮瓮中。畜之十数日。端每早至野还,见其户中有饭饮汤火,如有人为者。端谓邻人为之惠也。数日如此,便往谢邻人。邻人曰:"吾初不为是,何见谢也?"端又以邻人不喻其意,然数尔如此,后更实问,邻人笑曰:"卿已自取妇,密著室中炊爨,而言吾为之炊耶?"端默然心疑,不知其故。后以鸡鸣出去,平早潜归,于篱外窃窥其家中,见一少女,从瓮中出,至灶下燃火。端便入门,径至瓮所视螺,但见壳。乃到灶下问之曰:"新妇从何所来,而相为炊?"女大惶惑,欲还瓮中,不能得去,答曰:"我天汉中白水素女也。天帝哀卿少孤,恭慎自守,故使我权为守舍炊烹。十年之中,使卿居富得妇,自当还去。而卿无故窃相窥掩,吾形已见,不宜复留,当

相委去。虽然,尔后自当少差。勤于田作,渔采治生。留此壳去,以贮米谷,常可不乏。"端请留,终不肯。时天忽风雨,翕然而去。端为立神座,时节祭祀。居常饶足,不致大富耳。于是乡人以女妻之。后仕至令长云。今道中素女祠是也。

这个故事其实就是民间流传的"田螺姑娘"的出处。天上的白水素女为凡人"守舍炊烹",最后飘然离去,而作为凡人的谢端也从此生活无忧。这个故事明显具备了志怪小说中常见的、基本的要素,比如人与神鬼的结合、神鬼之物的"物身人性"等。在清代《聊斋志异》乃至当代许多流行的网络小说中,凡人男子、仙子、女妖、狐女的形象依然比比皆是。套路也万变不离其宗,多是凡人男子与非凡人的女性之间的故事。

在后代的志怪小说、玄幻小说中,男女主人公的关系,再难似《搜神记》里谢端与白水素女之间那么纯粹高尚,而是多了恋爱甚至性爱的元素,但在大同小异的人物形象与人物关系上,还是可以发现《搜神记》《聊斋志异》及在它们前后的其他许许多多相同类型小说所共有的要素,以及它们共同体现的类型意识。

三、小说类型选择指导

很多的职业小说家,在写作生涯的初期,就已经早早地确定了自己的类型领域。对于写作初学者来说,应该如何选择类型,是个重要的问题。结合上述关于类型的功能性的定义可知,自己熟悉而且喜欢的类型当然是第一选择。

如果我们喜欢某类小说,那么成为这种类型的专家和内行就不是难事了。只要我们有一定的阅读量,就可以通过反思自己的阅读经验很快地把握该类型的小说中那些反复出现的要素:程式化的情节、固定的角色体系、反复出现的细节,甚至作品的结构和叙事方式。

当然我们也可以以"类型小组研讨会"的形式来共同完成对类型的研究和认识。这种研讨的必要性在于,它能够帮助我们突破个人阅读印象的局限,在相互启发中深化我们对特定类型的感受。在这种研讨会上的,我们可以拿出一些大家都读过,或公认最经典的作品作为探讨的对象,解剖麻雀般地对某一类型作品中的常备要素进行全面的总结。

需要特别提醒的一点是,在类型的研究当中,不仅仅要关注作品的内容要素,还要特别关注对作品形式要素的分析,作品的谋篇布局、叙述技巧和细节的处理等都能够被纳入类型研究的考察视野。这些要素在印象式的阅读中容易被忽视,团队研讨能够在这一方面为我们提供有益的帮助。

在类型选择的问题上有一种情况需要特别注意。由于阅读经验的局限,有的同学无法选择自己要写作的类型。他们要么读的书太少,要么读得太杂,或者既少又杂。可以说,他们对任何类型的作品都不是特别熟悉,这在写作初学者中也是比较普遍的情况。

在这种情况下,我们依然可以把类型指导的思路贯彻到学习中。阅读是写作的准备,但只有在写作过程中,才能真正学习写作。因此,如果没有能力去选择一种类型,那么至少需要一个范本。这是一种退而求其次的策略,在缺乏类型意识指导的情况下,仍然需要在头脑当中对要写的作品形成一个印象,这就需要对特定的范本做一番研究。因为,这时要写出的,是一个类似于这个范本的东西。

初学时,可以寻找一本我们熟悉而且喜欢的作品。它的题材、篇幅、风格都与想要写作的那种小说相近。之后,我们需要对这篇作品进行深入的研究,这种研究与通过多个作品的比较来研究某一类型相比,实际上是更难一些的。因为通过多个作品的比较,可以很容易地把不同作品当中共享的那些形式化的东西提炼出来,同时,忽略那些个性化的方面。但是,在对单个作品的研究当中,这种剥离就很困难了。必须仔细地区分作品中哪些是可以形式化从而可以通过模仿来借鉴的东西,哪些是作者的个性化的独创的东西。这点非常重要,因为对前一个方面的借鉴属于模仿,对后一方面的借鉴就接近于抄袭了。比如作品中的一些细节是不能模仿的,它与写作者独特的生活经验和创造性想象有关。模仿激发艺术上的竞争,而抄袭则破坏了公平竞争的规则,因此是绝对不允许的。在单一范本指导下的创作往往有压抑写作者创造性的弊端。但是,在缺乏类型意识指导,或者说类型阅读积淀尚不成熟的时候,只能退而求其次地寻求范本的帮助,它是一种聊胜于无的策略,同时我们也必须对它可能带来的负面作用有所意识。

总之,无论是确定类型还是参照某个范本,对已经存在的小说的研究能够让我们确立一种可操作的小说观念。明确写作的目标,先期投射一个作品未来的映像,这对我们开始一段写作之旅是非常重要的。

第三节 情节模式

解决了类型选择的问题后,就进入小说构思的阶段。小说构思的主要任务是在类型意识和范本参照下设计个性化的故事。下面主要从情节方面来谈小说的构思。

一、情节概述

(一)情节驱动型小说:情节与矛盾

情节驱动型小说是指,按照事件的逻辑来结构故事的小说,这类小说中故事的展开过程在一定程度上是独立于人物形象的。比如,典型的推理小说都是情节驱动型的。从开头的尸体出现,到结局的真相大白,以及中间经历的侦探的调查、线索梳理、谜团的解开等,这个情节的走向和过程是由事件本身的逻辑决定的,它不因侦探的形象而改变。不管侦探是男是女,是老是少,是严肃还是活泼,推理小说的基本情节结构是不变的。

英国小说家、小说理论家福斯特在《小说面面观》中,对情节有一个很经典的说法。他说:"'国王死了,后来王后也死了'是个故事。'国王死了,王后死于心碎'就是个情节了。"

福斯特认为,情节与故事的区别在于,构成情节的事件之间不仅有时间关系,而且有因果关系。故事只是生活的流水账：国王死了，后来王后也死了——在这个叙述中，读者只是了解了一些事实。但是，在"国王死了，王后死于心碎"这个表述中，两个事件当中有一种因果关系。读者能够体会到死亡事实之外的东西，也就是"爱情"。这两个事件的接续发生是因为爱情的存在，是由爱情的致命的力量造成的。因此，情节是比故事更有意义的叙述。或者说，情节是从因果逻辑的角度对流水账式的生活事实的重新组织。

但是福斯特的例子并不是最有代表性的小说情节。典型的小说情节恐怕是这样的——"国王死了，王后心满意足"。

这个表述和"国王死了，王后死于心碎"的区别是，两个事件之间不仅有时间的、因果的关系，而且内在地包含着矛盾冲突。正是这个矛盾冲突才构成了情节之为情节的本质。我们通常说的小说情节的"戏剧性"，其实指的就是接续发生的事件中所包含的矛盾冲突的激烈程度。矛盾冲突越激烈，小说的戏剧性越强；矛盾冲突越弱，戏剧性也越弱。

在福斯特的"国王死了，王后死于心碎"中，其实已经隐含着某种矛盾，这就是爱情与生命两种价值的矛盾。在这种矛盾的背景上，王后因伤心而死，才表现为对爱情的执着，人们为之感动的正是这种执着。从这个意义上说，一切价值意义都是在某种矛盾冲突的背景中显现的，离开了矛盾，情节就没有意义。

因此，可以把情节定义为一连串按照因果逻辑接续发生且包含了矛盾冲突的事件，矛盾冲突越激烈，情节的戏剧性程度就越高。美国小说家凯瑟琳·肖邦写过一篇短篇小说，名叫《一小时的故事》。其主要情节正是"丈夫死了，妻子因高兴而死"，极富戏剧性。

总之，情节的本质是矛盾冲突，矛盾冲突决定着小说情节的戏剧性程度。而在一切的矛盾冲突中，最基本的是主人公的愿望与愿望的不得实现之间的矛盾。

俄国文艺理论家什克洛夫斯基说："故事需要的是不顺利的爱情。"如果男女主人公一见钟情，然后他们就幸福地生活在了一起，这称得上是理想的生活，却是最糟糕的情节。所有的言情小说写的都是男女主人公在通往幸福终点的道路上经历的崎岖坎坷、生离死别，甚至是幸福终点的不可企及。

因此，是人物的痛苦构成了小说的养料。人物越痛苦，情节张力越大，小说越精彩。反之，人物越安逸，小说越糟糕。构思一个情节就是为你的人物安排一个困难的任务，让他面临各种各样的考验和危机，最终完成或者完不成任务。《西游记》写的就是唐僧等人经历九九八十一难取得了真经，修成正果；路遥的《人生》写的是高加林无论如何努力都无法进入城市。结局如何并不是最重要的，重要的是人物所经历的磨难能够触及读者的情感神经，使他们与人物发生灵魂上的共振。

（二）沃格勒的"英雄之旅"情节模型

当然，不是每一段不顺利的爱情都能打动人心。只有那些能够触及人的灵魂深处，对人类普遍的情感需要予以呼应，揭示人类普遍生存境遇的爱情才能够打动人心。

神话原型学说提出，人类最深层的情感需要，是对拯救的渴望，是对英雄的渴望。

从神话时代开始，人们不断讲述的故事就是作为拯救力量的英雄的故事。在神话、传说、童话、历史、小说等各种各样的文化形式当中，突破重重困难而实现自我成长的英雄的故事都是最核心的。在英文中小说主人公这个概念就是用"英雄"(hero)这个词表示的。当然，英雄多种多样，不同民族有各自民族的英雄，每个时代有每个时代的英雄，每个社团、每个群体都有自己的英雄。但是英雄的本质是一致的，他是人性弱点的替罪羊，也是集体自我意识的象征，是我们的希望所系，也是我们恐惧及敬畏的对象。

受神话原型学说影响，有人认为，一切感人至深的故事之所以能够触及人的灵魂，是因为它们共享了同样一个英雄神话的原型。这个原型是一个元故事、一个稳定的情节模式，所有精彩的故事，要么是这个情节模式的表现，要么就是这个情节模式的一部分。

美国创意写作导师克里斯托弗·沃格勒所创立的"英雄之旅"是目前基于神话原型理论而建立的最完备、影响最大的情节模式。这个模式对于小说情节的构思有着非常重要的参考价值。

沃格勒主要吸收了神话学家约瑟夫·坎贝尔的英雄成长的理论。坎贝尔在《千面英雄》这部著作中提出：

> 神话中英雄冒险的标准道路是成年式所代表的公式的扩大，即：分离——传授奥秘——归来；这个公式可以称之为单一神话的核心单元。
>
> 英雄从日常生活的世界出发，冒种种危险，进入一个超自然的神奇领域；在那神奇的领域中，和各种难以置信的有威力的超自然体相遭遇，并且取得决定性的胜利；于是英雄完成那神秘的冒险，带着能够为他的同类造福的力量归来。

这就是坎贝尔关于神话核心情节的观念。沃格勒根据坎贝尔的观念建立了一种由三幕、12个环节构成的"英雄之旅"的情节模式。我们可以通过图5-1直观地看到该模式的具体内容。

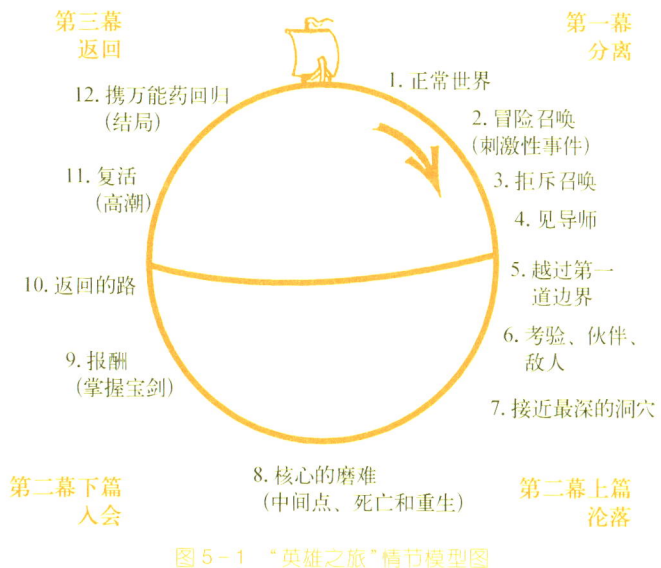

图5-1 "英雄之旅"情节模型图

第一幕是分离。英雄从正常世界越过边界进入非常世界。这一幕包括 5 个环节。首先是英雄出场在正常的世界里,然后他接到冒险召唤。他起先会迟疑或者拒斥召唤。可是,他最终会受到导师的激励而跨过第一道边界。

第二幕是冒险。英雄在非常世界中受到考验。这个阶段包括 4 个环节。首先,他会遇到了考验、伙伴、敌人;然后他接近最深的洞穴,越过第二道边界;他通过磨难,也就是生死危机,最终获得报酬。

第三幕是归来。这一幕包括 3 个环节。首先是他向正常世界返回的路上受到追逐,再次跨越边界,经历象征性的假死和复活,最终被他的经历所改变。结局是英雄带着实惠宝物或者携万能药回归,让正常世界获益。

这就是沃格勒"英雄之旅"的完整情节模式。

二、情节案例分析

下面用武松打虎的故事来进一步分析沃格勒的这个"英雄之旅"模式。

在《水浒传》中,武松先是在柴进庄上结识了宋江,然后离开那里回家看望哥哥,正式踏上了英雄之旅。

武松打虎的第 1 个环节是在景阳冈下酒馆饮酒。这可以看作沃格勒所讲的第 1 个环节,即英雄出场在正常世界。在这个环节中,作者主要写武松饮酒,酒量如何之大,以此暗示武松的英雄品质。

第 2 个环节武松接到冒险召唤,先是酒馆伙计告诉武松景阳冈有虎,武松不信,而后他自己在冈上看到印信榜文,这才相信。武松看到榜文的第一反应是退回酒店:"欲待转身再回酒店里来"。这就是沃格勒所讲的第 3 个环节,英雄接到冒险召唤,但他会迟疑,甚至拒斥召唤。这一迟疑很重要,它是英雄之人性的表现,说明他是一个正常的人。一切英雄都是从正常的人性当中成长起来的,如果武松一听说有虎,便兴冲冲地要去打,那他就不是"英雄",而是神了。

紧接着,武松寻思:"我回去时须吃他耻笑不是好汉。"存想了一会儿才决心向景阳冈进发。这是第 4 个环节,武松受到导师的激励,接受冒险。这里的导师就是武松自己的自尊心。

武松一步步走上冈,"回头看这日色时,渐渐地坠下去了……武松自言自说道:'那得甚么大虫!人自怕了,不敢上山。'"这是一句过渡语,从这一句之后,武松进入了老虎出没的地方,这就是沃格勒所讲的第 5 个环节,跨越第一道边界,从正常世界进入非常世界。

之后老虎出现,武松打虎。老虎如何一扑、一掀、一剪,都被武松躲过了。武松酒醒,用哨棒打虎,不想哨棒却折断了。这可以看作第 6 个环节,也就是"考验、伙伴、敌人",考验就是武松遭遇老虎这个敌人,伙伴就是哨棒。哨棒的折断是一个转折点,它标志着武松进入了第 7 个环节,"跨越第二道边界,接近最深的洞穴",因为哨棒在这里代表着叛变的伙伴,在关键时刻逃跑了,留下武松一人赤手空拳面对猛虎,所以这是武松最危急的时刻,他接近最深的洞穴,没有退路,只能与老虎拼命。

武松赤手空拳打死了老虎。武松本想把老虎拖下冈去,结果,"就血泊里双手来提时,那里提得动。原来使尽了气力,手脚都苏软了"。这是第 8 个环节,即通过磨难。

武松打虎第 9 个环节,即获得了报酬,原文写武松在青石上歇息。这个报酬就是他的生命本身。

武松下景阳冈,再次遇到老虎,武松道:"阿呀!我今番罢了!"这就是第 10 个环节,即在返回的路上遭遇追逐。

然后武松发现两只老虎是猎户假扮的。这是第 11 个环节,即经历了假死和复活,武松被确认为英雄,他的命运彻底发生了改变。

最后,武松回到阳谷县,如何风光,这就是第 12 个环节,他回到正常世界。武松携带的"万能药"是什么呢?就是打虎英雄的美名。所有的人都为武松的英雄之气所振奋,获得鼓舞。

可以看到,作为中国传统故事的"武松打虎"具备了沃格勒"英雄之旅"模型的所有环节。从这里,我们不难看到沃格勒模式的普遍性。

沃格勒的"英雄之旅"情节模式被广泛地应用于剧本和小说的创作中,被称为好莱坞编剧界的"圣经"。沃格勒的"英雄之旅"的情节模式除了具有普遍性,还有 3 个方面的优点:

(1) 它保留了经典的三幕剧的戏剧结构。经典戏剧往往具有一个情节开端—发展—高潮和结束这样一种三阶段的结构,这种"三幕剧"的结构被证明是最符合人类认知和情感逻辑的戏剧结构。沃格勒的"英雄之旅"模式就严格地遵循了三幕剧结构程式。

(2) 它内在包含了一个人物成长的过程。英雄从正常世界到冒险世界的旅行,也可以转换为人物向自我意识深处的探索,英雄之旅不仅是冒险之旅,也是英雄发现自我、成长变化之旅。因此,英雄之旅的外部过程可以与人物成长的内在过程结合,从而实现情节与人物双重驱动。

(3) 它是一个极灵活的模式。英雄在正常世界和冒险世界之间穿梭,有多重路线,英雄之旅可能止步于任何一个阶段,每个阶段都可以缺失、重复或重组,与之相对应,12 个环节的顺序也可以发生各种变化。总之,这个模式能够给写作者提供足够的实验和创造的空间。

三、情节设置案例

下面我们来用"英雄之旅"的情节模式创作一个小说文本的情节,其中出现的人物按顺序以英文字母命名。

第一幕是分离。这一幕主人公的动作是出场、被召唤、抗拒、遇到导师、跨过边界五个环节。

第一个环节,主人公 A 出现在一个小村庄,是小村庄里一名普通的村民。这里我们可以赋予 A 一些品质与能力,品质可以选择小说中常见的"勇气""机智""善良",能力则是 A"擅长骑马"。

第二个环节,村子里的一位老人 B 请求 A 去国都帮他申请自己孩子的阵亡抚恤金。因为村庄与国都距离相当远,大多数人都不愿意帮忙,少数几个愿意去的,都各有缺点。老人不得已才找到 A,因为他的热心与善良是家喻户晓的。

第三个环节,A 非常想帮忙,但也对未知的旅途充满畏惧。这种畏惧也是人之常情,A 毕竟只是一个从未出过远门的年轻人。

第四个环节,迟疑之间,A 的父亲,一个有智慧的老人与 A 在夜晚对谈,坚定了 A "帮助老人,前往国都"的信念。同时为 A 准备好了装备。

第五个环节,A 找到那几名愿意前往国都的村民,请求他们加入,众人组成了队伍。这支队伍人数不应过多,五人左右即可,且每个人都应被赋予各自独有的特点,无论是能力、特长,或者缺点。比如 C 会疗伤但是胆子小,D 会武艺但是容易冲动,等等。

经过这五个环节,故事就进入了第二幕:冒险。这一幕主要是遇到磨难、获得帮助、牺牲、进一步遇到更大的磨难、最终战胜、获得报酬。

第六个环节,主人公小队在前往国都的路上,遇到猛虎的追击,在逃出虎口后,忽然遭到一群神秘刺客的追杀。危急时刻,队伍中胆子最小的医生毅然殿后,然后牺牲。之后,A 灵机一动,将刺客引入猛虎所在的地域,让双方争斗,自己从而逃脱。

第七个环节,主人公小队不明白为何会被追杀,决定拆开老人 B 托他们带去的信件。于是真相大白,原来 B 的儿子并非战死沙场,而是因其获得的过高军功被一名高官儿子觊觎,于是对方杀了 B 的孩子,冒领了军功。老人追讨阵亡抚恤金的书信,实际上是一封检举信。

第八个环节,主人公小队发生矛盾,有人想要离开。但最终众人还是决定完成任务,只是要换个方式。

第九个环节,小队在即将进入都城之前被拦下,遭到围追堵截。一番激烈的战斗后,小队被全部俘虏。高官 G 本人前来,与 A 进行了一番谈话,交代了自己的所有目的。但在他即将杀掉小队成员时,王宫军队到来。原来小队兵分两路,E、F 两人早已溜入王宫。

第三幕就是主人公小队受到嘉奖,但同时,国王派遣给他们一个更难的任务。这样一种安排,就是为之后的续集做铺垫了。

经过"英雄之旅"模式的套用,我们将自己脑海里出现的一个大概想法整理成一个完整的故事情节框架。当然,这个框架还有许多需要填充的部分,也并没有完全按照"英雄之旅"的三幕十二环节模式建构,但它至少已经是一个有头有尾的情节架构了。

第四节 人物设计

本节主要讲解人物驱动型小说的构思。在情节驱动型小说中,情节发展的动力归根结底来自人物的"欲望",即他在外部世界中对特定价值的追求。而在人物驱动型小说中,情节发展的动力来自人物的内部,即由外部遭遇所激发的、促使他成长和变化的自我完善的本能。

一、人物概述

(一)作为动力系统的人物

人物驱动型故事,指的是以人的内在性格的成长变化或不变为线索的故事。

在情节驱动型小说的构思中,人物多少得是类型化了的,因为他必须配合情节,使情节合情合理。比如推理小说中的侦探,就必须聪明过人,心思缜密,并且必须稳重内敛。他的聪明过人,能够保证他解开谜题,而他的稳重内敛,则保证他不会在得到答案之前暴露正确的推理方向和推理过程。如果一个侦探一边侦查,一边把自己的内心思考全部呈现出来,那么,读者就可能先于侦探猜到真相,到了真相大白的时候,读者想要寻求的那种惊奇感就会被破坏。因此,一般说来,在情节驱动型小说中,人物要配合情节。反过来,人物驱动型小说,需要让情节来配合人物,我们不是为事件去虚构人物,而是为人物去虚构事件。

在现实生活中,人是很难改变的。在日常生活里,人们总是会尽量地待在适合自己性格的舒适区之中,无论外部环境如何改变,人的第一反应总是以不变应万变。他会用符合自己性格的办法,去解决各种各样的问题。只有在非常特殊、不得不为的情况下,人才会痛下决心改变自己。人的这种保守性,即维持自身性格统一的愿望,是人的尊严心的表现,也是自我内在原则性的表现。因此,人的性格的变与不变,在价值上是有两重性的。

在人物驱动型小说中,人物的变化经常地表现为从不成熟走向成熟,从坏人变成好人,或者反过来,从好人变成坏人,等等。但是,也有这样的情况,即一个人面对各种诱惑、危机和考验,最终保持自身不变,维护自我原本的性格。这里,对我之为我的坚守,也是一种"成长"。

还有一种情况,是在某种外部原因的作用下,人最终选择了"不长大""不变好""不成长"。像杰夫·格尔克所说:"也许最吸引人的情节是坏人一度想变好,但是最终他决定保持自己的黑暗本质。"这种故事往往具有深刻的批判性,如果一个社会压抑人的成长,或不允许一个坏人变成好人,那么这个社会就是坏的。

总之,人物驱动型小说的构思,其核心就在于设计主人公的心路历程及他的性格的某一方面在变与不变中摇摆,而后走向一个不可逆转的最终状态这样一个过程。我们把人物转变所围绕的"人格"方面叫作"心结",而把人物的心路历程称为人物弧线。

(二)人物的心结

情节的本质是人物的愿望与这种愿望不得实现之间的矛盾。从主体的角度来讲,人物愿望不得实现的最大阻力来自内因而不是外因,给他的命运造成最大阻碍的是他自身的弱点。我们讲的"心结"就是人物驱动型故事赖以开展的人物自身的弱点。

"心结"这个词带有心理学的意义。它是让人物陷入困境的东西,比如某种心理创伤、某种性格的缺陷、根深蒂固的恶习、不健康的生活方式、对特定事物的恐惧或迷恋等。它们往往是生理遗传、环境、童年创伤、家族史、文化劣根性在个体人格中积淀的产物。正是这些因素构成了人格的无意识方面。在文学作品中,最常见的"心结"往往是由人物幼年或童年时期的"创伤性经验",或者人物成长过程中遭遇的重大事件造成的,比如,因为儿时遭到遗弃而害怕孤独;因为父母离异而害怕承诺;因为遭受家庭暴力而忍受暴力或崇尚暴力;因为父母的鄙视而自暴自弃,等等。

一个能够在小说中发挥结构作用的"心结"应该具备两个特点:

第一,"心结"必须位于人物性格的深层,也就是说,它必须带有"无意识"的性质,只有这样,它才能够为人物弧线,即人物的心路历程开辟空间。如果"心结"在一开始就被人物所察知,是人物"自我意识"的一部分,那么,它就不能在故事发展临近高潮的阶段给人物以致命一击。

第二,在特定情形下,这个"心结"必定让人物陷入绝境。与日常生活一样,只有当一个人意识到,正是他的性格本身让他陷入不可解决的麻烦,而且,如果他不改变自己,他的生活就会万劫不复,这时他才会改变自己。如果人物能够通过回避"心结"而解决生活中的问题,他就不会改变自己,那么,故事也就无法建立起来。比如,你的主人公怕水,那么,在情节最高潮的时候,你就应该把主人公推到水中去,让他去经历生死考验,并最终克服自己的弱点。

金·凯瑞(Jim Carrey)主演的著名影片《楚门的世界》(彼得·威尔导演,1998)是人物驱动型故事的一个非常经典的案例。主人公楚门对水的恐惧就是他的心结,它是由童年的心理创伤造成的,即他曾看到自己的父亲溺水而死。故事中,楚门成长的关键时刻是他下定决心驾船出海。在水中,他直面自己的恐惧,克服了自己的"心结",从而揭开了整个故事最重要的秘密,即他迄今为止的人生是由他人导演和设计的大型真人秀。

当然,不仅仅有"创伤恐惧型"的"心结",还有"过度迷恋型"的"心结"。这种"心结"的特点与创伤完全相反,但它同样是无意识的。比如,某个人物因为从小娇生惯养而养成了深层的"傲慢"性格,这种"傲慢"可能让他在爱情中屡屡受挫,甚至面临孤独终生的危险,这是爱情小说中最常见的"心结"。

总之,心结是一种致命的人格"缺陷",往往表现为人物的"恐惧"或者对某种东西的"过分痴迷"。它是不幸事件造成的负面情绪,或过分幸运而造成的正面情绪在人格深层的郁结。人物驱动型小说就是人物突破心结而发生改变的过程,当人物解除自己的心结之后,他就从旧我成长为了新我,故事也就走向了终结。

(三)人物弧线

美国创意写作导师杰夫·格林把人物的心路历程,也就是人物弧线归纳为4个阶段:首先是人物的初始状态,在一个诱发事件的刺激下,人物弧线进入激化阶段,然后到达一个关键时刻,人物的心结得到克服,人物将发生转变,而后进入最终状态。这一理论可用图5-2来表示:

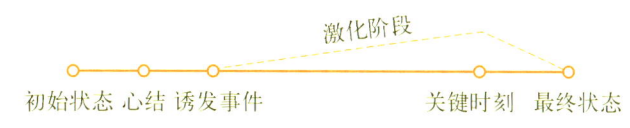

图 5-2 人物弧线图

可以看到,在杰夫·格林的理论中,人物弧线的不同阶段是围绕着心结的发现和解决来界定的。初始阶段的任务是展示人物心结的存在,也就是人物心结的暴露。暴露给谁?不是暴露给人物自己,而是暴露给读者。

在这个阶段,要让读者看到在人物的正常状态背后有一个内在的问题,需要让人物在其初始状态下陷入麻烦。作者要展示出这个人物之所以麻烦不断,不仅有外部的原因,而且有一个内在的原因,是由他自身内部的问题造成的。但是在这个阶段,人物本身是意识不到心结的,他的弱点对他而言是一种无意识的东西。当他陷入麻烦时,他的第一反应是按照习惯,按照符合他性格的方式来尽力解决问题,然而,这只会让事情变得更加糟糕。

然后是诱发事件。诱发事件是激发人物发生自我反省的事件。当情节推动人物从一系列的小麻烦进入一个大麻烦之中时,一定会发生某个非常态的事件,这个事件让人物陷入无所适从的境地,这时,他会考虑做一些新的尝试,这就是自我反省的开始。在诱发事件之前,读者知道他有问题,但是人物不知道,诱发事件必须激发人物去反思自己。

随着情节推进,人物的自我反省会逐渐深化,他的自我探索走向纵深,直到自我意识彻底觉醒,这就是激发阶段。在这个阶段,人物内心生活的矛盾日益紧张,他会在旧我与新我之间来回摇摆,直到一个关键时刻的到来。这个阶段是故事的主体部分,也是人物内心撕裂非常严重的阶段,他的旧我与新我时刻在斗争,各自展示自己的优势,人物会游移不定,不断地改变自己的立场。但是,读者应该能够发现,人物越是固执地坚持旧我,他就越是会陷入不可解决的麻烦当中。

所谓的关键时刻,指的是人物不得不在旧我与新我之间做抉择的时刻。这个时候,人物的麻烦到了不可不解决的地步,他必须作出抉择。这相当于故事的高潮阶段,人物将面临精神上的生死考验,他必须作出巨大的牺牲。牺牲什么?牺牲他的旧我。因为,只有牺牲旧我,才能成就新我。关键时刻就是逼着人物不得不突破心结,要让他面对曾经害怕的、恐惧的东西,让他无路可退。在这个关键时刻,人物内心的新旧矛盾会形成一个非常强烈的冲突,人物会在精神生活中表现出巨大的勇气和牺牲精神,这也是人物弧线中最崇高和最悲情的时刻。

故事到这里也就进入了尾声,所谓的最终状态就是一个新人的诞生。

杰夫·格林认为,人物弧线与情节结构是配合在一起的,如下图 5-3 所示。

人物的心路历程,从初始阶段到诱发事件,这部分就相当于戏剧结构的第一幕。与之相对应的外部情节,就是反面角色出场,这是人物陷入麻烦的外在原因。然后是所谓的"定时炸弹",即为随后的危机埋下伏笔的事件;一个决定性的时间范围,一个时刻表,以及主要角色的引入。

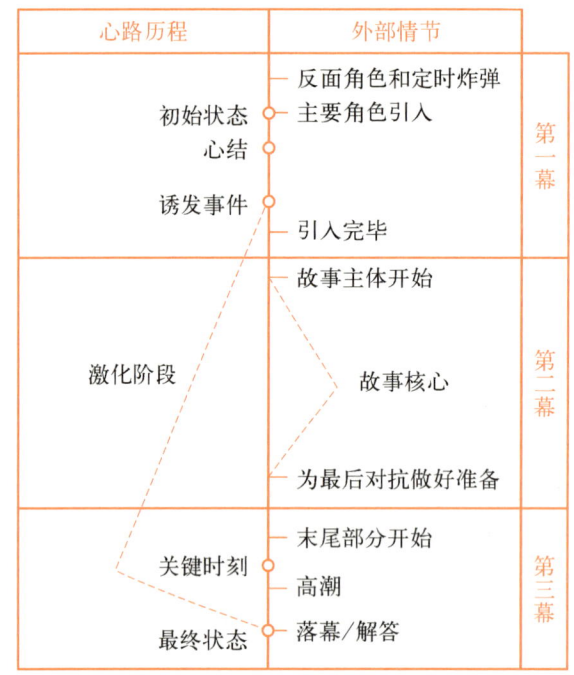

图 5-3 人物弧线与情节关系图

第二幕就是人物弧线的激化阶段,也正是故事的主体,故事的核心部分,情节矛盾展开为最后的对抗做准备。

最后是关键时刻到来,人物的转变与情节高潮相吻合。之后,故事就很快走向了结束。

二、人物弧线示例分析

下面通过对契诃夫《带小狗的女人》的分析来说明人物弧线在小说中的运用。

《带小狗的女人》是一篇爱情小说,写的是主人公古罗夫在雅尔塔偶遇一个"带小狗的女人"安娜,一开始他只是想"干一回风流韵事",后来却发现自己真的爱上了她,他的内心深处发生了天翻地覆的变化。

全文分 4 章。第 1 章写古罗夫与安娜在雅尔塔相遇,作者笔墨的重点在于对古罗夫风流习性的描绘,这种描绘很委婉。比如写到古罗夫跟安娜搭讪,先是去逗弄安娜带的那条小狗:

> 他亲切地招呼那条狮子狗,等到它真走近,他却摇着手指吓唬它。狮子狗就汪汪地叫起来。古罗夫又摇着手指头吓唬它。
>
> 那个女人瞟他一眼,立刻低下眼睛。
>
> "它不咬人。"她说,脸红了。
>
> "可以给它一根骨头吃吗?"等到她肯定地点了一下头,他就殷勤地问道:"您来雅尔塔很久了吧?"

古罗夫的"初始状态"在这些细节中展露无遗。读者一下子就明白了,他是一位彻彻底底的风流浪子,情场老手,在他的内心深处,女人就像小狗,吓唬吓唬它再给它一根骨头,它就会乖乖听话。他的"心结",即他不懂得爱,也没有爱别人的能力。这一弱点在这个阶段是潜伏着的,是他自己完全意识不到的。但是,读者对此已经清清楚楚了。

这一章的结尾写的是,古罗夫回到旅馆,回想跟安娜的第一次相遇,感觉"她那样儿有点可怜"。这里,作者在暗示我们古罗夫虽然风流成性,但还有那么一点良知。这为他后来的转变埋下了伏笔。

第2章写古罗夫与安娜在雅尔塔偷情,直到安娜接到丈夫的信要她回彼得堡,两人分手。这一章的重点是写古罗夫内心的"纠结",这种"纠结"来自安娜那种"天真"的"慌乱"。在过去的那些风流韵事中,他接触到的都是些虚伪造作的女人,她们跟他一样逢场作戏,完全不拿爱情当一回事。但是,安娜却一再在他面前忏悔自己的堕落,而且始终担心古罗夫会看不起她。古罗夫则是冷漠的,他几乎无动于衷。他不理解安娜的"爱",这种真正的"爱"对他来说是陌生的,他在内心深处觉得安娜的行为是可笑的,甚至是做作的。安娜的爱在古罗夫的心路历程中,就是一个诱发事件。在这个阶段,他遭遇了"纠结",但是不知道原因何在。"心结"的存在使他陷入了麻烦,但是,到此为止还只是小麻烦,他不觉得自己有改变的必要。就像小说里写的那样,当古罗夫面对自然美景时,他的感觉是,"实际上,这个世界上的一切都是美好的"。

第3章写古罗夫回到莫斯科,他想着自己会忘掉安娜,结果却越来越想念她。有一天他忍不住要跟一个文官谈一谈这件事:

"但愿您知道我在雅尔塔认识了一个多么迷人的女人!"

那个文官坐上雪橇,走了,可是突然回过头来,喊道:

"德米特利·德米特利奇!"

"什么事?"

"方才您说得对:那鲜鱼肉确实有点臭味!"

文官的无心之言却让古罗夫对自己的生活产生了深深的厌恶。我们知道,这正是"爱情"发挥作用的效果。古罗夫的心结使他陷入了更大的麻烦。他厌恶自己一度认为是美好的生活,于是动身去圣彼得堡去见安娜,他发现自己和安娜都是被虚伪的婚姻秩序禁锢的囚徒,他对生活的厌恶进一步变成了痛恨。这一章就是人物弧线的"激化阶段"。

第4章写古罗夫与安娜在莫斯科幽会,过上了双重的生活。直到有一天,古罗夫看到镜中的自己,头发已经花白,他才发现自己"生平第一次认真地、真正地爱上一个女人"。这是一个典型的"关键时刻",也就是说,情节发展已经将人物逼到了绝境。古罗夫在一瞬间意识到"老之将至",生命正在无情地流逝。他开始真正严肃地反思自己的生活,也就不得不直面自己的"心结",并且采取行动。当他来到约会的酒店,在安娜面前,抱着头为"应该怎样做"这个问题发愁的时候,我们知道,他已经完全改变了。

《带小狗的女人》的结尾历来被人称道,因为它在表面情节上是"开放式"的,而在内在情节上,即人物的内在转变上却是封闭的。我们知道,当古罗夫开始为"应该怎样做"而抱头苦恼时，他已经不再是原来的那个不懂爱情是何物的登徒浪子了，他已经变成了一位真正的"爱者"，一个为他所爱的人负责的人。从这个意义上说，他已经克服了自己的"心结"，从"旧我"不可逆转地变成了"新我"。

契诃夫小说艺术的精髓在于他在小说结构上有教科书般的严谨，《带小狗的女人》就是这样，人物弧线非常清晰，而且与外部情节自然巧妙地联系在一起。可以说，它就是人物驱动型小说的标准模板。

三、人物弧线的设置案例

上一节中我们已经有了一个情节，下面就用其中的人物，来完成关于人物弧线的训练。我们可以对之前的内容做一些丰富或调整，来达到人物成长的目的。

首先，我们需要为主人公，甚至是主角团队，包括正面角色与反派，都设置一个"心结"。A 的心结是，他内心依然习惯于平静的生活，虽然接受了这份冒险，但内心是排斥的。医生 C 的心结是胆小，D 的心结是他其实想要借此任务获得国王奖赏，E、F 二人的心结就是他们在村里没有什么特长，一直是被嘲笑无能的对象。而反派 G 的心结，则是对自己儿子畸形的溺爱。

初始阶段：A 因为对宁静生活的不舍，从而拒绝了 B 的请求，但一直受到自己内心的谴责。最终，由于父亲的指点，他坚定了内心，踏出解开心结的第一步，即离开了自己习惯的乡村生活，进入冒险世界。

激化阶段：在冒险途中，一次次的危险让小队成员不得不直面心结。在老虎的袭击与刺客的追杀下，A 本身对任务的犹豫，C 的胆怯，D 的自私，E、F 的无能都得到了暴露。众人各有打算，被困难一步步逼入绝境。

关键时刻：医生 C 在小队即将全军覆没的危急关头，救死扶伤的天职与责任感驱使他解开心结，方式是不再胆小，牺牲自己来拯救队友；D 在 C 牺牲后，也不得不直面心结，不再选择苟且偷生以活到最后取得奖赏，而是将小队的任务与小队成员的性命放到第一位；主人公 A 在队伍即将分崩离析的关头，也战胜心结，不再想着逃避冒险、原路返回，而是决定战胜困难，完成任务。最后，A、C、D 三人吸引刺客等的注意，而最易被忽视的 E、F 二人完成了任务最关键的一环。在这样的过程中，每个人都战胜了心结，主角小队真正成了一个团队。最终，这样一个团队也受到了国王的赏识，于是国王给他们安排了更重要的任务。

这种人物弧线的布置，让"成长"的主题贯穿始终，不仅适用于人物驱动型小说，在目前大多数的"大片"与"冒险小说"中，也很有市场。

第五节　人　称　选　择

小说叙事中的人称往往分为三种：第一人称、第二人称、第三人称。在小说写作过程中，这三种人称看似简单，实则有非常微妙的差异。第一人称，就是"我"，用

"我"来作为叙事者,如《了不起的盖茨比》《我的名字叫红》等。第二人称,就是"你",以"你"来完成叙事,这种人称叙事非常有挑战性。第三人称,就是"他"和"她",也可以用人物的名字来代替,比如张三、李四。张三今天做了什么?李四今天做了什么?这种叙事就是第三人称叙事。

一、人称概述

(一)第一人称

第一人称的优势在于能够赋予叙事即时性。第一人称的魅力在于它能够马上把读者带入场景中,迅速和故事同步起来,使读者跟随第一人称的视角、眼光、听觉、嗅觉等,来观察、聆听和感受周围的一切,这就是第一人称叙事的即时性。第一人称让读者感觉和故事很亲近,让读者和故事之间几乎没有什么距离。

那么第一人称叙事有什么劣势呢?第一,第一人称叙事本质上是一种受限制的声音,受限制的视角,它不是一种全知视角,它只能按照常理,记述"我"自己所能看到的,自己所听到的,自己所知觉到的,当然也可以包括自己所想到的。但是假如这个故事有很多关键性的活动和场景发生在别处,"我"恰恰不在现场,要怎么记述呢?这种人称就没有办法戏剧性地去处理另外的场景。第一人称"我"没有在那个关键性的场景当中,就只能通过道听途说,或转述,或他述,或是用其他的方法来写其他关键性的场景,这样对于展现那些关键性的场景和事件,效果就会被削弱许多。

第二,第一人称叙事的可靠性是令人质疑的。因为,第一人称关系到自身最切实的利益,"我"可能或多或少都不愿意把自己一些不太好的东西表现出来,总是把自己的利益放在心上,比如对我们而言,自己内心的一些隐秘的情结,是不愿意说出来的。那么,作为读者和听众,也会自然而然地对第一人称的可靠性有所怀疑。

第三,第一人称叙事还有一个很大的陷阱,就是我们太喜欢自己的声音了,乃至于作出了很多不太理性的判断,在描写其他人物的时候就未必那么自如,未必那么客观。沈从文就说过:"人物都有其自身的生活逻辑和情感走向,做什么样的事,就说什么样的话,这都是由人物的身份和性格所决定的,作家不能想当然地使唤人物,对笔下的人物有一定的理解,要站在人物的立场和处境来想问题和做事情,只有尊重人物,才能把人物写好。"第一人称叙事有可能因为自己的声音太过强大,而湮没了其他人的声音,那么,第一人称写出来的人物,就可能未站在他人的立场和处境来想问题。这是它很大的一个弊病。

(二)第二人称

第二人称的使用是一个很冒险的选择,作者用"你"来讲述故事,这就像在和某个人谈话一样,有说教、引导那样的语气。读者可能会想:我并没有像作者所说的那样做那样想呀!使用这种人称太过冒险了,一般人都不会轻易尝试。它是一种绝对客观的视角,一般不能进入对方的想法当中,只能去猜想对方的想法,所以容易和读者产生背离。

第二人称叙事最大的优势就是它的客观性。它像一个镜头一样,一路追随着读者,带来一种逼真的效果,这是它的核心优势。

那么第二人称叙事的劣势是什么呢？第一，它没有办法进入"你"的思想，全凭猜测，它只能看到"你"外在的一些东西，外在的行为和表现；第二，作者讲述的这些事情并没有在读者的身上发生，就会让读者感觉到和这个故事的距离太远了，代入感没有那么强。第二人称具有非常大的先锋性和挑战性，一般人很难把握，用起来一定要慎之又慎。

（三）第三人称

第三人称叙事相比于第一人称叙事和第二人称叙事要复杂一些，总共分为四种情况：第三人称全知全能视角、第三人称客观视角、第三人称限知视角、第三人称转移视角。

1. 第三人称全知全能视角

在第三人称全知全能视角当中，故事的叙事者是无所不知的，它出现在小说所有的地方，知道每个角色的想法，知道每个角色的行动。这种视角的最大优点在于灵活性，它不会局限于某一个角色的想法，也就是说，它不仅可以随意进入任何人的脑子，知道任何人的想法，还可以进入一些很私密的场所。古典小说叙事大都采用这种全知全能型的视角。

全知全能视角的缺点在于它的叙事缺乏比较集中的一个聚焦，这个叙事者的声音总是从一个角色跳到另外一个角色，然后以一个上帝的距离去做面面俱到的一个个速写，这样焦点不断地转移，就让人没有办法定位到那些核心的角色，这是它的缺点。

2. 第三人称客观视角

第三人称的客观视角被称为不易觉察的人，它并不敢冒险进入任何一个角色的思维当中，它往往保持一定的距离，观察世界，描述细节，然后做报告，仅仅到此为止。这种视角的难度是显而易见的，较之于解释或者让人物去提供寓意，这种视角只能通过行动和细节来暗示寓意。

3. 第三人称限知视角

第三人称限知视角只从一个角色入手，往往使用人称代词"他"或"她"，或者用人物的名字。在这种视角下，一次只能进入一个角色的思想，不能进入其他角色的思想，这样，读者既可以享受第一人称那种高度聚焦的感觉，同时又能回到一种更为客观的视角，这是它的一个好处。在这种手法当中，往往都只能跟随一个主角，只记述这个主角看到的、想到的、听到的。它的劣势是什么呢？它往往只从一个角色入手，没有办法同时进入多个角色。

4. 第三人称转移视角

为了克服第三人称限知视角的一些缺点，就出现了第四种人称视角：第三人称转移视角。这种视角作者可以从多个人物的思想出发，把焦点不时转移到另外一个角色，这种手法现在常常能见到。其中最有代表性的，比如说美国福克纳的《喧哗与骚动》，日本芥川龙之介的《罗生门》，还有我国作家莫言的《檀香刑》，就是从几个角色出发的。这种视角可以在不同人物身上发生转移，但是每个人物也是以第三人称限知手法来写的。

此外，这种手法还有可能和全知视角结合起来。比如说，很经典的一个案例是小说《傲慢与偏见》，它通过全知视角，客观交代两人的感情状况和感情进展，然后通过限知视角交代达西的傲慢的来源和伊丽莎白的偏见的来源，正是因为这种全知和限知手法交替使用，读者知道他们俩的矛盾在哪里，但是主人公却不知道他们的矛盾的来源在哪里，读者就会着急，为故事中的人物揪心，这就造成了一种戏剧效果。

综上所述，人称和视角的变化都会带来不同的叙事效果，这些人称和视角没有优劣之分，只有合适不合适之分。作者可以根据期待的叙述效果，来选择合适的人称和视角，懂得其优劣所在，就可以巧妙地运用它们。

二、人称示例分析

在以上关于人称的部分提到，小说叙事中的人称主要分为第一人称、第二人称、第三人称三种。接下来，我们按顺序，分别对这三种人称叙事进行举例说明。

（一）第一人称

从《了不起的盖茨比》来看第一人称在小说中的运用。

> 在我年轻幼稚，不谙世道的年代，父亲给我的一条忠告，至今一直在我心头萦绕。
>
> "每逢你想要对别人评头品足的时候，"他对我说，"要记住，世上并非所有人，都有你那样的优越条件。"
>
> 他没有再多说什么，但是我俩彼此总能心照不宣，心领神会，因此我明白他的言外之意。结果，我养成了三缄其口，不妄作判断的习惯，这个习惯使许多性格乖戾的人乐意向我敞开心扉，但同时也使我成为不少老谋深算的无聊之徒的攻击对象。心智不正常的人往往能很快发现正常人身上显露出的这种品质，并伺机与之接近。于是出现这样的情况：在上大学时，我被人们不公正地指责为政客，因为我能探微索隐，把那些性格捉摸不定、讳莫如深者心头秘而不宣的哀怨倾吐出来。大多数的隐私不是刻意追求得来的。经常的情况是，当我根据某个无可置疑的迹象觉察到有人忐忑不安欲吐心迹时，我便惺惺作态，昏昏欲睡，或心不在焉，别有心思，或者横生敌意，浮躁不安；因为我深知年轻人要吐露的心迹，至少他们的表达方式是照搬别人的，而且因明显的压制而露出破绽。不轻率下判断是可望而不可及的。我现在仍然害怕有所闪失，怕万一我不慎忘了父亲对我的谆谆告诫，忘了那条我势利地反复诵记的忠告：人的道德观念出生时不是平均的，不可等量齐观。

在这段话中，一个强有力的声音给故事定下了基调。这就是第一人称的优势，它时刻关注一种以自我为本体的声音，一种以自我为本位的声音，读者没有办法逃脱这种声音所定下的叙述基调。这是它最大的优势，它在某种程度上定义了故事的叙述语调和叙述风格。

（二）第二人称

米歇尔·布托尔的《变》就使用了第二人称：

你把左脚踩在门槛的铜凹槽上,用右肩顶开滑动门,试图再推开一些,但都无济于事。

你紧擦着门边,从这个窄窄的门缝中挤进来,接着便是你那只和厚玻璃瓶一样颜色的、发暗的颗粒面的皮箱,这是常出远门的人携带的那种相当小的皮箱,你抓住黏糊糊的提手把皮箱使劲拖进来,它虽然不重,但你一直提到这里,手指不免发热,你把皮箱举起来,感到身上的肌肉和筋腱都鼓了起来,指骨、手心、手腕、胳膊莫不如此,还有肩膀,还有整半个后背,还有脊椎,从颈部到腰部都是如此。

不,你这种反常的虚弱不能只归咎于钟点,钟点不算太早,而应归咎于年龄,它已让你感到岁月是不饶人的,其实,你刚满四十五岁。

从上面的段落我们可以看出,读者在阅读第二人称作品时可能会有别扭感,这是因为,那个"你"到底是谁还有没有交代清楚,那个"你"到底是读者还是主人公,如果作品当中有很多人物的话,那么,那个"你"到底指的又是谁,这似乎是很难确定的事情。再者,当听到"你"时,读者又有很强的被指责感。当然,米歇尔·布托尔也创造性地发挥了第二人称叙事的价值,让作品带有另外一种奇特的代入感,使得作品具有某种独特的美学价值。

(三)第三人称

第三人称叙事成功的案例有海明威《白象似的群山》:

他们在桌边坐下。姑娘望着对面干涸的河谷和群山,男人则看着姑娘和桌子。

"你必须明白,"他说,"如果你不想做手术,我并不硬要你去做。我甘心情愿承受到底,如果这对你很重要的话。"

"难道这对你不重要吗?咱们总可以对付着过下去吧。"

"对我当然也重要。但我什么人都不要,只要你一个。随便什么别的人我都不要。再说,我知道手术是非常便当的。"

"你当然知道它是非常便当的。"

"随你怎么说好了,但我的的确确知道就是这么回事。"

"你现在能为我做点事儿么?"

"我可以为你做任何事情。"

"那就请你,请你,求你,求你,求求你,求求你,千万求求你,不要再讲了,好吗?"

他没吭声,只是望着车站那边靠墙堆着的旅行包。包上贴着他们曾过夜的所有旅馆的标签。

"但我并不希望你去做手术,"他说,"做不做对我完全一样。"

"你再说我可要尖声叫了。"

那女人端着两杯啤酒撩开珠帘走了出来,把酒放在湿漉漉的杯垫上。

"火车五分钟之内到站,"她说。

"她说什么?"姑娘问。

"她说火车五分钟之内到站。"

姑娘对那女人愉快地一笑,表示感谢。

"我还是去把旅行包放到车站那边去吧,"男人说。姑娘对他笑笑。

"行。放好了马上回来,咱们一起把啤酒喝光。"

他拎起两只沉重的旅行包,绕过车站把它们送到另一条路轨处。他顺着铁轨朝火车开来的方向望去,但是看不见火车。他走回来的时候,穿过酒吧间,看见候车的人们都在喝酒。他在柜台上喝了一杯茴香酒,同时打量着周围的人。他们都在宁安毋躁地等候着列车到来。他撩开珠帘子走了出来。她正坐在桌子旁边,对他投来一个微笑。

"你觉得好些了吗?"他问。

"我觉得好极了,"她说。"我又没有什么毛病啰。我觉得好极了。"

这篇短篇小说是客观视角的经典案例,它完完全全只描写那一对情人外在的一些行为和表现,以及他们的一些对话,但是就不进入他们的思想当中,让读者去猜测,他们到底在讲什么样的事情?最后,大家才知道,他们讲的是要不要堕胎的问题,两人产生了一个矛盾,对他们的情感也产生了一定的威胁,当然最后是以和好作为结局。这是第三人称客观视角,这种视角的优势就是显得更加真实。因此,剧本往往使用这种写法。

三、人称选择指导案例

对人称视角的概念我们已经有了基本的了解,下面我们可以使用各人称与视角来进行创作。为了保证我们能直观地体验各种人称的区别,我们将用不同的人称描述同一件事情:"卡特琳娜与雷奥在相识五周年的纪念日,相约在餐厅吃饭,雷奥忙于工作迟到。"

我们首先用第一人称来描述,将自己"代入"卡特琳娜,从此刻起,"我"就是卡特琳娜。

今天是我和雷奥相识五年的日子,和往年一样,我们约在河岸的高级餐厅。上午睁眼已经十一时,艰难地从床上爬起。拉开窗帘,阳光豁然照耀。天气真好啊,在这样温暖的日子里就应该躺在沙发上晒太阳。我为我这样的想法感到羞愧,毕竟今天是我们的纪念日。

匆匆洗漱,看着衣柜里的衣服我有些犯难。如果选择比较华丽的裙子,那免不了要配上精致的妆容。我和雷奥已经这么熟悉彼此了,就没必要再盛装出席了吧。我毫不犹豫地拿了一条朴素的长裙,套上简单款的风衣出门。

到达餐厅的时间正好,雷奥没有回复我的消息,我有些生气。不想尴尬地进入餐厅等待。我坐在河堤上,阳光照在我的背上,我感到有些疼痛。雷奥最近已经不是第一次不回消息了,每次问起他都回答最近正在忙公司的项目,没有太多看手机的时间。你要问我有没有怀疑过他,仔细想我竟然回答不上来。

四处张望,一个男人向我跑来,是我的雷奥。我猜他说的第一句是,"对不起,亲爱的"。雷奥跑过来时头发有些乱了,配合没来得及修理的胡茬,他看起来有些滑稽。他坐在我旁边，大口喘气。"你昨夜一定睡得很好。"雷奥笑着看我。我看着他的黑眼圈，说不出话。

按照故事的背景，我们设想自己是卡特琳娜，就如同在玩剧本杀时，我们拿到一个角色去扮演她。我们可以自由书写"我"对一件事情的看法，表达"我"的情感，宛如"我"在行动。新手在创作的时候，第一人称是首先可以选择尝试的人称。

小说写作除第一人称外，最应该考虑的是第三人称。第三人称有多种视角，我们可以自由选择，也可以多种结合。

使用第三人称有限视角，可以理解为，我们带着朋友去玩剧本杀，她是初学者，我们在旁边指导，向她阐述所扮演角色的经历：卡特琳娜去见自己的男朋友。

今天是卡特琳娜和雷奥相识五年的日子，和往年一样，他们约在河岸的高级餐厅。上午睁眼已经十一时，卡特琳娜艰难地从床上爬起。拉开窗帘，阳光豁然照耀。天气真好啊，在这样温暖的日子里就应该躺在沙发上晒太阳。卡特琳娜为她这样的想法感到羞愧，毕竟今天是他们的纪念日。

匆匆洗漱，看着衣柜里的衣服，卡特琳娜有些犯难。如果选择比较华丽的裙子，那免不了要配上精致的妆容。她觉得自己和雷奥已经这么熟悉彼此了，没必要盛装出席。卡特琳娜毫不犹豫地拿了一条朴素的长裙，套上简单款的风衣出门。

到达餐厅的时间正好，雷奥没有回复卡特琳娜的消息，她有些生气。不想尴尬地进入餐厅等待，卡特琳娜坐在河堤上，阳光照在她的背上，她感到有些痛。雷奥最近已经不是第一次不回消息了，每次问起他都回答最近正在忙公司的项目，没有太多看手机的时间。卡特琳娜怀疑过他吗？仔细想她竟然回答不上来。

她四处张望，一个男人向卡特琳娜跑来，是她的雷奥。卡特琳娜猜他说的第一句是，"对不起，亲爱的"。雷奥跑过来时头发有些乱了，配合没来得及修理的胡茬，他看起来有些滑稽。他坐到卡特琳娜旁边，大口喘气。"你昨夜一定睡得很好。"雷奥笑着看卡特琳娜。卡特琳娜看着他的黑眼圈，说不出话。

第三人称客观视角与有限视角最突出的区别是，我们要像一个路过的人，只能书写外部的东西，但倘若想让读者理解我们想表达的意思，就得通过一些细节描写来达到效果，示例如下。

墙上的表已经走到十一点，卡特琳娜从床上爬起，拉开窗帘，亮白色的阳光铺满整个房间。一阵风吹进屋子，桌上一张淡蓝色的纸片无声无息地落地，纸片上写着漂亮的花体英文："中午一点还是那家餐厅，老位置等你，爱你。纪念日快乐！"落款是雷奥。卡特琳娜赤身裸体地站在窗前一动不动，当她回头走入洗手间时，时钟已经走过十一点一刻。

三分钟后，卡特琳娜从洗手间走出时，还抹着脸上的水珠。她站在衣柜前，手指在一件镶着复杂流苏、质地考究的法式茶歇礼裙与一件单调朴素的白色长裙间徘徊。她偶尔回头望望自己的梳妆台，那里放着十几个瓶瓶罐罐。再次面向衣柜时，她选择了白色长裙，穿上后又简单地扎个马尾，取下门边衣架上的风衣。锁门的声音回荡在空无一人的屋子里,时钟正好敲过十二下。

卡特琳娜看了一眼手表,吐出一口气,上面的数字还不到13:00。她抚了抚胸口,望向窗边那个卡座,但卡座上空无一人。一个服务员走上前来,但卡特琳娜转身走出了餐厅。

坐在河堤边,阳光晒在卡特琳娜的后背。她望着手机屏幕,一连串的拨号记录后都带着"未应答"。她收起手机,将头埋在腿弯,身体微微抽动着。

一阵脚步声响起,卡特琳娜抬起头,四处张望,一个男人向她跑来。男人的头发有些乱了,胡茬也没有修理。他坐到卡特琳娜旁边,大口喘气。"你昨夜一定睡得很好。"男人笑着看卡特琳娜,从背后拿出一束鲜花,"亲爱的,纪念日快乐!"卡特琳娜看着他的黑眼圈,又将头埋了下去。

第三人称全知视角是所有视角里视野最广的,我们既可以描写人物外部的动作、语言、表情,还可以描写人物内部所想。此外,我们还可以在几个人物间游走,不必聚焦一个人物。"作者"就是这个世界的上帝,他所写的都是对的,不需要向读者解释任何东西。

今天是卡特琳娜和雷奥相识五年的日子,和往年一样,他们约在河岸的高级餐厅。上午睁眼已经十一时,卡特琳娜艰难地从床上爬起,拉开窗帘,阳光豁然照耀。天气真好啊,在这样温暖的日子里就应该躺在沙发上晒太阳。卡特琳娜为她这样的想法感到羞愧,毕竟今天是他们的纪念日。

匆匆洗漱,看着衣柜里的衣服卡特琳娜有些犯难。她左右手拿起不同风格的衣服照着镜子比画。如果选择比较华丽的裙子,那免不了要配上精致的妆容。她觉得自己和雷奥已经十分相熟,不必盛装出席。她将右手漂亮的法式茶歇裙放回原处,毫不犹豫地穿上左手朴素的长裙,套上简单款的风衣出门。

雷奥已经十几个小时没有休息,昨日来到公司时,老板突然告知,与政府合作项目的工程图近日就要审核,所有人都必须加班。雷奥本打算在五周年的纪念日求婚,他为最爱的卡特琳娜定制了婚戒,并买了一套非常精致的西装,将衣服妥帖地熨好挂在衣帽间。只等着与她相聚的时刻,可是这加班将一切计划都打乱了,雷奥很懊恼。

阳光准时地洒在办公桌上,雷奥专心画图,没有注意这一切。待到他再拿起手机时,与卡特琳娜相约的时间已近。他跑出办公室,他想他至少今天要见到他的姑娘。

卡特琳娜到达餐厅的时间正好,雷奥没有回复她的消息,她有些生气。不想尴尬地进入餐厅等待,于是卡特琳娜坐在河堤上,望着河水发呆。阳光照在卡特琳娜的背上,她感到有些疼痛。雷奥最近已经不是第一次不回消息了,每次问起他都回答最近正在忙公司的项目,没有太多看手机的时间。卡特琳娜有没有怀疑过他呢?仔细想她竟然回答不上来。

雷奥到路口的时候,红灯亮了,他远远地就看到了坐在河堤上的卡特琳娜。这个傻姑娘果然是很随意就赴约了,雷奥不自觉地笑了。摸了摸口袋,空空如也。那个戒指也只能等下次再找机会送给她,希望她会喜欢。绿灯亮了,雷奥跑过马路。

　　卡特琳娜四处张望,一个男人向她跑来,是她的雷奥。卡特琳娜猜他说的第一句是,"对不起,亲爱的"。雷奥跑过来时头发有些乱了,配合没来得及修理的胡茬,他看起来有些滑稽。他坐到卡特琳娜旁边,大口喘气。"你昨夜一定睡得很好。"雷奥笑着看卡特琳娜。卡特琳娜看着他的黑眼圈,说不出话。

　　通过上面的例子,我们能轻易地区分几种人称视角,在创作的时候,我们只需要做到笔随心动,选择自己喜欢的人称和视角,尽情地去创作。

第六节　时　间　设　置

一、时间设置概述

　　本节主要介绍另外一种调整结构的重要手法,即时间设置。

　　小说,是时间的艺术,时间问题也是小说最棘手的问题之一。讲故事,必须要注意处理时间的问题。作为作者,不可能把一个故事原原本本地呈现出来,因为那是生活。作者能做的就是把一个故事最重要的情节,最重要的篇章,有效排列组合起来,这样才是一个故事。而排列组合的最重要的方式是什么呢?就是时间设置,作者可以花大量的笔墨去写重要的篇章,可以花少量的笔墨去写次要的篇章。

　　为了更好地介绍时间设置的手法,我们需要先了解一组概念:原本故事发生的时间,可称之为故事时间;而描写故事所用的时间,也就是阅读文本所用的时间,可称之为文本时间。下面介绍几种时间设置的方法,我们分别用故事时间和文本时间的对比(见表5-1),来将其一一呈现。

　　第一种时间设置的方法是省略。比如说:转眼间,春天就到了夏天。一下子就省略掉了几十天的时间,在这几十天的时间内,可能故事没有那么精彩,就把它省略掉了。在《傲慢与偏见》中,有这么一段:"可是三个月毕竟过去了!"因为在这三个月中,达西和伊丽莎白的关系没有发生质的改变,所以就略过去了。

　　第二种方法是概略。它仍然是故事时间大于文本时间,但是它又不像省略那样,文本时间几乎可以忽略不计。故事时间特别长,但是概略要给予它一定的文本时间,也就是说,可能需要用一两段话来描述几个月甚至几年的事情。这种手法往往是用来交代故事的一些因果关系,或者是加一些抒情的片段,等等。

　　第三种方法是场景,即故事时间约等于文本时间。比如,记叙一段场景,尤其是记叙对话,往往用到场景的方法。比如说:"你吃饭了吗?我还没有,你呢?哦,我刚吃过,你吃的什么呀?我吃的炸酱面。"在这里阅读文本的时间和故事时间大体是相当的。

　　第四种方法是减缓。在现实中,故事时间可能流逝得很快,但是,在这种写法中,作者将故事写得特别细腻,特别慢,文本时间非常长,仿佛时间延长了,这就是减缓的方法。比如我们描写某个人出神的情形:"她望着那朵花,在想它衰落的样子,于是开始愁闷自己的年华……"出神只是一瞬间,但是她想了很多,时间就减缓了。

最后一种方法是停顿。停顿的方法比减缓描写得要更慢,时间仿佛静止了,这种手法特别多地运用于意识流小说中。意识流小说多是发生在一念之间的故事,但是文本时间非常长,写了好多所思所想,敏锐的感受、爆发的感觉、绵延的意识,仿佛时间停滞了,凝止不动了。

表 5-1 小说中的时间设置方法

省略	文本时间 ∞< 故事时间
概略	文本时间 < 故事时间
场景	文本时间 = 故事时间
减缓	文本时间 > 故事时间
停顿	文本时间 ∞> 故事时间

以上我们通过故事时间和文本时间的对比,来展现叙述文本时所采用的五种时间设置的方法。此外,我们还有必要提到时序的问题。事实上,我们写作时并不是完完全全按照故事发生的时间顺序来写的,我们有可能把故事的结局写在最前面,也有可能把故事的开头写在最后面。按照不同的文本效果和叙述效果来安排时间顺序,这就是时序的问题。一般情况下,安排时间顺序的手法,可以分为 5 种:顺叙、倒叙、插叙、补叙和预叙。

第一种手法为顺叙。作者可以按照故事原原本本的顺序从前到后地记叙,记叙先发生了什么,再发生了什么,最后发生了什么。

第二种手法是倒叙。作者先叙述故事的结尾,再叙述中间的部分,最后回到开始的部分。

第三种手法为插叙,即原本故事正在发生的时候,作者突然插入其他的故事,这个故事的时间线原本是不属于正在发生的这个故事的。

第四种方法为补叙,补叙就是故事似乎已经快写完了,然后作者补充叙述了另外一个时间段的故事,可能和这个时间衔接不上,但又存在着内在的联系。

最后一种方法为预叙,虽不太常用,但偶尔也会出现。这种方法,像一个预言一样,预告了故事的结局。比如《三国演义》中的"话说天下大势,分久必合,合久必分"。先是东汉末年,群雄起义,十八路诸侯讨伐董贼,最后逐渐形成了三大集团,出现了三个政权——魏、蜀、吴,这是由合到分的过程;再后来,三国相互征伐,最后三分归晋,也就是分久必合的道理,这就是预叙手法的运用。

讲完了时序问题之后,还有一个问题,就是频率的问题。频率也是时间设置方法的重要一种,频率就是故事时间如何重复,它包括事件的重复和叙述的重复。事件的重复有助于强调故事的某种节奏感;叙述的重复让故事的叙述节奏变强或者产生变化,让故事的发展过程更吸引人。比如,海明威的小说《老人与海》,老人不甘屈服于自己的命运,其中有好几段都在重复:"可是我的胳膊还是有劲啊!"表现了老人坚强不屈的精神。再比如,鲁迅的小说《祝福》中,祥林嫂不断地重复着自己的孩子被狼吃掉的故事,鲁迅把它重复了3次,用以表明祥林嫂的麻木愚昧,这些就是频率的手法。事实上,频率这种手法,如果作者使用得好,可以产生非常奇妙的效果。

综上所述,时间的设置方法主要集中于时长、时序和频率这三个方面。

二、时间设置示例分析

上面提到了时间设置中关于时长的五种方法,其实际上是一个故事的"时速"问题。无论是经典的小说文本,还是初学者的实验之作,甚至是普通人日常随手写下的故事,其实都有意无意地运用了这些方法。

以鲁迅在《故乡》中关于省略的运用为例:

> 夜间,我们又谈些闲天,都是些无关紧要的话;第二天早晨,他就领了水生回去了。
>
> 又过了九日,是我们启程的日期。闰土早晨便到了,水生没有同来,却只带着一个五岁的女儿管船只。我们终日很忙碌,再没有谈天的工夫。来客也不少,有送行的,有拿东西的,有送行兼拿东西的。待到傍晚我们上船的时候,这老屋里的所有破旧大小粗细东西,已经一扫而空了。

这里的"又过了九日",就是一种省略的运用。在写作中,对时间的省略,要以不损害故事情节的完整性为前提,同时又要省略掉会让故事显得冗长累赘的部分。

而概略则是对需要略去的内容进行简单的概括,而非"省略"那般直接省去。比如鲁迅《祝福》里的例子:

> 第二天我起得很迟,午饭之后,出去看了几个本家和朋友。

《祝福》里的这一处,交代了"我"在"第二天"的经历,但也只是一笔带过。这种交代就是"概括",用笔很少就是"略去",这就是概略的特点。

第三种手法即场景,是小说写作中常见的方法。第四种减缓的方法,在小说中,往往与心理描写搭配使用。以卡夫卡的《变形记》为例:

> 他看了看柜子上滴滴嗒嗒响着的闹钟。天哪!他想到。已经六点半了,而时针还在悠悠然向前移动,连六点半也过了,马上就要七点差一刻了。闹钟难道没有响过吗?从床上可以看到闹钟明明是拨到四点钟的;显然它已经响过了。是的,不过在那震耳欲聋的响声里,难道真的能安宁地睡着吗?嗯,他睡得并不安宁,可是却正说明他睡得不坏。那么他现在该干什么呢?下一班车七点钟开;要搭这一班车他得发疯似的赶才行,可是他的样品都还没有包好,他也觉得自己的精神不甚佳。而且即使他赶上这班车,还是逃不过上司的一顿申斥,因为公司的听差一定是在等候五点钟那班火车,这时早已回去报告他没有赶上了。那听差是老板的心腹,既无骨气又愚蠢不堪。那么,说自己病了行不行呢?不过这将是最不愉快的事,而且也显得很可疑,因为他服务五年以来没有害过一次病。老板一定会亲自带了医药顾问一起来,一定会责怪他的父母怎么养出

这样懒惰的儿子,他还会引证医药顾问的话,粗暴地把所有的理由都驳掉,在那个大夫看来,世界上除了健康之至的假病号,再也没有第二种人了。再说今天这种情况,大夫的话是不是真的不对呢?格里高尔觉得身体挺不错,只除了有些困乏,这在如此长久的一次睡眠以后实在有些多余,另外,他甚至觉得特别饿。

  这一切都飞快地在他脑子里闪过,他还是没有下决心起床——闹钟敲六点三刻了——这时,他床头后面的门上传来了轻轻的一下叩门声。

这部分内容是格里高尔发现自己成为甲虫之后,在床上不安地辗转反侧时的心理状态,我们在阅读时会发现,即便他想了这么多,但"这一切都飞快地在他脑子里闪过",一切都发生在很短时间内。

  第五种停顿的方法,可以参考以下两个例子。在法国作家普鲁斯特的《追忆似水年华》中,马塞尔吃到了那一口他姨妈给他做的糕点,那只是一瞬间的事情,但是,主人公马上想到他整个童年的生活,勾起了他连绵不绝的回忆。再比如沃尔夫的《墙上的斑点》,主人公看到那个墙上的斑点只是一瞬间的事情,但是这勾起了他连绵不绝的一些回忆和一些想象,在那一刻,时间仿佛停止了,故事时间几乎可以忽略不计,无限延长。

三、时间设置指导案例

  在前几节中我们已经设计了一个情节,现在试着创作一些小桥段,在这些桥段中利用不同的时间设置方法,从而达到训练效果。

  首先处理故事时间的五种方法。第一个是省略,我们试图写的内容是 A 练习骑马,花费了长达几个月时间。我们可以这样写:

  时间比马跑得快多了!最好的马一天也不过跑四百里,而时间之快在于,它流逝得无声无息,等你发觉时一切早已与从前不同。五个月前,A 还是一名连马都不会上的庄稼汉,现在他已经是一个马术娴熟的骑手了。

这里,A 练习骑马的五个月时间,我们只是一笔带过,给读者予以交代即可。

  第二个是概略,我们选择 A 与父亲谈心的片段,可以这样写:

  这一夜他们聊了许多事情,从这个村子的起源到王国的兴衰,从出门在外要带什么必需品到那些脍炙人口的冒险小说,当然,绝对少不了的是父亲人生经验的传授,还有墙角那一堆空酒瓶。

这里用一段话就概括了那天夜里他们父子二人的言行。当然,我们完全可以展开,甚至还可以压缩至省略。如果展开的话,就是第三种方法,也就是场景:

  "是的,我觉得你应该出去一趟,出一趟远门。"父亲呷了一口酒,不紧不慢地说。

  "可是,我并不想……"A 有些犹豫,"我从来没有出去过,我也并不渴望外面的世界,村里人很好,我很爱这里,从没有做过离开的打算。"A 直视父亲,清澈的双眼蕴着对未知的迷茫。

  "候鸟总该飞上天空。"父亲又喝了口酒,"我们,也就是你的这些叔叔伯伯,我们从出生到现在,最远也不过去过附近的城市,我们也不敢去未知的地方。但是,"父亲放下了酒杯,也望着A的眼睛,"我希望你能去。我很希望我的孩子能出去走走,以前不知道怎么开口,现在正有一个契机,一个帮助别人的契机。"

A低下头,小酒盏里的清酒微微荡漾,他微微探头,想在酒盏里看到自己的倒影,但深沉的夜色下,他什么也看不清。

"既然可以做,为什么不去做呢?"父亲问。

那么,我们再来看减缓的运用。以C牺牲后的一段内容来举例:

众人长舒口气,疲惫不堪地靠在身后的大石头上,不一会儿,一阵鼾声竟然响起。谁在这种情况下还能没心没肺地睡着?A循着声音微微扭头,只见E一脸尴尬地望着自己,肩膀上正靠着鼾声如雷的F。

算了,由他们去。A自己也已经被刚刚的追杀、奔逃与C的牺牲这一连串事情搞得心力衰竭,实在无心再去多说什么。甚至他还有些佩服,乃至羡慕F的这种没心没肺的精神,或许天塌下来,他还是能睡个自在。

A突然就伤感起来了。天没有塌下来,但C却离去了。A拼命甩去关于C的最后一段回忆,但甩出去一段,另一段却又会钻进脑海。

"你们走吧,我拖延住他们。"这是C不久前留下的记忆。

"怎么办啊,怎么办啊,我不想死,我不想死!"这是C跟着大家逃命时嘴里不断重复的内容。当时A根本无暇去听,现在这些话语和那焦急的口气仿佛就在耳边似的。

"我可以给大家治病,大家万一不小心受了伤,我也可以包扎急救,带上我吧。"这是C当初请求加入队伍时的场景。

还有更久远的记忆……

"喂,醒醒。"A突然觉得有人推了自己一把,回过神来,发现D正跪坐在自己面前。

"你怎么了?刚叫你半天你都不答应。"D没好气地说。

"没事,"A呆了呆,低下头去,"只是想C了。"

众人沉默了。

最后一种停顿的方法多见于意识流小说,但在平常的小说中也可以应用。比如可以将省略部分的例子展开为场景,又与场景部分的例子结合,比如:

"既然可以做,为什么不去做呢"?父亲问,"你那么会骑马,为什么不骑着马到处去看看呢?"

A望着后院,他的睁光似乎隔着夜色望见了拴在那里的那匹黑色的骏马,又似乎望见了八年前,那刚刚十岁的小男孩,抚摸着小马驹的背。

……(这里就是A如何获得马驹、如何学习骑马、如何参加比赛,最终赢得冠军的故事)

"再不出去的话,"A还是望着后院,"它都要老了。"

这里将很长一段时间的故事,融入一瞬间的回忆之中,起到停顿的效果。

至于叙事的时序,其实已经藏在上述的几个例子之中了。比如场景部分的例子

就是顺叙,停顿的例子就是插叙。我们也可以将这整个故事都变为倒叙,比如可以在小说前加上这样的内容:

> 也许,很多人都知道我们,几个乡巴佬忽然受到国王重用,这在哪里都是传奇。但没有人知道,我们经过了什么样的苦难,而我们的旅程,远比我们的结果更加富有传奇色彩。

我们也可以在小说高潮阶段,当 G 胜券在握之时,E、F 两人与国王一起出现,面对疑惑的 G 与读者,就可以采用"倒叙"的方式揭开谜底:

> "怎么会?"G 惊诧地睁大了眼,手中的匕首"当"一声坠地。
>
> "哈哈,"F 得意地笑着,"这招啊,叫作调虎离山,也叫声东击西。"
>
> 那天夜里,每个人都很沮丧。C 的死让大家意志消沉,对未知的前路,如果说以前是迷茫,现在就是恐惧。(之后的内容,就是故事的正常发展,众人是如何解开心结,想出计策,如何绕开追兵,如何兵分两路的)

第七节 场景写作

一、行动—反应网

前面我们从宏观方面入手,讲述如何通过人称选择和时间设置来进行结构的调整。本节从微观层面来讲小说的场景写作。实际上,小说写作,就是要把宏观的故事,切割成一个个微小的单元,这些微小的单元叫什么呢?我们称之为场景。几个场景,或者十几个场景,可以组成一个情节,情节和情节的编排,最后就形成了故事。因此,场景是比情节更小的单元。

场景写作

在《关于写作——一只鸟接着一只鸟》这本书中,作者介绍了一种重要方法,那就是把一部长篇作品切割成一篇篇短文来写作。比如我们写小说时,可以先完成一个个场景的写作,久而久之,场景与场景的组合,就能完成一部长篇作品。

那么一个场景的描写,到底包含了哪些元素呢?首先,作者要描写的是场景整体的空间感受,在这个场景当中,包含了哪些事物?除了景物,当然最重要的就是人物了,因此场景描写中,重中之重,便是人物。

描写场景所在的空间,往往是通过两个角度去描写的:一个是从宏观的、远景的角度去描写;另一个是从微观的、近景的角度去描写。通过这两个角度,我们能够把场景的空间感受描写得相对完整。但是纯粹的客观描写,价值没有那么大,一般情况下,我们描写的这些东西,往往都是和主人公的感受密切结合在一起的,也就是说,必须通过移情的手法,才能够把这些景象描写好。主人公的眼光看到什么,是符合他当时的心境的,这样描述出来,才会让人有融入现场的感觉。

描写完了外在的景物、事物之后,要重点刻画的是人物。刻画人物往往要从两方面着手,一个是外在的语言和行动,一个是内在的心理。那么,在场景当中,如何描写人物的行动和反应呢？可以用一种叫"行动—反应网"的方法，在写每一个场景之前，先画一个表格(表5-2)，在这个表格的横表头中列出所有出场的人物，竖列中列出在这个场景当中不同人物所发出的行动，这样一来，就会出现一个比较完整的网络结构。

"行动—反应网"这种创作方法可以有效辅助我们创作，建构写作思路，但是在真正创作时，某些人物的行动和反应可能会超出原本网格的预设，这时候一定要遵从内心和灵感的指示，而不必拘泥于网格的限制。

表5-2 行动—反应网

情节	人物				

小说写作是一个精密的过程，是将小说所有元素进行有机结合的过程，其中既有技术，又有灵性。类型选择、人物设计、情节编排、人称选择、时间设置和场景写作这几个步骤，有浓厚的技术化色彩，但是在具体写作中，对人物感情和感觉的把握，人物对白和行动的描写，很多情况都会超出了这些技术化的流程，而这些情况又很难控制和把握。在小说创作方法上，我们遵循的态度便是：教可教之物，同时也尊重那些不可教之物。小说本就是技术和艺术的结合，技术的交给技术，艺术的交给艺术，技术的多可教，艺术的多不可教。

二、场景写作示例分析

我们不仅可以用"行动—反应网"来指导场景写作，也可以用它来解析场景。以《三国演义》中的场景为例。

忽探子来报："华雄引铁骑下关，用长竿挑着孙太守赤帻，来寨前大骂搦战。"绍曰："谁敢去战？"袁术背后转出骁将俞涉曰："小将愿往。"绍喜，便著俞涉出马。即时报来："俞涉与华雄战不三合，被华雄斩了。"众大惊。

太守韩馥曰："吾有上将潘凤，可斩华雄。"绍急令出战。潘凤手提大斧上马。去不多时，飞马来报："潘凤又被华雄斩了。"众皆失色。绍曰："可惜吾上将颜良、文丑未至！得一人在此，何惧华雄！"言未毕，阶下一人大呼出曰："小将愿往斩华雄头，献于帐下！"

众视之,见其人身长九尺,髯长二尺,丹凤眼,卧蚕眉,面如重枣,声如巨钟,立于帐前。绍问何人。公孙瓒曰:"此刘玄德之弟关羽也。"

绍问现居何职。瓒曰:"跟随刘玄德充马弓手。"帐上袁术大喝曰:"汝欺吾众诸侯无大将也?量一弓手,安敢乱言!与我打出!"曹操急止之曰:"公路息怒。此人既出大言,必有勇略;试教出马,如其不胜,责之未迟。"

袁绍曰:"使一弓手出战,必被华雄所笑。"操曰:"此人仪表不俗,华雄安知他是弓手?"关公曰:"如不胜,请斩某头。"操教酾热酒一杯,与关公饮了上马。关公曰:"酒且斟下,某去便来。"

出帐提刀,飞身上马。众诸侯听得关外鼓声大振,喊声大举,如天摧地塌,岳撼山崩,众皆失惊。正欲探听,鸾铃响处,马到中军,云长提华雄之头,掷于地上。其酒尚温。后人有诗赞之曰:

威镇乾坤第一功,辕门画鼓响冬冬。

云长停盏施英勇,酒尚温时斩华雄。

曹操大喜。只见玄德背后转出张飞,高声大叫:"俺哥哥斩了华雄,不就这里杀入关去,活拿董卓,更待何时!"袁术大怒,喝曰:"俺大臣尚自谦让,量一县令手下小卒,安敢在此耀武扬威!都与赶出帐去!"

曹操曰:"得功者赏,何计贵贱乎?"袁术曰:"既然公等只重一县令,我当告退。"操曰:"岂可因一言而误大事也?"命公孙瓒且带玄德、关、张回寨。众官皆散。曹操暗使人赍牛酒抚慰三人。

(节选自《三国演义》第五回:发矫诏诸镇应曹公 破关兵三英战吕布)

在这个场景中,十八路诸侯齐聚一堂,派出了几员大将,先后都被董卓的大将华雄所斩杀。这之后第一个动作的发出者——关羽,请令出战华雄,他说:"小将愿往斩华雄头。"这时袁绍和袁术两兄弟对关羽表示怀疑,袁绍轻视关羽,袁术动怒。袁绍说:"使一弓手出战,必被华雄所笑。"袁术说:"汝欺吾众诸侯无大将也?"另外一个重要人物曹操说:"此人仪表不俗,华雄安知他是弓手?"曹操的反应是和他的性格相匹配的,他是一个能够识人懂人的首领,他表示愿意给关羽一个机会。

第一个行动结束后,来到了第二个行动,关羽战胜了华雄。他把华雄的头扔在了那个大帐当中,我们再来看这个时候其他人的反应。首先是张飞,他以为关羽赢了华雄,现在是一个杀敌的好时机,便提出何不冲出辕门,活捉董卓。而袁氏兄弟呢?袁术又开始摆架子,他说:"安敢在此耀武扬威!都与赶出帐去!"曹操的反应是继续劝解,他说:"得功者赏,何计贵贱乎?"袁术一怒之下要告退,因为袁术当时是粮草总督,身兼要职,所以他的行为其实是一种要挟。无奈之下,刘备三兄弟拂袖而去。曹操则暗地里遣人送去牛肉和美酒犒劳三兄弟。这是他们的所有的行动。这个场景特别经典,每个人的反应,都在一定程度上表现出了他的性格,使得这个场景显得特别有张力,将斩杀华雄之前大家的怀疑,以及斩杀华雄之后大家的惊讶,表现得淋漓尽致;同时也表现出曹操的睿智和袁氏兄弟的心胸狭隘。此场景行动—反应网见下表5-3。

表 5-3 "关羽斩华雄"行动—反应网

情节	人物					
	关羽	袁绍	袁术	曹操	张飞	公孙瓒
关羽请令出战华雄	小将愿往斩华雄头。如不胜,请斩某头	使一弓手出战,必被华雄所笑	汝欺吾众诸侯无大将也	操教酾热酒一杯,与关公饮了上马		此刘玄德之弟关羽也
关羽温酒斩华雄	云长提华雄之头,掷于地上		安敢在此耀武扬威!都与赶出帐去	得功者赏,何计贵贱乎?曹操暗使人赍牛酒抚慰三人	不就这里杀入关去,活拿董卓,更待何时!	公孙瓒且带玄德、关、张回寨

三、场景写作指导案例

让我们试着按前面的方法进行写作。

举个例子,在某个家庭场景当中,包含的人物有张三、张三的妻子、张三的儿子、张三的女儿,以及张三的母亲。我们不妨试着来描写这个场景:第一个情节是张三失业了,而张三妻子的反应是责骂张三,因为张三没有办法养家了。然后是张三的儿子,他的反应是什么呢?他反而觉得很开心,因为这样父亲就会有更多的时间来陪伴自己。再接着是张三的女儿,她在担心她没有礼物,这是小女孩的正常反应。最后是张三的母亲,她很同情张三。这是张三失业之后,一家其他四口人的反应。我们继续看第二个行为发出者,张三的妻子,她的行动是责骂张三,张三的反应是垂头丧气,并且对妻子产生埋怨,觉得妻子不理解他,而这时张三的儿子呢,因为他年龄最小,便藏在书房里哭,张三的女儿是坚定地站在她妈妈这一边的,对她的爸爸也很埋怨,张三母亲的反应是只能作为一个和事佬,去劝解张三的妻子。第二个行动反应描写完了,我们继续描摹这个场景,为什么张三的女儿要站在妈妈的一边呢?因为张三的女儿说了一句话:她看见她的父亲从旅店里面出来,并且她把这件事情告诉了她的妈妈。这个行动又带来了全家人的其他反应,张三的反应是对女儿大发雷霆,觉得女儿不应该管大人的事情,而张三的妻子要闹着回娘家,张三的儿子还是和父亲站在一边。最后张三的母亲,在知道了事情的原委之后,开始对张三显得很失望。接下来是这个小场景的结束,也是最后一个行动发出者,张三的妻子收拾行囊离开了家。张三的反应是什么呢?张三开始酗酒,喝得更多了。张三的儿子没有办法去找他的父亲,他的妈妈又离开了这个家,他只能打电话向他的老师哭诉。张三的女儿呢?依然对张三责备不休。张三的母亲只能默默地开始收拾自己的家。以上就是对这个场景的描写,也是一个综合的行动—反应网。

我们列出这个行动—反应网(表 5-4),故事中的每一个角色有所行动之后,其他人的反应就会直接呈现。或许某一个行动之后其他角色未必有所反应,那就让那个格子空出来,说明这个行动可能还没有刺激到这个角色,乃至于他没有反应。或者说,这个次要角色不重要,他的反应也无足轻重。但总之,这个行动—反应网会促使我们检查可能忽略掉的东西,是不是某个角色的反应我们没有考虑进去呢?这样的话,这张"行动—反应网"的表格就可以帮助我们写更多的东西,也可以帮助我们检查我们忽略的东西,场景就会显得更饱满。在表格中,每个人的反应可能都是不同的,以此来检验我们这个场景写得圆不圆满。

表5-4 张三等人的行动—反应网

情节	人物				
	张三	张三妻子	张三儿子	张三女儿	张三母亲
张三失业了		责骂张三	开心,父亲可以陪伴	担心没有礼物	同情张三
张三妻子责骂张三	垂头丧气,对妻子埋怨		藏在书房里哭	站在妈妈一边,埋怨爸爸	劝解张三的妻子
张三女儿把张三去宾馆的事情抖了出来	对女儿大发雷霆	闹着回娘家	站在父亲一边		对张三很失望
张三妻子收拾行囊离开了家	张三开始酗酒		打电话告诉老师	对张三责备不休	默默收拾家务

本章前面的内容,详细地说明了小说写作的流程,指导写作者通过具体的、可操作的方法,成功创作一部完整的小说。第二节到第七节,对小说写作的六个要素分别进行了概念阐释,让学习者清楚了解这些方法的含义;案例分析,让学习者通过具体案例,明白创作方法在小说中的使用;创作指导,让学习者通过实操,真正掌握一般性创作方法。

让我们站在"小说"这样一个整体上,重新回顾这六个创作要素:

首先是类型意识。类型意识事关创作的"题材",写作者必须先确定自己想写一个什么样的故事,之后才能确定情节、人物、环境等部分。如果不能确定自己即将动笔的作品属于什么类型,那么就难以构思属于这一类型的小说所特有的要素,也很容易使得自己的小说变成一锅"大杂烩",即什么都有一点,但什么都无关联。譬如我们要创作一部爱情小说,那么爱情小说里常见的邂逅、误解、分离、谈心等要素,都会清晰地浮现在眼前。如果我们对自己的作品类型懵懵懂懂,那即将诞生的作品可能爱情的要素减少,其他要素增多,最终的成品也不能称为"爱情小说"了。当然,这并不是说我们必须死板地让自己的小说属于"某一类",没有任何小说可以单纯地只归于一个类别;而是说一定要想清楚,我们想要创作出一个什么类型的作品。

其次是情节。情节的好坏,事关小说是否精彩,是否吸引读者。谁做了什么?怎么做的?这一直是读者最关心的话题。当我们搞明白作品的类型,它就会引领创作方向，并且保证创作始终在正轨上发展。如果说"类型意识"是告诉我们小说该去哪，那么情节设置，就是告诉我们小说该"怎么去"。当我们安排好了情节，我们对自己的小说的理解就会更加清晰，从"这是一个什么小说"，变成了"这是一个什么样的小说，小说讲的是谁因为什么，做了什么，经历了什么，得到了什么……"这样我们已经可以复述出这个小说，接下来只需要完善它。

而人物弧线，就能帮助我们做到这一点。情节设置让小说有了行动，人物弧线则让它有了"动机"，人物为什么这样做？他最终又会是什么样子？另外，人物弧线的设置，也可以使小说里的人物形象更加生动立体。读者对小说人物的记忆、理解，一定不是表面而是深层次的，人物弧线的设置，就是要使得人物更加合理，更加与读者共鸣，让小说具有现实般的厚度。而当人物弧线设置完毕后，小说经历这三个环节的打磨，就已经有了这一类型的小说特有的一些要素、一连串关系紧密的事件、立体的富有动机的人物。接下来，只要将它们进行整合与搭配，一个完整的小说框架与它的部分内容就已经完成了。

在这之后的三个环节属于叙事层面。首先是人称的选择，选择合适的叙述人称至关重要，它代表我们将以什么视角出发来展开小说。而人称的使用各有优劣，也各有适合的对象。比如同为侦探小说经典的《福尔摩斯探案集》与《名侦探柯南》，一个使用旁观者的第一人称，目的是让读者更能代入故事中的冒险情节，也从旁观者角度的未知更加突出福尔摩斯推理的神奇；而《名侦探柯南》的客观第三人称，则是因为其有一个庞大的背景、需要刻画众多人物群像，以及常出现的心理描写与"灵光一现"的推理过程。当我们选择了人称，实际上就是选择了叙事的效果。

再次是时间设置，这事关叙事的节奏，是情节发展"走得快慢"的问题。我们已经有了一个完整的故事，那么该如何处理它？哪里该省略以让读者不觉冗长无味，哪里该展开以吸引读者兴趣，哪里应该使用倒叙以设置悬念，哪里又该插入其他情节来丰富故事？而这一切又应该如何处理？省略多少？插入多少？倒叙怎么开始？插叙怎么结束？这都需要考量与练习。而当我们在小说里成功处理好了这一切之后，小说就将拥有一个合适的节奏，不至于拖累前面环节的好故事。

最后是场景写作，也就是对情节的细致处理与完善。我们通过行动—反应网，让情节中一个个微观场景里的人与事能够有所联系，也让人物的行动更加合理、自然与逼真。这一环节不仅有助于丰富情节设置，同时也是最终的检查，通过对一个个场景的分析，来检查我们是否对人物的行为、动机及彼此之间的联系有所忽略。

如果我们将一本小说看成一条高速公路。那么类型意识是告诉我们这条路去哪里，情节设置是告诉我们这条路怎么去目的地，人物弧线是告诉我们为什么去，去了会有什么样的深层收获，人称选择是告诉我们自己是司机还是乘客，时间设置是告诉我们在这条路上，哪一段该开多快的速度，场景写作则是告诉我们在每一段路程中，我们应该做什么与做了些什么。当我们完成这六个环节后，我们就到达了这条路的终点——创作出一部完整的小说。

当然，想要创作一部好的小说，所需要的练习远比上述的还要复杂。最基础的比如该如何坚持写作？又比如小说里的对话应该怎么写？如何让小说具有深度？如何模仿经典小说？如何创造特殊的形象（尤其是幻想小说）……这些更为深层复杂的内容，我们在此不予展开。作为写作的初学者，只需要记住：乐于学习，大胆去写。

课堂研讨

1. 谈谈你最擅长哪种类型小说的写作，想想为什么会这样。
2. 谈谈第一人称的劣势有哪些？
3. 什么是故事中的冲突？谈谈你的理解。
4. 选择中国古典四大名著中的任意一本，分析其类型与情节模式，对其中主要人物的人物弧线进行解析。

实践训练

进行小说写作六要素的单独训练：

1. 结合自己要写作的小说类型，开列一个属于自己的类型要素清单，尝试把这些要素与自己的生活经验联系起来，使其个性化。在此基础上，对自己要写的那种小说展开充分想象。
2. 将"英雄之旅"的12个环节制作成卡片，随机抽取卡片，按抽到卡片的先后顺序练习编故事。
3. 写出一个人物的小传，与你构思中的人物深入对话，探究他的恐惧和执念，直到找到该人物的"心结"，在此基础上勾画出人物弧线。
4. 用第一、第二、第三人称分别叙述自己同一段经历或编写一个故事。
5. 用三次频率来表现一个人物，但让人不觉得重复啰唆，或者用其来塑造一个事件，或者塑造一种性格。
6. 请用"行动—反应网"描写一个场景。比如一场会议，一场婚礼，或者一个探险场景。

拓展链接

1. [加] 约翰·盖利肖：《哈佛短篇小说写作指南》，孟影译，江苏凤凰文艺出版社2020年版。
2. [美] 杰里·克利弗：《小说写作教程》，王著定译，中国人民大学出版社2011年版。
3. [美] 大卫·姚斯：《小说创作谈》，李安译，中国人民大学出版社2016年版。
4. 中国大学MOOC：西北大学"创意写作"。

第六章　戏剧剧本写作

> [学习目标]
> 1. 熟悉戏剧相关概念、创作思路、创作重点。
> 2. 学习话剧剧本中各必备要素和性质，掌握基础创作技巧。
> 3. 通过由浅入深的写作实践，尝试创作话剧剧本。

第一节　戏剧剧本写作概述

　　戏剧是一门迷人的艺术：它古老又充满活力，高雅又平易近人，独立又融多种艺术于一体。作为一名普通观众，你很难抗拒戏剧的魅力；而作为一名创意写作专业的学生，你或许在日常学习或创作实践中遇到过类似这样对话："这篇作品太平淡了，'没戏'。""是啊，人物没有冲突，情节不够集中，发展毫无波折，太'悲剧'了。"我们可能会惊讶，短短的两句话中涉及了多少戏剧概念，它又与我们的生活是多么密不可分。在戏剧艺术的诸多类别中，话剧是距离我们最近、最好"上手"的了，因此，学习话剧剧本写作的方法是必不可少的。为了熟悉话剧剧本的写作，我们首先应该明确戏剧及话剧的一些基本概念并为创作做好准备。

一、基本概念

　　什么是戏剧？戏剧艺术是一种以演员的表演行为为基础，运用多种艺术手段为观众创造美感的综合性艺术。它将文学、音乐、舞蹈、美术等各种不同的艺术要素有机地结合在一起，根据艺术要素之间不同的主次关系产生不同的戏剧类型。一般来说，演员的表演占据主导地位，是戏剧艺术的主体；因此，表演，即动作，自然就成为戏剧艺术的基本手段。其他艺术要素与表演的结合，构成了戏剧的外在形态。

　　什么是话剧？顾名思义，话剧就是"说话"的戏剧，当文学（语言）的要素与演员的表演共同构成戏剧的外在形态和主体结构时，就形成了话剧。戏剧中不同艺术要素的融合和分离，在不同历史时期和不同的国家民族中呈现情况非常复杂。简单来说，东方古典戏剧和古希腊戏剧都保持着诗、乐、舞之间的平衡，而在西方其他戏剧中则呈现先分后合的态势：文艺复兴之后，逐渐分化形成了以文学为主的话剧、以音乐为主的歌剧、以舞蹈为主的芭蕾舞剧、以表演为主的哑剧或默剧，19世纪又重新融合为音乐剧。在中国，话剧于20世纪初出现，最初是"舶来品"，与古典戏剧区别，被称为"新剧""文明戏""爱美剧"，1928年由洪深提议改名为"话剧"。随着时代的发展，话剧的题材、风格、形式等，也在不断丰富和发展。

什么是剧本？"剧本，剧本，一剧之本。"它是以代言体为主，表现戏剧情节的文学体裁，由台词、舞台提示等部分构成，是戏剧演出的文字依据，也是戏剧活动的起点。因此，话剧在诸戏剧种类中拥有最强的文学性，只有它的剧本不仅可以用来表演，也可供阅读和研究。纵然在新的历史时期，身体、时空、感官、场域等元素被重新认识和着力强调，甚至超越了以文本为中心的论调，我们仍不能否认剧本（或至少是承载戏剧内容的文本或舞台提示）在戏剧艺术中的基础性作用——戏剧的动作、情境、冲突总要通过文本（至少是带有文学性的表述）来想象、构思、描绘，艺术家之间的交流合作、观众和演员的势能交换，都不能缺少文本这一直接有效的载体。

二、创作准备

（一）转换思维

戏剧写作不同于其他文体的写作，写剧本就像"戴着镣铐跳舞"，必须适应在舞台上进行演出的特殊要求。剧本当然可以作为单纯的艺术作品来欣赏，但绝大多数时候，它是一个"中间产品"。这首先要求我们在剧本创作时拥有以下三种思维。

1. 旁观者的思维

众所周知，小说在叙述上灵活、生动又多变，作者可以流畅发散地从对外部世界的描述进入角色的内心的活动当中，调动多种感官、切换多个时空、杂糅现实和想象，最大限度地对故事情节进行表达。而戏剧剧本却截然不同，虽然剧本文本中仍然存在剧作家叙述性的"说明性文字"，比如剧本主要事件开始之前对时代背景、环境地点、人物及行动等的明确交代，对舞台景观的简单说明，对表演进行的简单提示，等等，但这部分语言的比例和意义都极为有限，也不会有太多揭示人物心理的主观性叙述，这就需要我们拥有旁观者的思维。

剧作者即便拥有最完全和正确的信息，也只能把脑海中的所有信息转化为一幅幅对戏剧情景的想象画面，再站在冷静客观的旁观者的角度，对这些画面进行如实的描述。情节的展开，事件的发生，都需要成为一段段"戏景"，正如编剧翁偶虹所言："每编一剧，只要深入了解了素材，脑子里就会出现一个小舞台。想到什么地方，就仿佛吞到那个小舞台上许多剧中人在活动。……开笔写戏，在编写台词与唱词的时候，便又涌现出这些人物在那小舞台上的位置与做、表、舞蹈，以及随之而来的锣鼓节奏。"[①]

2. 对话的思维

戏剧的观众无法随心所欲地一开始就走进人物的内心世界。人物的成长背景、

[①] 翁偶虹.我与程砚秋[M]//京剧谈往录.北京：北京出版社,1985：181.

生活经历、心理活动、精神状况、性格、追求与目的,舞台上正在上演事件的前情与"幕后",这些关键内容并非全部都能成为"画面"被搬上舞台来直面观众,而是有赖于剧作者的能力和技巧来让观众们理解和感受,从而帮助他们更好地接受戏剧中正在发生的事件。除了借助于导演调度和演员演出(行动)的部分,剧作者完成这一任务最主要的方式就是对话,也就是台词——剧作者需要以"代言体"的形式让人物"本着自己的性格和目的来决定自己的意志内容"①,人物的意志、动机、目的、情绪等内在的因素要通过"动(行动)"和"说"(对话)展现出来。在日常生活中,对话本身就是多种多样的。因此舞台上的台词也可以划分出不同的样式、承担不同的功能。

台词在剧本中所占据的分量是压倒性的,它时而平淡又隽永,时而激情又动人,时而诙谐又深刻……一部优秀的剧作往往经得起读又经得起演,我们必须重视以台词为首的文字创作在其中至关重要的意义,并充分认识和掌握剧本文学的特殊创作形式。

3. 合作者的思维

戏剧从创作到运作,整个流程都是在不同艺术门类的艺术家们相互紧密配合之下的集体行为。好的剧本大多文学性与舞台性并重,但是"为着使整部艺术作品达到真正的生动鲜明,就要通过完整的舞台表演"②。编剧、导演、音乐配器、演员、舞美装置设计、服化道设计……这些都是戏剧中不可缺少的重要元素,它们在综合性的整体中的作用和重要性,随着戏剧的内容与性质、时代背景条件和观众审美需求等差异而发生着改变。这种种元素互相碰撞、包容、弥合、辉映,使最终呈现在舞台上的演出熠熠生辉。这对文本创作的启示是,我们在进行创作的过程当中,不仅需要对其他门类艺术的创作规律有一定了解,更要为那些艺术要素的展现留出足够的空间——协调好自己的个性与完整作品的共性,并把握好部分和整体的辩证关系。

最后,我们需要谈及戏剧艺术当中一个时常被忽略却十分重要的合作者:观众。观众也是构成戏剧的必要条件,在剧场当中,观众们可以形成一种特殊的观演氛围,与舞台上发生的一切产生精神交流乃至参与创作。这对戏剧创作提出了新的要求:戏剧的内容与表现的形式需要满足多数人的要求,以最大化其文化整合的效果;与此同时,它又不能过分保守、媚俗,以至于彻底沦为娱乐活动。

(二)挖掘人性

与小说等其他文体的创作主题高自由度不同,戏剧从一开始就要求我们深入挖掘人性。这是因为从古至今戏剧艺术的着眼之处一直都是"人与人"之间的关系、"人与自己"之间的关系和"人与神(命运)"之间的关系。强调思想高度,是因为凡在艺术史上占据一席之地的艺术创造,无一不具有丰富独特的思想哲理意义。尤其是戏剧艺术,不仅要在艺术性层面上有所坚持,还要在深刻严肃的思想性和情感性上有着更为深广的追求。

西方戏剧是从对酒神狄俄尼索斯的祭祀仪式中形成和发展起来的,这种仪式深

---

① 黑格尔.美学:第3卷下册[M].朱光潜,译.北京:商务印书馆,1981:244.
② 黑格尔.美学:第3卷下册[M].朱光潜,译.北京:商务印书馆,1981:241.

刻地体现了人类对原始生命力的热情，对非理性力量的崇拜，对激发和释放情绪的需要。经过长期的演变，戏剧的形式被固定下来，并诞生了一批优秀的剧作家，如埃斯库罗斯、索福克勒斯和欧里庇得斯。他们的创作往往以神话传说故事为背景，通过惊心动魄的情节创造出崇高、肃穆、悲壮的人物。我们不仅能看到当时人们的生活状态和社会问题，还能看到他们对生活中难以理解和难以解决的困境的思考。在他们的笔下，人类无助地陷于正义与不义的循环之间，被困在意志与命运的冲突之间；命运看似无法抗拒，而人虽然盲目又孱弱，却仍然能够鼓起勇气与命运斗争，努力将自己提升到近似于神的领域，为自我的存在寻找绝对的价值。古希腊剧作家以个体意志和命运的对抗为题，对人类怀有深远的同情，对人类前途和命运的审视甚至将他们的时代远远地抛在了后面。正如温克尔曼所言，希腊人的艺术是"高贵的单纯，静穆的伟大"。

无数优秀的艺术家在古希腊人的基础上走得更远，从古希腊到21世纪，戏剧艺术在不同的历史时期始终向前发展，至今仍保持着它旺盛的生命力。无论戏剧之形式和风格如何随着时代变迁而变化，优秀的剧作家们都能站在时代的最前沿，以个人丰沛的生命力与才华、对生活的独特体验和见解，用多向度的方式来回应时代的召唤和反映人类的心声。

（三）储备知识

我们所说的"知识"，既有一些比较复杂、专业和具体的知识，也包括日常生活中获取的经验、信息和对周围世界的洞察。无论古今中外，优秀的剧作家无一不拥有广博的知识与深厚的修养。埃科在接受《巴黎评论》的采访时谈道："一个目不识丁的人，假如说在我这个年纪死了，那么他只活了一种人生；而我却体验了拿破仑、恺撒、达达尼昂的多种人生。因此，我一直鼓励年轻人读书，因为这是一条拓展记忆容量、极大丰富个性的理想途径。"[①]

赖声川在《赖声川的创意学》一书中，分享了话剧《如梦之梦》的创作过程。这个庞大故事的灵感来源十分复杂：他在罗马展览宫的画展上看到一幅画，将一种"画中画"的概念转化成"故事中的故事"构思；九年之后，他在诺曼底的一座城堡中又看到一幅画，进行了"如果"的创意推演游戏；他在电视上、报纸上看到伦敦近郊一场惨烈车祸的消息，读到一些幸存者的故事后产生共情；在报纸上读到一篇关于现代医学越发达，疑难杂症就越多的文章；在印度旅行，参加佛法研习营，阅读《西藏生死书》并被其中的一段内容迷住。原本彼此之间没有任何交集的生活经验突然串联起来，形成了一个复杂的作品。对于这一经历，他是这样说的：

> 客观回想起来，许多本来无关的事情全部串联到一起，这些事情原本都发生在我人生中不同的时间、地点，有些是最近发生的，有些比较久远，有些来自自己的生活体验，有些来自幻想，有些则是来自书本或新闻报道。在那一刹那，这本无相关的记忆全部连结到同一个故事之内，架构清楚，逻辑通畅。……而这些元素为什么会集合到一起，并不是因为框架本身，而是一些更深、更长期的思维在

---

① 巴黎评论编辑部.巴黎评论·作家访谈I[M].黄昱宁，等，译.北京：人民文学出版社，2012：377.

体内发酵……催化剂固然重要,但我注意到了一个重点:催化结合的元素都是原先储存在我脑中的。没有任何元素是"空降"到我体内的。而如果这些元素没有储存在我脑中,催化剂也不可能催化出这样的反应。①

(四)掌握规律

"工欲善其事,必先利其器。"如果对戏剧创作的基本知识都一窍不通,再天才的创作者也难免会走入歧途。作家必须在其体量庞大的生活原料中抽取出对他自己的创作真正有用的部分,根据作品的主题思想来进行选择、构思和加工,从而让这一系列"生材料"恰如其分地进入戏剧的冲突、情节和结构当中。在这一整个过程中,法则和技巧的有效运用才能够"点石成金"。

戏剧创作的种种理论和技巧,在公元前6世纪末的古希腊酒神祭祀仪式中就已经开始孕育。经过两千多年来的创作实践,已经发展出了一套较为完备的创作规律和创作技巧。相当长的时间以来,剧作家们对于戏剧情节的组织和安排不断在先前理论的基础上向前突破和发展,远远不是一种模式或类型能够概括的,呈现绮丽多姿的状态。想要发展和提高技巧,除了在生活中观察和思考,在艺术创造中尝试和总结,最重要的做法还是回到古今中外经典戏剧作品当中去,反复阅读、积极思考。

有一种质疑,认为戏剧创作的规律和技巧是不堪"教授"的,照本宣科反而会削弱创作者们的创作感觉,让他们感到束手束脚、无所适从;另外,艺术创作主要靠的是天赋,创作技巧并不能起到什么作用。这种说法的依据是,艺术创作在许多时候是只可意会不可言传的,如李渔曾言:"尝怪天地之间有一种文字,即有一种文字之法脉准绳载之于书者,不异耳提面命;独于填词制曲之事,非但略而未详,亦且置之不道……此理甚难,非可言传,止堪意会。"②

的确,戏剧创作的规律、技巧绝非颠扑不破、一成不变的东西,我们只能提供一种建议、一种可能、一种分析、一种练习,真正重要的东西,是要创作者自己去寻找和钻研,并且"意会"的。此外,在此并不否认天赋的发展潜力,但拥有天赋并不等于即刻成功,天赋平平也并非不能因为勤学苦练而获得成就;在此也并不否认规律技巧只是"工具",不是说掌握了正确的规律技巧,就能创造出伟大的艺术。在不断尝试写作的基础上学习掌握创作的一般规律和法则,只会帮助我们更好地发挥自己的能力,创作出更好的作品。

第二节 戏 剧 语 言

此节我们以话剧为例。如前所述,话剧是语言艺术和表演艺术的结合。一般来

---

① 赖声川.赖声川的创意学[M].广西:广西师范大学出版社,2011:50-52.
② 李渔.闲情偶寄[M].中华书局,2014:30.

说,它由两个部分构成:说明性文字与台词。说明性文字交代剧情发生的时间、地点、人物等,带有叙述性和解释性的特征。台词即剧中人所说的话语,一般包括三种类型:两个或两个以上人物进行的对白、独白和旁白。它是一种特殊的文学语言,具有动作化、性格化、口语化的特征,帮助演员塑造人物性格形象,推动剧情发展和表达戏剧思想。

一、说明性文字

(一) 环境(场景)说明

阅读《朱丽小姐》选段:

布　　景

〔十九世纪八十年代瑞典乡间庄园宅邸的一个大厨房,顶棚和两边的墙被边幕和云幕挡住。后面是一道左边低右边高的墙,从左方斜着伸进舞台;后墙的左边有两个架子,上面摆着黄铜、青铜、铁、锡等制的器皿;架子用印花纸围着边。台上共有三扇门:一扇通往让的寝室;一扇通往克里斯婷的寝室;靠右边可以看到一个大拱门的四分之三,门上有两扇玻璃门,透过玻璃门可以看到一个喷泉,上面有一个爱神塑像,周围是盛开的紫丁香和参天的箭杆杨。

〔舞台左侧可以看到一个用瓷砖砌的大炉灶的一角和烟囱罩盖的一部分。

〔舞台右侧可以看到仆人用的白松木餐桌的一端和几把椅子。

〔炉灶上放满了桦树枝;地上撒了刺柏树枝。

〔餐桌上放着一个很大的日本调料罐,里面插着丁香花。

〔一个冰箱、一张切菜用的小桌和一个固定在墙上放东西的架子。

〔门的上方有一个很大的老式门铃;旁边有一个通话管。

〔克里斯婷站在炉旁,用炒勺炒菜;她身穿浅色棉布连衣裙,系着围裙。让身穿仆人制服走进来,把手里提的一双带踢马刺的大马靴放在地板上一个显眼的位置。①

现如今,已经很少有编剧如这般按照方位设计并细致入微地描写舞台上的场景布置和道具安排,因为舞台设计不仅仅是编剧一个人的工作,导演、舞台美术和服化道设计的从业者都必须参与其中。但是,这段文字异常清晰地表现了环境(场景)说明应该起到的作用:它必须告诉读者(更多时候是其他艺术门类的合作者),在编剧的构想当中,舞台上的景观应当呈现出怎样的面貌,也即大幕拉开的时候,观众在第一时间面对的是怎样的景象、感受到的是怎样的气氛。

(二) 人物说明

在上述选段的最后一部分,斯特林堡对克里斯婷和让的服饰、行动进行了表述。他对人物的叙述相对客观,是将人物的外形等方面直接如实地描写出来。事实上,对人物说明的叙述也可以更自由、更主观,如下所示:

---

① 斯特林堡.斯特林堡选集:戏剧选[M].高子英,等,译.北京:人民文学出版社,1981:229-230.

〔火光便照见了那人,是个老人。

〔可怜的老人,正被贫病和饥寒交迫着,瘦弱得脱了形。

〔天知道:他并不老啊!是人世的艰辛摧折了他的健康,使他的身体衰老得超过了他的年纪。

〔他有一头稀疏松软的美发,如今是花白的了,因为肮脏同没有修理,所以是四散分披地更增加了他的狼狈。

〔他又有一张修长的面庞,一个削直的鼻子,一张弧线的嘴,一副柔软合度的耳朵,那一双眼睛更是大的,深的,远的,含情的。

〔就凭这一副秀丽的五官,谁也不会相信这会是个风尘中的潦倒之人;然而的确是人海中无限的风波逼他走上了落魄的穷途。双颊深陷了进去,面色惨白,找不出一丝儿红润,呼吸困难,鼻孔一扇一扇;嘴也在张合不定;眼光散漫无神,矇眬着,像在做梦。①

这是《风雪夜归人》中,吴祖光对男主角魏莲生的暮年形貌的描写。这种夹叙夹议的描写是戏剧文本中最接近小说或者散文的部分,其目的不仅在于方便读者发挥想象,更有助于导演、演员和其他艺术门类的艺术家们对人物的形象进行塑造,使舞台角色尽可能地生动、丰满和形象。

(三)人物行为说明

乞儿甲　(轻喊)老头儿,老头儿!你醒醒!

乞儿乙　老头儿,你怎么了?

那　人　(轻轻唱了一声,睁开了眼睛)火!(声音里充满了惊奇和喜爱)火!(把两只手尽力向火伸过去)
　　　　……

那　人　(费力地)是啊……天黑了,又冷……这地方又荒凉……(猛省)荒凉!(像在寻找什么)荒凉?(有如狂易)啊?这是什么地方!

乞儿乙　(一把抓牢了乞儿甲,急得要哭)他又吓人!又吓人……

那　人　(平静下来)对不住……(喘息着)我心里发慌,我……我不愿意……我不该到这儿来。②

这一选段正是《风雪夜归人》中老年魏莲生出现的场景,发生在舞台主要事件结束的20年之后,魏莲生在贫困和疾病中重返苏府,拖着病弱的身体寻找当年"留在这儿的影子"。由于他此时已经到了油尽灯枯的地步,所有的动作都极为费力,神志也迷茫不清。吴祖光在此处设计的那些"轻轻唱了一声,睁开了眼睛""把两只手尽力向火伸过去"和"喘息着"等描述,尤其凸显了魏莲生苟延残喘的身心状况。

在日常生活中,人们的动作往往由潜意识主导,不需要大脑进行过多思考和干预,因而也就没有确切的目的。而在舞台上,演员饰演的人物必须让观众们都清楚他们进行动作的原因,归根结底,他们需要从剧本中寻找动作的依据:"我要做什么"

---

① 吴祖光.风雪夜归人[M].北京:人民文学出版社,2000:12.
② 吴祖光.风雪夜归人[M].北京:人民文学出版社,2000:13.

"我为什么要这样做"。至于"我应该怎样做",则更多受到导演的二度创作和演员的艺术创造的影响。

二、台词

(一) 两个或两个以上人物进行的对话

两个或两个以上人物之间的对话,在戏剧的文本中往往占据最高的比例。戏剧中的对话可以有不同的形式,但它们都试图模仿或表现日常对话的某些方面。但是,"剧中人物愈是停留在自然状态里,它们也就愈干燥无味"①。戏剧中的对话永远不能与日常的对话完全相同,因为它需要向观众传递出尽可能多的信息。

让　是实话,就是那样!——可是你现在有什么好吃的给我,克里斯婷?

克里斯婷　(把菜从炒勺里倒进盘子,端给让)噢,只有我从牛肉上切下来的一点腰子!

让　(闻了闻菜)好极了!是我的专用美味!(用手摸了摸盘子)不过你应该先把盘子热一热!

克里斯婷　您吃饭比爵爷还挑别。(爱抚地扯了一下他的头发。)

让　(生气地)哎,不要动我的头发!你知道我很爱发脾气。

克里斯婷　哎哟,哟,您知道,这不过是爱情!

〔让吃着。克里斯婷拿出一瓶啤酒。

让　啤酒?在仲夏节晚上喝啤酒?谢谢你,不喝!要喝的话我还有更好的。(拉开抽屉,取出一瓶黄蜡封口的红葡萄酒)你看,是黄蜡封口的!给我一个酒杯!喝好酒当然要用高脚杯了!

克里斯婷　(递给他一只酒杯)愿上帝保佑那个找您做丈夫的姑娘!你真是一个挑剔鬼!(把啤酒放回冰箱里。回到炉旁,坐上一只小锅。)②

人物使用的词汇、口音、语调、遣词造句的方式,甚至是口头禅,都有助于展现他的社会地位、区域群体乃至家庭背景。选段截取了让出场之后与克里斯婷进行的第一次对话。我们很容易就能从对话中勾勒出让的大体轮廓:年轻、挑剔、自视甚高、野心勃勃。同样我们也能发现,克里斯婷和让之间若有若无的暧昧关系。我们并不是从一开始就要求得到关于让的一切信息,他的目的、他的过去……随着剧情的发展、真相的揭露,观众对让的理解才能进一步深入,才能彻底认识到让的冷酷虚伪和自私自利。

除了揭示信息,对话还有更重要的作用:参与对话的所有人物,都必须在对话中表达出自己的意图和情感,以及隐藏在对话背后的人物内在逻辑。而人物也是随着剧情的发展而成长的人物,并不是自始至终都一成不变的。人物之间的对话势必不断影响着对方,"影响旁人的观念、意图、行为和仪表,并且接受和抗拒旁人的类似的

---

① 黑格尔.美学:第3卷下册[M].朱光潜,译.北京:商务印书馆,1981:257.
② 斯特林堡.斯特林堡选集:戏剧选[M].高子英,等,译.北京:人民文学出版社,1981:231.

影响"①,并以此推动冲突的爆发。

以《海鸥》选段为例:

妮娜　你工作得过多了;你既没有时间、也没有欲望去认识一下你的价值。你尽管不满意你自己,但是在别人的眼里,你是伟大的、了不起的!如果我是你这样一个作家,我就要把我整个生命献给千百万人,而同时也完全会知道,要叫千百万人提高到和我一样,才是他们的唯一幸福;那么,他们就会推动我奔向胜利了。

特里果林　啊!胜利!可我不是阿伽门农吧,嗯?

〔他们都笑了。

妮娜　为了得到作为一个作家或者作为一个演员的幸福,我情愿忍受我至亲骨肉的怀恨,情愿忍受贫穷和幻想的毁灭,我情愿住在一间阁楼上,用黑面包充饥;自知自己不成熟的痛苦,对自己不满意的痛苦,我都情愿忍受,但是同时呢,我却要求光荣……真正的、声名赫赫的……光荣……(双手蒙起脸来)我的头发晕……哎哟!……

〔房子里,阿尔卡基娜的声音:"鲍里斯·阿列克塞耶维奇!"

特里果林　叫我了……打点箱子,一定是。但是我可真不想走啊。(望着湖水)这里可多美啊!……真正是乐园的一角啊!

妮娜　你看见对岸那座房子和那个花园了吗?

特里果林　看见了。

妮娜　那是我死去的母亲的产业。我是生在那儿的。我在这片湖水边上一直长到这么大,这片湖水里的最小的小岛,我都清楚。

特里果林　住在这里可多美啊!(看见那只海鸥)这是什么?

妮娜　一只海鸥。这是康斯坦丁·加夫里洛维奇把它打死的。

特里果林　这是一只美丽的鸟!毫无疑问,这一切都不让我走。那么,就尽全力去劝说伊琳娜·尼古拉耶夫娜,叫她留下来吧。(记笔记)

妮娜　你在写什么?

特里果林　没有什么重要的……忽然来到的一个念头……(把他的笔记本藏起来)为一篇短篇小说用的故事:一片湖边,从幼小就住着一个很像你的小女孩子;她像海鸥那样爱这一片湖水,也像海鸥那样的幸福和自由。但是,偶然来了一个人,看见了她,因为没有事情可做,就把她,像这只海鸥一样,给毁灭了。

〔停顿。②

在选段的场景中,特里果林像是孔雀一样炫耀自己名利双收的作家生活,妮娜被他的花言巧语所迷,被所谓著名作家的光环冲昏了头脑。天真单纯的少女把成为一名出色女演员的憧憬寄托在对方身上,把男女情感和自我价值的实现混淆在一起,对

---

① 黑格尔.美学:第3卷下册[M].朱光潜,译.北京:商务印书馆,1981:271.
② 契诃夫.契诃夫戏剧集[M].焦菊隐,译.上海:上海译文出版社,1980:130-131.

特里果林产生了狂热的崇拜和迷恋。特里果林感受到了她的热情,同样也贪恋她毫无保留的热爱和活力,"毫无疑问,这一切都不让我走",他无耻地利用妮娜真挚的感情满足自己年轻时的遗憾。特里果林插足了妮娜和特里波利夫的感情,直接导致妮娜被玩弄后遭到抛弃,特里波利夫爱情破灭、自尊受伤。

《海鸥》是一部散文诗式的剧作,注重对人物情感和心灵的描绘,剧中人物各怀心事,关系十分复杂。它不着力于跌宕起伏的情节,更追求内在的戏剧性。其中的对话洗练又无比真实,蕴含着细致微妙的心理活动。焦菊隐在《契诃夫戏剧集》的译后记中这样写道:"我们读契诃夫的剧本的时候,在他有声的对话以外,还要仔细体验那些无声的语言。……那些台词以外的一次吹口哨,一次哭泣,一句未说完而又吞回去的话,一次沉默无言,一次停顿……都是无声的台词。"[1]

这就将我们引向了对话的另一种形式——"无声的台词",即潜台词。潜台词有两个含义:其一是不能够用语言直接表达的、可以用语言表达却不如用"吹口哨""哭泣""未尽之语""沉默无言"和"停顿"来表达的,所有这些能达到"言有尽而意无穷"效果的,我们把它叫作潜台词;其二的含义曾由黑格尔做过经典的论述:"真正的戏剧性在于由剧中人物自己说出在各种旨趣的斗争以及人物性格和情欲的分裂之中的心事话。"[2]这些"心事话"往往和人物表面语言的意思南辕北辙,达到"言在此而意在彼"的效果,需要通过戏剧情节和人物行动来感知,也被称为潜台词。潜台词的目的在于让观众一窥角色并未直接表达或试图隐藏,然而剧作者却期待被他们理解和发现的东西。

在《海鸥》选段中,这两种潜台词都出现了。特里果林以海鸥为灵感的故事,"偶然来了一个人,看见了她,因为没有事情可做,就把她,像这只海鸥一样,给毁灭了",并不仅是一个偶发的灵感那么简单,而是暗示了一种破坏的心理冲动——幸福又自由的小女孩(妮娜)生活在一片"使我们在梦中得以见到二十万年以后的情景"[3]的"迷人的湖水"中,而察觉到自己格格不入的路人(特里果林),出于占有和控制的双重欲望(无事可做,就是一种被压抑的欲望),就把她毁灭了——就像他在剧中对妮娜实施的暴行一样。而"偶然"又有意无意地对人与人生的荒诞性进行了调侃。结尾意犹未尽又忧郁的停顿,既是生活的节奏,又透露着一股无尽的悲哀。

戏剧中的人物不仅仅是变化中的人物,他们也和现实生活中的人们一样复杂多变和善于伪装。为了实现自己的目的,他们可能会说谎、言不由衷或者自我压抑,比如《风雪夜归人》中的王新贵、《奥赛罗》中的伊阿古和《玩偶之家》中的海尔茂。他们按照符合人物性格特点的方式隐藏自己,在矛盾最为尖锐的时刻才会彻底袒露出最真实的面目。出于对戏剧性的考量,这些人物会在一些细枝末节之处露出端倪,而潜台词往往在这些地方派上很大的用场。

(二)独白

独白是人物对自己或对其他人物的演讲,前者是人物与自己的内在对话,后者是

---

[1] 契诃夫.契诃夫戏剧集[M].焦菊隐,译.上海:上海译文出版社,1980:423.
[2] 黑格尔.美学:第3卷下册[M].朱光潜,译.北京:商务印书馆,1981:257.
[3] 契诃夫.契诃夫戏剧集[M].焦菊隐,译.上海:上海译文出版社,1980:107.

人物试图抒发一种情感或表达一种观点。它不仅可以起到描述剧情的作用,也可以用来表现人物的心理和精神状态。独白可长可短,它几乎不会被打断,因此我们也可以将独白视为演员和观众的对话。随着戏剧的进一步发展,独白越来越成为一种重要的与观众进行交流甚至让观众进入舞台的方式。

以《哈姆莱特》选段为例:

> **哈姆莱特**　生存还是毁灭,这是一个值得考虑的问题;默然忍受命运的暴虐的毒箭,或是挺身反抗人世的无涯的苦难,通过斗争把它们扫清,这两种行为,哪一种更高贵?死了;睡着了;什么都完了;要是在这一种睡眠之中,我们心头的创痛,以及其他无数血肉之躯所不能避免的打击,都可以从此消失,那正是我们求之不得的结局。死了;睡着了;睡着了也许还会做梦;嗯,阻碍就在这儿:因为当我们摆脱了这一具朽腐的皮囊以后,在那死的睡眠里,究竟将要做些什么梦,那不能不使我们踌躇顾虑。人们甘心久困于患难之中,也就是为了这个缘故;谁愿意忍受人世的鞭挞和讥嘲、压迫者的凌辱、傲慢者的冷眼、被轻蔑的爱情的惨痛、法律的迁延、官吏的横暴和费尽辛勤所换来的小人的鄙视,要是他只用一柄小小的刀子,就可以清算他自己的一生?谁愿意负着这样的重担,在烦劳的生命的压迫下呻吟流汗,倘不是因为惧怕不可知的死后,惧怕那从来不曾有一个旅人回来过的神秘之国,是他迷惑了我们的意志,使我们宁愿忍受目前的折磨,不敢向我们所不知道的痛苦飞去?这样,重重的顾虑使我们全变成了懦夫,决心的炽热的光彩,被审慎的思维盖上了一层灰色,伟大的事业在这一种考虑之下,也会逆流而退,失去了行动的意义。①

"生存还是毁灭",这几乎是戏剧历史上最具盛名的独白之一。这段独白发生在哈姆莱特识破了叔父的阴谋之后:他犹豫又痛苦,对人生和自我的意义充满怀疑,对外在的环境和现实充满厌恶,但又对死亡充满恐惧——哈姆莱特复杂的内心世界被展现得掷地有声。对"存在"的思考,对"思考"本身的思考,不仅是哈姆莱特之问,也是关乎全体人类的议题。

(三) 旁白

旁白与独白非常相似,二者的区别在于,人物的旁白往往自由地穿插于和其他角色的对话当中,达到营造氛围的效果。旁白的人物可以临时抽离出当前的对话,转而对自己(同时是对观众)说话,并假定在场的其他人物无法听到。

但是,对剧作者自身而言,剧本当中所有的语言活动都应该具有对话性,剧本中的每一句台词都应该让对话发生在人物与人物之间,人物与自我之间乃至剧作者与观众之间。

> **波洛涅斯**　(旁白)你们瞧,他念念不忘地提我的女儿;可是最初他不认识我,他说我是一个卖鱼的贩子。他的疯病已经很深了,很深了。说句老实话,我在年轻的时候,为了恋爱也曾大发其疯,那样子也跟他差不多哩。让我再去对

---

① 莎士比亚.莎士比亚全集:五[M].朱生豪,等,译.北京:人民文学出版社,1994:341.此译本哈姆雷特均译作哈姆莱特。本书通译哈姆莱特。

他说话。——您在读些什么,殿下?

......

波洛涅斯 (旁白)这些虽然是疯话,却有深意在内。——您要走进里面去吗,殿下?别让风吹着!

哈姆莱特 走进我的坟墓里去?

波洛涅斯 那倒真是风吹不着的地方。(旁白)他的回答有时候是多么深刻!疯狂的人往往能够说出理智清明的人所说不出来的话。我要离开他,立刻就去想法让他跟我的女儿见面。——殿下,我要向您告别了。①

在这里,波洛涅斯的旁白起到解释说明和插科打诨的作用,冲淡了戏剧场景中过于严肃的气氛,也让我们得以领略莎士比亚的机智和幽默。

戏剧台词的写作与种种关键因素联系在一起,它的形式也各种各样:交换意见、说明情况,表达喜悦、不满、爱恋、仇恨等情感,明示或暗示意图,掏心掏肺或胡言乱语,等等,所有这些目标都可以用长篇大论、支支吾吾或者默然不语来完成。当我们开始剧本写作时,不妨试图朗读笔下角色的台词,确认一个角色在台词中"泄露"出来的特征前后一致,且并无矛盾之处。对初学者或练习者的建议是,试图为你的每一个角色添上某种语言怪癖,然后想想看,怎样让你的角色更加独特?每个角色的台词都应有其韵律,每个角色的台词都应拥有风格。"起自由统治作用的中心点还是诗的语言(台词)""诗的语言始终显得起着决定作用的统治力量"②,可以说,对话的内容和表达的水平直接影响了剧作的价值。

第三节 主题与戏剧结构

戏剧的主题与结构,大体上说就是戏剧的主要内容和情节构成的方式。它们是戏剧创作的"框架",只有搭起合适的框架,才能向内填充"看不见"的思想内涵和精神追求。

戏剧创作思路

一、主题

当我们最初进行正式和严肃的戏剧写作时,最具可操作性的第一步是为这些可能性选择一个主题。"主题"究竟是什么意思?《简明戏剧词典》对"主题"一词作出了完整清晰的定义:"文艺作品通过描绘现实生活和塑造艺术形象所表现出来的中心思想。是作品内容的主体和核心。是文艺家经过对现实生活的观察、体验、分析、研究,经过对题材的提炼和对形象的塑造而得出的思想结晶,也是文艺家对现实生活的认

---

① 莎士比亚.莎士比亚全集:五[M].朱生豪,等,译.北京:北京人民文学出版社,1994:322-323.
② 黑格尔.美学:第3卷下册[M].朱光潜,译.北京:商务印书馆,1981:270.

识、评价和理想的表现。在一部作品中可以有一个主题,也可以有两个以上的主题。"①

简单说来,我们究竟想要讲述怎样的故事?想通过这个故事表达怎样的思想和情感?个人对现实生活的认识到了哪一个阶段?要把哪一些认识装入剧作当中?主题所要解决的就是这一类的问题。在故事的筹备阶段,我们需要不断延续这样的提问,以期将整个故事分析透彻;但是,此处存在着这样的一个陷阱:我们有可能因此将故事限定在某一个抽象化的框架当中,用全部的故事去诠释或者定制你所想要选择的"主题"。而这种抽象框架的危险性在于,它压倒了具体的人物和与之相关的故事,以一种不自然的方式支配着整部剧作:人物变得单薄无力,行动毫无理性,沦为了某种道德理念或某种思想情感的"扩音机"。举个例子,我们现在当然可以这样说:《哈姆莱特》的主题是复仇和延宕,《奥赛罗》的主题是嫉妒,《罗密欧与朱丽叶》的主题是被世仇偏见毁灭的赤诚真爱,但是我们绝不能反过来认为莎士比亚在创作这三部剧作的时候,一切都只为这几种观念服务。

另外,从创作实践的角度来说,按图索骥反而比信马由缰更难。无论我们对故事的初步设想是怎样的细致圆满、面面俱到,在创作进行的过程中,我们都如同一个在人烟难觅的森林里丢失了所有设备的求生者,在一条暗含危险的道路上寻找转机。当我们终于走出了森林,却发现结果往往与我们的预想南辕北辙。

这样说来,选择主题既有风险,又不一定有效,我们为何还要将它设定为剧本写作的第一步,强调它的重要性呢?请注意,本节最开头所说的:最具可操作性的第一步是为这些可能性选择一个主题。对初学者来说,信马由缰式的写法显然弊大于利:它要求熟练的技巧和丰富的知识,稍有不慎就会使剧作显得散漫、难以理解或缺乏魅力(老手也难免"翻车"),直接导致剧作的失败,打击作者的信心。许多时候,剧本"写得不好"并非因为作者没有才华,而是他们构思或创作的方法出了问题。

所有对创作至关重要的"创作可能性",正如我们举过的赖声川《如梦之梦》的例子,它们的确是艺术创作的萌芽;但它们不请自来、不受束缚,充斥着没有上下文的碎片,却往往急切地想要支配我们的双手来寻求呈现。主题的意义更像是一个敞口的"容器",是作者精心筹备的预期。作者受到直觉的支配,将相关的"创作可能性"放在一起(而不是任它们漫天飞舞),而他们分析故事时进行的连续追问和审慎思考,更类似于一种"熟成"或者"发酵",是正式创作的前一个环节,为正式创作做好准备。他们期待着"创作可能性"之间微妙而有效的化学反应,也期待着最终形成的故事对预期主题的突破与超越。

二、戏剧结构

(一)幕

当下的戏剧被分为独幕剧和多幕剧。较之多幕剧,独幕剧体量小、长度短,但二者都包含完整统一的戏剧情节。幕(act),在中国古典戏剧中被称为"折"或"出",顾

---

① 云岚等编.简明戏剧词典[M].上海:上海辞书出版社,1990:31.

名思义指的是舞台上的大幕从拉开再到合上这一段时间内上演的戏剧段落。一般来说,一出完整的戏剧会包含多个前后呼应、紧密联系的段落,幕的多少并不是随心所欲的,而是各有其任务,与戏剧冲突的发展密切相关;即便是只有一幕的独幕剧,内在依然有类似的划分。多幕剧一般分为三幕剧、四幕剧、五幕剧,如易卜生的《玩偶之家》就是标准的三幕剧,曹禺的《雷雨》是四幕剧,莎士比亚的大多数剧作是五幕剧。

（二）段落划分

不管"幕"有多少,段落划分的核心在于戏剧情节的铺陈和戏剧冲突的发展。其中比较常见的有三段法、四段法和五段法。

三段法的划分方法是,介绍人物和矛盾关系,铺垫戏剧冲突为起始段;在人物的行动中激化矛盾直至戏剧冲突达到高潮为中段;冲突结束,各个人物走向应有的结局为结尾段。四段法将剧情划分为开端、发展、高潮、结局,将三段法中的中段分为发展和高潮两个阶段,其余不变。五段法将剧情划分为开端、上升、顶点、下落和结局五个部分,以顶点为最高点,形成一个对称的塔形。

需要注意的是,幕和段并不是盲目对应的,段落划分只适用于帮助分析、理解剧本情节构成和冲突发展的主要特征,并不能完全将每一幕都机械地对应到每一段当中去。另外,这三种划分方法都各有其长短,也并不能包含所有的戏剧作品。剧作的段落划分是多变和多样的,戏剧结构规则的外延也随着时代的进步而不断变化。

（三）场面

场面是戏剧结构中最基本的单位。当一个或一组人物正在行动（外部动作或对话）,它们就构成了一个戏剧场面。一旦人物和情景有了变化,场面也会随之变化。但是场面又与场不同,一幕戏可以由数场组成:以莎士比亚的《罗密欧与朱丽叶》为例,其第一幕由五场组成,包括了凯普莱特和蒙太古家族的宿怨（第一场）、罗密欧情窦初开与决定参加凯普莱特家的宴会（第二场）、朱丽叶考虑婚姻问题（第三场）、罗密欧和朋友乔装进入凯普莱特家（第四场）、罗密欧与朱丽叶一见钟情（第五场）,而一场戏则是由一至多个场面组成的,如第一场由家仆吵架斗殴、亲王制止事态、蒙太古夫妇和班伏里奥关于罗密欧心事的讨论、班伏里奥与罗密欧关于爱情的讨论这些场面构成。

新的历史时期以来,幕和场已经显得不那么重要,新的结构方式层出不穷。这并不是说明戏剧结构也可以不复存在,只能说它是"变化多端""既有一定之规,又无万灵之法"[①]的,以剧作家的艺术独创性为准。

第四节　戏剧性的产生

戏剧之所以为戏剧,就是因为它有"戏剧性"。那么,戏剧性是什么意思？有什么

---

① 董健,马俊山.戏剧艺术十五讲[M].北京:北京大学出版社,2004:132.

特征?戏剧性又能通过什么方式呈现呢?接下来,我们将学习戏剧性的内涵,以及悬念与突转的设置。

一、戏剧性

我们常听到这样的说法:戏剧性是戏剧艺术的灵魂。但什么是戏剧性,如何有戏剧性,却是值得考虑的问题。"戏剧性"这个概念究竟应该如何解释,又从何而来呢?

《戏剧艺术十五讲》对"戏剧性"有一段通俗易懂的表达:"看戏或读剧本的人,不管他是否懂得戏剧理论,都会使用一个概念:'戏'。满意时他说'有戏',不满意时他说'没戏'。面对生活中的一些事,人们也经常使用'戏'这一概念。当即将发生某种一言难尽的矛盾、纠葛,进而会导致人际关系的突变时,他们会说:'快有好戏看了!'对某些为人处世好作虚假表现的人,他们会说:'这人会做戏。'"①

当然,"戏剧性"的概念可不仅仅如此简单,相反多年以来众说纷纭。

以下摘录几种较为重要的说法。

(一)戏剧性等于动作性

在《诗学》中,亚里士多德指出:"事件的组合是成分中最重要的,因为悲剧摹仿的不是人,而是行动和生活[人的幸福与不幸均体现在行动之中;生活的目的是某种行动,而不是品质;人的性格决定他们的品质,但他们的幸福与否却取决于自己的行动。]"②这正是说,戏剧性寓于动作当中,戏剧性就等于动作性。

乔治·贝克在《戏剧技巧》中将这种观念推得更远了一些,对"戏剧性"作出了这样的表达:"……能够激动我们的不是形体的外部表现,而是从一种心理状态中我们所得到的那幅鲜明图画。当然,这一切实例都证明,我们必须把心理的和形体的活动,都包括到'戏剧性的'这个词的任何定义之中去。如果作者能把一个或再多一些人物的激昂心理状态传达给他的观众,那么这种心理活动才算是完全有戏剧性的。"③动作性包括了"心理的和形体的活动",即外部形体和内部心理动作,强调对观众感情的激发。

(二)戏剧性来源于意志冲突

黑格尔在《美学》中确立起了关于戏剧性的另一个重要看法,即戏剧性来源于人的意志冲突:"人类意志领域中具有实体性的本身就有理由的一系列的力量……互相区别开来……显现于活动,追求某一种人类情致所决定的某一具体目的,导致动作情节,从而使自己的获得实现,在这个过程中,所涉及的各种力量……由于各有独立的定性……每一方拿来作为自己所坚持的那种目的和性格的真正内容却只能是把同样有辩护理由的对方否定掉或者破坏掉,因此,双方都在维护伦理理想之中而且就通过

---

① 董健,马俊山.戏剧艺术十五讲[M].北京:北京大学出版社,2004:65.
② 亚里士多德.诗学[M].陈中梅,译注.北京:商务印书馆,1996:64.
③ 贝克.戏剧技巧[M].余上沅,译.北京:中国戏剧出版社,1985:46.

实现这种伦理理想而陷入罪过中。"①在舞台上，人与人之间展开的那种基于不同目的的冲突，是力图把对方"否定掉或者破坏掉"的，是能够深刻改变人物原有的处境、关系和生活状态的。这种冲突和它的结果可以是外显的，如曹禺的《雷雨》或吴祖光的《风雪夜归人》；它也可以是内隐的，如契诃夫的《海鸥》和《樱桃园》等剧。

（三）戏剧性表现为"激变"

在《剧作法》一书中，威廉·阿契尔不承认意志冲突的必要性，认为戏剧性的意义是一种"激变"（crisis）："一个剧本，在或多或少的程度上总是命运或环境的一次急遽发展的激变……我们可以称戏剧是一种激变的艺术，就像小说是一种渐变的艺术一样。"②并非每一种激变都有戏剧性，"戏剧性的激变总是通过——或者可以设法使它很自然地通过一连串较小的激变而发展，并且在发展过程中或多或少地含有能激动人的情绪的东西，如果可能的话，还含有生动的性格表现在内"③。这段话揭示了两个重点。其一，它是"命运或环境的一次急遽发展的激变"，意即在戏剧情节的进展中，必须有曲折和惊人的变化——我们也许更加熟悉亚里士多德在《诗学》中的论述："突转，如前所说，指行动的发展从一个方向转至相反的方向"④，"发现，如该词本身所示，指从不知到知的转变，即使置身于顺达之境或败逆之境的人物认识到对方原来是自己的亲人或仇敌"⑤，而"最佳的发现和突转同时发生"⑥。其二，它是"激动人的情绪的东西"，它可以使观众愉快、兴奋，也可以使他们产生担忧、恐惧和怜悯，这种对观众情绪的牵动来自事件的紧张性，这也正是戏剧性的表现。

谭霈生有一本非常重要的著作《论戏剧性》可以作为这一话题的扩展阅读材料，这本书从戏剧艺术的基本概念入手，结合古今中外经典剧作的分析，探讨戏剧性和非戏剧性的界限。

这些说法各有各的道理，莫衷一是，也容易让初学者望而生畏。因此，在进行戏剧创作的初步学习时，我们只需了解这几种主要的说法，做到心中有数即可。最好的办法还是对经典剧作进行鉴赏学习，并在写作的实践中逐步加深对这一重要概念的理解。

下面以埃斯库罗斯的《奥瑞斯特斯》三部曲为例，进行具体分析。大体上来说，这三部曲主要讲了以下事情：特洛伊的王子帕里斯与斯巴达的王后海伦私奔，成为特洛伊战争的导火索。阿伽门农联合众军队远征特洛伊之际，因傲慢自大得罪狩猎女神阿尔忒弥斯，不得不杀死女儿伊菲格涅亚为女神献祭。阿伽门农的妻子克吕泰墨涅斯特拉怀恨在心，在他征服特洛伊、班师回朝之时，伙同第三者埃吉斯托斯（世仇之子）杀死丈夫和他无辜的房妾卡珊德拉为女儿报仇（《阿伽门农》）。他们的儿子奥瑞斯特斯从远方归来，得知父亲死亡的真相，潜入城中杀死母亲替父复仇，却遭到了复仇女神的围攻（《奠酒人》）。奥瑞斯特斯在阿波罗的帮助和指引下向雅典娜寻求

---

① 黑格尔.美学：第3卷下册[M].朱光潜，译.北京：商务印书馆，1981：284-286.
② 阿契尔.剧作法[M].吴钧燮，等，译.北京：中国戏剧出版社，2004：34.
③ 阿契尔.剧作法[M].吴钧燮，等，译.北京：中国戏剧出版社，2004：36.
④⑤⑥ 亚里士多德.诗学[M].陈中梅，译注.北京：商务印书馆，1996：89.

庇护,雅典娜组织陪审团审理本案,最终在宙斯的默许下裁定奥瑞斯特斯无罪(《报仇神》)。

三部曲事件的起因是阿伽门农献祭了女儿伊菲格涅亚。阿伽门农作为人世间的国王,为了代替众神维护神圣和公共的秩序,就必须顺应神意——因此,这个事件本身无法产生戏剧性。而克吕泰墨涅斯特拉对阿伽门农的复仇,不仅波及了无辜的卡珊德拉,同样指向以宙斯为代表的众神——在《阿伽门农》中,克吕泰墨涅斯特拉顺应自己的个体意志实现个人正义的行为与众神的集体意志形成了对抗,戏剧性正是从这种对抗之中产生。

在《奠酒人》中,阿伽门农死后,埃吉斯托斯把持了城邦的权力,不仅污染了阿伽门农的家庭血缘,亦打破了城邦的公共秩序。这给了奥瑞斯特斯为父复仇的充分理由,但为了达成这个目的,他必须同时除掉埃吉斯托斯和自己的亲生母亲。此处的戏剧性在于,阿波罗的神谕虽然给予奥瑞斯特斯弑母的勇气和这一行为的神圣合理性,然而无论是过去还是现在、东方还是西方,弑母对人类而言是不可接受的,它对奥瑞斯特斯来说是沉重的打击,不仅让他的心灵为恐惧和痛苦所袭(被复仇女神纠缠),也让他的境遇突然一落千丈:"我将作为放逐者离乡漂泊,生前死后都将带着这名声。"①

而在《报仇神》中,个体与神灵的对抗被延伸为以雅典娜和阿波罗为代表的"新神"与复仇女神即"旧神"之间的对抗,以代表古老秩序的"旧神"被招安(用黑格尔的话说,"不同的个别人物身上各自独立化的那些精神力量的片面性"②得到了调和)作结,复仇女神被内化为新秩序的一部分,成了"慈惠的神灵"③,阿伽门农家族的诅咒也就此结束。

二、悬念

悬念,是剧本和演出能否引起观众兴趣的重要因素之一,即观众对文艺作品中情节发展和人物命运产生的一种期待和紧张的心情。对大多数观众来说,对舞台上将要发生怎样的事情,对人物关系将会发生怎样的变化,对人物最终会走向怎样的结局,在表演伊始肯定都是满怀期待的;好的剧作就像一块磁石,会使观众兴趣有增无减并持续获得满足;而失败的剧作则会让观众如坐针毡,完全丧失了欣赏艺术的兴致。

贝克在《戏剧技巧》一书中,明确指出一个好的剧本有赖于明白、清楚、正确的强调和悬念。一部戏剧需要达到这样的效果:观众沉浸在一种对人物命运与自我观照的思考当中,戏剧力图持续地吸引他们的注意力,让他们产生高度的兴趣。正如阿契

---

① 埃斯库罗斯.古希腊悲剧喜剧全集1:埃斯库罗斯悲剧[M].张竹明,王焕生,译.南京:译林出版社,2015:444.
② 黑格尔.美学:第3卷下册[M].朱光潜,译.北京:商务印书馆,1981:248.
③ 埃斯库罗斯.古希腊悲剧喜剧全集1:埃斯库罗斯悲剧[M].张竹明,王焕生,译.南京:译林出版社,2015:512.

尔所言:"剧作家技巧的主要内容就是在于产生、维持、悬置、加剧和解除紧张。"①善于设置悬念,并让观众始终处在期待当中,是剧作家应当掌握的一种技巧。

伊阿古　……凯西奥是一个俊美的男子;让我想想看:夺到他的位置,实现我的一举两得的阴谋;怎么办?怎么办?让我看:等过了一些时候,在奥瑟罗的耳边捏造一些鬼话,说他跟他的妻子看上去太亲热了;他长得漂亮,性情又温和,天生一种魅惑妇人的魔力,像他这样的人是很容易引起疑心的。那摩尔人是一个坦白爽直的人,他看见人家在表面上装出一副忠厚诚实的样子,就以为一定是个好人;我可以把他像一头驴子一般牵着鼻子跑。有了,我的计策已经产生。地狱和黑夜正酝酿成这空前的罪恶,它必须向世界显露它的面目。(下。)②

这是莎士比亚的《奥赛罗》第一幕的结尾处,伊阿古的大段独白。他把自己的诡计向观众和盘托出,准备利用奥赛罗性格上的弱点,诋毁他的妻子苔丝狄蒙娜和副官凯西奥之间有不轨关系,趁机夺取凯西奥的职位。

在侦探小说中,犯人往往是隐藏在众人之中的,全书的悬念和读者的乐趣集中于寻找犯人和解开谜题。一旦读者看到最后一页,了解了犯人到底是谁,作案技巧究竟如何,再次翻开书去重温的时候,他们的阅读兴趣就会自然而然地转移到深究叙事细节、寻找技巧漏洞等其他方面。而戏剧因为和小说之间天然地存在着差别,剧作者将阴谋和邪恶完全地袒露在观众面前,把观众的注意力引向正邪双方在反复较量中的情感展现和人性揭露,反而会获得更大的效果,也更符合戏剧的意义——"剧场在实质上是这样一个地方:在这里,我们有权解下在日常生活中的束缚,带着微笑或衔着眼泪,来看一下我们邻人们的盲目的游戏"③。

由于在一开始就知道了伊阿古的计划,在戏剧进行的过程中,观众会始终为苔丝狄蒙娜提心吊胆;当伊阿古在奥赛罗耳边添油加醋的时候,观众又会为奥赛罗不理智的行为扼腕叹息。

同样的,在《风雪夜归人》中,从王新贵掀开帘子与魏莲生四目相对那一刻,观众们的心就为两个人悬了起来——门帘一动,王新贵在那里鬼祟地窥探,而此人又是苏大人的鹰犬——如此看来,私情暴露不过是时间问题。但私情什么时候暴露、怎么暴露的、暴露之后两人怎样,会持续地牵动着在场所有观众的注意。

再举一例,在《罗密欧与朱丽叶》中,罗密欧的好朋友茂丘西奥被朱丽叶的表哥提伯尔特刺死,罗密欧不得不拔剑杀死了提伯尔特。朱丽叶去请求劳伦斯神父帮助,神父一面让朱丽叶在婚前的夜晚服下他的假死药,一面派人送信给罗密欧。朱丽叶喝下假死药,但送给罗密欧的信却被耽误了。罗密欧听到朱丽叶的死讯,悲痛欲绝,买来真正的毒药,准备去朱丽叶的坟茔旁殉情。当观众从劳伦斯神父与师弟的对话中得知信未及时送到,并且会来不及送到之时,便会对之后的情节发展提心吊胆;而此

---

① 阿契尔.剧作法[M].吴钧燮,等,译.北京:中国戏剧出版社,2004:164.
② 莎士比亚.莎士比亚全集:五[M].朱生豪,等,译.北京:人民文学出版社,1994:580.
③ 阿契尔.剧作法[M].吴钧燮,等,译.北京:中国戏剧出版社,2004:141.

时与目睹了罗密欧买药的观众不同,劳伦斯神父并不知道罗密欧的下一步打算,没有充分意识到这一事件会产生的可怕后果。来到凯普莱特家族坟茔的罗密欧遇见了同样前来祭拜的帕里斯,在盛怒之中杀死了对方;他见到朱丽叶的"尸体",悲伤之中喝下毒药死在她的身边;而当朱丽叶从假死中醒过来后,却在身边发现了罗密欧未冷的尸体。

这正是"情理之外,意料之中"。从那封没有送出去的信开始,观众便对剧中人物无法看到的"未来"有了一定程度上的认识,心理上也为进入之后的场景做好了万全准备。他们会在好奇和不安中焦灼于这些问题:罗密欧的毒药派上用场了吗?是在哪里、什么情形下用的?朱丽叶是否能及时醒过来?神父能否及时赶到?事件是否仍有转机?

从第一幕第一场两家仆人的械斗到两家人之间水火不容的矛盾,再到茂丘西奥和提伯尔特的意外死亡,所有情节都在为这一阴差阳错的悬念设置进行铺垫,甚至罗密欧与朱丽叶之间短暂的婚姻和不同的性格,都为这一悬念的成功起到了至关重要的作用。

三、突转

在前一节关于戏剧性的讲解中,我们已经对突转和发现进行了初步了解。在这里,我们将结合经典戏剧实例,进一步学习这一重要技法。

奥狄浦斯
这个人是谁?他告诉我什么消息?

伊奥卡斯特
他从科林斯来,报告说你的父亲
波吕玻斯死了,已经不在人间。

……

奥狄浦斯
啊呀,夫人,我们为什么要重视
皮提亚神坛发布的预言,
或头上飞鸟的叫鸣?
它们都曾指出我注定要杀死自己的父亲。
但如今他死了,命归黄泉,
我人在这里,没有拔过刀剑。
除非他是因为想念我而死,在这个意义上算我杀了他。
事实上,这预言已经随着波吕玻斯
一起长眠地下,一文不值了。[①]

俄狄浦斯(奥狄浦斯)在科林斯长大成人,他勇敢果断、聪慧过人又意志坚定,当

[①] 索福克勒斯.古希腊悲剧喜剧全集 2:索福克勒斯悲剧[M].张竹明,王焕生,译.南京:译林出版社,2015:68-69.

知道了众神加诸他身上的命运,即"注定弑父娶母"的神谕时,没有选择随波逐流或者逃避自杀,而是远走他乡,想方设法逃离命运的阴影。他破解了斯芬克斯的谜语,被拥戴为国王,并按照惯例迎娶了老国王的遗孀。可以说,俄狄浦斯拥有诸多过人的品质,还拥有令人艳羡的财富和权势。如果说有哪里美中不足,那么就是他的易怒和鲁莽——他在半路上与一个老者发生争执,并失手将其杀死了。

这样的俄狄浦斯,却仍始终生活在来自神谕的阴影之下。在得知科林斯的老国王、自己的父亲波吕玻斯因为年老死去,以为自己终于从经年累月的压力中解脱,不由欣喜若狂。但是,剧情接着发展下去,出现了令人瞠目结舌的转折:

俄狄浦斯
你说什么?难道波吕玻斯不是我的生身父亲?

报信人甲
他不是你的父亲,正像我不是你的父亲一样。

俄狄浦斯
父亲怎能和一个不相干的人相提并论?

报信人甲
你不是他生的,也不是我生的。

俄狄浦斯
那么他为什么把我称作儿子?

报信人甲
告诉你吧,是因为他把你当作一件礼物从我手里接过去的。[1]

一直以来坚信不疑的血缘身份突然被颠覆,对刚刚处在狂喜之中的俄狄浦斯而言无异于当头棒喝。细细问来,报信人将他的身份线索引向了现在的城邦忒拜。随着线索的进一步拼凑,王后的态度大变,撇下俄狄浦斯独自仓皇离开。俄狄浦斯找到报信人口中当年交给他婴儿的牧人,对他进行了一番审问。

俄狄浦斯
你会死的,要是不说实话。

牧　人
说了实话我就更要死了。

俄狄浦斯
我看这家伙是想拖延时间。

---

[1] 索福克勒斯.古希腊悲剧喜剧全集2:索福克勒斯悲剧[M].张竹明,王焕生,译.南京:译林出版社,2015:75.

牧　人

不，我已经承认，我给过他一个孩子。

奥狄浦斯

哪来的？你自家的，还是别人家的？

牧　人

不是我自己的，是别人给的。

奥狄浦斯

这城里哪一家哪个人给的？

牧　人

看在众神分上，主人呀，别再追问啦！

奥狄浦斯

如果我一定要问，你就要死了。

牧　人

事实上他是拉伊奥斯家的一个孩子。

奥狄浦斯

是个奴隶娃还是他的亲属？

牧　人

哎呀！我的话说到可怕之处了。

奥狄浦斯

我也听到可怕之处了，但是还必须听下去。

牧　人

人家传说是他自己的儿子，不过只有里面的她，你的夫人才能最清楚地告诉你是怎么回事。

奥狄浦斯

怎么？是她交给你的？

牧　人

正是，主人。①

---

① 索福克勒斯.古希腊悲剧喜剧全集 2：索福克勒斯悲剧[M].张竹明，王焕生，译.南京：译林出版社，2015：87－89.

真相至此大白，观众不仅知道了俄狄浦斯的真实身份，也知道了他就是给忒拜带来瘟疫的不祥之人、杀了老国王的凶手。在这里，台词之间形成的小小延宕把紧张的气氛越推越高，直到最高点后情形急转直下，俄狄浦斯身份之谜被"发现"，他的命运就发生了巨大的"突转"，他的确没有脱离神谕的诅咒：杀死了自己的父亲，玷污了母亲的床榻。纵然俄狄浦斯和他的亲生母亲都在竭力避免神谕的出现，命运却还是愚弄了两人。俄狄浦斯冲向内室杀母，发现王后已经由于羞愧而自杀。俄狄浦斯承担起了罪责，自刺双目之后自我流放。他能够答出斯芬克斯关于"人"的谜语，却无法做到"认识你自己"，只能徒劳且盲目地挣扎，刺瞎了看不清真相的眼睛。

索福克勒斯从忒拜城瘟疫肆虐开始写起，此时俄狄浦斯已经成为忒拜国王，城内瘟疫肆虐、民不聊生。神谕指出，消除灾难的方式是找出杀死老国王的凶手，于是俄狄浦斯下令追查真相。俄狄浦斯的过去、老国王的死和王后丢弃孩子等一桩桩重大事件都是"虚写"的，随着情节的抽丝剥茧从不同人的口中说出；故事的主要情节集中在查找真相的过程，查找凶手的线索和查明身世的线索交替进行，最后合在一起，让观众在看清真相的同时接受感情的震撼。这种叙事结构被称为闭锁式结构，不断回溯过去作为铺垫，最后在"发现"中进行"突转"。正是因为如此，亚里士多德才称《俄狄浦斯王》是"十全十美的悲剧"。

俄狄浦斯刚上台的时候，是人间英雄、智勇无双的国王，而他在渐进的过程中被毁灭，只用了两个小时左右的时间。这样集中而又精彩的突转，正是戏剧中的精华，是一部戏中最有意思的部分。

再举一个《奥赛罗》的例子：虽然伊阿古在第一幕的最后就将野心坦露于观众面前，但直到真相揭露之前，奥赛罗（奥瑟罗）和其他大多数人物都认为伊阿古是一个诚实、值得信赖的人。奥赛罗虽然拥有极高的地位并为自己的军事成就感到骄傲，但他却出于种族的原因被威尼斯的白人社会"另眼相看"，只能小心翼翼地维护自己的名誉，集自负和自卑于一身。苔丝狄蒙娜年轻、美丽、善良、出身高贵，他在极致的幸福（不般配的婚姻）中因为缺乏安全感而患得患失，被伊阿古稍加挑拨，就心存偏见，捕风捉影、疑神疑鬼。轻易地为嫉妒蛊惑，偏执到"我要杀死你，然后再爱你"。

奥赛罗始终试图将杀妻的行为合理化，对她的"出轨"深信不疑，直到最后都不愿相信妻子的苦苦哀求；而揭露真相的爱米利娅进到房间来的时候，苔丝狄蒙娜尚未咽下最后一口气。爱米利娅揭露手帕的实情，伊阿古的奸计败露，奥赛罗看着死去的爱人痛苦不已。他从家庭美满、人人艳羡的英雄到大权旁落、等候发落的罪犯，再到一具尸体，也不过是极短的时间。

课堂研讨

1. 寻找不同剧作中的潜台词片段，讨论潜台词的美学意义有哪些？
2. 剧本说明性文字的作用有哪些？
3. 以具体的作品为例，谈一谈其戏剧性是如何体现出来的。

 实践训练

1. 单人戏剧小品写作练习

写作主题举例：看家；通下水道；钱包丢了的那一天，摔了一跤，弄坏手机崴了脚；……

写作要求：说明性文字不超过 400 字。

写作重点：建立心理活动和形体动作之间的联系，通过设计有戏剧价值的形体动作将戏剧性表现出来，将文学语言转换为舞台语言。

2. 双人戏剧小品写作练习

写作主题举例：插队；借钱；入住新宿舍；结伴踏青忘带门票；……

写作要求：说明性文字不超过 400 字，对话不超过 20 句。

写作重点：感受简单的人物关系如何在日常的生活环境和简单事件中发挥作用，寻找戏剧场面的中心点。

 拓展链接

1. ［英］阿契尔：《剧作法》，吴钧燮等译，中国戏剧出版社 2004 年版。
2. ［美］乔治·贝克：《戏剧技巧》，余上沅译，中国戏剧出版社 2004 年版。
3. 赖声川：《赖声川的创意学》，广西师范大学出版社 2011 年版。
4. 中国大学 MOOC：西北大学"创意写作"。

第七章　儿童文学写作

[学习目标]
1. 明晰何为儿童文学,认识儿童观之于儿童文学写作的重要性。
2. 熟悉儿童文学的文体特征,掌握儿童文学的写作要领。
3. 尝试创作儿童文学作品,找到个人创作兴趣与创作优势。

第一节　儿童文学概述

儿童文学是当今文学创作实践中的重要类型,儿童文学写作产出的作品满足了特定群体的精神需求,这类作品具有情感教育的属性,前景广阔。将儿童文学写作引入创意写作教学也很有必要。"儿童文学为儿童",但为儿童书写并不意味着需要割舍艺术价值追求,正相反,儿童文学应书写更富独特艺术个性的语言,向儿童群体介绍美、带领儿童群体认识美、代表世界向儿童群体传达美。

儿童文学的基本理论和永恒价值

一、儿童文学与儿童观

儿童文学是对专门为儿童所写的文学作品的统称。然而这一定义并未解决我们心中的疑惑,"专为儿童所写"意味着什么,为什么要"专为儿童所写"?

儿童是指18岁以下的任何人。① 儿童文学的精神定点在为儿童服务上,"专为儿童所写"是指创作满足儿童核心诉求、适合儿童接受与欣赏的文学。所谓"适合儿童接受与欣赏"是指儿童文学创作以儿童为本位,创作的作品具有正向价值观引导。

儿童文学是一个具有历史性的概念,随着时代变迁,在不同的社会和文化发展阶段,人们对儿童文学的认知也在变化。五四时期出现"以儿童为本位"的说法,主张在艺术建构上必须以儿童的心理特征为标准和依据,后来又先后出现了儿童文学是"写儿童的文学""娱乐儿童的文学""专为儿童创作的文学""教育儿童的文学"等多种说

---

① 据1989年11月20日第44届联合国大会通过《联合国儿童权利公约》之规定。

法。然而,正如林文宝所说:"对儿童文学的定义主张采取一种存在主义的态度,看事实而不去谈本质,因为本质也具有流动性和变化性,对于儿童文学来说,重要的是能不能被孩子接受,而不是一味地去讨论它的本质。"对于创作者而言,如何创作出被儿童接受的作品,才是最为关键的。

儿童文学需要解决的问题归根究底就是成人作家的儿童观问题。

儿童观是指成人基于对儿童现实生活与精神世界进行体察的基础之上,所形成的对儿童的整体认识与评价。不同的创作者秉持不同的儿童观,从而直接影响他们的儿童文学创作定位,进而影响儿童群体的阅读体验。成人作家的儿童观认知到什么层次,他们对于儿童文化、儿童意识、儿童美学的体悟到什么程度,都会影响儿童文学作品的呈现。

深入了解、分析儿童观的发展史与代表性观点,对我们更好地塑造自身的儿童文学创作观念是大有裨益的。有四种类型的儿童观极具代表性,每种观点的具体内容也对当下儿童文学有一定的参考价值。其一,是强调教育功能的儿童观,认为儿童文学与学校教育所承担的任务是一致的,从思想品德教育到知识语言教育,都可以借助儿童文学作品起到强化作用。其二,是突出实用价值的儿童观,认为作品应当带领儿童认识社会现实、了解世间百态,在培养他们的责任感、社会认同感、批判精神与忧患意识的同时引导儿童成长成熟。其三,是强调游戏精神的儿童观,这一观点突破了基督教的"原罪论",认为"人是生而自由的",应当让儿童"归于自然",顺应儿童身心发展的实际情况,还原儿童的游戏精神,使其获得他们本应有的快乐。其四,是推崇童心主义的儿童观,这类观点的出发点是帮助成年人深入思考人生价值与生命意义等哲学问题,在回归童心、回归真善美的同时,激发成年人面对现实世界的勇气。①

儿童文学是人类永恒的基石文学,是儿童世界通往成人世界的彩虹桥,是纯粹童稚和驳杂纠葛的初遇地,是胡思乱想与奇思妙想碰撞的旅程。有什么样的儿童观,就会有什么样的儿童文学,有什么样的儿童文学,就会有什么样的未来世界,从这一角度来看,儿童文学的重要性不言而喻。

二、从三个维度审视儿童文学

下面,将从儿童文学与成人文学的区别、儿童文学的读者群体、儿童读者的层次划分三个维度进行探讨,进一步明晰儿童文学的定义与边界。

(一)儿童文学与成人文学的区别

儿童文学与成人文学的根本区别在于创作的态度和观念不同。成人文学是成年人彼此对等的情绪传递与观点争鸣,而儿童文学是"大人"写给"小孩"看的文学,是展现与传递成年人意志与理念的文学作品。

儿童文学是由成年人为儿童提供的,那么成年人势必会将对儿童的理解、对待儿童的态度、对儿童的期望等内容与情绪贯穿于儿童文学作品创作之中。也就是说,"成年人的儿童观不仅影响儿童的内在人格养成、外在环境塑造,更会直接影响到儿

---

① 王泉根.儿童文学教程[M].北京:北京师范大学出版社,2009:32.

童文学的创作观念,而儿童文学的创作观念又会影响儿童文学的作品质量与所承载的文化价值,由此可见,树立正确的科学的符合时代要求的儿童观是极其重要的"。[1]

在不同历史时期、社会背景之下,有不同的儿童观成为主流,当下的儿童观以"儿童本位"思想为主,认为要重视儿童文学在引导儿童思维方式与价值观念的形成中扮演极其重要的角色,要做到"儿童文学为儿童"[2],但当下的创作还面临一些现实困境。

其一,作品创作受媒介革新的影响,互联网、智能手机等新兴电子技术与产品缩短传播途径、加速信息获取。儿童可以接触到更多的文学样式、文本形态,对儿童文学的要求势必越来越高。这无疑需要作者、出版发行方对当下儿童的阅读需求非常了解,作品创作也要紧跟时代潮流,在保证内容耐读、情节精彩的前提下,增添作品的新颖性、流行性。其二,作品创作受市场反应的影响,儿童文学作品的作者与出版发行方越来越重视市场反馈与读者阅读兴趣,这一方面促使更多受儿童欢迎的题材作品出现,繁荣儿童文学市场,另一方面也在利益至上的驱动下造成了市场急功近利、粗制滥造、作品过度娱乐化、文字口水化等问题。其三,作品创作在多方影响之下,为增加作品卖点而或多或少出现争议性情节,在创作过程中需要我们厘清的是艺术真实的问题。

我们需要明确的是,儿童文学的艺术真实不同于成人文学的艺术真实,也就是说,在其他文类写作中我们所秉承的创作真实性原则并不完全适用于儿童文学创作。儿童文学的艺术真实是以儿童的精神特征为创造基础的,在创作过程中,我们应当契合儿童的心理特征与思维特征,只有以儿童思维特征为基准创作的作品,才可能实现儿童文学的艺术真实。

这是创作者首先要厘清的边界,与成人文学相比,儿童文学"写"和"看"的关系发生变化,创作理念、创作方法也要随之改变,儿童文学体现出成年人对待儿童的态度与理解儿童的观念,需要创作者在确立顺应时代潮流的科学的儿童观的基础上,充分了解市场需求,结合创作追求并面向群体诉求,从而进行作品创作。

(二)儿童文学的读者群体

儿童文学不仅涵盖具有古典意义的民间口头文学、蒙养读物、古典文学中的片段作品,也有赖于自觉的现代儿童文学观的指引;儿童文学承担了审美、认识、娱乐、教育等功能的同时,也自觉肩负起了文化传承创新教育、伦理道德教育、历史认知教育等启迪需求。

由于所面向的是代表人类未来一代的儿童,儿童文学创作者们会带有目的性地传递积极向上、和谐美好的精神,也正是因此,王泉根认为儿童文学是以善为美、引人向上、导人完善的文学,其中,以善为美是儿童文学的基本美学特征。此外,儿童文学对于美的价值的追寻是长久而又深沉的,其中也应包含对纯质的爱的追寻,儿童文学所需求的童真的本质情感与特殊视角能够让创作者更加自如地进行回忆与想象。

---

[1] 王泉根.儿童文学教程[M].北京:北京师范大学出版社,2009:3.
[2] 方卫平.儿童文学教程[M].上海:复旦大学出版社,2015:17.

我们说儿童文学为儿童,但也要说儿童文学又不止于儿童。换言之,儿童文学的读者不仅有儿童群体,更有大量的成人读者。对于儿童读者来说,儿童文学的作用可能更加纯粹,对于成人读者而言,这不仅出于身份需要,更是一种心理需要。心理需要意指成人读者对于纯净精神家园的需求,对于暂时摆脱生存伪装的需求,对于童心的寻觅与获得需求,等等。成人读者群体的加入,对于儿童文学来说,是否能够催生双重的艺术征服力成了新的问题。儿童文学是否能够增添文本的厚度与分量,是否能够满足成人读者对于精神家园纯粹性的需求,是否能够破解成长是人类生命的根本属性,对这些追问的回答,在人类永远向往童年、童真、童心这一命题下非常重要。

作为创作者,我们的创作意识与创作意图不能够仅仅停留在书写轻松活泼、富有想象力的故事之上,而应向前迈一步。

(三)儿童文学的层次划分

由于18岁以下人群的认知水平层次不同,应当针对不同阶段进行更为具体的划分,每一阶段的适龄阅读内容也应各不相同。从这一角度考虑,可以将儿童文学分为三个层次,即幼年文学、童年文学、青少年文学。

从接受美学角度来看,文学作品是为读者而创作、为读者而存在的,只有被读者理解和接受,才能实现其美学价值和社会功能。王泉根指出,我们要尽可能多地了解实际情况,尽量适应与满足阶段性受众群体的需求,在各个方面契合他们的接受心理、审美能力与领悟能力。

幼年文学表面上是为了幼儿阅读,实际上是为了幼儿"听读"。由于幼儿尚处于启蒙时期,仍未形成独立的阅读能力,幼儿文学主要通过大人诵读、幼儿聆听的方式呈现。当故事的呈现形式由文字转换成声音,其内容趣味性、语言通俗性、节奏明快、篇幅短小等因素是需要我们考量的。

当然,对审美水平的要求也不容忽视。前文曾提及儿童文学对于美的价值的追寻是长久而又深沉的,对于儿童的美的教育是应当受到重视的,儿童文学是成人与儿童在审美领域的初次交流,不应该出现糊弄的、胡来的文字伤害儿童的审美观念形成,也不应该让这些文字污染了儿童文学这片净土。正如曹文轩所说:"这个世界上,除了思想,还有审美,这两者都很重要。我一贯认为美感的力量、美的力量绝不亚于思想的力量。"

此外,创作者应当审慎进行思想表达与主题意旨选择。对于儿童读者来说,童心、童真是极为难得的,对于创作者而言,童心的丧失、童真的失落是极其危险的,沈从文曾言,"童心在人类生命中消失时,一切意义即全部失去意义,历史文化即转入停顿、死灭",对于童心的守卫、对于童真的尊重是我们要做的尤为重要的事情。

青少年文学则受到成人文学的部分影响,其创作手法、创作主题等的发挥空间更大,也可以是最新潮、最流行的,青少年文学是儿童文学与成人文学的接轨处,作品更容易呈现出纯文学与深度文学的特色,但边界如何把握,对成人意识平衡问题又该作何思考,这些都是需要思考的问题。

相对而言,童年文学是儿童文学之中最需要作者反复衡量揣摩与把握的,原因有三:其一,童年文学所面向的受众群体此时自主性正处于萌芽阶段,他们对文学作品的阅读与理解尚需引导,这使得童年文学的书写内容需要在紧随时代的同时,注意受众群体在阅读中的个人性与随意性;其二,童年文学的深度与广度不好把握,虽说要坚持适度原则,但这个年龄段的孩子是最灵活跳脱的,他们会在阅读过程中生发无数的奇思妙想,作品细节必须精益求精,不能是纯粹虚构想象而毫无依托,也不能是现实生活的如实讲述;其三,王泉根指出,童年文学是引导儿童想象能力、审美能力、创造能力成长的关键,要在融会贯通课内知识的同时,拓展他们的想象空间与认知世界,也要注意不可把孩子的注意力引上歧途,这无疑需要各位创作者谨慎落笔。

三、儿童文学创作现状与展望

儿童文学具有永恒的价值,儿童文学的发展是千万人所关心在意的。好的儿童文学能够让儿童活泼纯粹,童真是自然天成的,童趣是无须矫饰的,甚至当儿童终于长大奔向梦想、当成人年华已逝回首往昔时,他们都能够认可儿童文学对他们所产生的潜移默化、深远持久的影响。正如曹文轩所说,真正的儿童文学作家,不仅属于一个孩子的今天,也属于他的明天,也正是因为我们意识到了儿童文学的重要性,所以产生了对儿童文学作家与作品的期待。

新人作家在创作方面难免有不少疑惑。在创作之初,我们不可忽视对儿童文学市场的了解。分析市场动向、寻找当下面临的问题,能够让我们有更加清晰的创作思路,有更切实际的创作方向考量。通过对线上电商平台童书畅销榜单的对比分析,可归纳总结出以下几点。

首先,数据显示,针对低幼儿童与小学阶段的童书数量庞大,而提供给初高中阶段青少年阅读的作品较少,"写青春"的不在少数,但真正"写出青春"的代表性作品难寻。青少年处于童年和成年过渡期,当下市场并不能有效满足他们的需求变化,适宜青少年阅读的原创优质图书数量相对较少,需要对品类结构进行及时的优化调整,重视并加强有针对性的青少年读物出版工作。面向青少年的儿童文学创作,涉及儿童文学的成人意识平衡问题。由于儿童文学的写作者身份属性,作品无可避免地会受到成人认知的影响,不同创作者也会秉持不同的儿童观,那么有很大一部分作者衍生出了青春文学这一类型。因其目标人群涵盖了部分儿童文学的受众群体,也对部分儿童文学创作产生影响,故而将划归在儿童文学类型之下展开讨论。

我们讨论儿童文学的成人意识平衡问题,实际上是在讨论儿童文学的价值取向与选择问题。青春文学以"校园、爱情、友情、成长"为主题,很能吸引儿童文学读者群体,其中的"校园与成长"主题纯度缺失,以对"爱情、友情"的书写为主,出现了大量青春疼痛、言情纯爱作品,主题意旨表达较为单一,阅读意义也相对单薄,对儿童读者群体也出现了早熟、叛逆等负面影响。就这种"为赋新词强说愁"的情况,曹文轩曾言:"人的一生就像一年四季一样分春夏秋冬,前几年,我看到太多的年轻朋友所写的东西里秋意太重了。孩子的笔调如此的沉重,我不知道为什么? 我觉得人的一生春天应该当春天过,夏天应该当夏天过,秋天当秋天过,冬天当冬天过。没有必要老早就开始过冬天、秋天。"

其次,"科普百科/教育/历史"的丛书系列表现优秀,主要代表有"神奇校车系列""DK儿童百科全书系列""写给儿童的××××系列""和爸妈去旅行系列"等。在畅销榜单中,"绘本/图画书"与"科普百科/教育/历史"的重合度较高,二者大多情况下是相辅相成的关系。一些百科类作品与绘本叠加之后,阅读体验翻倍、销量喜人,比如"神奇校车系列",也有一些配图质量高、制作精良的科普百科类图书坚持自我,取得了不错成绩,比如"DK儿童百科全书系列"。

  这些书目都属于"长盛不衰"的热销书,拿连续三年蝉联销量榜冠军的"神奇校车系列"来说,它的宣传语格外诱人,"情节惊险刺激、语言生动爆笑、对话童稚可爱,知识却清晰严谨;内容丰富,并与生活息息相关,解答孩子对周遭事物的疑问"。这套丛书能够如此受欢迎,科普性、趣味性结合的同时,对真实性的重视也不容小觑,尊重创作细节,不因受众年纪尚小、思维尚未形构完成而糊弄了事;明确作品价值,尽可能引导与激发读者的好奇心与想象力。

  这需要作者坚持创作观念,保证创作态度。"神奇校车系列"的作者乔安娜表示:"在创作每本书时,我大概要阅读50到100本书,然后会去咨询一些专家和学者。我会亲自到各个地方去,收集一切有用的资料。从写作开始,一直保持阅读的状态。我生命中最爱的事情就是研究好玩的东西,并把他们清晰地呈现给孩子们。""神奇校车系列"的绘者布鲁斯表示:"接触到哪个领域,我就要做这方面的调研,比如蜂巢那本,我的一个邻居就真的带我和乔安娜去了他的养蜂场,掰开蜂巢,看里面的结构,蜜蜂是怎么工作的,哪里储存蜂蜜,哪里喂养小宝宝。"

  最后,我们发现"绘本/图画书"的受欢迎程度与日俱增,逐渐摆脱讲故事的"单纯"样貌,不仅有前文提到的科普百科类绘本,甚至出现了"情商管理""幽默教育""经济学启蒙"等教育色彩浓厚的丛书。这类作品多依托国外知名绘本作家,在讲故事之余,上升故事主题,把情商养成、幽默培养、经济头脑锻炼等内容作为卖点,吸引家长购买,然而其实际内容,仍旧需要加强把控,避免出现噱头淹没内容的情况。

  我们更提倡创作者把目光聚焦于"讲好故事"之上,在儿童视角下对中国文化的体察也是极好的创作角度,我们应当重视对传统文化、经典作品的开发,古典美学具有永恒的价值,对古典美学的发掘不应停滞。

  儿童文学的创作目标是赋予生命再生长的机会,儿童文学能够帮助我们培育现代心智和建构现代公民,致力于帮助我们哺育缺乏审美引导的儿童读者,挽回本心蒙尘的成年读者,将生命的内涵完善、完整、完全,将灵魂的本质更新、焕新、革新。

第二节 童话故事写作

  儿童文学多种多样,其中童话故事写作的方法是较容易掌握的。我们从幻想、夸张、拟人这三个童话故事的特征入手,在明晰创作目的的前提之下,把握童话创作的方向,并展开练笔创作,逐渐找到自己擅长的童话风格。

一、童话故事的定义

童话作为一种适合儿童阅读的故事作品,其内涵与外延在不断变化,此处主要介绍童话在中文语境下的发展情况。"童话"一词,我国最早见于1909年商务印书馆出版的由孙毓修编撰的《童话》丛书,当时的"童话"指向性与文体界定仍不清晰,概念常与儿童文学、民间文学等混淆。之后的学者逐渐阐明现代童话与古代神话的区别,定义了童话的基本概念。五四以后,关于童话的国外译作与国内创作日渐增多,童话也逐渐被确认为是儿童文学的一种特有文体。

关于童话的定义,《辞海》里阐述为:"童话,儿童文学的一种。通过丰富的想象、幻想和夸张来塑造艺术形象、反映生活,增进儿童思想性格的成长。一般故事情节神奇曲折,内容和表现形式浅显生动,对自然物的描写常用拟人化手法,能适应儿童的接受能力。"这一定义在本质上还被"童话从属于教育"这一传统观念所束缚。洪汛涛对于童话的定义更为精练,他认为童话是一种以幻想、夸张、拟人为表现特征的儿童文学样式。[①]

厘清童话的分类可以帮助我们更好地认识童话的创作要求。从表现方法来看,童话可分为超人体童话、拟人体童话和常人体童话,其中三种表现方法经常搭配出现。从表现题材来看,可以分为科学童话与文学童话。科学童话又称知识童话,属于儿童科学文艺作品,是严谨的科学与浪漫的文艺的融合交错。科学童话的面向群体多是低幼儿童、小学生,考虑到受众的认知能力,科学童话的知识内容更为浅显温和,而为了符合童话的调性,科学童话的描写手法、叙事技巧又要具有一定的幻想色彩、虚构气质,所以科学童话是在夸张与严谨、幻想与现实之间的文学形式。文学童话又称品德童话,则是我们平常所说、所写的童话了。

谈及目前原创童话存在的问题,主要有以下几点。其一,作品童稚化严重,缺乏深度思考,矮化儿童审美,对主题题材开掘不够;其二,未深入儿童心灵,只有虚假的儿童腔,作家不屑于了解儿童,认为只要在文中假装儿童说话就可以了,导致作品与童真童趣的背离;其三,无逻辑地胡思乱想,想象内容缺乏基本逻辑关系,看似神奇怪诞,实则只是胡思乱想,经不起推敲;其四,创作视野狭窄,缺乏对现实的关照,因为作家自身的视域局限,作品维度简单,既缺乏触动儿童心灵的内在情感,也不能有关照外部世界的力量。

我们应当锻炼自己和儿童精神世界沟通的能力,理解儿童的行事逻辑、思维方式,接受儿童天马行空、无拘无束的想象力。在创作之中,要关切受众群体的需求,秉持"儿童文学为儿童"的观念负责任地创作。下面将从幻想、夸张、拟人这三个童话故事的特征入手,选择具有该特征的经典童话作品进行分析。

二、童话故事的"幻想"

创作童话故事的奥义,在敢于幻想。想象或许能够支撑起一个故事的设定,但由

---

① 洪汛涛.洪汛涛论童话[M].北京:海豚出版社,2014:41.

想象构成的故事不够梦幻,不够自由。童话是儿童的梦,是儿童的寄托和树洞,我们要在想象之上,增添一分灵气、一分浪漫,用十二分的夸张去造一场梦。儿童本身就是最敢想象、最会造梦的人,优秀的童话作品阅读能够带领他们进入更多奇思妙想的世界,给他们的发展以更多的可能。正如圣-埃克苏佩里所说:"人要想造船,不是应该给他的船员造船所用的锤子和钉子,而应该是唤起他们对辽阔大海的渴望。"在阅读童话故事的同时,儿童的想象力会得到进一步锻炼,获得更大的提升空间。

　　童话对儿童的健康成长具有无可替代的重要意义,童话阅读能够为处于心理启蒙阶段的儿童提供精神层次的慰藉,帮助他们舒缓压力与莫名的紧张情绪,引领他们乐观积极成长。童话也是儿童的万花筒,童话阅读能够培养儿童的想象能力,进而引导他们的创造力萌芽。

　　需要注意的是,童话中所呈现的幻想并非不受限制,而是在现实基础上体现童话世界的艺术真实,即使故事发生在超现实世界里,但故事情节与人物行为仍旧有基本逻辑性可言,而并非毫无章法、胡编乱造。可以这么说,没有幻想就没有童话,但是幻想与现实又是紧密相连的,幻想也是童话反映现实生活的特殊艺术手段。幻想是将生活的本质方面通过概括、提炼与升华,而诞生的符合儿童的心理特征且合乎情理的内容。我们在创作中要格外注意对童话的虚幻性的度量把握,不可将一切不通情理、无法解释的内容都归于童话的虚幻气质要求。

　　把握"幻想"的诀窍,要从童话的气质、童话的情节和童话的精神这三个方面入手。

　　对童话气质的塑造,就是对整个童话语境、故事情境的创设。童话在怎样的故事情境之中发生,需要我们先进行环境的塑造。与小说的环境塑造类似,童话的故事情境塑造也可以从社会环境、自然环境、幻想环境这三个主要的方面来进行。社会环境与自然环境的塑造基于现实生活,童话气质中的那一份真实性由此而来,此外更重要的是对幻想环境的设计,幻想环境不单在讲童话要发生在新奇有趣但并非异想天开的世界之中,也是在说要让读者相信童话里的故事都会"真实发生",给予正向激励,所以绝大多数童话都是好的结局。在那些讲王子与公主的故事里,坏人大多会丧命,王子和公主一定会过上幸福的生活,这也构成了一种幻想环境,让我们相信这些苦难的前方会是长久的光明。

　　此外,童话的走向也可以是不美好的,并不如愿的,或者残酷悲剧的,这些都应该被我们理解和接受。设计这类幻想环境时需要注意的是打破希望的最后时限设置,在人物前进途中让他解决掉一些困难,随着难度升级,他左支右绌,但我们仍旧给读者期待,让读者按照惯性相信童话的结尾会是好的结局,然而到最后给之以反转,打破最后的希望。比如《海的女儿》中,小美人鱼抛却了她在海底无忧无虑、可以活三百年的任性自由,而她想要的更多,她想获得不灭的灵魂,想要体验更丰富的生活。她一路克服了很多困难,牺牲了很多珍惜的事物,换来了双腿,得到了王子的垂青,她离她想要的、也让我们满意的结局只一步之遥,可她最终的选择出乎意料,她最终化作海上的泡沫,没有达成和王子在一起的"好的结局",但对于她而言,她是"快乐而满足的"。

对童话情节的设计,可以说是童话创作中最重要的部分。在情节设计中,作者需要层层深入、设置悬念,吸引读者不断增强阅读欲望与对童话结局的渴望,使读者在矛盾冲突中或喜或悲、或思考或想象,顺着情节发展一路追踪,直至终点,解开悬念。在《坚定的锡兵》这篇童话作品中,我们跟随这位独脚锡兵体验了一番他的故事。独脚锡兵是二十五位锡兵中最普通、也最独特的那个,他永远都是那样沉默地站立着。到了夜晚,在所有玩具都出去"活跃起来"、打闹和玩耍的时候,独脚锡兵还是一动不动地站立着。和他一样的,是他的心上人,那位纸做的舞蹈家。此时,锡兵和他遥望的舞蹈家的故事无法继续下去,于是,在情节上出现了第一次涟漪,鼻烟壶里的"妖精"出来作怪,锡兵开始了冒险。在锡兵的冒险经历中,新奇的桥段接连出现,当他经历奇妙的旅程重回故土之后,又见到了他的心上人。作者此时没有手软,而是再一次给了他重击,孩子把他扔进了火炉,锡兵将要融化。高潮的来临也让人猝不及防,一阵风闯了进来,把舞蹈家吹进了火炉之中,他们经由了长久的对望与无言的相伴之后,永久地共存了,只留下一颗小小的锡心和一块黑炭状的痕迹。童话的故事内容可以是旧瓶装新酒,也可以取材于身边的生活,但都离不开对故事情节的设计,读者在阅读童话时,对新奇感的诉求是尤其不容忽视的。

至于对童话精神的抒写与展现,是影响作品格调的重要因素。如何将童话的幻想和现实融为一体,童话故事的主题是否丰富,还能表达什么,最终走向如何,都是我们需要考虑的问题。在故事发展过程引人入胜的前提之下,我们也需要思考是否要将现实世界的残酷展示出来,这样能否达到一定程度的象征隐喻效果。象征隐喻以现实主体与象征性、比喻式的代用词之间的关联为基础,能带给读者含蓄凝练、深沉隽永的阅读体验。童话故事可以在整体结构上构成隐喻,在文本中深藏各种象征与幻想,包括对儿童审美心理的隐喻、成人理性的象征等内容。

我们以王尔德的童话《快乐王子》《夜莺与玫瑰》为例,这两个故事都与"牺牲""救赎"有关,其故事主题的层次性、表达内容的延展性都达到了一种极致。《快乐王子》中,小燕子最初受王子之托口衔宝石赠予穷人,后来放弃了去南方过冬的机会,留在王子身边充当他的"眼睛",而王子的助人为乐也是建立在小燕子牺牲的基础上的,王子选择断裂铅心,放弃了作为实体雕像的生存机会,也是一种牺牲。快乐王子和小燕子的牺牲并没有给他们带来好的转机,他们悲凉地死去,这也引着我们继续思考,他们不幸命运的根源、穷人不幸生活的诱因,究竟是什么?这个童话故事丰富的主题得以彰显。《夜莺与玫瑰》中,小夜莺为了帮助年轻人获得红玫瑰而情愿牺牲自己,它以为自己是为了最纯粹不朽的爱情而牺牲,然而它献出胸膛中的鲜血,用死亡换来的红玫瑰,却被扔在街上、落入阴沟,被一辆马车碾过。小夜莺所追求的至真至美至善的爱情,正是王尔德的自比,对这种唯美的艺术的追求,又能带来什么?这也引人深思。

三、童话故事的"夸张"与"拟人"

如何快速带领读者进入幻想中的童话世界?最好的方法当属夸张和拟人。

从某种程度上讲,幻想就是夸张处理之后的想象,我们说童话世界的光怪陆离大多生发于夸张也不为过。善于运用夸张的手法可以让我们的童话故事更流畅地进行下去。比如,为了让童话的情节跌宕起伏,我们会让人物在前进的道路上遇到很多困难,我们可以对这些困难进行夸张,也可以对故事的巧合进行夸张,人物会反复遇到像套层一样的困难,层层升级叠加,而人物迎难而上。在人物迎难而上的过程中,我们也可以运用夸张的手法,帮他解决这些困难。人物真的会这么倒霉吗?并非如此,只是我们夸张了人物的喜怒哀乐,放大展现给读者使其感同身受而已。比如在童话《红舞鞋》中,红鞋子对女孩珈伦的吸引是被夸张化了的,夸张成了一种执念,珈伦不断地被红鞋子吸引,一次又一次无法克制自己,在任何情况下都想穿上那双红鞋子,这也推动了这篇故事得以结构成形。

至于拟人,实际上是在说对童话人物形象的刻画。童话的人物形象是广义概念上的,除了人类,世间一切实体、甚至虚体、本不存在的东西,都可以成为童话中有思想、有行动、会说话、没有语言障碍的人物形象。以童话《拇指姑娘》为例,故事中不仅出现了大量角色,这些角色还都各有性格,也都作出了符合他们身份的行动。按照故事顺序梳理,先后出现了想要一个小不点孩子的女人、给她这种术法的巫婆、还没有大拇指一半长的拇指姑娘、偷走她给自己当儿媳妇的老癞蛤蟆和小癞蛤蟆、咬断叶子梗救走她的小鱼群、掳走她的金龟子、收留她的田鼠、被她拯救的燕子、想娶她的鼹鼠、拇指王国的王子。在拇指姑娘这一路的"历险记"里,无论这些角色的本来样貌如何,一旦进入童话,他们便都是需要人性化、人格化的,他们的一切行为都以人类为参照。

这些人物形象主要分为常人型、拟人型、超人型三类。[①] 在进行人物形象刻画的时候,我们通常都在强调细节,会要求自己的人物栩栩如生,苛求写出准确的、能够展示人物行事逻辑的细节,但往往会觉得写出来的人物没有那么生动。如何把我们对生活的观察贴切地放在人物形象刻画之中呢?

我们可以进行人物画像练习和人物行为练习。人物画像练习是指对人物外貌体征、衣着打扮、习惯爱好等进行设计,可以想象人物喜欢什么颜色、什么天气、什么味道,想象他喜欢穿什么衣服、什么鞋子、爱不爱梳头。基于人物画像,我们再来想象,人物会在下大雨的时候干什么、他吃到酸味水果时的面部微表情是怎样的、他会在朋友要去冒险的时候跳出来说些什么。尽情释放自己,想象人物的一举一动、一颦一笑,把这些东西写出来,这些不仅会帮助我们塑造出丰满的人物形象,还能引导我们寻找适合自己的语言风格,在不断练习的过程中逐渐找到适合自己的创作方式,最终达成创作出带有个人特色的作品的目的。

第三节 儿童诗写作

相较于童话故事写作,儿童诗对创作者的创造能力、表现能力有着更高要求,需

---

① 王泉根.儿童文学教程[M].北京:北京师范大学出版社,2009:146.

要创作者具备观察与抓取日常生活细节、情感波动碎片的能力。下面我们将从童心、童趣、共情这三个儿童诗创作要点入手，在明晰创作要求的基础上，把握儿童诗写作的方向。

一、儿童诗的定义

儿童诗属于儿童诗歌的一种，儿童诗歌还包含了儿歌与儿童歌词，因儿童诗歌篇幅短小、易诵易记的特点，其很早就被用来对孩子进行启蒙、教育与游戏。我们本节主要讨论儿童诗的创作，对儿歌与儿童歌词仅做简单的介绍。

儿歌是最古老的一种儿童文学文体，是适合幼儿口头吟唱诵读、阅读欣赏的简短诗歌，主要面向低幼儿童，分为传统儿歌与创作儿歌。在我国古代，传统儿歌也叫童谣，指诞生于民间、多由儿童念唱的歌谣，也有"童子歌""孺子歌"等称谓，"儿歌"一词随着新文化运动兴起，才逐渐为学者研究、大众接受。传统儿歌主要包括摇篮歌、游戏歌、数数歌、问答歌、绕口令等，绝大多数传统儿歌与日常生活、游戏娱乐息息相关，其内容多样，具有浓郁的生活气息，注重韵律，容易背记吟唱。[①] 创作儿歌则与之不同，创作儿歌是专为儿童创作的自觉的儿歌文体，在继承传统儿歌基本形式特点、发挥传统儿歌语言韵味的基础上，创作儿歌设有明确的读者对象，其内容表达更有逻辑，思想也更有深度。

儿童歌词也属于诗歌范畴，歌词与音乐、歌唱相关，又基于诗的形式而存在，儿童歌词则是指符合儿童审美心理、适合儿童歌唱的诗歌，其音乐性、歌唱性与文学性的融合是需要注意的。

儿童诗属于现代新诗的一个重要组成部分，具有诗的特质与精神，但专属于儿童，为了方便区分，我们将之称为现代儿童诗更为妥当。现代儿童诗继承了诗歌的艺术特征，具有抒情性、音乐性、形象性，主要是成人作者为启发儿童想象、培养儿童审美、传达教化观点而作的，也有一些儿童作者有感而发、描绘想象世界、表达个人思想与体验的作品。

相较而言，古典儿童诗并非有意识为儿童创作的，无论是《三字经》《千字文》等启蒙读物，还是《静夜思》《春晓》等经典诗歌，其本意都不是专为儿童写作，启蒙教材以宣传儒家伦理道德思想、引导儿童接受礼义教化为主，经典诗歌也是因其具有意境美、图画美而被成人认为能够作为儿童诵读篇目。同样，古代也有不少"神童诗"，但毕竟少数，除了证明作诗者早慧、有天赋，并未真正受到重视。

现代意义上的儿童诗产生于新文化运动之中，随着白话文自由诗的诞生与发展，儿童诗也得到了不少关注。儿童诗创作时注意所面向群体的心理特征与接受能力，站在他们的立场上进行童心书写，内容选择方面比较广泛，包括品味亲情、感悟生活、歌颂自然、讲述故事等。

儿童诗创作可以明确两种方向：其一为重视思维方式的论证与细微情感的表达，更偏向理性的创作，可以有一定的情节性、依事说理，也可以通过感情交流来表达

---

① 王泉根.儿童文学教程[M].北京：北京师范大学出版社，2009：107-115.

内心世界,可以将人物形象的行动与选择作为探讨的出发点,也可以从儿童视角出发进行思考与探寻,以此给予读者一定的人生启迪;其二为偏向感性的书写,可以是想象力的尽情释放,抒发对自然对生活的赞美或提出疑问,表达对身边人物行事方式的不解与困惑,也可以是营造美的意境引领读者进行品味,借此对他们进行潜移默化的美学熏陶。

二、儿童诗的"童心""童趣"与"共情"

在儿童诗创作中,童心是我们最想要把握也最需要把握的,为了尽量顺应儿童心路历程、写出儿童心中所想、获得儿童的理解与接受,在艺术情感构建上,我们可以从童趣与共情两方面考量,从儿童的生活体验和儿童视角入手进行儿童诗写作。

不知如何把握儿童诗的"童心",或许是许多人避儿童诗而远之的原因所在。故而在开始儿童诗的创作之前,首先要解决的是心理障碍。

我们需要放轻松,保持正常、健康的状态,诸如"如何写出有童心但不幼稚的儿童诗歌""如何写出儿童的心灵世界"这样的问题,在创作之前不要过度考量与担心,更不要因为这样的担心而不敢创作。作为成人作者,我们不能苛求自己返老还童,保持与儿童一般的童心,过分严格要求纯度反而会适得其反,导致作品幼稚做作。我们可以多与儿童群体交流,去了解他们的想法,也可以多品读受儿童喜爱的诗歌,寻找其中的原因。其实,这些担忧更多是因为底气不足,我们认为自己不能创作儿童诗,不能去做那些充满想象力的孩子的导师,然而,在日常生活中,我们也未必就没有充满想象力和灵感的瞬间,把它们都记录下来,这就是我们的"糖果屋",可以随用随取。

之后我们可以从"童趣"与"共情"角度入手,尝试靠近"童心"、拥有"童心"。

写诗作文,以情动人,儿童诗的灵魂同样是"情"的传递。不论如何,儿童诗都应当是儿童心理的诗性外化和儿童情感的自然流露,是儿童的生活和理想高度集中的艺术表达。童心、童趣与共情的达成,需要成人作者认同儿童的思想、感情与心理活动,在孩子的思维里,世上一切都有灵性、都值得付诸感情,所以我们能够从不少儿童创作的诗歌中感受到独特的清澈气质。

诸如"如何选择表意空间大、表达意蕴层次多的儿童诗歌题材""如何把握童趣的度与童诗的质",这些确实是需要我们结合自身因素进行衡量之后去做一选择的。准确来说,没有所谓的万能题材、万人适用题材,符合自身生活轨迹的题材才是适合我们的,诗歌的表意空间与意蕴层次也是基于日常的思考与经历,并不是刻意堆砌难度与深度,使用一些高深的字词就能够让作品更出色,经由亲身体验沉淀而来的思想表达与情感抒发才是最容易让人感同身受的。

把自己的思维特征、心理特点、生活体验调整到与儿童相近,这样所生发的情感更容易被儿童认同。正如儿童文学作家金波曾说的:"我在创作儿童诗的时候,那种心态是与成人极大不相同的,我有一种全新的,自然而然的儿童感觉,那种感觉完全是儿童生命与精神的复合,完全是儿童时代的我在精神上的一种再现。"

儿童诗的受众包括了童年期、青少年期的儿童,我们在创作时要明晰作品所面向的对象群体,使用适宜的描写语言与叙述方式,进行适度的主题深入与情感表达,在适当之时对读者进行引导与启迪。儿童诗的读者已经有了一定的审美基础,儿童诗的功能也更偏向于阅读欣赏。基于此理,儿童诗在语言运用上可以更为准确细致,展现诗歌含蓄蕴藉之美;在思想内容上可以更进一步,追求深远意境的描摹与细腻感情的倾诉;在节奏音韵上可以不如儿歌写作一般强调其格律性与韵律感,而是相对自由地进行诗行递进与展开。

三、儿童诗的创作属性

下面我们从新颖性、趣味性、故事性这三个属性分析童心、童趣与共情条件的达成方式。

(一) 新颖性

在构思儿童诗时,应从新奇有趣的角度出发,或尝试用儿童视角考虑问题并生发感受,把推陈出新作为时刻考量的一个重要方面,这样才能够促使大家在创作时脱离惯常视角,更换新的思路去解读世界,才能给予读者对日常生活的新认识,引导他们开拓想象世界。

请欣赏下面这首诗:

捉月亮的网

谢尔·希尔沃斯坦

我做了一个捉月亮的网,
今晚就要外出捕猎。
我要飞跑着把它抛向天空,
一定要套住那轮巨大的明月。

第二天,假如天上不见了月亮,
你完全可以这样想:
我已捕到了我的猎物,
把它装进了捉月亮的网。

万一月亮还在发光,
不妨瞧瞧下面,你会看清,
我正在天空自在地打着秋千,
网里的猎物却是个星星。

这首儿童诗从儿童的视角出发,做了很新奇的"玩具"——捉月亮的网,想要把月亮捉下来和自己玩,但最后一段话锋一转,这张网也不一定非要捉月亮,可以捉个星星,能陪"我"玩就足够了,充分体现出了儿童的纯真与可爱。儿童就是如此,他们的注意力不会在一件事物上长久地停留与延展。我们在儿童诗歌的创作过程中,可以进行多种尝试。比如,我们的思维通常是,"青菜—食物—健康",而儿童的思维可能会是"青菜—不愿意吃青菜—把青菜扔进水杯—青菜在水杯里会发生什么—青菜会不会游泳",儿童视角里的"青菜"很可能是活的,身边的一切都是有灵性的,都是

"我"的玩伴好友。很多莫名其妙的突发奇想都是倏然即逝的,但这种思绪值得被记录下来,或许某些时刻它就会激发我们的灵感,也未可知。

(二) 趣味性

为儿童所作的诗自不能如同哲理诗那样让人捉摸不透、反复咂摸,也不能像爱情诗那样不管不顾地夸大与堆砌,儿童诗的独特也正是在于其趣味性。在把握趣味的度量之时,我们可以盘算那些吸引自己、让自己咧嘴一乐的儿童诗好在哪里、妙在何处,这时我们往往会发现,这些诗歌能够带读者看到儿童视角、儿童思维中世界的样子,它们或许是我们曾经有过,但被遗忘了的想象,或许是我们时常惦记、不能理解但不好与外人言说的疑惑。

请欣赏这首经典儿童诗:

草　莓

卡拉·库斯金

我喜欢长大

那感觉如此美妙

枝叶柔软

太阳烘热

我就熟了、红了、圆了

便有人摘下我

装进篮子

做一个草莓,并不总是美妙

今天早上

他们把我放进冰激凌里

我简直冻僵了

这首诗可以说就是"草莓"写的,我们看到了草莓长大、晒太阳、被摘下来、被放进冰激凌里的全过程,草莓在想什么,我们通通都知道。这是一首充满童趣的诗,孩子们读起来是饶有趣味的,而对于成年读者来说,这是观察极为细致,表达极为高妙的佳作。

在为儿童诗中增添趣味性时,我们可以尝试留意生活细节,询问身边的儿童对这些事情的看法,与他们交流看法,比较二者之间的不同,寻求我们能够理解的、带有儿童特有解读方式的路径,融入诗歌、体悟生活。在初始创作时,尽可能从身边着手,自然、校园、家庭、朋友,这些都是很好的话题,我们只需打开话匣子,去和他们聊一聊、试一试。

(三) 故事性

怎样才能让儿童迅速代入我们的诗歌情境、走进我们想表述的世界之中?讲故事当然是最好上手,也是效率最高的办法,基于我们对趣味性的认识,我们可以在诗歌中讲个贴近他们生活的故事,在其中穿插我们别样的见解,引领他们走进故事,或是针对某个物件抒发感情。我们可以选择将自己代入成为一朵花、一架纸飞机、一个金鱼吐的泡泡,把脑海里想到的东西写下来,把这些感受分解与组合,搭配出有趣有爱的故事。

我们可以在读诗的时候有意识地寻找以上三种特质。在尝试创作时，可以试试以下几种办法，或许能帮助我们找到自己所擅长的风格与领域，更快地进入儿童诗创作的状态之中。

首先是改编，改编的内容选择可以是经典儿童诗，可以是其他儿童文学体裁的作品，也可以是任何读到的东西。在对改编对象有了充分理解之后，我们需要确定改编主题是否承袭原作，是更进一步，还是更换角度。每一次改编我们都可以制定不同的训练任务，逐步树立我们个人的儿童诗创作方式、锻炼我们的儿童诗创作能力。

其次是仿写，对于一些经典作品的描绘内容与表现题材，我们可能会有跃跃欲试的念头，那就将自己沉浸在原作的语言环境与思想情感之中，在体味其特点的同时，融入自己的想法，进行似而不似的仿写。

最后是续写，在原作结尾处展开续写创作，这需要我们基本承袭原作的创作基调与氛围，采用形似原作的表现形式进行续写。以上三种方式适用于不同的创作训练需求，基于自身情况我们可以进行不同尝试。

在作品质量把控部分，不建议在创作过程中修改前文，我们可以在初稿完成之后，对着录音设备朗读一遍，再去听我们的作品，这时就会发现一些别扭的地方或者可笑的地方，但不要在这个时候修改，通常来说，之后我们会有新的思路出现，把所有在初稿完成之后的创作的新内容连贯起来，再与初稿进行融合与修改。

课堂研讨

1. 根据自己的生活经验，想一想儿童创作的作品和成人创作的儿童文学有什么不同。

2. 尝试描写一次梦境，尽量深挖细节，其后回答问题：你是否认为自己是一个想象力丰富的人？在你看来，幻想的意义是什么？

3. 寻找自己喜爱的儿童文学写作风格与作品体裁，阅读与赏析该类型与风格的作品，确定自己更擅长的写作主题。

4. 寻找与阅读在你看来具有社会批判意义的童话作品，分享作品并讨论如何界定"暗黑童话"，这类作品的吸引力在哪里？并分享阅读体验。

实践训练

1. 分组查找资料，其后回答问题：怎么看待"童趣"与"共情"？你认为儿童诗歌的意义是什么？你是否认同儿童诗歌不应该包含太过深刻的内容，只是想象力的一种放飞，对童年片段的一种回忆式书写？

2. 尝试进行市场调研，根据调查结果回答问题：我们是否误解了儿童？我们是否在"低龄化""浅显化"儿童的认知与理解能力?我们的儿童诗歌作品是否有其他的出路与可能?

 拓展链接

1.[美]加雷斯·B·马修斯:《童年哲学》,刘晓东译,三联书店 2020 年版。

2.[美]艾尔·赫维茨、迈克尔·戴:《儿童与艺术》,郭敏译,湖南美术出版社 2008 年版。

3.[瑞典]阿斯特丽德·林格伦:《林格伦儿童文学作品集:长袜子皮皮》,英格丽德·万·尼曼绘,李之义译,中国少年儿童出版社 2014 年版。

4.中国大学 MOOC:西北大学"创意写作"。

第八章 融媒体写作

[学习目标]
1. 熟悉融媒体写作的定义,掌握融媒体写作的主要特征。
2. 掌握微信公众号文章主题的选择技巧与标题、正文的写作技巧。
3. 了解短视频的定位与导向,创作短视频拍摄的分镜头脚本,并尝试进行拍摄。

第一节 融媒体写作概述

互联网的兴起催生了大量新兴媒体,对传统媒体而言是一大挑战,危机之下,媒介融合已成大势所趋。社会需要大量复合型的融媒体写作人才,融媒体写作因此与我们的生活就业息息相关。创意写作提倡进行实用性的文本写作,学习融媒体写作的方法是必不可少的。为了熟练掌握融媒体的写作,我们应当追本溯源,明晰融媒体写作的概念、特征与发展历程。

一、融媒体的定义与特征

融媒体是产生于信息化时代,将多种媒介融合重组的一种新型媒体。融媒体跨越了口头媒介、印刷媒介、电子媒介等多种媒介,融合以报刊、广播、户外、电视为代表的传统媒体和以互联网平台传播为主的新兴媒体,综合文字、图像、音频、视频等多元呈现方式,形成了更具渗透力和竞争力的新型媒体。

融媒体是传统媒体与新兴媒体的融合发展。传统媒体是相对于新兴媒体而言的概念,是指已存在多年的被大众所熟悉的传播媒介,主要以报刊、广播、户外、电视为主,其专业团队规范、运营制度完善、监管机制成熟,具有难以取代的权威性和公信力。而新兴媒体是在新的技术支撑下出现的媒体形态,现阶段主要依托于互联网平台,具有传播速度快、信息容量大、个性化突出、互动性强等特点,是一个能够打破时空壁垒的新渠道。因此,融媒体不仅是传统媒介和新兴媒体平台的简单融合,更是传统媒体和新兴媒体的优势互补,是理念、内容、渠道、产品、人才、监管、市场等多层次的深度融合。融媒体的示意图如图8-1所示：

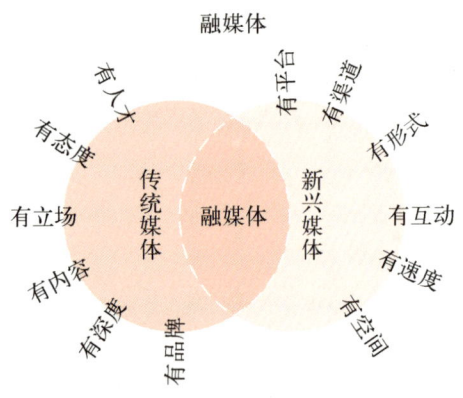

图8-1 融媒体示意图

为什么会出现融媒体，而不是由新兴媒体直接取代传统媒体呢？21世纪初，随着计算机网络的全面发展，美国学者菲利普·迈耶（Philip Meyer）提出"纸媒消亡论"的假说，认为新技术的发展会彻底颠覆新闻业，传统报业会逐渐消失在大众视野中，新兴媒体将取代传统媒体。他甚至大胆预测："到2043年第一季度晚些时候，日报就没有读者了。"[1]事实上，传统媒体的确遭到了新兴媒体的巨大冲击，呈现出媒体受众减少、广告收入下滑、发行市场萎缩等情况，但其内部反应迅速，主动进行尝试和改革。早在1997年，《人民日报》便创办了人民日报网络版（于2000年8月更名为人民网），是以新闻为主的大型网上信息交互平台，目前已经成为国际互联网上最大的综合性网络媒体之一，走在了媒介融合的前列。

从历史角度看，媒介演进并不会替代原有的媒介，而是原有的媒介会以一种隐藏式的、毁灭自身外在形式的方式保留下来。纵观媒介传播的发展史，可以分为口语传播时代、文字传播时代、印刷传播时代、电子传播时代、信息时代五个阶段。每个阶段，媒介都有自己独特的传播方式。即使在信息技术发达的今天，社会也没有放弃原始的信息传递方式，依旧会使用口语、文字、书信和图像进行信息传递。媒体的发展是在既有的媒体上叠加式地向前发展的，由此形成了一种不断创新和共存的媒体生态环境。电报、留声机、DVD、胶片等媒体都曾影响过一个时代，然而又一个个退居到历史的角落中去，它们的技术基因保留下来，在不断涌现的新兴媒体中呈现。因此，融媒体的产生是应运而生的，是时代和技术的双重选择。

融媒体作为媒介融合发展中的一个阶段，将传统媒体和新兴媒体相结合，实现"资源通融、内容兼融、宣传互融、利益共融"的新型媒体宣传理念，具有传播多元化、技术智能化、节奏短平快三个主要特征。

---

[1] 菲利普·迈耶.正在消失的报纸：如何拯救信息时代的新闻业[M].张卫平，译.北京：新华出版社，2007：14.

1. 传播多元化

融媒体的传播方式呈现出多元化趋势,由中心化传播转向去中心化传播。中心化传播,即以媒体为圆心,受众分布在媒体四周,单向联系,受众只能被动从媒体中接受信息,也就是以往媒体输出受众接受的一对多传播模式。而去中心化传播,就是减弱受众对于媒体的依赖,使受众也拥有发声的权利,转变成多对多传播的传播模式,从而增强了信息传播的互动性,降低内容生产与传播的门槛,鼓励受众主动参与信息的传播。

2. 技术智能化

新兴媒体技术作为最直接的动力要素,不断为媒介发展注入新动力。随着移动媒体、大数据技术、人工智能的出现等,新兴媒体技术推动了媒介融合的纵深发展,媒体走向智能化。以前单一的传播方式发生了很大改变。新的传播形式能够在传播过程中注重多感官融合,整合既有的声觉、视觉传播,进一步延伸出触觉和味觉等传播手段,使人沉浸于传播环境中,全方位感受传播活动。

3. 节奏短平快

融媒体的传播以新兴媒体为载体,实现内容的深度融合。新兴媒体具有短平快的特征,"短"即表达简洁,核心突出;"平"即平易近人,"接地气";"快"即紧跟热点,传播迅速。融媒体在信息的传播过程中也要遵守这一规律,为受众提供全方位且直观易懂的信息框架,视频和文章都要尽量简短,以便于适应快速传播的模式。

二、融媒体写作的定义与特征

融媒体写作是指在新兴媒体和传统媒体相互融合而产生的平台上,综合文字、图像、音频、视频等多元呈现方式生产原创内容。通常包括在微信公众号、博客、微博、小红书等平台发布的文章,也包括在抖音、快手等短视频平台发布的文案和视频脚本等。

自媒体写作的媒介特征与媒介素养

与传统的文字写作不同,融媒体写作的形式更加丰富,写作任务也更加复杂,不仅要关注文稿写作本身,还需关注思维转变、视觉排版、品牌打造、读者分析、读者互动等多方面。以小央视频为例,在融媒体的写作中应该把握以下几点:

1. 思维灵活化

在融媒体写作中,要主动从思维观念上积极转型,以更加灵活的思维方式面对媒体出现的新问题,在摒弃传统固化思维的同时,需要合理地利用传统媒体的优势,确保新旧媒体能够优势互补和渠道融合。小央视频凭借灵活的思维模式,借着短视频和移动直播等新兴媒体的风口,创作并输出了一些高质量的融媒体传播内容,抢占了主流舆论的高峰,收获大批粉丝。

2. 融合深度化

深度融合是指媒体的优势融合,相互补充从而产生质量、传播量、收益都达到最大的写作产品。主流媒体在转型的过程中不能丢掉自己固有的优势内容,要清楚主流媒体和新兴媒体的区别就在于优质的内容基础。以传统电视媒体为例,它们的优势在于制作团队的专业性,可以以一种专业的视角对新闻事件进行深度分析。同时新兴媒体平台生产内容良莠不齐,且多倾向于娱乐和生活。在这种情况下,具有强烈视觉冲击和情感震撼力的正能量内容容易快速获得受众的关注,引起海量互动转发。主流媒体可依靠自身的新闻资源,借正能量内容的传播传递社会主流价值观,以此获得受众的情感认同。小央视频的短视频内容中多是主流的正能量的舆论话题,例如《大二女生为当兵,半年减重60斤》《除了冰冰莹莹,央视还有勇猛小哥哥》。

3. 创作平台化

创作应充分利用新兴媒体的平台优势,熟悉不同平台的算法和风格,内容的创作形式要顺应该新兴媒体平台的传播方式,如抖音短视频平台以15秒左右的短视频为主,内容更偏向于都市生活,传播范围更广;哔哩哔哩弹幕视频网(简称B站)的视频时长相对较长,内容更偏向于小众文化,粉丝黏度更高。融媒体写作可以通过用户画像、推荐机制、平台调性等认知,从而匹配适于传播的内容,获得平台流量加持。

4. 用户主体化

为什么会有媒体融合的出现?这是因为受众在进行相应的选择。市场化之后,信息的受众成了这一传播链中的主体,信息的传播就不得不考虑受众的类型。新兴媒体的受众以年轻人为主,所以央视视频在入驻B站的时候并没有采用原来的名字,而是采用了"小央"这个名字,既平易近人又带有一点调皮的意味,拉近了与受众之间的距离。

5. 新闻动态化

新闻动态化是指一个事件从发生到结束都处于传播的链条中,能够跨越时空界限,使得受众看到新闻的全貌。融媒体时代,不仅能直播所有传统媒体制作的广播电视节目,还创造了访谈式直播、文字图片直播、网络视频直播等多种形式的直播形态。为保证以最快的速度全面发布新闻,融媒体新闻的写作必须保持动态性,综合运用文字、图片和视频直播的方式发布新闻,便于受众随时随地同步接收资讯。

6. 内容垂直化

内容垂直,是指账号定位精准,长期持续做同一个领域的内容。内容的生产者只有找好自己的定位,从自身出发,以受众为主体,创造具有创新性又"接地气"的内容,才能够长盛不衰。主流媒体在创作短视频内容的过程中,也要深挖"接地气"的内容,通过受众的身边事展示最鲜活的生活场景。例如发布本地社会和民生新闻,展示城市形象、风俗风貌、人情历史等。

三、融媒体写作的展望

融媒体写作应该随着技术潮流的变化而不断变化,内容的创作形式也应当契合终端形式的变化和信息获取节奏,以用户体验为中心,创作出属于融媒体时代的新型作品。

根据现状推测,媒体融合的后续应当是走向融屏时代。融屏时代是指用户并非在特定场合,固定使用某一种终端设备,而是在不同场景,无缝切换使用多种终端设备。比如说,当我们走在路上时,使用手机获取、交流信息;当我们打开车门时,车机屏幕会取代手机屏幕继续提供信息;而当我们回到房间时,电视屏幕会自动接通……

不同屏幕之间的界限逐渐被打破,开始有了"融合"的特征。

融屏时代有两个明显的变化:一是用户行为组合,二是用户经营思维。用户行为组合,是指用户的行为无意间会拆分到不同屏幕终端,内容的制作需要通过多个屏幕的有机联动,去覆盖、影响用户消费过程的每一个环节和场景。而用户经营思维,不仅要触达用户,力求转化,更强调用户的创造价值,将用户作为一种资产去经营,激励用户带来新的用户。

这要求融媒体写作者不仅要掌握写作技巧,更要掌握媒介融合的本质,建立受众思维,深入研究用户思维,分析用户需求,揣摩其接收信息的场景,创作出符合时代节奏、具备时代特色的新作品。

第二节 微信公众号写作

微信,是时下最热门的社交软件之一,人们习惯在微信上浏览长文章和分享信息,而微信公众号就是开发者在微信公众平台申请的应用账号,开发者可以通过该账号发出文章推送,实现和特定群体的图文、音频、视频的全方位沟通。初步厘清融媒体写作的相关概念后,由于媒介间存在一定的写作差异,需要结合具体媒介进一步地分析学习,下面将从微信公众号的选题策略入手,结合其标题写作与主体写作,学习微信公众号写作。

一、选题策略

微信公众号写作与博客、美篇等存在鲜明的差异,它是以文字叙事为主,以图片、音乐、视频等形式为辅,主要采用线性叙事手法的写作模式。而美篇以图像叙事为主,文字作为辅助。虽然博客也是以文字为主,但其通常是由个人管理,不定期张贴新文章,许多博客内容是专注于某一特定领域的新闻及相关评论,或私人化的笔记和日记。相比之下,微信公众号具有更强的传播性,一经发布难以更改,所以每期发布前需要反复地打磨和修改,仔细检查排版和内容。

融媒体时代,内容为王。微信公众号写作的主题内容应该如何进行选择呢?总体来看,有两种策略,一种是向内挖掘,结合公众号以往的选题,分析现有粉丝的喜好,深挖受众的关注点和痛点,并根据内容划分不同栏目,不断推陈出新;另一种是向外探寻,关注新闻与热点,紧跟时事,借鉴同类型公众号和热文经验,进行模仿学习。

向内挖掘,可以先统计公众号过往全部文章数据,比如图文阅读量、在看量、分享量、点赞量、打开率、分享率、推送时间等数据。从历史热门数据中选择一个关键词,运用曼陀罗思考法展开联想。

曼陀罗思维法又叫九宫格思考法,最大的特色是运用一张内含核心的3×3九宫格来表现整体与局部的相互关系与平衡,它是基于大脑与内心的结构来进行解读的,从而进行多元化的思考。

拿出一张白纸,把从历史推送中挖掘出来的关键词写在最中间,然后在它周围的八个格子里写下相关要素,这样一来就可以将主题具体化,并导向更实际的应用。

九宫格思考法,虽然是以九个方格为主,但周边的每一个格子都可以再衍生出八个新方格,如此不断地延伸下去,会激发无限潜能,形成思考网,是一种整理归纳点子的绝佳方法。这种方式被称为"曼陀罗中的曼陀罗",可以用来积累选题素材。

比如热门关键词是职场,可以先把职场两字写在九宫格最中间,如图8-2所示。然后再将联想到的词汇填入空格中,如图8-3所示。

图8-2 中心词

图8-3 曼陀罗思维法示例

此时,我们获得了八个新的关键词。可以将关键词两两组合,形成一个新的选题。比如"新人"和"老板"结合在一起:"什么样的职场新人更受老板欢迎呢?""新人和老板的思维方式,有什么区别呢?""如何从职场新人变成上市集团老板呢?"如果将"技能"和"加薪"结合在一起:"掌握了什么技能,才能升职加薪呢?""什么技能最值得加薪呢?""加薪是不是老板挽留员工的一种技能呢?"也可以将三个关键词竖向组合,比如中间这一竖行的"实习""职场""996",就会构成一个新选题"职场的实习生应该996吗?"将关键词排列组合,就会产生出许多新的选题。

当然,并不是每一个选题都有存在的价值。我们要从这些已经产生的选题中,进行分析和筛选。筛选的方式就是分析这个选题是否值得写。可以问自己几个问题:这个选题切中受众的痛点和关注点吗?能带给受众新东西吗?与现有的公众号风格契合吗?如果答案肯定,那么这个选题可以暂时写进选题素材库。

从创意的角度思考公众号,可以为公众号增设更多栏目,比如美妆类公众号可以增设如护肤、彩妆、穿搭、成长、健康等不同的栏目。

每一个公众号都应该有自己清晰明确定位,如果公众号定位是美妆类,却发布一篇核武器分析推送,无异于在时尚杂志中插入带娃技巧,既显得格格不入,又会流失粉丝,实在得不偿失。精准定向是指写作内容所面对的群体,也许内容发布后会出现一些潜在用户,但还是要在公众号创立之初就进行受众预计与评估。通常而言,受众需求受年龄和性别影响。年轻群体更关注成长、职场等话题,中年群体更关注家庭、教育、两性关系等话题,老年群体更关注健康、国学等话题。

在找到自己的公众号定位后,可以参考同质化的公众号,也就是潜在对手,分析他们打造爆款文的经验,从而更深入了解受众的关注点和痛点。可以登录新榜、西瓜助手等数据分析平台,搜索相关行业阅读量"10W+"的爆款文章,学习它们的成功经验,掌握用户信息和市场需求,这就是向外探寻的第一步。

下一步要将目光放得长远,成功预测出下一个火爆的选题。

火爆的选题一定要契合用户的关注点,一些关注点是与时事紧密结合的,难以预测;还有一些会与季节、时令等固定元素相关,对于可预见的季节性、阶段性热点,要做到未雨绸缪。作为公众号的写作者,应该养成关注时事热点的习惯,可以常关注热搜榜单、社交平台等,熟悉网友们最近的关注点。针对热点事件开启一系列的选题策划时,应该先考虑这件事情和公众号的定位是否相符,这件事情还有什么不同的切入角度,还有什么没被挖掘出来的故事。

可以学习高热度公众号的风格,将热点事件与自身风格紧密地联系起来。如图8-4所示公众号创始人为"理工男",他写每一篇推送都仿佛在写实验报告,态度谨慎,逻辑严密,数据精确,配图明晰,还在文章中附有完整的参考文献;但是他研究的选题却十分莫名其妙,常常是从热点事件或者生活事件中提炼出来的。例如:"王××吃热狗的时候,嘴究竟能张多大""喝完20斤珍珠奶茶后,终于发现了不剩珍珠的方法""薯片掉地上还能不能吃?我正式推翻了清华博士的'相切可吃理论'"等。诸如热狗图走红网络、珍珠奶茶风靡、电视剧热播、掉地上五秒内的食物能不能吃都是在网络上红极一时的热点。

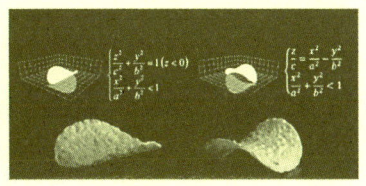

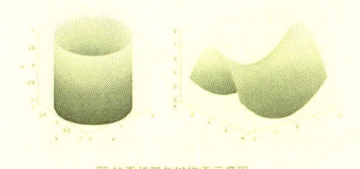

图8-4 公众号推送内容

此公众号创始人根据自身的理工男风格,用做实验的方式分析热点问题,将其变成研究题目般抽茧剥丝,既符合自身风格的选题,又能靠近热点收获极高的点击率,这种思路值得借鉴学习。

关于公众号的选题策略,我们应该做到明确定位,了解受众需求,学会将向内、向外两方面结合起来,逐渐建立适合公众号气质的选题库。

二、标题写作

在传统新闻写作中,消息是传播最快、时效性最强的体裁,以篇幅短小、时效性强著称,刚发生的新闻,第二日就会登报。但自媒体融合开始,微信便取代纸质版的新闻消息,成为最快的信息传播窗口之一,其时效性和传播力度远远大于每日只能更新一次的报纸新闻消息。

微信推送文章承担起传递新闻消息功能的同时,也继承了消息写作的部分特征。其中,最典型的特征就是标题的重要性,消息写作是非常注重标题的,称之为"题眼",而标题对于推送而言,可谓之"命门"。受微信的分享机制影响,文章标题会出现在每一个分享的地方,因此公众号是所有媒介中最应该重视标题写作的。初学者掌握标题写作的技巧,需要牢记以下几个原则。

(一)好奇心原则

标题应该充分引起读者兴趣,符合读者期待,让读者能够对内容产生好奇心,从而打开推送。微信推送最看重的是点击率,而一个好的标题是可以提高推送打开率的。

在进行标题写作时,不要在标题中将全部信息透露给读者,适当地使用标点符号,引起读者的好奇心。可以在标题中使用省略号吊起读者胃口,例如:"西安一面馆送1万碗面,这三类人免费吃……""万物皆可做馅!辣条、陈醋、老干妈,居然还有……""真实原因居然是……"等,将关键内容隐藏起来,半露半藏,使读者的好奇心达到顶峰,营造一种吸引力。也可以使用省略号进行反问,例如:"敷着面膜救火?消防员委屈""为啥是6%?""一名22岁的大学生去世背后,带来了哪些思考?"等,用疑问或反问的语气来书写标题,激发读者的好奇心,引导读者进行思考。

研究表明,使用具有导向性的词语是影响推送的点击率的重要因素。写作者可以通过运用否定词、程度副词、导向及劝导性词吸引读者点击浏览,以此增加点击率[①]。在写作标题时,可以善用以下词汇。

常见的否定词有:忌、禁止、难以、忘记、忽视、放弃、拒绝、杜绝。

常见的程度副词有:很、最、极、太、非常、十分、极其、格外、分外、更、更加、越、越发、有点儿、稍、稍微、几乎、略微、过于、尤其。

常见的导向及劝导性词语有:震撼、震惊、惊人、瞬间、全场、崩溃、秒杀、唏嘘、没想到、哭晕了、惊呆了、出事了、超可怕、太恐怖、真相揭秘、阅后即焚等。

这些词语可以调动人们的神经,刺激人们的感官,从而将其转化为点击率。

制造反差,也会引起读者的好奇心。例如:"月薪4 000元,请6 000元的保姆:这

---

① 吴中堂,刘建徽,唐振华.微信公众号信息传播的影响因素研究[J].情报杂志,2015(4):122-126.

是我今年最正确的决定""那个劝我想开点的朋友,得了抑郁症""从月薪8 000到年薪百万,他只用了这一招"。这些标题前后存在矛盾,且与人们以往的认知不相符。支出比收入还高,怎么就会成了最正确的决定呢?本来积极开朗的朋友,怎么会得抑郁症呢?只学会一招就能升职加薪吗,这招是什么呢?这些疑问会形成无解的悬念,一直在读者脑海中回旋,导致读者最终点击阅读。

(二)相关性原则

微信推送的标题不是孤立存在的,它应该是全文内容的凝练,与文章的选题内容、思想主旨、公众号的定位,以及封面图都要有一定的相关性。

寻找文章最具有吸引力的核心点,提炼文章中的关键词,把它排列组合变成标题,使标题与文章内容有极强的相关性。此外,标题需要贴近文章的整体风格。例如,标题为"卖掉基金那刻,我有了斩断情丝的快感",这篇文章虽然讲述了"我"在基金大跌的行情中被迫卖掉基金的故事,但颇有一种苦中作乐的轻快感。文章与标题风格一致,有一种活泼感和趣味性,文中写道:"我就像提着一个篮子在菜市场买菜的大爷大妈,每样来一点,尽可能做到营养丰富、膳食均衡。"同样背景下的另一篇文章,标题是"股市大跌,你的基金怎么办?"就显得更加科学严谨,文中写道:"从国际因素来看,美国国债收益率飙升,是近期全球股市大跌的核心因素。"作者是从财经的专业技术角度探讨金融问题。由此可知,标题会给读者传递出一种期待,读者也会预想这篇文章大致是什么风格的,如果标题起得像技术帖,实际内容是情感故事分享,难免会让读者失望的。只有标题和内容、风格统一,才会吸引来拥有相同阅读期待的读者。

如果整篇推送的风格是轻松愉快的,标题就可以运用一些活泼的词语,如果整篇推送的风格是冷峻的,标题就应该用一些严肃的词语。同样,在选择推送的封面图时,也需要考虑它是否与文章内容相匹配。如果推送内容是比较轻松的,就应该选择鲜艳明快的图片;如果推送内容是比较压抑的,就应该选择冷色调图片。只有标题、内容、图片风格一致,才能达到最佳效果。

(三)风格化原则

标题应该契合账号的风格,长期统一的标题会养成公众号独一无二的风格。

"天才小熊猫"是一位极有辨识度的运营者,他的微信推送标题具有强烈的个人风格。选取从2018年10月至2021年2月在"天才小熊猫"微信公众号上发布的文章进行研究,这期间该公众号共发送了21篇推送,但其中标题为"千万不要××"的就有10篇之多:"千万不要欺骗孩子啊""千万不要随便吃冰激凌""千万不要随便帮老婆买化妆品""千万不要随便帮孩子做衣服""千万不要在晚上玩夹娃娃机""千万不要给孩子买长颈鹿啊""千万不要瞎给别人提意见""千万不要得罪流浪猫"等,他在其他平台也发布过长文"千万不要用猫爪设置指纹解锁"等文章。"千万不要"开头的标题已经成为天才小熊猫的风格。还有一点值得注意的是,在选择封面图时,选择同一风格的封面图有利于塑造个人风格,如图8-5所示。标题的故事感极强,结合以往幽默的故事,很多读者在只看到标题和配图时就开始忍俊不禁,对他即将分享的奇葩遭遇充满了兴趣。

图 8-5 天才小熊猫的微信公众号推送封面图

在微信公众号写作中虽应当重视标题的写作,但不应过度"重视",让其完全脱离推送内容,造成一种文不对题的假象。在网络初期,兴起了一种震惊体的标题党。由"震惊!"加一句匪夷所思的话语构成。例如:"震惊! 99.99%的人都不知道的死法!""震惊! 美国总统看到后都惊呆了!""震惊! 此老人竟然凭借此方法不老!"这类标题党最擅长的就是断章取义,从文章内容中截取出最具卖点的内容,提炼成"语不惊人死不休"的标题,以吸引读者眼球。标题党只能在短期内欺骗读者点击,长期来看会引起读者反感。

在微信推送的标题写作中,应当遵循好奇心原则、相关性原则、风格化原则这三大原则,以"震惊体"的标题党为反例,成功写出言之有物的标题,增加文章推送的关注度和点击率。

三、主体写作

在明确了选题方向后,创作者就要正式开始写作了,也就是文本的主体写作了。不同风格的公众号会采取不同的写作方式,不同的叙述技巧也会为推送增色不少。

1. 建议采取第一人称进行叙事

第一人称,是指以"我"为主语进行写作。这种叙事方式可以增加文章内容的可信度,拉近作者与读者的关系,从冰冷的手机屏幕中传递出一丝温情,让受众觉得自己是在和活生生的人进行交流,从而增加用户黏性。一些成熟的公众号,会在每一篇推送中介绍编辑者的情况,一般选择关键词对编辑者进行简单概括。例如"文艺范"

"创业""斜杠青年""追剧达人""强迫症十级"等,通过一些和受众能产生共鸣的关键词,简单勾勒出创作者的形象,制造出知己相交的氛围。

但需要注意,这种人设需要符合公众号的整体气质,与其人格相匹配。有时候,可以采用一些可爱的昵称,例如共青团相关账号自称为"团团",西北大学账号自称为"小西"。无论是组织还是个人,生产出来的内容代表着制作人的风格和气质,这也是吸引订阅者重要的一方面。塑造一个有魅力的人设是长期运营的第一步,写作者的风格不同,呈现效果也颇有差异,但具有强烈的风格化的人物,有利于打造个人IP及灵魂人物。

2. 选择尽可能简洁易懂的叙述语言

在写作时多分段、换行,观点明晰,语言平易近人。人们习惯于通过碎片化时间进行阅读,使用快速阅读模式阅读公众号,并不会进行逐字逐句的精读和分析。因此,在创作时要尽最大可能去贴近阅读者,减轻他们的阅读障碍,凝练文章的内容,压缩推送的篇幅。如果文章内容涵盖多个观点或主题,可以选择分段处理的方式,将内容打散成几个小段落,并在每一段前编号或用小标题进行标注。

新媒体为传统媒体提供了载体,但传统媒体在新媒体上呈现的话语方式又是另一种风格,传统媒体在入驻微信公众号后,常常会使用一些"接地气"的网络梗,以此拉近自己与受众的距离。例如"央视新闻"和"人民日报"经常使用流行语,如"惊呆了""泪奔""断舍离"等。传统媒体纷纷剥开以往严肃的外壳,显露出亲切、幽默的一面。

3. 采用化繁为简的叙述技巧

可以将宏大的主题分解为生动的小故事,围绕着选题,在一篇推送中讲述几个似而不同的小故事,通过这些小故事的聚合来展现某个特定主题。现代人对于故事的需求极高,人们愿意阅读故事,也愿意从故事中获取观点,为故事而买单。在文章创作中善用小标题,争取做到一个小标题下一个故事。如在开头时引出故事,然后每个小标题下都是各自的故事,最后在结尾处升华。

例如,《故乡,总有一种味道让你泪流满面》这篇文章中分别讲述了来自西安的马尼、回兰州创业的刘尧、坚守西宁的侯娟三位青年人的故事,他们三人殊途同归地选择回归故乡,昭示出故乡独一无二的吸引力。文章在开头时,引用《孤独的美食家》中的经典台词"工作和人生本该什么都有可能发生,但我们却在不知不觉中规定了做法,把面包做成刺身,沾上乱炖当作一道菜下饭吃也没什么不可以。就算失败摔倒,只要像不倒翁一样,再爬起来就好了"来凸显出本文的主题:代表故乡的"美食"与没有正确规定的"人生选择"。文章中使用了四个小标题,分别是"马妮的选择""生活的剧本并不是一成不变""这里有人和人的最近距离"和"咫尺天涯",前三个小标题分别以一位青年为主,讲述他与故乡的故事,最后一个标题进行总结升华,唤起读者的共鸣。

采用以上三个技巧,可以有效提升阅读量。

此外,对于未来微信公众号的写作与运营,还应该努力向以下三点靠拢。

第一,更加注重用户互动、服务与原创内容的生产。无论传播方式怎样改变,内容还是最重要的,更加新颖和原创的内容会越来越得到用户的关注与喜爱。在发展期中,内容多是混杂的,订阅者也是以娱乐为主的,当到达一定限度之后,订阅者会追求更高层次的体验,追求内容的优质性。这也是微信公众号的一个发展趋势,最终还是要落实到内容的创造上。

第二,充分结合线上线下,使其相互促进发展。微信属于社交软件,具有一定的隐私性,有隐私性就有一定的封闭性。虽然有广泛坚实的用户基础,但是微信公众号的推广仍存在一定的困难。微信公众号的发展不仅要靠内容的生产,更要靠推广。推广的方式应该是线上线下相互结合,如线上平台线下举办活动、扫码送礼品等方式。媒体类的微信公众号还可以通过菜单定义或添加链接的方式将用户向母媒体导流。"人民日报"的公众号底端自定义菜单"客户端"的设定,能使订阅者一键连接至"人民日报"客户端页面。"澎湃新闻"的自定义菜单"澎湃首页""下载APP"等可以分别与"澎湃新闻"其他媒体平台相连。

第三,更加垂直化、分层化和专业化。垂直化发展是微信公众号发展的趋势之一。在众多微信公众号中,精准的功能定位是订阅者进行微信公众号选择的标准之一。一般而言,微信公众号越垂直化,其定位便越精准,所提供的内容便越专业。未来,用户需要的不是泛泛而谈的信息,而是某一领域的专业并且切实"有用"的信息。微信公众号的分层化也是微信公众号向精细化、个性化发展的体现。微信公众号的分层化发展也是为了满足不同用户不同信息需求的需要。微信公众号的运营需要走向专业化、规范化的道路。一个优质的微信公众号背后必有一支具有高运营水准的团队。一支拥有共同的运营理念、运营操作规范、扎实的运营知识、丰富的运营经验的团队才能为一个微信公众号持续不断地提供优质内容。

第三节　短视频的策划与创作

短视频,是一种以视频为主的叙事模式,结合动态图像、音频、文字等多种形式进行表达。与传统的长视频不同,短视频的时长一般不会超过5分钟,要在极短的时间内紧紧抓住用户的"眼球"。目前,短视频已进入快速发展的阶段,取得了令人瞩目的阶段性成果,但也存在同质化严重、精品数量少、消费主义盛行等问题。针对短视频平台的诸多限制,创作者应在策划、制作短视频的过程中,保持稳定性输出,以高价值的系列内容争取用户。

一、短视频的内容定位

短视频已经成为时下网络传播的主流形式,受众广,传播快,市场潜力巨大。据第52次《中国互联网络发展状况统计报告》显示,截至2023年6月,我国网民规模达10.79亿人,较2022年12月增长1 109万人,互联网普及率达76.4%。其中,即时通信、网络视频、短视频的用户规模仍稳居前三。截至6月,即时通信、网络视频、短视频用户规模分别达 10.47 亿人、10.44 亿人和 10.26 亿人,用户使用率分别为 97.1%、96.8% 和 95.2%。目前,短视频竞争已进入白热化阶段,步入内容深耕期,各平台围绕不同受众和内容的差异化竞争态势日渐明晰,下一步的发展重点将由用户拓展转向优质内容升级,增强用户黏性。

专业媒体机构大量入驻短视频行业,协助创作者完成内容输出、商业变现等,短视频内容的质量已呈现出上升趋势,精细的制作模式也得到了大家的认可和落实。要想在当下纷繁复杂的短视频竞争中取得一席之地,必须在拍摄之前,做好充足的理论准备。

首先应当明确自己的视频定位。视频定位可以分为三种:内容定位、用户定位和平台定位。

内容定位,就是你的短视频要做什么内容?你想在短视频里呈现哪个领域或哪个行业的风貌?内容定位将直接决定拍摄题材的选择方向。如果还觉得有些茫然,可以先思考这个问题,制作短视频的目的是什么?是想要利用短视频的方式,记录下自己的日常生活;还是抱着创业的心态,想吃到短视频的"时代红利"?

(1)记录生活。在海量的短视频中,大多数短视频都属于单纯记录式的。因为大多数创作者的初衷都非常单纯,想从自己的兴趣出发,记录并分享自己的日常生活,也就是俗称的拍摄日常 Vlog(Video Blog)。

Vlog 又被称为"视频博客""视频日记",是一种新兴的视频形式,是指通过第一视角来拍摄创作者的生活,并将拍摄素材剪辑拼接为 1 到 15 分钟时段的短视频,以此来记录生活、表达个性。它被视为博客的升级形态,既延续了博客真实、自然、个性的一贯风格,又增添了极强的交互感和视觉冲击感。

2016 年,Vlog 开始出现在国内的社交软件上。起初,许多华人留学生为了消除异国生活的孤独感,寻求社会认同感,在网络上连载记录异国生活的 Vlog,视频只在留学圈内小范围传播。但自 2018 年起,各大平台相继推出新人扶持计划,如 B 站推出"Vlog 星计划",西瓜视频推出"万粉训练营"等,平台主动培养 Vlog 创作者,吸引大量新人入局;同时,大量当红明星拍摄 Vlog 发布,其视频话题度高,观看量大,为 Vlog 的模式培养了潜在观看者;主流媒体创新尝试"Vlog+新闻"模式,拓宽了 Vlog 视频的内容和格局。受以上多重因素影响,Vlog 在短短几年内迅速崛起,由小众走向主流,成为当下热门的视频形式之一。

但随着 Vlog 逐渐成为热门形式,拍摄者越来越多,行业内的竞争也越来越激烈,纯粹记录流水式的生活已经无法满足观看者的需求。如何吸引更多的观看者?拥有较好的播放量?这还需要拍摄者思维敏捷,善于捕捉热点,能够在特定的时间段发布相关内容,例如学习博主应把握各个重大考试的时间节点,在考试前期与观看者进行经验分享。拍摄者也应明晰用户的痛点、痒点,了解目标用户想看的是什么,学会"戳生活的脊梁骨",例如过年时,年轻人常常被亲戚的"过度关心"所困扰,许多博主就借机拍摄吐槽走亲戚的相关视频,展现催婚、问成绩、问工资、要求小孩子表演节目等事情,让用户产生情绪共鸣,从而吸引关注,增加粉丝数量。

安迪·沃霍尔(Andy Warhol)曾预言:"每个人都能在 15 分钟内出名。"的确此,短视频的走红具有偶然性,我们常常会发现热门视频是拍摄者无意间捕捉到的趣事。这种视频投入到视频网站后的命运是不可知的,并且它有一种致命的缺点,它的"寿命"是非常短暂的,如果不能长久稳定地输出类似内容的高质量视频,很快就会丧失所有关注度,竹篮打水一场空。

一个热门的视频会带来许多流量和观看者,如何把偶然点进来的观看者转化成自己长期的粉丝?纵观热门博主的视频,不难发现答案——选题、定位和风格,这些要素是短视频能否长期火爆的决定性因素。热门博主都拥有特色鲜明的风格,人设特色稳定,选题内容相互关联,风格持续一致,能够吸引特定的受众群体。

(2)创业目的。随着短视频行业飞速发展,越来越多的人发现了该行业的暴利,纷纷转行入驻短视频平台。短视频的盈利方式可分为两种。

第一种,是通过短视频进行卖货。许多博主会在短视频中发布一条购物链接,大家对于博主的喜爱可直接转变成对商品的信赖,也就是人们所称的"转化率"。

第二种,是接品牌推广或自主创业。当一个博主拥有大量粉丝时,品牌方会主动联系博主进行商业宣传。一般而言,品牌方会选择与自身调性相仿的博主,美妆产品会寻找美妆博主,母婴产品会寻找母婴博主,因此在正式做内容前,就应该明确账号的商业获利方向。

在短视频制作之初,确定自己拍摄内容最简单的方法就是选择单纯记录生活还是创业,如果没有签约专业团队,就从自身生活中挖掘创作内容。如果选择利用短视频创业,视频内容的定位就需要面向更加广泛的观众,内容要具可看性,还需要拥有在该领域持续输出高质量视频的能力,如果视频长期不更新则会流失大量粉丝。

二、短视频文案的两个导向

除内容定位外,用户定位和平台定位的重要性不容忽视。不仅在前期策划时需要重视,在写作视频文案时,也要遵循这两个导向:一是根据用户定位,形成用户导向的文案,吸引用户点开你的视频;二是适应平台定位,了解平台的算法规则,在文案中凸显关键词,打造能被算法推荐的优质视频。

(一)用户定位导向

短视频的用户定位,就是充分利用受众思维,清楚视频是拍给谁看的。用户可以分为两种:直接用户和潜在用户。直接用户,是指已经关注该短视频账号的粉丝。在大多数短视频平台上可以直接看到粉丝数量,博主可以根据回复反馈的内容,推断出粉丝群体的大致年龄及喜好,便于下一条短视频的创作选择。潜在用户,是指还没有关注该账号,但也许会在以后发展为粉丝的用户。之所以会出现潜在用户,是因为该账号还没有被受众所发现,或者创作内容不被受众所喜爱。因此视频博主需要不断地去研究用户喜欢的内容风向,及时调整文案风格和拍摄内容,时刻关注受众的感受。

研究用户的喜好,关注受众的感受,可以通过建立用户画像,将其标签化,找出其共通的典型特征,以此来分析用户的喜好。比如,可以从性别、地域、年龄、收入、教育背景、行业背景六个方面来分析。

(1)性别。无论时代怎样发展和变化,受基因和习惯影响,男女观念都存在一定的差异性。在创作短视频文案时,也应该注意性别带来的不同。若用户定位为男性群体时,文案可注重简洁、客观、直击重点,通过摆数字、举例子等方式吸引群体目光;而用户定位为女性群体时,文案可更加活泼、感性、细腻,内容可更偏向女性视角,引发群体共鸣。

(2)地域。在视频中呈现城市独有的建筑坐标、美食、方言、音乐等,可以迅速吸引用户的目光,例如"额滴神,这家肉夹馍忒色很!"的文案,"西安人的城墙下是西安人的火车,西安人不管到哪都不能不吃泡馍"的音乐,都可以精准地吸引西安人或想来西安旅游的人群的目光。但需要注意,互联网打破了时空限制,发布的视频可以在全国乃至全世界范围内传播,所以必须尊重各地的风俗特色,杜绝"地域歧视"现象。

(3)年龄。年龄代沟是短视频用户的天然区分元素,不同年龄的粉丝所关心的重点往往大相径庭,输出的内容要迎合目标粉丝的喜好。例如,如果目标群体定在90后,可以在文案中突出年龄因素,或直接在文案中点出90后标签,如:"90后的童年记忆,你玩过几个?"

(4)收入。粉丝的收入影响着他们的消费水平与消费观念,只有定位精准,才能提高转化率和关注度。因此,当决定利用短视频推销商品时,需要充分考虑大部分粉丝的经济层次,选择适合他们的产品种类,并在标题文案中直接提及,如:"八款轻奢包包,职场新人入门指南!"

(5)教育背景。数据显示,高收入、高学历人群对短视频的使用率正在快速增长。一般来说,受教育程度高的用户消费能力更强,更愿意为知识付费,但与此同时,他们对视频内容的要求也会更高,所以对于创作者来说,这既是机遇又是挑战。受教育程度高的用户希望接收到有价值、有情怀、有输出的作品,他们对知识密集型的视频更感兴趣,常会关注专业化的领域。针对该目标群体,创作者可以选择从某一熟悉的领域入手,加强内容的专业度与垂直化,如"无穷小亮的科普日常"专注于生物科普领域,鉴定并科普生活在人们身边的花鸟鱼虫。

(6)行业背景。对用户的行业特征应该从两个层面进行关注,一是行业在他们身上烙印的痕迹、生活习惯以及思维方式,二是他们所喜欢的行业具有什么特征。这两个层面不仅仅体现出了观念和处事方法的不同,更蕴含着一系列具有价值的信息。

通过对上述元素的考量,可以为用户建立起画像,然后再根据画像展开内容策划、视频拍摄、产品选取等相关工作。这不仅有利于增加粉丝数量,还可以进一步提升用户精准度,找到对该视频类型感兴趣的用户。

(二)平台定位导向

除精准定位用户外,选择合适的视频平台的重要性不容小觑。每个平台有其特有的受众和视频制作方式,创作前应仔细研究每个平台的特色,使自己的视频符合该平台的主流风格。下面就以抖音、快手、B站三大平台为例来进行分析。

(1)抖音短视频是一款音乐创意短视频社交软件。用户可以通过这款软件选择歌曲,拍摄音乐短视频。抖音中的视频大多数在15秒以内,选择竖屏拍摄的模式,配合热门歌曲的高潮部分,音乐和视频内容相契合,整体风格偏向新奇有趣,通过视听的双重刺激,来唤醒受众的感知。

（2）快手平台偏向写实风格，更注重对平凡生活的记录，用户以二三线城市居民为主，用户忠诚度高。快手宣传片《看见》里说："不要冷漠地走近普通人，每个人都在追求自己的幸福。"快手群像视频《存在即是完美》记录了 160 个不同快手短视频创作者的日常生活，体现出"所有的平凡，皆因蓬勃的生命力而不凡"，每个人都能够在属于自己的舞台上绽放动人的魅力。因此，快手的文案风格应该更"接地气"一些。

（3）B 站属于弹幕网站，最初主打"宅""二次元""鬼畜"等标签，吸引了许多青年用户，立志要做最懂青年人的视频网站。目前，B 站的视频内容已逐渐扩充，生活、舞蹈、科技、影视等分区都拥有许多优质的产出者。B 站最独特的点就在于实时弹幕，互动性强，视频篇幅与抖音、快手相比，整体偏长，以横屏拍摄的视频为主。

如何选择适合的平台？如果是初次制作视频，可尝试将成品视频投放到各大平台，这样做既可以根据各平台的收益、播放量、受众的喜爱程度来确定自己日后视频的走向，也可以为今后的视频制作和投放选择一个主打平台。

短视频发布后，是否会爆火完全取决于运气吗？不是的。用户在发布一个视频后，会经历"机器审核"和"人工审核"两个步骤。每个新视频都会有一个基础的推荐量。比如平台会通过流量池来测试视频的受欢迎程度，测试人群里会包含该账号的关注者，也有相当一部分是全新用户。测试如果发现该视频受欢迎程度高，平台就会继续提供流量，从而进入一个良性循环。为了让平台将视频推荐给精准的用户，需要在标题中突出视频中的关键词，提炼出吸引人的文案内容。

三、制作分镜头脚本

短视频的制作不会像电影的分镜头剧本那样要求精细，它只是对短视频拍摄的指导和规划。脚本的创作是为了提前统筹安排好每个人所要做的事情，统筹参与视频拍摄的演员、剪辑师、摄影师等的工作，相关人员的行为动作都要服从于脚本。

脚本中包含时间、地点、画面、运镜、景别和服化道等的准备。脚本的模板如表 8-1 所示：

表 8-1 脚本的模板

镜号	景别	角度	时间	摄法，镜头运动	画面	台词	备注（服化道）
1	远景	平视	2 s	固定镜头	洗手间全景		
2	中景，近景和特写	平视	8 s	固定镜头	选取卫生间中有特点的进行拍摄，比如整齐的水龙头、爬行的蜘蛛、散落的垃圾等		
3	近景	平视	6 s	固定镜头或拉镜头	刚睡醒的男子走进画面，放下洗漱用品，打着哈欠，梳理着凌乱的头发，然后走出画面		
4	近景与特写	平视	5 s	摇镜头	男子走进厕所		

景别大致分为远景、全景、中景、近景和特写,可根据视频的需要、剪辑的节奏等选择景别的运用。镜头景别如图8-6所示:

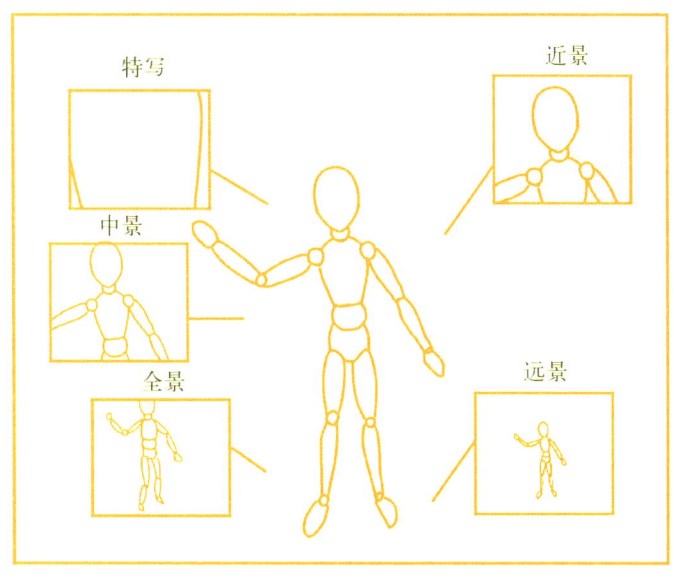

图8-6 镜头景别

拍摄内容,是指每一个画面中所包含的东西,如主要布景、演员的动作等,将创作者的想法通过文字转述出来。

台词是为了镜头表达准备的,起到画龙点睛的作用,60秒的短视频,文字不要超过150字,不然会显得烦琐。

时长,是指一个镜头的时间,需要提前标注清楚,方便后期剪辑。

运镜,即镜头的运用,包括最基础的推、拉、摇、移、跟五种方法,前后推镜头指的是将镜头匀速移近或者远离被摄体,向前推进镜头是通过从远到近的运镜,使景别逐渐从远景、中景到近景,甚至是特写,这种运镜方法容易突出主体,能够让观者的视觉逐步集中。摇镜头需要保持相机位置不变,通过以被摄体为中心手持稳定器进行旋转移动,犹如巡视一般的视角,能够突出主体、渲染情绪,让整个画面更有张力。

了解视频的拍摄方式,可以让文案写作变得事半功倍。拍摄短视频,从个人角度讲,是拍摄者以碎片化的视频方式记录生活;从历史角度讲,短视频的兴起与发展却是这一时代的缩影。短视频的力量应当被注重,希望同学们能够将理论与实践相结合,利用课后的工坊活动进行融媒体的相关创作,找到自己最适合的创作方向,坚持不懈地进行创作,打开新空间,传播正能量,为时代建设"添砖加瓦"。

课堂研讨

1. 寻找不同的融媒体写作案例进行比较,分析案例间的异同,并解读融媒体写作的发展,分析融媒体写作的发展趋势。

2. 观看时下最热门的抖音视频,了解其视频账号的具体内容和发布形式,展开对于视频标题、文案、内容的讨论,分析其优势所在。

实践训练

1. 搜集十篇热门的微信推送,判断它们是否属于"标题党",并提出修改建议。

2. 采用个人或者团队的形式创建微信账号,选择一个公众号类型,为自己打造一个符合该类型风格的魅力人设,写出属于自己的个人简介。

3. 以"美妆""圣诞"或"北京"作为关键词,利用曼陀罗思维法展开联想,确定一组微信推送的选题,撰写文章标题、内容。完稿后,在组内开展通读会,分析自己的文章中还存在哪些问题。

4. 尝试建立自己的新型媒体账号,发布仿拍短视频作品,及时观察视频的关注度和评论区,对比分析自己的作品与成熟作品的差距,使粉丝达到三百人。

拓展链接

1. [瑞士]阿拉斯泰尔·克朗普顿编著:《文案之道》,中信出版社 2023 年版。
2. 陶成涛:《网络媒体写作教程》,中国电影出版社 2021 年版。
3. 秋叶:《短视频实战一本通》,人民邮电出版社 2020 年版。
4. 中国大学 MOOC:西北大学"创意写作"。

第九章　现代诗写作

[学习目标]
1. 掌握现代诗的基本定义与特点。
2. 了解不同类型现代诗写作的要求。
3. 从自身实际出发撰写现代诗。

第一节　现代诗概述

诗或者讽喻现实,或者抒情,或者叙事,在古今中外文学之中,诗歌是重要的文学文体。尽管在文化创意时代诗歌往往不能像小说那样被转化成具有经济效益的影视作品,但诗歌的价值仍然不能被忽略。在创意写作学习中,诗歌写作的学习占有非常重要的地位,借助诗歌写作训练,我们可以学会这种文体创作的基本要领,也可以增强诗性语言表达能力。现代诗写作使用现代汉语,在创作的形式上较为自由,容易为学习者理解和掌握。

一、现代诗含义

现代诗的命名有两种含义:一是从《现代》杂志而来,二是从诗本身的质地而来。从诗歌创作的角度来说,后者更为重要,对今天的诗歌创作依然意义重大。此外,以1949年以后的当代为参照,现代诗还有第三重含义,即有时用来指代中国现代文学(1911/1917—1949)中的诗歌部分。这里实则暗含着一种转换与继承:从时间上看,现实的政治、历史既然从现代(1911—1949)过渡到了当代(1949至今),那么诗也就从"现代诗"过渡到了"当代诗",正如从中国现代文学过渡到了中国当代文学;从精神内涵上看,当代诗歌依然秉承着现代性的基本取向,并在此基础上继续向前发展。因此,当我们用当代诗来指称当下的诗歌创作时,是从当代中国及中国当代文学这个历史时间而作出的界定;当我们用现代诗来指称当下的诗歌创作时,是从其精神取向,以及有别于旧诗的形式取向而作出的界定——本章标题中的"现代诗"即为此意。

二、现代诗发展概况

在现代以前的数千年的历史发展中,中国一直是文(文字)—言(语言)分离的,文字的统一和文言文的经济的表达,为文化传承和民族认同,起到了重要的纽带作用。但是在文字之外,身处不同地域的人们所讲的口头语言却是不同的,不仅各地有各地的方言,而且它们与书面的文字表达,也有相当距离。这种语言与文字的距离感,导致的问题之一是,文字不能充分地表达生活内容。尤其是进入近代以后,社会结构、人们的日常生活,乃至情感模式,都发生了很大变化。这就使得原来的文字(文言)不能表现普通人生活的问题日益突出。因此,作为一种历史性的需要,白话诗应运而出。

不像西方已在比较严格地讲求格律的十四行诗的基础上发展出了自由体诗,在白话诗出现之前,中国既没有"我手写我口"这样的写作观念,也少有完全自由的诗歌写作。此前的旧诗发展,总体趋势是从四言、五言再到七言的,有严格的体式规制。词、曲的发展也一样,有词牌、曲牌的规制和限定在先,文字只需要"填"进去即可,称为"填词"。因此,白话诗(又称新诗)的出现可说是"破天荒"的事。虽然如此,白话诗作为一种新文体、新事物出现,还是遇到了很大压力和责难。责难之一,是有人批评白话诗只有白话没有诗。虽然一种新文体出现之初,佳作较少也在所难免,但白话诗还是遭到了来自各方面的批评。这也是白话的言语特点导致的,因为白话在表情达意上显得过于直露。某些诗人的诗作,由于过于浪漫的抒情,甚至强烈的激情,遭到了新诗群体内外的批评。

面对各方的责难和白话诗内在的困境,俞平伯等诗人提出,在诗歌写作形式上,虽然"不限定句末用韵",但诗的"音节务求谐适","做白话诗的人,固然不必细剖宫商,但对于声气音调顿挫之类,还当考求"。① 而在内容上,也务求情感表达的克制。

总之,新诗诗人一方面寻求尽可能地"打破旧诗词的圈套"(胡适),另一方面,努力寻求用出色的诗作来为白话诗的存在提供正当性。这时,出现了冰心、宗白华等人所写的小诗,几乎与此同时,也出现了新月派诗人徐志摩、闻一多、孙大雨等人的新格律诗。

历史地看,新格律诗在一定程度上克服并纠正了五四以来白话诗过于松散、随意等不足,对中国现代新诗的发展作出了贡献。类似的诗也的确在当时为新诗的发展赢得了口碑。正如蓝棣之所指出的:"新诗格律的提倡与闻一多他们当时的文艺观点,与他们对新文学中所谓感伤主义和浪漫主义所持的批评态度有着深刻的内部联系。反对感伤,反对放纵,主张理性和节制,必然要求合度的表现,要求澄清文学艺术'型类的混乱',必然表现为追求诗歌的格律,希望诗人戴着镣铐跳舞。"就此而言,"如果说'五四'时期的浪漫主义、思想解放是伴随着诗歌的'放足'和自由诗的盛行,那么这时的新月派对格律的严格讲究正反映出他们认为应该结束那个时代"②。

比徐志摩、闻一多等诗人探索新格律诗稍晚些时候——具体来说是在 20 世纪 20

---

① 俞平伯.白话诗的三大条件[M]//俞平伯诗全编.杭州:浙江文艺出版社,1992:594.
② 蓝棣之.新月派诗选[M].北京:人民文学出版社,1989:15-16.

年代末及整个 20 世纪 30 年代,一批更年轻的诗人(多生于 1900 至 1920 年之间)走上了新的探索和创作之路,如冯至(1905—1993)、戴望舒(1905—1950)、卞之琳(1910—2000)、艾青(1910—1996)、穆旦(1918—1977)等,以自己的创作,进一步扩充,也更新了新诗的面貌。尤其 20 世纪 30 年代,随着更多诗人的加入,新诗显示出一种自诞生以来的新的活力。这种活力主要来自新诗本身的现代化。这种现代化的具体表现,一是新诗形式上的自由与多元,既可以是"新格律体"的,也可以是不讲求格律的自由体的;既可以是分节的,也可以是不分节的;等等。二是在诗艺上,更加讲求精粹、复义(在修辞上,有象征、隐喻、通感等特点;在写作的趣味选择上,有象征主义、现代主义等倾向)。三是在精神取向上,要求体现现代精神,也就是讲求"文学的现代性"。

进入 20 世纪 30 年代以后,随着卞之琳、戴望舒等围绕在施蛰存主编的《现代》杂志(1931 年 5 月创刊)周围的诗人的创作实践,新诗向前迈了一大步。可以说,正是 20 世纪 30 年代的现代派诗歌的实践,极大地促进了新诗发展成为现代诗。在此之前,虽然相比旧诗,它有新的语言、形式,也具有了新的精神——启蒙的和年轻的精神,但是到了 20 世纪 30 年代之后,新诗才更加充分地拥有了现代性的艺术手法(如象征主义等),以及现代性的精神特质(如保持着自我矛盾和内在张力的自省特征,也即自我意识等)。这些技艺和精神,即使对于今天的诗歌创作,都有着巨大的借鉴和指导意义。

第二节　现代诗写作的基本原则

现代诗写作的基本原则如下。

第一,尽可能地贴近事相本身(事),贴近自己的感受(意),用经得起推敲的文字(文),表达自己的所见所感所思所想。写诗,在很大程度上也是自我观照、自我觉知的过程,能够觉知到自己、他人、世界,才可能褪掉一层层假面,回归自身的本质与真实,这才是诗的本质和真实。

请看舒婷的《神女峰》中的诗句:

美丽的梦留下美丽的忧伤

人间天上,代代相传

但是,心

真能变成石头吗

为眺望远天杳鹤

而错过无数次春江月明

沿着江岸

金光菊和女贞子的洪流

正煽动着新的背叛

　　与其在悬崖上展览千年

　　不如在爱人肩头痛哭一晚

诗人站在女性生命价值的角度写出了游历神女峰时的别样感受,诗人的语言里充满了对传统女性观念的批判和对现代女性意识的张扬,与传统文人对神女忠贞形象的书写有着很大的不同。有很多人游历过这里,却未必能够结合自己所思所想发出不一样的见解与声音,要想发出这种"不一样"的声音,作者要善于观察世界、观照自我,形成主体性,做到在胸中有"我"。有了真实的"我",而后则考虑用富有表现力的语言写景、抒情。

第二,尽可能掂量用词用句,保证诗歌作品内在的有机完整性。诗歌写作者要注意一再掂量词语的分量和内涵,在此掂量中给词语,也给自己以生命和尊严。完整性,是诗歌的一大要求,即使没有那种从头至尾气贯长虹或者一气呵成的浑然感,也至少要尽可能地保证一首诗内在的完整性。如果说前者是上限,是一首优秀诗歌的要素,是灵感和幸运女神的惠爱,那么后者就是下限,是对能够称得上是诗歌的文字的基本要求,是一个诗歌写作者通过自己的努力可以也必须达到的。否则,就可能会陷入"有句无篇"的尴尬局面。事实上,很多诗歌写作者在写作过程中经常会有意无意使用一些与诗歌整体意境无关的词语,我们需要追问,甚或"逼问"的是:为什么在写作过程中,我们会无意识地使用并写下这些词语?是什么样的心理机制在起作用?在使用这个词语的时候,我们对词语的基本辨别力和高度的自觉性是否在场?如果说它是缺位的,又是什么原因导致了这种缺位?借此"逼问",可再次唤起对词语应有的自觉,甚至警觉。学会写诗的很重要一步就是学会删改,从整首诗意境的完整性高度决定语词的增删。

第三,尽可能地注意回避近体诗写作和楹联写作中的对偶(对称)句式思维,同时,也打破对单一句式的无意识的运用和依赖。在用词用句上,同时注意对习惯语和成语缺乏省察地运用。现代诗写作要求诗歌写作者要有高度的语言自觉,有较好的自我辨识和纠正能力。对语言的自觉性不高,就会被日常语言的惯性所裹挟,甚至被大话、套话、空话所"玩弄"和欺骗,以至于自以为在写诗、写作,实际上从来都没有以语言抵达真正的诗意。对诗歌写作来说,日常语言和诗歌语言之间的张力和对抗,永远不会一劳永逸地解除,而只能在一次次的诗歌创作实践中去个别地解决。在词语的运用上,优秀的诗人只是在具体的写作活动中更自觉地克服日常语言干扰的人。真正的写作在这个意义上就是一次次的历险:文字的历险和灵魂的历险。本质上说,优秀的诗人,不过是那些不断投身和词语的战斗并最终获胜的勇者。通过写作,诗人以自己的诗行给词语生命和尊严,也给自己以生命和尊严——这才是一个诗人的价值之所在。

试看下面一首诗:

路 上 偶 见

秋风吹散了树叶

露出了远山

隐隐约约与天相连

阳光斜斜洒在稻草人的肩上

小麻雀在他的帽檐下熟睡

　　　　身后守护的稻田已经收割了
　　　　露出整齐的稻茬
　　　　他却依然雄赳赳气昂昂地坚守

　　　　一转弯靓丽的山花
　　　　绚烂却安宁
　　　　星星点点的落在心间
　　　　欣喜而温馨

　　　　那一个个路口
　　　　曲折蔓延的尽头
　　　　不知又是谁魂牵梦萦的故乡

　　这首诗的首节三行——"秋风吹散了树叶/露出了远山/隐隐约约与天相连",意思很清楚,但是"吹散了""露出了"这样的语言表达方式,由于句式雷同,不免显得单调,甚至呆板,所以,第二行可稍作调整,改成如"远山露出",以与前一行有所区别。第三行,"隐隐约约"在这里一方面有俗套的嫌疑——如前所言,写诗要对成语、习语有高度的警觉,而不能无意识、无所谓地使用。此外,这样的语言既使诗显得松弛了一些,也使诗的行进速度缓慢了些。这首诗整体而言,表现的是途中所见的自然情境,从语速和诗歌的意境上来讲,都比较舒缓,如果句式再一味(重要的是这个"一味",也就是说切忌单调!)舒缓下去,就会在句式和语调上让人感到双重的单调,因而觉得烦冗,甚至沉闷。这首诗不一定给人这个感觉,但是这种表达方式本身有这样的危险和缺陷,需要注意。为了避免俗套和语势的单一,首节第三行可以删改为如"隐约与天相连"。

　　有了上面的"隐隐约约",看到紧接而来的"阳光斜斜洒在稻草人的肩上",尤其"斜斜"两个字,这种修辞和修饰方式是初学者会不自觉地惯用的方式,而这也就是所谓"学生腔"的一种。所谓"学生腔",就是对自己的修辞方式本身没有足够的意识,对自己的修辞惯性没有足够的反抗、克服的能力。

　　当然,成语、俗语等惯性表达并非完全不能用在诗歌写作中。重要的是,这个词语的张力及它带给人的联想,能否与诗行的整体效果协调、统一;或者,诗行的其他元素能否将其控制、收束在自己的引力场中。比如诗人严力的诗句:"这一年里书籍都团结在书架里""椅子的姿势垄断了/所有坐下来的话题""笼子去为鸟儿建立天下""气球的气数已尽""一年里只有风在风尘仆仆"等。其中,对"团结""垄断""建立天下""气数已尽""风尘仆仆"等词和惯常词的运用,或者充满智趣、活力,或者充满戏谑、反讽,不仅不影响诗行的表达,而且成了诗行的点睛之笔,极大地增强了诗的表现力。特别是后两个例句,如果没有"气数已尽"和"风尘仆仆"两个成语,效果反倒不好,因为作者通过"气球"和"气数已尽",以及"风"和"风尘仆仆"之间的粘连及声音上的联系,造成了一种复合性的诗性效果,既新奇、有趣,又意味深长。从其诗句可以看出,优秀的诗人对成语、习语的运用是很清醒、很有意识的。

在诗中，如果要用类似的词语，除非对它进行新语境的改造，否则最好回避。无论如何，要尽量警惕对这些词的无意识、无自觉地运用。

第四，尽量少用修饰性的虚词，多用实词。现代诗由于使用的是现代汉语，在字数上不像近体诗那么简洁、规整，因此要在"又""着""了"这些虚词上特别注意，尽量少用，以使整首诗显得紧凑，而不是松散疲沓。

第五，尽量少用各种表示逻辑关系的连接词，释放诗行本身的可能，使之呈现出多元、复义性。当然，很多连接词也是虚词。诗歌语言与散文语言之所以不同，就在于前者更加简洁，散文语言与日常语言的距离更近。一般来说，日常语言是线性叙述的。诗的语词和意象之间暗中呼应、相互关联，因此一是无须多言，二是能打破叙述的线性结构，语词意象之间的关系不再是单线条、单维度向前推进，而是回环呼应，前后打通，成为有机的立体结构或网状结构。

再以上面所举《路上偶见》为例。其第三节，"一转弯靓丽的山花／绚烂却安宁"——前一行可以，后一行的"绚烂却安宁"则有问题。"绚烂却安宁"，之所以用"却"这个转折词，是因为按照日常思维（散文式的思维方式），"绚烂"与"安宁"之间似乎是不兼容的，好像绚烂就意味着喧闹甚至喧嚣。然而，如果换一种方式来看，花开的样子，绚烂而又安宁，难道不能并列？与日常方式所不同的这种眼光，正是诗的眼光，甚至灵光之所在。

在诗中，像"因为……所以……""不但……而且……""虽然……但是……""然而""却"这样表示各种关系的连接词，使用时定要慎之又慎，或者说，要把握一个基本原则，即能不用则不用。诗歌崇尚的是简洁、精练。在一首短诗中，出现这样的词语，不但整首诗的密度和质地会受到影响，而且会使整首诗的叙述显得线性、单一。如果没有这些连接词，诗行的关系则更可能是并列的、呈现的、舒展的，甚至是多维的，可能会出现出其不意的效果。

具体到这两行的修改，简单地去掉"却"，效果还不见得好，因为这样一来会使"绚烂""安宁"两个词仅仅成了形容上面"山花"的两个词。两个形容词单独成行，分量也似乎太轻了些。如果改成"绚烂地安宁"，意思似乎更好，既强调了安宁，也强调了安宁的强度——以至于绚烂！并且，也与接下来"星星点点的落在心间"相配（"的"其实也可删掉）。这一节完全可以到此为止，后面的"欣喜而温馨"，尽可留在心里让读者去感受，写出来就显得多了，诗意也淡了。

第六，在偏向于现实色彩的诗中，尽可能增添一些细节。诗的细处越具体越好，因为具体，才可感、可触。这些可感、可触之处，就像是涂有硫黄的火柴头，只有这些"火柴头"，才可能点燃读者思想火花，打动读者，感染读者，让读者通过阅读获得共鸣。

第三节　不同类型的现代诗特点及写作要求

我们已经简要提到了当下诗歌创作多元并进、"杂语共生"的特点。具体来说，在创作上,既有坚持格律的诗,也有自由诗;既有抒情诗,也有叙事诗;既有民歌风的诗,也有散文诗。应如何看待这些样式?又如何在自己的写作中,进行取舍呢?

一、格律诗

现代诗中其实没有像近体诗那样严格的格律诗,有的只是在形式上更加自觉的诗。现代诗中的格律诗或准格律诗,是指仍然注意行末的韵脚,以及强调分节的匀称等形式的诗。

在目前的现代诗写作中,自由诗居多,注意"格律"(韵脚等形式)的诗相对较少。虽然讲求"格律",但它本质上还是现代诗,要注意总体的自然、朗读时的朗朗上口。在这一方面,冯至的《十四行诗》、食指的《相信未来》等,都是很好的范本。在朦胧诗中,除了一些诗作明显讲求行数的对称、均衡,行末的押韵等,还有不少看似自由体的诗,实则也受到格律诗的深刻影响。以舒婷的《致橡树》(1977)[①]为例,全诗共36行,不分节,但由若干个对称句式,加上若干自由诗行的过渡,结构全诗:

> 我如果爱你——
> 绝不像攀援的凌霄花,
> 借你的高枝炫耀自己;
> 我如果爱你——
> 绝不学痴情的鸟儿,
> 为绿荫重复单调的歌曲;

接下来的第七、八行和第九、十行也是如此:

> 也不止像泉源,
> 常年送来清凉的慰藉;
> 也不止像险峰,
> 增加你的高度,衬托你的威仪。

随后的两行仍然是对句(或说排比):

> 甚至日光。
> 甚至春雨。

接下来是作为过渡句的三行:

> 不,这些都还不够!
> 我必须是你近旁的一株木棉,
> 作为树的形象和你站在一起。

此后又是对句(排比):

> 根,紧握在地下;
> 叶,相触在云里。

再往下:

> 你有你的铜枝铁干,

---

① 舒婷.舒婷的诗[M].北京:人民文学出版社,1994:117-118.

> 像刀,像剑,
> 也像戟;
> 我有我红硕的花朵,
> 像沉重的叹息,
> 又像英勇的火炬。
> 我们分担寒潮、风雷、霹雳;
> 我们共享雾霭、流岚、虹霓。
> 仿佛永远分离,
> 却又终身相依。

最后才以结论式的五行结束全诗:

> 这才是伟大的爱情,
> 坚贞就在这里:
> 爱——
> 不仅爱你伟岸的身躯,
> 也爱你坚持的位置,足下的土地。

整首诗,有三分之二的诗行都以对句的形式出现,可见诗人受传统诗歌美的影响之大。只不过,诗人非常艺术地打破了传统对句的严格样式,通过字数的参差等方式,在整体的对句样式中不断破"格",以免其结构显得过于生硬、单一和雕琢。此外,整首诗也在不特定的某些行中(而不是像古诗或此前的格律诗那样在偶句或末句)的行末押韵,如"己""藉""仪""雨""起""里""意""语""戟""息""雳""霓""依""地"等。初学作此类诗者,需特别注意,尽量不要刻意地削足适履,为了韵脚而伤害诗的自然气息和内在意蕴。

除了形式上的"格律",新诗发展一百多年来,有过对各种形式的创新、探索,比如借鉴苏联诗人马雅可夫斯基的"楼梯诗"样式,再比如借鉴旧诗中的"藏头""藏题"等样式(如我国台湾诗人洛夫等人的尝试),还有像诗人陈黎的《战争交响曲》这样不适合常态阅读,而是借重于汉语本身的物形,更需要去"智会"和意会的"后现代诗"。当然,这些与"格律诗"已经没有关系,在此只是说明,诗的形式探索是无止境的,几乎可以走得无限远。这与诗人的才思和个人选择有关。

二、自由诗

自由诗是现代诗中数量最多,写作者也最多的一类。也正因此,其作品质量显得参差不齐,泥沙俱下。由于自由诗除了分行,没有其他外在的形式约束,给人一种错觉,以为自由诗是最好写的,按照某些批评者的话,似乎"只要会按回车键就行"。这实在是一个误会。这样的误会一百多年前就有了,这不仅是因为一般大众对现代诗存在误解,即"用了浅显的白话,不讲对仗,不押韵脚,不用古典,他们随着嘴胡诌,似乎很容易",还因为现实中确实有这样一批喜欢写分行文字的写作者,他们并不知道现代诗的"真正精神和价值","这一派人对于新诗前途的发展很有妨碍,他们乱做乱投稿,弄到后来,社会上对于新诗自然要抱一种嫌恶轻蔑的态度"了。① 一百年过去,除"新诗社会化的成功"已成事实,许多误解的情形并无多少变化。

自由诗正因为没有其他外在形式的约束,也就没有其他外在的形式支撑,而只能依靠诗的内质——也即徐志摩所说的"诗感"——来撑起一首诗的全部。比如当代诗人于坚的这首《在漫长的旅途中》(1986):

在漫长的旅途中
我常常看见灯光
在山岗或荒野出现
有时它们一闪而过
有时老跟着我们
像一双含情脉脉的眼睛
穿过树林跳过水塘
蓦然间　又出现在山岗那边
这些黄的小星
使黑夜的大地
显得温暖而亲切
我真想叫车子停下
朝着它们奔去
我相信任何一盏灯光
都会改变我的命运
此后我的人生
就是另外一种风景
但我只是望着这些灯光
望着它们在黑暗的大地上
一闪而过　一闪而过
沉默不语　我们的汽车飞驰
黑洞洞的车厢中
有人在我身旁熟睡

整首诗都是平实的口语,写的也几乎是每个有同样经历的人想说而没有说出的话,整首诗几乎没有"大词"。有人说这首诗有些模仿美国诗人弗罗斯特的《未选择的道路》的嫌疑。实际上,这首诗所呈现的情境,要比弗罗斯特的《未选择的路》更为具体,有更多实感和细节。此外,如果说《未选择的路》更像是哲理诗的话,这首诗则没有什么哲理的意图,而更像是一个人在具体情境(夜行火车)中真实的所见、所想、所感。诗不见得都要表达什么哲理,有时呈现本身就足以打动读者。

写自由诗,尤其是偏向口语的自由诗,重要的是抓住自己的瞬间感受,越是委曲、微妙的感受越好,因为这样的感受才更可能独特而少见,因其真实、深入而打动人。

---

① 俞平伯.俞平伯诗全编[M].杭州:浙江文艺出版社,1992:599.

此外，写自由诗要注意，除了有实实在在的诗感，也尽量要有细节，因为具体的细节更容易打动人心。有人曾做过一个试验，将一首（篇）经典作品中看似可有可无的细节从作品中剥离出去后，经典作品就完全是另外一副模样。因此说，"文学品质的流失，就是从文学内部的细节流失开始的。而对细节的关注，也是一个作家从童年中保留下来的最珍贵的品质之一"。①

最后，写自由诗要注意，语言在自然的基础上，要尽可能简洁，否则就会成为被读者厌弃的"口水诗"。

三、抒情诗

如果说哲学是用概念和推理来说服人，那么文学艺术就更倾向于用形象打动人。因此，诗几乎天然地与情感，乃至抒情联系在一起。但是，从新诗发端之初，它就因为过于直白地抒情（如郭沫若、汪静之等）而受到批评。之所以受到批评，从诗艺上来说，过于直白的表达，少了含蓄、蕴藉，以及供读者进一步阅读、体认的余味；从哲学内涵上来讲，过于直白的表达，一方面可能显示作者自身情感的真挚，但另一方面也暴露了作者对自身情感缺乏自我意识和觉知，甚至会有自我沉醉、自恋自怜的嫌疑（这也是西方诗歌从浪漫主义发展到现代主义的原因之一）。

以色列作家阿摩司·奥兹在论及美国作家雷蒙德·卡佛第一个短篇小说时说："在以前几代人的许多文学作品中，都有一种对性描写的自以为是的审查，同时又有大量的情感叙述。在这里，性审查被情感审查所取代。"②某种意义上，"情感审查"是现代文学的普遍特征。其原因就在于，对不加节制的"情感叙述"的警惕。同样的道理，我们要清楚，当代的抒情诗写作，是经历过现代派诗歌洗礼的、节制有度的抒情。

如波兰女诗人维斯拉瓦·辛波斯卡在《种种可能》一诗中写了她的若干种"偏爱"（"我偏爱电影。/我偏爱猫。/我偏爱瓦塔河边的橡树。/我偏爱狄更斯，胜于陀思妥耶夫斯基。我偏爱喜欢人们/胜于热爱人类……"）。像这样表达个人偏好的诗，是不容易写得宽广、能体现出诗人的自我意识的。但是辛波斯卡却靠着下面的诗句做到了。她说："我偏爱狡黠的仁慈，胜于使人轻信的仁慈。/我偏爱穿便装的大地。/我偏爱被征服的国度，胜于征服别国。……我偏爱明亮的眼睛，因为，我的如此晦暗。……"③在这些"偏爱"里，她选择站在日常一边（"穿便装的地球"）、弱者一边（"被征服的国度"）、他者一边（"明亮的眼睛"）。通过这种方式，她在一首关于自身"偏爱"的诗中，表达了一个诗人的通达、悲悯、宽广及深度，也带给读者一个更为宽广的世界。诗是对诗人和读者的教养，也在这个意义上部分地得以实现。

四、叙事诗

由于抒情诗写作存在上述困难和陷阱，初学者在创作时，可以试着写一些偏向叙

---

① 汪琦.童年从未老去：谈《黑猫历险记》的经典气质[N].光明日报，2018-06-3(12).
② 阿摩司·奥兹.故事开始了：文学随笔集[M].杨振同，译.南京：译林出版社，2011：129.
③ 维斯拉瓦·辛波斯卡.我曾这样寂寞生活：辛波斯卡诗选Ⅱ[M].胡桑，译.长沙：湖南文艺出版社，2018：40-41.

事的诗。正如歌德所说：多数青年作家的缺点在于，"……他们的主观世界里既没有什么重要的东西，又不能到客观世界里去找材料（即创作题材——引者按）。他们至多也只能找到合自己胃口、与主观世界相契合的材料"。①

写叙事诗，有助于我们走出自身的小世界，关注身外现实的大世界，拓展我们的感知与认识，扩大写作范围。

叙事诗也要注意简洁，同时要注意叙事上的裁剪，既把事情说清楚，又在叙事上不过于散文化，有必要的空白和跳跃。

实际上，现代诗经过百余年的发展，已经比较综合，纯粹的抒情诗、叙事诗当然很多，以抒情或叙事为主而同时兼具其他内容的诗也不少。比如黄灿然的《少妇》：

> 晚饭后我打算去菜市场买个木瓜，
> 等绿灯的时候站在一位少妇身边，
> 她一身浅黑色衣服，我略微转过头看她时
> 她也正好略微转过头看我。她是如此面善，
> 如此美丽，如此慈祥，而且微笑着，
> 我以为、我想她也以为我们互相认识，
> 我忍不住又略微转过头来看她，她也正好
> 又略微转过头来回望我，依然微笑着，
> 这微笑包含世界上一切正面的东西
> 和一切负面但已被她转化的东西。

在这首诗中，主体当然是写实性质很强的叙事，甚至是散文化很强的叙事。总共十行的诗中，前面八行都在叙事。不过，在这叙事中也有抒情（赞叹）："她是如此面善，如此美丽，如此慈祥……"这样的赞叹夹在主体的叙事之间，几乎会被读者忽略。在这首以叙事为主的短诗中，不仅有抒情，更有最后两行的思辨和判断——在这首诗中，判断的本质仍然是赞美（抒情），以至于很难完全确定地说，这到底是一首叙事诗，还是抒情诗。准确地说，它应是以叙事为主的诗。

另外值得注意的地方还有，它所写的内容、对象属于今天的生活；不仅有生活，而且有具体生动的细节。这种诗的出彩，就因为它们是从生活而来，且带着自身生活或独特或具普遍性的细节。《诗经》如此，陶渊明的诗如此，李白、杜甫的诗也如此。这告诉我们，只有生活才是诗最鲜活的源泉。

此外，这首诗的语调也值得注意。朦胧诗以后的当代诗歌，由于对宏大叙事的怀疑，基本上祛除了朗诵腔，而回归日常的说话腔，诗歌的语调，从英雄腔、舞台腔，回归到人的日常腔、生活现场腔。这首诗所呈现的现场（去菜市场的路上）和语调（说话式的腔调），正是这种共识的体现。

现代诗写作的日常口语化

五、民歌体（谣曲）

中国新文学发端之初，特别注意对民间文学（文化）资源的发掘。之所以重视民

---

① 爱克曼辑录.歌德谈话录：1823—1932年[M].朱光潜，译.人民文学出版社，1978：46.

间文学(文化),一是为了发扬俗文学,以此来反拨之前以文言为中心的庙堂文学、精英文学;二是为了从民间文学中获取鲜活的口语资源和白话资源。

20世纪20年代,朱湘和戴望舒等人一方面借取外国谣曲的资源,另一方面借取中国古代词曲的资源,创作了像《采莲曲》《雨巷》这样广为传诵的杰作。稍后,左翼作家们也借助像陕北民歌、快板书等其他民间资源创作诗歌作品。后一种方式部分地受政治意识形态的影响和鼓励,曾在20世纪40年代成为一种创作风气,以至1949年后的二十年,都有广泛影响,被称为"新民歌"。新时期以后,由于意识形态的转型,这种创作风格一度式微。从诗歌内部来看,这种创作倾向之所以被诗人们弃置,一个重要的原因是,"新民歌"的叙述过于宏大,失落了个人性。在朦胧诗及后朦胧诗发展过程中,民歌作为一种民间资源,乃至地域资源,又逐渐被一些诗人自觉地继承、转化。比如诗人古马通过自己的诗作,对西北民歌(尤其是兰州花儿和谣曲)的继承与发扬。陕北青年诗人秦客也有意识地尝试将信天游的元素整合进部分创作中,如《叙事集》:

1

小羊跪乳
鸳鸯凫水
我问神
谁更亲?

2

白面皮皮
羊肉馅
黑夜里开花
谁知道?

3

吃饱喝足
墙头跑马
太阳下山
月亮又来了!

民歌有自己特殊的优势,语言鲜活,言简义丰,既富有生活感,又形象跳跃、节奏迅捷,的确是值得重视的创作富矿,尤其对有特殊方言和地域文化优势的写作者来说更是如此。

不仅诗人,有些民谣歌手、摇滚歌手也有意识地从民间谣曲中汲取资源。歌曲,由于其复合型,不仅可以通过歌词汲取地域性的内容和言语特征,更可以通过音符汲取具有特定地域性的语调特征,如宁夏的苏阳乐队、西安的黑撒乐队、武汉音乐人冯翔的作品。作为借重地域资源较好的典范,他们成功的做法也值得诗歌写作者不过,在借重这些资源时,需要注意继承与创造的问题、传统资源与现代生活的结合融通问题、方言叙述的理解问题等。

六、跨文体写作

朦胧诗以后的当代诗歌写作中,出现了一种比较多见的倾向,就是跨文体写作,也即在一些诗人的诗集中出现了一些不分行的作品,如北京诗人西川、南京诗人朱朱等,都有过这样的创作实践。更年轻的诗人如陕北诗人破破等,也有过这样的尝试,破破甚至特意用诗集中的一辑,将他写的不分行的诗放在一起。[①] 这种编排方式本身,就可以看出作者创作的自觉。

现代诗最基本的形式特征就是分行,但现在诗集中却出现了不分行的作品。应该怎样看待这样的作品及其现象呢?我们认为,如果是在一本诗集中,部分作品以这样的形式呈现出来,我们可先以宽容、接纳的心去阅读,进而分辨作品本身的质地,这才是最重要的。对于成熟的诗人来说,以不分行的形式写诗,至少有他自身的理由,哪怕是一种尝试性的探索。

另外,不分行的诗和分行的诗同在一本诗集中出现,也会提醒读者(对于作者自身,更是一种提醒,或说经过自我省思后的自觉)分行本身的效用及其界限。以破破《我在我的诗句中诞生》中的《书》为例:

> 我穷,但我爱买书。有时,在看电影,突然想到那些书,我就去翻。我买书看,是为藏进书里面。有一回,在中关村图书大厦,我买书,都没钱回家了。我看见朋友的脸,像一扇远去的窗口。长长的公交车到站了,人进人出,它吐出来吃下去,像一本书吮吸自己的词。我也把书带上床,我做梦都想变成其中的生僻字。

整篇文字没有分段,开头也没有缩进两个字,几乎不符合现代汉语的写作规范,但是这样的文字,作为一种个人探索,未尝不可。除了未遵循这些规范,它的内容是成立的。而这样的内容,如果以分行的诗体来呈现,不免显得有些疏松和单薄。但是以不分行的形式来呈现,就没有这些问题。所以说,这样的形式探索,也让我们重新认识了现代诗的基本形式——分行。某种程度上说,这个例子提醒包括写作者和批评者:是不是对作为现代诗之基本形式的分行,过去看得太轻、太小了。

对于上述这样的跨文体写作,我们不愿将之称为散文诗。不仅因为散文诗作为一种文体一直备受批评和质疑,而且因为上述写作与一般常见的散文诗从内在质地上看,有根本的区别。现代散文诗的发端,国外有波德莱尔的《巴黎的忧郁》,中国有鲁迅的《野草》。仅就《野草》来说,我们能看到其作品中所包含的丰富的现代性特征及其内在的复杂性。这一点,已经被夏济安、李欧梵、钱理群、张枣等几代学人深入讨论过,成为学界的共识。遗憾的是,当代的散文诗写作并没有很好地继承这种遗产。与之相比,在艺术手法和精神向度上都要虚弱和单一得多。就此来说,倒是当代诗人的一些跨文体写作探索,在精神上对《野草》式的写作有所传承和发展。

跨文体写作与散文诗写作的另一个差异是,前者是开放的写作,后者则是哲理化

---

① 破破.我在我的诗句中诞生[M].海豚出版社,2019:125-148.

的、精神向度相对比较单一的写作。而真正的诗歌写作,都要警惕哲理诗的倾向。本质上说,后者是唯一真理观在文艺上的体现,前者是经过现代性洗礼之后呈现出的多元真理观(相对真理观)在文艺上的体现。

课堂研讨

1. 试从当前诗歌创作的角度,看看中国现当代文学史上的哪些著名诗作,其写法已经相对比较陈旧,在自身的写作中要注意规避;哪些写法仍然有效,可以学习借鉴。各举出三条以上的理由。

2. 选取自己喜欢的一两个汉语诗人,从文学史的角度来讨论,他们为现代诗歌创作贡献了什么?为什么?

3. 请从你所能见到的文学刊物上找出几首新近发表的现代诗,阅读之后找出几首比较喜欢和不太喜欢的诗,说明为什么,并对不喜欢的诗试做可能的修改。

实践训练

1. 每3~5名同学为一组,各自提交2~3首自己的短诗(最好总数不超过40行),交换阅读,并提出批评、修改意见。

2. 寻找同题,比如写人、事,或植物、动物的诗还能找出哪些?比较不同的诗,写作的切入点有何不同?具体的写法和倾向有何不同?

3. 试对自己的诗歌习作进行必要的分组分类,看自己已有的写作呈现出了哪些面向?有多少进一步延伸、发展的可能?

4. 试挑选自己的诗歌习作若干首,根据以上分析,看看自己的习作中存在哪些问题?

拓展链接

1. 舒婷:《舒婷的诗》,人民文学出版社1994年版。
2. 沈奇:《诗心、诗体与汉语诗话》,陕西师范大学出版社2016年版。
3. 黄梵:《意象的帝国:诗的写作》,广西师范大学出版社2021年版。
4. 中国大学MOOC:西北大学"创意写作"。

第十章 旧体诗写作

[学习目标]
1. 学会阅读与鉴赏经典旧体诗。
2. 掌握旧体诗创作的基础知识。
3. 培养旧体诗基本写作能力。

第一节 诗体的界定

先来看几首诗词作品。

第一首是杨开慧(1901—1930)烈士的《偶感》:

> 天阴起溯(朔)风,浓寒入肌骨。念兹远行人,平波突起伏。
> 足疾可否痊?寒衣是否备?孤眠(谁)爱护?是否亦凄苦?
> 书信不可通,欲问无(人语)。恨无双飞翮,飞去见兹人。
> 兹人不得见,(惘)怅无已时,良朋尽如此,数亦何聊聊。
> 念我远方人,复及教良朋。心怀长郁郁,何日重相逢。

1927年大革命失败后,杨开慧带着三个儿子回到湖南湘潭板仓居住,在此度过了三年艰难岁月。1930年在家中被捕,同年11月14日在长沙识字岭就义,年仅29岁。1950年、1982年、1990年,杨开慧手稿等遗物先后三次被发现,现珍藏于湖南博物院。这首诗写作时间约为1928年10月至1929年,由于藏在缝隙内50余年,个别字不甚清晰或有缺漏(用括号标出)。

此诗作者信仰坚强,意志刚强,内心世界丰富。对丈夫的殷殷挂念,凝聚于全诗字里行间,语气凝重,感情深沉。

此诗用字不讲平仄格律,用韵自由且多次换韵。若对照《平水韵》可见,"骨"在入声"六月"部,"伏"在入声"一屋"部,"备"在去声"四寘"部,"苦"在去声"七遇"部,"语"在去声"六御"部,"人"在上平声"十一真"部,"时"在上平声"四支"部,"聊"在下平声"二萧"部,"朋"在下平声"十蒸"部,"逢"在上平声"二冬"部。全诗20句,换韵十次,极为罕见,实际上等于无韵诗。这样的诗作,每句字数多少、全篇句数多少,都没有一定之规。

第二首是汉乐府诗《上邪》:

> 上邪!我欲与君相知,长命无绝衰。山无陵,江水为竭,冬雷震震,夏雨雪,天地合,乃敢与君绝!

这是一首爱情歌曲,一般认为言说者为女性。从"山无陵"一句以下,连用五件不可能发生的事情来表达热恋中人的绝对化心理,感情炽烈,意象新奇,被誉为"短章神品"。与《偶感》相比,句子比较参差,二言、三言、四言、五言、六言皆有;虽有换韵而不频繁,"知""衰"在同一韵部(平水韵上平声"四支"部),"竭""雪""绝"在一个韵部(平水韵入声"九屑"部)。

第三首是李白的《长相思》其一:

> 长相思,在长安!络纬秋啼金井栏,微霜凄凄簟色寒。孤灯不明思欲绝,卷帷望月空长叹,美人如花隔云端。上有青冥之长天,下有渌水之波澜。天长路远魂飞苦,梦魂不到关山难。长相思,摧心肝!

此作以直赋笔法抒写心思。日思夜想的美人远在长安,万里关山阻隔,诗人被无法见面的痛苦所折磨。一般认为如此措意别有寄托,很可能是诗人被排挤离开长安后,追念君主或友朋君子之作。与前两首相比,这一首句子以七言为主,首尾则为三言,全篇一韵到底(平水韵上平声"十四寒"部)。

以上这类诗被称为旧体诗中的古体诗,也就是古代的自由体诗。它们和现代自由诗的唯一区别,只是前者以古代文言为主要语料,后者以现代口语为主要语料。

第四首是杜甫的《客至》:

> 舍南舍北皆春水,但见群鸥日日来。
> 花径不曾缘客扫,蓬门今始为君开。
> 盘飧市远无兼味,樽酒家贫只旧醅。
> 肯与邻翁相对饮,隔篱呼取尽余杯。

此诗作于成都草堂,时在上元二年(761)春天,作者50岁。在历尽颠沛流离之后,诗人终于结束了漂泊,在成都西郊浣花溪头盖了一座草堂,暂时定居下来。有客人来访,作此诗。全诗洋溢着十分欢悦的情调,风格自然亲切。这是一首七律,每句七言,用字有严格的平仄讲究:全篇四联八句,中间两联对仗,一韵到底,只押平声韵(平水韵上平声"十灰"部)。

第五首是鲁迅《答客诮》(1931):

> 无情未必真豪杰,怜子如何不丈夫。
> 知否兴风狂啸者,回眸时看小於菟?

此诗作于1931年。作者友人许寿裳《怀旧》一文中说:"《答客诮》一诗的写作,大概是为他的爱子海婴活泼可爱,客人指为溺爱而作。""於菟"(wūtú)是老虎的别名,来自楚语。全诗以议论成篇,借猛虎怜爱小虎之喻,形象鲜明地表达了爱子心切的情感。诗体为七绝,由两联四句组成,遵守平仄规矩,押平声韵(平水韵上平声"七虞"部)。

现在称以上第四、五首这类诗为旧体诗中的近体诗,亦称今体诗,包括律诗和绝句两类。

第六首是辛弃疾的《丑奴儿·书博山道中壁》:

少年不识愁滋味,爱上层楼,爱上层楼,为赋新词强说愁。 而今识尽愁滋味,欲说还休,欲说还休,却道天凉好个秋。

这是作者罢官后在闲居地信州代湖所写。全词以少年不知愁苦、矫情说愁,反衬而今愁味识透却又欲言又止,写出了"过来人"的经历、阅历体验。这是一首词作,形式上的要求与上二首有同有异:同在"篇有定句,句有定字,字有定声",异在每句字数及用韵不尽相同。

第七首是陈草庵的《山坡羊》:

晨鸡初叫,昏鸦争噪。那个不去红尘闹?路遥遥,水迢迢,功名尽在长安道,今日少年明日老。山,依旧好;人,憔悴了。

这是一首散曲小令,意思很明了:写世俗之人争求功名利禄的心态和行为,同情中有嘲讽。

词最初被称作曲子词,散曲与曲子词都属于曾经和乐歌唱的长短句体诗,不同处在于所属的音乐系统、字调系统、语言风貌有别。

新文化运动以后,白话诗文代替文言诗文成为汉语写作的主体。白话以自由体为主,不讲字调平仄,押韵比较随意;也有句子比较整齐、用韵方式比较接近文言诗的,被称作"现代格律诗"。如徐志摩的《再别康桥》属于前者:

轻轻的我走了,
正如我轻轻的来;
我轻轻的招手,
作别西天的云彩。

那河畔的金柳,
是夕阳中的新娘;
波光里的艳影,
在我的心头荡漾。
……

闻一多的《死水》则属于后者:

这是一沟绝望的死水,
清风吹不起半点漪沦。
不如多扔些破铜烂铁,
爽性泼你的剩菜残羹。
……

由上述诸例可以总结以下三点:

(1)从语言系统看,汉语诗歌可以分为旧体诗(文言诗)和新诗(白话诗);从形式特征看,可以划分为自由诗和格律诗。

(2)旧体诗是新文化运动以后产生一个的文学术语,指的是与新诗相对应的中国古典诗歌,也称旧体诗词或简称旧诗。旧体诗又分为两大类:一是古体诗——句式、平仄、用韵、篇幅都没有定制的文言诗,如诗经体、楚辞体、乐府体、五古体、七古体、杂言体等;二是格律诗——有严格形式规矩的文言诗,包括律诗、绝句、曲子词、散曲。

(3)尽管新诗已成为中国现代诗歌的主要形式,但旧体诗的创作并没有中断,旧体诗的生命力依然坚挺,创作者在以这种体式书写现实生活、抒发思想感情方面,做着积极的探索。旧体诗与新诗并存的格局,将长久持续下去。

第二节 平仄的分辨

无论"歌诗"即合乐歌唱的诗,还是"徒诗"即不合乐歌唱的诗,都与诗中所用字的声、韵、调关系密切,尤其在近体诗、曲子词、散曲中。以下集中讨论汉字的平仄分辨,这是写作旧体诗的基础之一。

先看六组有"看"字的诗句:

(1)日照香炉生紫烟,遥**看**瀑布挂前川。(李白《望庐山瀑布》)
(2)蓬山此去无多路,青鸟殷勤为探**看**。(李商隐《无题》)
(3)远公自**看**莲花漏,无复宗雷过讲台。(汰如法师《自皋亭至吴门吊二大护法》)
(4)去岁南岐离郡日,今春动蜀**看**花时。(刘兼《宴游池馆》)

前两组句子中,"看"要读作平声"kān";后两组句子中,"看"要读作"kàn",但词意并无区别——都是"看见"而不是"看守"。事实上在中古诗文中,"看"的意思无论是"看守"还是"看见",字调都可平(阴平)可仄(去声),要根据"看"字在诗中的位置来确定。这样的字还有"醒""过""忘""听"等。

但绝大多数字的声、韵、调是不具备灵活性的——在具体语境下该读什么音就读什么音。如岑参《逢入京使》:"故园东望路**漫漫**,双袖龙钟泪不干。"第一句的"漫漫"只能读平声(在平水韵上平"十四寒"部)。苏轼《六月二十七日望湖楼醉书》:"黑云翻墨未遮山,白雨**跳**珠乱入船。"第二句的"跳"只能读平声(在平水韵下平"二萧"部)。陆游《临安春雨初霁》:"世味年来薄似纱,谁**令**骑马客京华?"第二句的"令"也只能读平声(在平水韵下平"八庚"部)。王禹偁《除夜寄罗评事同年》:"折梅和薄雪,煮**茗**对孤灯。"第二句的"茗"应读上声(在平水韵上声"二十四迥"部),而不能读阳平。

这是按中古字调系统的读法。举出以上例子是为了说明,一些字的声调在古代和现代是不同的。写作和诵读旧体诗,应当知道字调的今昔异同。

一、汉字声调的平与仄

音节的高低升降变化形式,谓之声调。汉语表达中,声调与意义关系密切,即具有区别意义的作用。如"山西"(shānxī)和"陕西"(shǎnxī)的不同,就在于第一个字的声调不同,否则便不能区别所指。

汉语声调的起源,目前还难究其详。上古文献没有关于汉语声调的记载,也没有韵书,所以后人不容易明了具体情形。

从三国魏李登《声类》、西晋吕静《韵集》以后,陆续有了按读音编排的字典——韵书。现存最早的韵书是隋代陆法言编撰的《切韵》。语音系统因此就比较容易辨清了。

一般认为,最早明确地认识到汉语有声调的是南朝时的沈约等人。

声调主要是由音高的变化构成的。汉语的声调可以从调值和调类两个方面来分析。

古人对四声虽有感觉,却无法准确界定,所以多用描述的方法予以把握。如以"天子圣哲"来说明:天——平声;子——上声;圣——去声;哲——入声。明朝的真空和尚写过一首四声口诀,后被收入《康熙字典》,流行很广:"平声平道莫低昂,上声高呼猛烈强,去声分明哀远道,入声短促急收藏。"

现代人以调值和调类说明标示四声。最流行的简明易懂的科学标示法是"五度标记法",发明人是现代语言学家赵元任。

调值又称调形,是指声调高低、升降、曲直的变化形式。一个音如果又高又平,标为55,即高平调;如果从最低升到最高,标为15,即低升调;如果由最高降到最低,标为51,即全降调。

调类是指声调的类别,就是把调值相同的音归纳在一起建立起来的声调的类别。古代汉语有四个调类:平、上、去、入,合称"四声"。现代汉语普通话和各方言的调类都是从古代的四声演变来的。在演变的过程中有分有合,形成复杂的局面。按照调值归纳,普通话有四种基本的调类:阴平、阳平、上声、去声。

平仄即平声的大调类与仄声的大调类。平谓平直,仄谓曲折,古人有时称为"侧声"。

简而言之,在中古汉语中,阴、阳为平声,上、去、入为仄声。在现代汉语中,阴、阳为平声,上、去为仄声。

写作旧体诗的人,必须明确每个汉字的调类在中古汉语系统中是怎样的,在现代汉语系统中又是怎样的。简单地说,就是搞清楚每个汉字旧读平仄第几声,今读平仄第几声。

事实上,绝大多数汉字的中古调类与现代调类是相同的。需要着重识记的是今昔平仄不同的那些汉字。例如在"山中真可玩,暂请报王孙"中,"玩"旧读去声(属平水韵去声"十五翰"部),今读阳平;在"东君朝二月,南旆拥三辰"中,"拥"旧读上声(属平水韵上声"二肿"部),今读阴平;在"好雨知时节,当春乃发生"中,"节"和"发",旧读入声(分属平水韵入声"九屑"部和"六月"部),今分别读阳平和阴平;在"斜阳古柳赵家庄,负鼓盲翁正作场"中,"场"旧读阳平(属平水韵下平"七阳"部),今读上声;在"九州生气恃风雷,万马齐喑究可哀"中,"究"旧读去声(属平水韵去声"二十六宥"部),今读阴平。

二、入声字的识记

现代人写作旧体诗，字调的平仄如果遵循传统规则，就必须掌握入声字。汉语字调从中古到现代的变化，可概括为两句话："平分阴阳，入派三声。"如"叔"今读阴平，"竹"今读阳平，"蜀"今读上声，"洛"今读去声，但在中古声调系统中，它们都是入声字。

既然入声已经从普通话和大多数方言中消失，识记旧读入声字就有一定难度。下面简单介绍几个辨识记忆的方法：

（1）硬性记忆。没有任何一种方法比它更为有效、可靠。每天记住十个入声字，一个月就达到三百个，半年即可掌握绝大多数常用入声字。

（2）借助韵书。如借助《平水韵》和《词林正韵》，入声字都单列在相关韵部中。

（3）借助诗词押韵。旧体诗词有全用入声韵的，如李白《忆秦娥》（箫声咽），杜甫《自京赴奉先县咏怀五百字》和《北征》，柳宗元《江雪》，苏轼《念奴娇》（赤壁怀古），李清照《声声慢》（寻寻觅觅），岳飞《满江红》（怒发冲冠），等等。记住了这些诗词，也就记住了其中的入声字。

（4）借助诗词格律。一篇近体诗或曲子词中所用字，依格律应读仄声而今读为平声者，就可以断定其为旧读入声字。如孟浩然五律《过故人庄》颔联"绿树村边合，青山郭外斜"，出句尾字必须用仄声字，因此今读阳平的"合"，旧读必为入声；李白七绝《春夜洛城闻笛》开始两句"谁家玉笛暗飞声，散入春风满洛城"，"笛"字所在位置必须用仄声字，则今读阳平的"笛"旧读必为入声。同理，"风急天高猿啸哀，渚清沙白鸟飞回"中的"急"和"白"，"世人皆欲杀，吾意独怜才"中的"杀"和"独"，"吴刚捧出桂花酒"中的"出"等，一定都是旧读入声字。

（5）借助方言。如"出入""黑白""歇息""得失"等，在南方一些方言区、陕北和晋北等北部方言区，入声特征依然明显。熟悉这些方言的人，可以据此辨识和记忆。

三、两读字（多音多调字）的识记

白居易名句"野火烧不尽，春风吹又生"（《赋得古原草送别》）中的"烧"在这里读平声"shāo"，是动词"燃烧"的意思。但在同一作者的《秋思诗》的"夕照红于烧，晴空碧胜蓝"句中，"烧"应读去声 shào，指名词"野火"。又如"晚烧"是旧体诗文中偶尔用到的一个词，"烧"在此亦读去声，指晚霞。

再如杜甫诗句"细雨鱼儿出，微风燕子斜"中，"燕"读去声，是鸟名。毛泽东词句"大雨落幽燕，白浪滔天"中，"燕"读阴平，是地名。

这种情况，就属于"两读字"。个别情况下，可能还有两种以上音调。

无论古代汉语还是现代汉语，多音多调字都是存在的。在不同语境中，少数词性、词意相同，多数词性、词意不同，需要诗词写作者识记。可以参看《汉语多音多调字表》等材料。

再举几个常用的两读字例：

【禅】平声,禅宗;去声,封禅。
【观】平声,观看;去声,寺观。
【间】平声,中间;去声,离间。
【浪】平声,沧浪;去声,波浪。
【骑】平声,骑马;去声,车骑。
【疏】平声,疏通;去声,条陈。
【旋】平声,回旋;去声,屡、频。

第三节　近体诗格律

一、近体诗的形式特点

近体诗也称今体诗、格律诗,与古体诗相对而言,用以通称从南北朝的齐梁发端、到初唐成熟定型的律诗、绝句、排律。广义的格律诗还包括曲子词和散曲,所以人们也用"格律诗词"泛指以上诗体。

格律本是音乐术语,后用来指中国古代诗歌格式、音律等方面的规则。遵守还是不遵守格律,是近体诗、曲子词、散曲与古体诗、白话诗形式上的最大不同。

诗词格律一般有四大要素:用韵、平仄、对仗、字数。其中律诗最为严格,必须满足全部要素。近体诗中的绝句以及词、散曲一般不需要对仗。

近体诗的基本形式特点有三:

（1）字数和句数固定。绝句五言四句、七言四句;律诗五言八句、七言八句;排律十句以上。

（2）每句必须平仄相间,同联的两句必须平仄相对,联与联之间必须平仄相粘,即"句内相间,联内相对,联间相粘"。

（3）一般来说,必须押同部到底的平声韵。仄韵近体诗罕见。

二、近体诗的基本平仄句型

汉字的声调具有区别词汇意义的作用,不同调类的字如果能用富于美感的方式组句,可以使句子富于听觉上的和谐感和跌宕感;同理组句成篇,效果亦如是。这是近体诗组句与组篇的基本原理。

从南朝的"永明体"发展到唐代的近体诗,是人们根据汉语"有字必有调"的特点构建理想的诗歌美感形式的结果。

近体诗要实现诗句声调上的变化感,必须交替使用平声和仄声。但变化过于频繁,又会造成另一种单调感。近体诗的基本句型,是以一个音节（如平声字"山""青",仄声字"水""秀"）、两个音节（如平声字"知音""逍遥",仄声字"绝唱""缱绻"）、三个音节（如平声字"苏东坡""光明行",仄声字"杜子美""九万里"）为节奏单位交错平仄构成的,这就是常说的格律句。

近体诗只有五言和七言两种句子。五言诗句的基本平仄句型是:
(1) 平起平收:平平仄仄平　　句例:清辉玉臂寒
(2) 平起仄收:平平平仄仄　　句例:空山新雨后
(3) 仄起平收:仄仄仄平平　　句例:晚爱小池清
(4) 仄起仄收:仄仄平平仄　　句例:海上生明月

七言诗句只是在五言的前面再加一个节奏单位,基本平仄句型是:
(1) 平起平收:平平仄仄仄平平　　句例:青山隐隐水迢迢
(2) 平起仄收:平平仄仄平平仄　　句例:盘飨市远无兼味
(3) 仄起平收:仄仄平平仄仄平　　句例:晋代衣冠成古丘
(4) 仄起仄收:仄仄平平平仄仄　　句例:日暮乡关何处是

除了故意而为的"拗句"如"扶桑西枝对断石""坐地日行八万里"等,古今所有的五言近体诗和七言近体诗,句型都不外以上八种。它们组字成句的规律是"逢双必反",即第四字和第二字平仄相反,第六字又与第四字平仄相反。

三、近体诗的组篇类型

近体诗每两句为一个相对完整的表意单元,称为一联。一联之内,前一句称为出句,后一句称为对句。绝句只有四句,分为前两联和后两联。律诗八句,一二句为首联;三四句为颔联;五六句为颈联,也称腹联;七八句为尾联。排律超过八句,除首尾两联外,中间各联依次称作第几联。

近体诗的组句成篇,遵循的是"对粘"规则。这是古人长期探索的结果。"对"是指对立,即诗中一联之内的出对句的平仄相反。"粘"是指粘合,是贴靠上去的意思。下联出句第二字的平仄与上联对句第二字相一致,便是粘。具体讲就是第三句与第二句相粘,第五句与第四句相粘,第七句与第六句相粘,排律中继续类推。

"对粘"的作用,是使声调多样化。如果不"对",上下两句的平仄就可能雷同;如果不"粘",前后两联的平仄又可能雷同。违反了对的规则,叫作失对;违反了粘的规则,叫作失粘。早期近体诗,由于格律尚未定型,不免偶有失粘之作。盛唐及以后,失粘之作很少,只出现在"折腰体"和"拗体"中,是诗人有意为之。

记住了基本平仄句型,明白了对粘原理,近体诗组篇类型就可以推导出来。第一句用什么句型,决定了其后各句用什么句型。

(一) 五言绝句

(1) 平起平收起篇(括号中的字,可平可仄。下同):

平平仄仄平,(仄)仄仄平平。(仄)仄平平仄,平平仄仄平。

示例(括号中标明韵字所属"平水韵"的具体韵部。下同):

　　花明绮陌春,柳拂御沟新。为报辽阳客,流芳不待人。
　　　　(王涯《闺人赠远》)(十一真韵)

(2) 平起仄收起篇:

(平)平平仄仄,(仄)仄仄平平。(仄)仄平平仄,平平仄仄平。

示例：

  与君青眼客，共有白云心。不向东山去，日令春草深。

  （王维《赠韦穆十八》）（十二侵韵）

（3）仄起平收起篇：

（仄）仄仄平平，平平仄仄平。（平）平平仄仄，（仄）仄仄平平。

示例：

  闻说到扬州，吹箫有旧游。人来多不见，莫是上迷楼？

  （贾岛《寻人不遇》）（十一尤韵）

（4）仄起仄收起篇：

（仄）仄平平仄，平平仄仄平。（平）平平仄仄，（仄）仄仄平平。

示例：

  红豆生南国，春来发几枝。愿君多采撷，此物最相思。

  （王维《相思》）（四支韵）

（二）七言绝句

（1）平起平收起篇：

（平）平（仄）仄仄平平，（仄）仄平平仄仄平。（仄）仄（平）平平仄仄，（平）平（仄）仄仄平平。

示例：

  投荒万死鬓毛斑，生入瞿塘滟滪关。未到江南先一笑，岳阳楼上对君山。

  （黄庭坚《雨中登岳阳楼望君山》）（十五删韵）

（2）平起仄收起篇：

（平）平（仄）仄平平仄，（仄）仄平平仄仄平。（仄）仄（平）平平仄仄，（平）平（仄）仄仄平平。

示例：

  曾栽杨柳江南岸，一别江南两度春。遥忆青青江岸上，不知攀折是何人。

  （白居易《忆江柳》）（十一真韵）

（3）仄起平收起篇：

（仄）仄平平仄仄平，（平）平（仄）仄仄平平。（平）平（仄）仄平平仄，（仄）仄平平仄仄平。

示例：

  远上寒山石径斜，白云生处有人家。停车坐爱枫林晚，霜叶红于二月花。

  （杜牧《山行》）（六麻韵）

（4）仄起仄收起篇：

（仄）仄（平）平平仄仄，（平）平（仄）仄仄平平。（平）平（仄）仄平平仄，（仄）仄平平仄仄平。

示例：

  荷尽已无擎雨盖，菊残犹有傲霜枝。一年好景君须记，最是橙黄橘绿时。

  （苏轼《赠刘景文》）（四支韵）

五言律诗、七言律诗及排律的组篇,可以看作五绝和七绝的篇幅延长,规则仍是对和粘。熟悉五绝、七绝组篇程式后,理解和把握并无难度,此处不再细讲,仅举陆游七律《书愤》(仄起平收起篇)为例:

  莫笑农家腊酒浑(仄仄平平仄仄平),丰年留客足鸡豚(平平仄仄仄平平)。
  山重水复疑无路(平平仄仄平平仄),柳暗花明又一村(仄仄平平仄仄平)。
  箫鼓追随春社近(仄仄平平平仄仄),衣冠简朴古风存(平平仄仄仄平平)。
  从今若许闲乘月(平平仄仄平平仄),拄杖无时夜叩门(仄仄平平仄仄平)。

四、近体诗的押韵规则

旧体诗的押韵规则是逐步形成的。隋代陆法言的《切韵》将诗韵分为 193 韵,唐人沿用之,但陆续有所增修,其中最有影响的是开元二十年(732)孙愐编成的《唐韵》,共 195 韵。北宋范镇笔记《东斋记事》说:"自孙愐集为《唐韵》,诸书遂废。"但原书早已佚失。北宋《大宋重修广韵》在《切韵》基础上又细分为 206 韵①。

但《切韵》《广韵》的分韵都过于琐细,后来有了"同用"的约定俗成,即允许人们把相近的韵合起来使用。

南宋原籍山西平水(今山西省临汾市尧都区)人刘渊著《壬子新刊礼部韵略》把同用的韵合并,成 107 韵,是《广韵》的略本,其书后代散佚。同期山西平水官员金人王文郁著《平水新刊礼部韵略》又归并一部,成 106 韵,元初阴时夫著《韵府群玉》中定名为"平水韵",明代沿用。清代编印的大型词典《佩文韵府》即与平水韵为同一系统②,遂成影响广大、至今仍被普遍使用的"平水韵"。

《平水韵》106 个韵部中,包括平声 30 部、上声 29 部、去声 30 部、入声 17 部。因平声韵较多,故编为上、下两部分,称为上平声和下平声,这只是一种编排方式,二者并不存在声调上的差别。

近体诗只押平声韵。30 部平声韵的韵目如下:

  上平声:一东、二冬、三江、四支、五微、六鱼、七虞、八齐、九佳、十灰、十一真、十二文、十三元、十四寒、十五删。
  下平声:一先、二萧、三肴、四豪、五歌、六麻、七阳、八庚、九青、十蒸、十一尤、十二侵、十三覃、十四盐、十五咸。

一首近体诗,原则上只能在同一个韵部选用韵字,不能杂入其他韵部的字,否则即为出韵,是近体诗的大忌。如刘禹锡七律《酬乐天扬州初逢席上见赠》,全诗韵字都在平水韵上平"十一真"部:

  巴山楚水凄凉地,二十三年弃置身。怀旧空吟闻笛赋,到乡翻似烂柯人。
  沉舟侧畔千帆过,病树前头万木春。今日听君歌一曲,暂凭杯酒长精神。

---

① 《大宋重修广韵》是北宋官修的一部韵书,简称《广韵》,于真宗大中祥符元年(1008)由陈彭年、丘雍等奉诏据前代《切韵》《唐韵》等修订而成,本为增广《切韵》而作,除增字加注外,部目也略有增订。
② 《佩文韵府》是清康熙皇帝命张玉书、陈廷敬、汪灏等二十余人编纂的一本韵母词典。全书共分正编、拾遗各一百零六卷,按平水韵一百零六韵排列,是我国古代依韵排列规模最大的词典,全书收单字一万九千多个,典故五十多万条。

如杜甫的五律《登岳阳楼》，全诗韵字都在平水韵下平"十一尤"部：

　　　　昔闻洞庭水，今上岳阳楼。吴楚东南坼，乾坤日夜浮。

　　　　亲朋无一字，老病有孤舟。戎马关山北，凭轩涕泗流。

平水韵中，有的韵部字数较多，如"四支"，称作"宽韵"；有的韵部字数较少，如"三江"，称作"窄韵"。因此如果写作篇幅较长的排律，就不宜用窄韵。

放宽用韵的情况只有一种：首句可以使用"邻韵"，亦称"衬韵"或"借韵"，指首句不压本韵，而用邻近他部的韵字。宋人使用"衬韵"曾风行一时，谓之"孤雁出群"。

首句采用邻韵，两韵差别不大，但首句韵字一定要从约定俗成的邻韵中选用，不能随意使用其他韵部的字。

平声韵的邻韵关系如下：

　　1. 一东——二冬

　　2. 三江——七阳

　　3. 四支——五微——八齐

　　4. 六鱼——七虞

　　5. 九佳——十灰

　　6. 十一真——十二文——十三元（半）

　　7. 十四寒——十五删——一先——十三元（半）

　　8. 二萧——三肴——四豪

　　9. 八庚——九青——十蒸

　　10. 十三覃——十四盐——十五咸

特别说明两点：

其一，平声30韵中，歌、麻、尤、侵四韵部没有邻韵。

其二，十三元情况比较复杂，这是由平水韵韵部归并不完全合理造成的——元韵在唐韵中分属元韵、魂韵和痕韵三个韵部，因此元韵可与寒韵、删韵通，魂痕可与真韵、文韵通，故有"元半邻真文、半邻寒删先"之说。

与用韵相关的还有几个概念：步韵、次韵、依韵、用韵。在唱和性作品中，经常见到这几个字眼：

其一，步韵：也称次韵，指与原作韵字相同，次序也不变。这是一种比较严谨的唱和手法。

其二，用韵：与原作韵字相同，但先后次序有变化。如原作用"东、通、红"，和诗用"通、红、东"。

其三，依韵：与原作取韵在同一韵部，但韵字与原作不同或不完全相同。如原作用"东、通、红"，和作用"风、雄、穹"。

五、近体诗的对仗要求

对仗是近体诗中律诗的形式要求之一。指首尾二联以外的各联，都必须作成联语，亦即对偶句。由于绝大多数律诗都是五律和七律，所以一般来说，近体诗的对仗，指的是中间两联，即颔联和颈联。如：

征蓬出汉塞,归雁入胡天。(王维《使至塞上》颔联)

烽火连三月,家书抵万金。(杜甫《春望》颈联)

身无彩凤双飞翼,心有灵犀一点通。(李商隐《无题》颔联)

塞上长城空自许,镜中衰鬓已先斑。(陆游《书愤》颈联)

只有一种情况特殊:对仗提前到了首联,颔联因此不用对仗,古人称之为"偷春格",意谓"提前开放"。如王勃《送杜少府之任蜀州》:"城阙辅三秦,风烟望五津。与君离别意,同是宦游人。海内存知己,天涯若比邻。无为在歧路,儿女共沾巾。"李白《送友人》:"青山横北郭,白水绕东城。此地一为别,孤蓬万里征。浮云游子意,落日故人情。挥手自兹去,萧萧班马鸣。"但这样的例子并不多,最常见的还是颔联、颈联对仗。

除平仄相对外,对仗遵循两个基本规则:

(一)性质相同或相近的词处于对应位置

"词对"约有14种基本类型:一般名词对、专有名词对、颜色词对、方位词对、代词对、数量词对、形容词对、动词对、副词对、连词对、介词对、语气词对、连绵词对、重叠词对。这里主要介绍几种常见的词对:

(1)一般名词对。一般名词指表示普通事物名称的词,如日、月、山、川、江、树、花、草、鸟、兽、虫、鱼、笔、墨、纸、砚、天、宾客、亲朋、渔樵、农桑……

旧时讲求名词的对仗精细化,把名词二度划分为15"门",即天文、地理、时令、宫室、器物、饮食、服饰、文具、文学、草木花果、鸟兽虫鱼、形体、人事、人伦、干支。

(2)专有名词对。专有名词指词素搭配固定、用于专指的称谓词,主要指人名、地名、朝代名、器具名、建筑名、作品名等。如:唐尧、周公、鲁迅、高尔基、昆仑、黄河、泰山、铜雀台、《春秋》……

(3)颜色词对:颜色词指描述事物视觉印象的词,例如赤、朱、红、黑、玄、苍、青、绿、碧、翠、蓝、紫、白、灰、黄……颜色词具有"兼类"性,有时作名词用,有时作形容词用。

(4)方位词对:如上、下、前、后、左、右、东、西、南、北、中、外、内、间、旁……

(5)代词对:包括人称代词(如"吾、余、我、子、尔、他、君、伊"等)、疑问代词(如"何、安、谁、怎么、几何"等)和指示代词(如"此、斯、彼、这、那"等)。

(6)数量词对。不仅包括一般的数目对,还包括序数对、分数对、倍数对和概数对。如:"绕郭荷花三十里,拂城松树一千株。"(白居易《余杭形胜》)"有时三点两点雨,到处十枝五枝花。"(李山甫诗《寒食》)

(二)句法结构即词和句子的组织方式相近

如:"灭烛怜光满,披衣觉露滋"(张九龄《望月怀远》);"乡泪客中尽,孤帆天际看"(孟浩然《早寒江上有怀》);"人世几回伤往事,山形依旧枕寒流"(刘禹锡《西塞山怀古》);"春蚕到死丝方尽,蜡炬成灰泪始干"(李商隐《无题》)。

近体诗的对仗是联语的一种,所以其基本规则也就是联语的基本规则。联语又称对联、楹联、楹帖、对子、骈语等,是中国古今社会生活中应用范围最广泛、最雅俗共赏的一种文学形式。在旧时代,练习联语是一门童蒙课,称作"对课",俗称"对对子"。

古人编写的一些蒙学读本,有用联语成篇的,对于当今的联语、诗词爱好者依然很有帮助。初学对仗的作者,可以熟习清人车万育按照《平水韵》次序编撰的启蒙读物《声律启蒙》,从中既可以入门对仗,又可以识记平水韵字。如第一部:

【一东】

云对雨,雪对风,晚照对晴空。来鸿对去燕,宿鸟对鸣虫。三尺剑,六钧弓,岭北对江东。人间清暑殿,天上广寒宫。两岸晓烟杨柳绿,一园春雨杏花红。两鬓风霜,途次早行之客;一蓑烟雨,溪边晚钓之翁。

沿对革,异对同,白叟对黄童。江风对海雾,牧子对渔翁。颜巷陋,阮途穷,冀北对辽东。池中濯足水,门外打头风。梁帝讲经同泰寺,汉皇置酒未央宫。尘虑萦心,懒抚七弦绿绮;霜华满鬓,羞看百炼青铜。

贫对富,塞对通,野叟对溪童。鬓皤对眉绿,齿皓对唇红。天浩浩,日融融,佩剑对弯弓。半溪流水绿,千树落花红。野渡燕穿杨柳雨,芳池鱼戏芰荷风。女子眉纤,额下现一弯新月;男儿气壮,胸中吐万丈长虹。

至于细分的对仗方式如工对、宽对、正对、反对、借对、串对(流水对)等,这里不作详细讨论,习联、习诗者可以参阅相关资料①。

关于近体诗对仗,这里着重强调三点:

(1)尽可能避免"合掌"。一联之内,出句与对句意思完全重复或较多重复,谓之合掌,一向被认为是诗病的一种。北宋沈括《梦溪笔谈》指出,对仗要避免"上下句一意"之病;南宋魏庆之《诗人玉屑》谓写诗"两句不可一意"。元明清诗论家便用"合掌"一词命名这种诗病。例如唐人宋之问《初到黄梅》诗句:"马上逢寒食,途中属暮春。"纪昀《瀛奎律髓刊误》评论:"途中、马上、暮春、寒食,未免合掌。"

(2)尽可能避免相邻两联的句法结构雷同。如徐玑《春日游张堤园池》:"西野芳菲路,春风正可寻。山城依曲渚,古渡入修林。长日多飞絮,游人爱绿阴。晚来歌吹起,惟觉画堂深。"由于中间两联的对仗结构基本雷同,诗句便不够摇曳多姿。

(3)形式是为内容服务的,因此不必一味追求对仗字字工整,以免束缚纪事、写景、抒情、议论的畅达。即以古今名篇为例,"草枯鹰眼疾,雪尽马蹄轻""清新庾开府,俊逸鲍参军""无边落木萧萧下,不尽长江滚滚来""乱花渐欲迷人眼,浅草才能没马蹄"等,对仗的确十分工整,但"渡远荆门外,来从楚国游""世人皆欲杀,吾意独怜才""小楼一夜听春雨,深巷明朝卖杏花""三十一年还旧国,落花时节读华章"等对得不尽工整的句子,又何尝不精彩?

六、近体诗句的变通与拗救

(一)变通

近体诗原则上"篇有定字,字有定声"。遇到用字、组句不合平仄要求时,可用两

---

① 可参考者如:常江.对联知识手册[M].北京:中国青年出版社,1990.梁章钜.楹联丛话全编[M].北京:北京出版社,1996.余德泉.对联通[M].长沙:湖南大学出版社,1998.严海燕.对联通论[M].西安:三秦出版社,2009.倪星垣.联语粹编[M].南京:凤凰出版社,2015.

个办法解决：

（1）更换为同义词或近义词：如变"驱"为"逐"，变"兹"为"此"，变"红"为"赤"，变"彼"为"他"，变"神州"为"赤县"，变"扶桑"为"日本"，变"金陵"为"白下"，变"李白"为"青莲"等，前者都是平声字，后者都是仄声字。

（2）调整词序或语序：如变"浣女归竹喧，渔舟下莲动"为"竹喧归浣女，莲动下渔舟"；变"欲目穷千里，更上一层楼"为"欲穷千里目，更上一层楼"；变"苟以生死利国家，岂因祸福避趋之"为"苟利国家生死以，岂因祸福避趋之"；等等。

更换字词、调整词序和语序，应力求表意的对等、准确，尽可能避别扭和歧义。

本着形式为内容服务、有经有权、宽严相济的原则，古人在近体诗创作实践中，逐渐形成了共识："一三五不论，二四六分明。"

基本意思是除押韵字外，单数位置字可以从宽，双数位置字必须从严。

如杜甫的《北邻》：

明府岂辞满，藏身方告劳。青钱买野竹，白帻岸江皋。爱酒晋山简，能诗何水曹。时来访老疾，步屦到蓬蒿。

其中的"明""岂""方""买""何""访"六个字，都属于本应使用平声字而用了仄声字，或本应使用仄声字而用了平声字，它们都在单数位置，因此是允许的。

但这个口诀又并不完全准确。个别情况下，逢单的字并非不论。"不论"有基本前提：

（1）不得出现"三平调"，即最后三个字连续都是平声。

"三平调"只会出现在两种句式中：五言的"仄仄仄平平"；七言的"平平仄仄仄平平"。

前一句式中，"三"不能不论；后一句式中，"五"不能不论，否则便造成了"三平调"。

（2）不得出现"孤平"。何谓孤平，古今诗家和学人一直有争议。一种观点认为是指近体诗句中除韵字之外，只有一个平声字。按照这个界定，能对应的五言实例只有一种：仄平仄仄平，延伸到七言则是：仄仄仄平仄仄平。如果七言句的首字也用了平声字，全句则为平仄仄平仄仄平，事实上已经不是孤平句了，但仍被认为是孤平句。大多数人认同这种观点。另一种观点认为孤平就是"两仄夹一平"。这个定义不限于韵句，因为一句中任何位置，只要出现两仄夹一平，就是犯孤平，如仄平仄仄平平仄、平平仄仄仄平仄。

无论如何界定，孤平是律诗的大忌，历来是诗作者的共识，因此诗例较少。以前种观点为标准，王力教授遍览《全唐诗》，只找到两处：

醉多适不愁（高适《淇上送韦司仓》），仄平仄仄平

百岁老翁不种田（李颀《野老曝背》），仄仄仄平仄仄平

特别说明：

近体诗中可能出现"三仄脚"，指诗句末尾的三个字都是仄声，但古人并不视之为大忌。唐宋人近体诗中，不时可以见到句例，而以五言为多：

云霞出海曙（杜审言《和晋陵陆丞早春游望》）

> 相看两不厌（李白《独坐敬亭山》）
> 潮平两岸阔（王湾《次北固山下》）
> 城中十万户（杜甫《水槛遣心》）
> 浮云一别后（韦应物《淮上喜会梁州故人》）
> 朝罢须裁五色诏（王维《和贾舍人早朝》）
> 秋水才深四五尺（杜甫《南邻》）
> 老子犹堪绝大漠（陆游《夜泊水村》）

可见历代诗人并不以三仄脚为近体诗病。但诗尾接连三个短促的仄声，会使诗句节拍界限不清，损伤平仄相间的音乐美，因此一般来说，作诗没有特别好的句子，是不轻易为之的。

（二）拗救

"拗"而"救"之，谓之"拗救"。

在近体诗实际创作中，可能出现不符合平仄规定的情况，谓之"拗"，即不顺畅。为使形式与内容较好地统一起来，人们又设法调整字句平仄关系，以便保持平仄的协调性，于是便有了"救"即补救。

兹举数例：

（1）李白《夜宿山寺》：

> 危楼高百尺，手可摘星辰。
> 不敢高声语，恐惊天上人。

末句"恐惊天上人"中，第一字"恐"用了仄声，出现了"拗"，于是将第三字改为了平声。即"恐"拗"天"救。也就是在五言"平平仄仄平"句型中，第一字如果用了仄声，将第三字改仄为平，即变为"仄平平仄平"，延伸到七言，便是将"仄仄平平仄仄平"改为"仄仄仄平平仄平"，如杜甫《九月五首》句"抱病起登江上台"，第三字"起"用了仄声，出现了"拗"，就将第五字改为平声，即"起"拗"江"救。也就是将"仄仄平平仄仄平"改为"仄仄仄平平仄平"。这种情况，称作"仄平脚句型的孤平自救"。

（2）杜甫《月夜》：

> 今夜鄜州月，闺中只独看。遥怜小儿女，未解忆长安。
> 香雾云鬟湿，清辉玉臂寒。何时倚虚幌，双照泪痕干。

第三句"遥怜小儿女"中，第四字"儿"用了平声，出现了"拗"，遂将第三字改为仄声。也就是在五言"平平平仄仄"句型中，第四字如果用了平声，则第三字改"平"为"仄"，即变为"平平仄平仄"。延伸到七言，便是"仄仄平平平仄仄"变为"仄仄平平仄平仄"。如毛泽东《答友人》句"我欲因之梦寥廓"，第六字"寥"用了平声，出现了"拗"，故将第五字改为仄声"梦"，即"寥"拗"梦"救。这种情况，称作"仄仄脚句型的相邻拗救"。

（3）白居易《赋得古原草送别》：

> 离离原上草，一岁一枯荣。野火烧不尽，春风吹又生。
> 远芳侵古道，晴翠接荒城。又送王孙去，萋萋满别情。

颔联出句"野火烧不尽"中第四字本应用平声字而用了仄声字，遂成孤平句，于是将对句第三字改为平声,即上句"不"字拗,下句"吹"字救。也就是在五言"仄仄平平仄"句型中,第四字如果用了仄声,则对句"平平仄仄平"改为"平平平仄平"。同样的例子还有"远送从此别,青山空复情"(杜甫《奉济驿重送严公四韵》)等。延伸到七言,便是在出句"平平仄仄平平仄"中,若第六字用了仄声,则须改对句"仄仄平平仄仄平"为"仄仄平平仄平平"补救。如陆游《夜泊水村》颈联:"一身报国有万死,双鬓向人无再青",出句格律是"平平仄仄平平仄",第六字"万"用了仄声,故将对句第五字改为平声,即出句"万"字拗,对句"无"救。这种情况,称作"平仄脚句型的对句拗救"。

从以上数例可以看出,拗救的原理,实际上是"以错纠错"。具体拗救类型,大约就是以上三种。拗救讨论起来比较枯燥,需要在写作实践中逐渐掌握。

第四节 曲子词格律说要

一、曲子词的形式特点

先阅读三首同词牌的曲子词作品:

(1) 苏轼《卜算子》(黄州定慧院寓居作):

缺月挂疏桐,漏断人初静。谁见幽人独往来,缥缈孤鸿影。　惊起却回头,有恨无人省。拣尽寒枝不肯栖,寂寞沙洲冷。

(2) 陆游《卜算子》:

驿外断桥边,寂寞开无主。已是黄昏独自愁,更著风和雨。　无意苦争春,一任群芳妒。零落成泥碾作尘,只有香如故。

(3) 毛泽东《卜算子》:

风雨送春归,飞雪迎春到。已是悬崖百丈冰,犹有花枝俏。　俏也不争春,只把春来报。待到山花烂漫时,她在丛中笑。

可以从这三首作品中总结出一些共同特点:

第一,词牌名相同,这意味着在曲子词可以歌唱的时代即尚未失乐之前,所有冠以《卜算子》的作品,无论歌词内容如何不同,都公用相同的乐曲。

第二,句子长短和用字平仄格式相同,这意味着《卜算子》"篇有定句,句有定字,字有定声",这一点与近体诗相似。

第三,句子不是整齐的而是参差的,与杂言体诗有些相似。

由此可以为曲子词下一个基本定义:曾经合乐歌唱的格律化了的长短句体诗。

具体来说,曲子词有四个基本的形式特点:

① 字数和句数固定;② 押韵有严格规矩;③ 用字有平仄规定;④ 本为"歌诗"。

曲子词简称词,又称作曲子、乐府、今体乐府、乐章、琴趣、诗余、歌曲、长短句等。

隋唐到五代时期,我国有一类广为流传的曲调,被称作曲子,可以填词歌唱,所填的歌词被称作曲子词。正因为先有曲调,再按曲拍的调谱填制歌词,所以作词也被称为"填词"或"倚声"。一般认为,曲子词起源于民间,现存最早的作品,主要保存在残存的《敦煌曲子词》中。经中唐刘禹锡、白居易等诗人的尝试创作,再经晚唐温庭筠、五代李煜等人的进一步完善,到宋朝初期,形成了相对固定的格律,有大量词谱可供作者选用。又经北宋柳永、苏轼等人拓宽题材范围,进入了黄金创作时期。元代及以后,词的创作不如宋代兴盛,但名家和名作依然代不乏人。时至今日,仍有大量爱好者。

二、词调与词牌

每一首词各有词牌及其所对应的宫调,这是它的音乐性标志,但由于乐谱失传,绝大多数词早已不能歌唱。词牌又称词调,一个词牌限定了该词的句数和押韵、每句的字数和字调等形式规矩。

多种词牌的来源不一。有来自民歌的,如《竹枝词》最初就是巴楚一带的民歌;有来自外国或边地的曲调的,如《菩萨蛮》是来自古缅甸的乐调,《凉州令》起源于古代凉州一带的地方性音乐;有来自乐工创制的,如《雨霖铃》词牌为唐玄宗命乐工张野狐所制;有来自文人创制的,如宋代词人柳永、姜夔等,都曾创作过新词牌,这一类往往称为"自度曲"或"自制曲"。

词在起初阶段,词牌往往也是词题,词中所写内容,多与词牌的表面意思比较一致,或者说早期的词的内容,大多就是咏唱调名,比如《渔歌子》又名《渔歌曲》《渔父》《渔父乐》《渔夫辞》,都和渔人有关;《女冠子》词牌,最初是描写女道士的。后来由词家自制的词牌,情况也类似,如姜夔自制的《疏影》《暗香》咏梅花,后人多沿用其本意填词。正因为这样,有的时候,一定的词牌会决定整首词的内容、风格和情感基调等,比如《满庭芳》《一剪梅》等,比较适合表现细腻伤惋的情思;《长相思》多用于描写男女爱情;《渔家傲》《永遇乐》《满江红》等常用于表现豪放激越的情感。但随着大多数词的"失乐",词牌渐渐成为曾经的词调标志,只表示词的长短节奏、音乐声韵形式,与内容关系不大以至于无关的情况越来越多。当今词的创作更为普及化,词牌选用也就更为自由,作者可以根据自己的兴趣或现实需要而自主选择词牌,不必再囿于种种限制。但了解古人选用词牌的一些习惯,仍有一定必要,如用《贺新郎》填词恭喜新婚,用《千秋岁》填词祝贺老人生日,就未必合适,因前者多用来抒写苍凉慷慨之情,后者多表现忧郁悲伤的情绪。

词牌根据字数的多少,可以分为小令、中调、长调三类。清代毛先舒《填词名解》规定:"五十八字以内为小令,五十九字至九十字为中调,九十一字以外为长调。"当代王力《汉语诗律学》认为这种分法过于绝对,于是又主张以 62 字为界,62 字以内的称为"令词",63 字及其以上者称为"慢词"。

除按字数划分以外,又有根据分段关系,将词调分为单调、双调、三叠、四叠。单调即只有一段,双调表示有两段,以此类推。古今词作中四叠词仅有《莺啼序》《胜州令》两个词牌,单调和三叠也相对较少,而双调则最为常见,比较多见的情况是上下片的字数相等或基本相等,平仄也大致相同。如果双调中上、下片的字数、平仄不尽相同,下片的第一句就被称为"换头"或"过片"。

词的一段叫作一片或一阕,比如双调词的上半部分就叫作上片(或上阕),下半部分叫下片(或下阕)。片与片之间的停顿,可以看作是音乐的暂时休止。

另外,词调又可以根据音乐节拍的不同而分为令、引、近、慢四类。令词一般字数较少,比如《十六字令》《如梦令》《调笑令》等;慢词大多属于长调,其中最短的《卜算子慢》,也有89字之多;近词和引词的字数一般介于令词和慢词之间,但并不绝对,比如《胜州令》属于四叠词,多达215字,在词调中仅次于《莺啼序》,因此只能说一般情况下令词字少调短。

与词牌相关的概念还有"摊破"和"偷声"。摊破亦称"添字",指因乐曲节拍的变动引起句法、协韵的变化,突破原来词调谱式,故称摊破。偷声亦称"减字",指在词句中减去字数。

三、曲子词的用韵

词韵比诗韵宽松。古代不曾有过官方编修颁布的词韵专书,人们创作曲子词,用韵的基本依据仍是《平水韵》,但在创作实践中,对相近韵部多有归并使用。清人戈载精研词律,编纂的《词林正韵》是近代以来使用最为广泛的填词韵书,其分部正是依据前人作词用韵的沿袭情况归纳而来,即"取古人之名词参酌而审定",故结论多为后人所接受,填词者和论词者多据以为准。

《词林正韵》分平、上、去三声为十四部,入声分为五部,总计十九个韵部。如果用对应《平水韵》的编排法统计,实际上有七十多个韵部。这意味着词在选择韵字方面,比诗有着更大的自由空间。但创作者也要注意,词的押韵有比格律诗略为复杂的一面:格律诗只能押平声韵,并且要求一韵到底,但词却要根据词牌规定,或押平声韵,或押仄声韵(有的只能押入声韵,如《兰陵王》《好事近》《凄凉犯》《淡黄柳》等),或中间换韵,有的词牌中间要经过多次换韵。

常见的押韵形式有:

(1) 一首一韵到底。如《采桑子》《渔家傲》等。这是最多见的。

(2) 一首而多韵。如《菩萨蛮》《虞美人》等。

(3) 以一韵为主,局部换押他韵。如《相见欢》《定风波》。

(4) 同一韵部平韵仄韵通押。如《西江月》《换巢鸾凤》等。

兹举四例:

(1) 苏轼《江城子·湖上与张先同赋》:

凤凰山上雨初晴。水风清,晚霞明。一朵芙蓉,开过尚盈盈。何处飞来双白鹭,如有意,慕娉婷。　　忽闻江上弄哀筝。苦含情,遣谁听?烟敛云收,依约是湘灵。欲待曲终寻问取,人不见,数峰青。

总共使用了八个平声韵字,出自《词林正韵》第十一部"庚青蒸"通用。

(2) 李清照《醉花阴》:

薄雾浓云愁永昼,瑞脑消金兽。佳节又重阳,玉枕纱橱,半夜凉初透。　　东篱把酒黄昏后,有暗香盈袖。莫道不销魂,帘卷西风,人比黄花瘦。

总共使用了六个仄声韵字,出自《词林正韵》第十二部"有"。

(3) 李煜的《乌夜啼》(又名《相见欢》):

　　林花谢了春红,太匆匆,无奈朝来寒雨晚来风。　胭脂泪,相留醉,几时重,自是人生长恨水长东。

整体上押第一韵部平声韵"一东二冬通用",但下片开头两处"泪""醉"却属于第三部仄声韵,这是中间局部换韵的现象。

(4) 辛弃疾《西江月》:

　　明月别枝惊鹊,清风半夜鸣蝉。稻花香里说丰年,听取蛙声一片。　七八个星天外,两三点雨山前。旧时茅店社林边,路转溪桥忽见。

上下片前二处押韵均为第七部平声"寒删先通用",最后一处换为第七部仄声。

四、曲子词的句型

多数曲子词的句子是参差不齐的,全由整齐句组成的作品为数很少,如《生查子》全为五言,《木兰花》《竹枝词》全为七言,《渔歌子》《鹧鸪天》可以算是比较完整的七言,更多词牌由一字到十一字长短不等的句子组成,相对而言,三字句、四字句、五字句、七字句较多一些。

词的用字平仄规定,因具体词牌而不同。由于句式大多长短不一,词的平仄句型不像近体诗那样可由首句类推。宋代以后,经过一些文人的提倡,词的平仄要求进一步严格化。比如晏殊在词中特别注意运用去声字,并对某些词的结句要求仄分三声;柳永、周邦彦等人有时对每一个字的平仄区别四声,进一步将这种精细化讲究推向了极端。

现代人写词,不必如此苛细于四声,一般情况下,只要求区分平仄就可以了,但必要的时候,入声字仍不宜与上声字和去声字混用。如清人万树曾言:

　　尾句尤为吃紧。如《永遇乐》之"尚能饭否",《瑞鹤仙》之"又成瘦损","尚、又"必仄,"能、成"必平,"饭、瘦"必去,"否、损"必上,如此然后发调。末二字若用平上,或平去,或去去,上上,上去,皆为不合。(《词律·发凡》)

清人陈廷焯也说:

　　词全以调为主,调全以字之音为主,有平仄可以通融者,有必不可以通融者。一字偶乖,便不合拍。读者不可不辨。(《词坛丛话》)

例举两首作品:

(1) 欧阳修《踏莎行·春暮》:

　　候馆梅残,溪桥柳细。草薰风暖摇征辔。离愁渐远渐无穷,迢迢不断如春水。

　　中仄平平,中平中仄(韵)。中平中仄平平仄(韵)。中平中仄仄平平,中平中仄平平仄(韵)。

　　寸寸柔肠,盈盈粉泪。楼高莫近危阑倚。平芜尽处是春山,行人更在春山外。

　　中仄平平,中平中仄(韵)。中平中仄平平仄(韵)。中平中仄仄平平,中平中仄平平仄(韵)。

("中"表示可平可仄)

(2) 周邦彦《琐窗寒·暗柳啼鸦》：

暗柳啼鸦，单衣伫立，小帘朱户。桐花半亩，静锁一庭愁雨。洒空阶、更阑未休，故人剪烛西窗语。似楚江暝宿，风灯零乱，少年羁旅。

仄仄平平，平平仄仄，仄平平仄（韵）。平平仄仄，仄仄仄平平仄（韵）。仄平平、平平仄平，仄平仄仄平平仄（韵）。仄仄平仄，平平平仄，平平仄仄（韵）。

迟暮，嬉游处。正店舍无烟，禁城百五。旗亭唤酒，付与高阳俦侣。想东园、桃李自春，小唇秀靥今在否？到归时、定有残英，待客携尊俎。

平仄（韵），平平仄（韵）。仄仄仄平平，仄平仄仄（韵）。平平仄仄，仄仄平平平仄（韵）。仄平平、平仄仄平，仄平仄仄平仄仄（韵）。仄平平、仄仄平平，仄仄平平仄（韵）。

前一例句式相对整齐，平仄分布比较均匀，略近于格律诗，因而易于把握。后一例句式参差错落明显，平仄相对复杂，创作中需要细致对照词谱。

今人创作曲子词，依然称作"填词"。填词的工具书是词谱，就是把词调收录成册供创作者使用的专书。近代以来著名的词谱专书有：

(1) 清人万树编撰的《词律》二十卷，康熙二十六年（1687）成书，收入660个词牌，1 180多体。

(2) 清人陈廷敬、王奕清等奉康熙之命编写的《钦定词谱》40卷，以万树《词律》为基础，纠正错漏增订而成，收入826词牌，2 306体。虽仍不能包括现存全部词调，但在未有更完备的词谱之前，为收入词牌最多的一本书。

(3) 清人舒梦兰编撰的《白香词谱》，最早刊印于乾隆三十一年（1766），收选100个词牌（实为99个）。因多选常用词牌，简便实用，故较为流行，适合作为学词的入门读物。其中所选的词都是比较著名的或艺术性较高的名作，因而也是一本较好的词作选本。

现当代学人龙榆生所撰《唐宋词格律》、王力所撰《诗词格律概要》等，也都是很好的专书，可供填词者参照使用。

 课堂研讨

1. 动手查阅相关资料，谈谈对"旧体诗"这一文学术语的认识。
2. 会讲方言的同学回想一下，你所说的方言中是否保留有入声。
3. 阅读卢照邻七言歌行《长安古意》，找出全部韵字，统计全篇换韵多少次。
4. 标出龚自珍七律《咏史》的平仄组篇格式。原诗如下：

金粉东南十五州，万重恩怨属名流。牢盆狎客操全算，团扇才人踞上游。避席畏闻文字狱，著书都为稻粱谋。田横五百人安在，难道归来尽列侯？

5. 阅读温庭筠《商山早行》，找出依据"一三不论，二四分明"通则而平仄放宽使用的字。原诗如下：

晨起动征铎,客行悲故乡。鸡声茅店月,人迹板桥霜。

槲叶落山路,枳花明驿墙。因思杜陵梦,凫雁满回塘。

6. 根据本章"几个辨识记忆的方法",从毛泽东《蝶恋花·答李淑一》中尝试找出入声字。

我失骄杨君失柳,杨柳轻飏直上重霄九。问讯吴刚何所有,吴刚捧出桂花酒。　寂寞嫦娥舒广袖,万里长空且为忠魂舞。忽报人间曾伏虎,泪飞顿作倾盆雨。

实践训练

1. 尝试步韵韩翃七绝《寒食》写作一首现实题材的文言诗,题目自拟。原诗如下:

春城无处不飞花,寒食东风御柳斜。

日暮汉宫传蜡烛,轻烟散入五侯家。

2. 以《采桑子·流年》为题,填词一首。参考作品如下:

采桑子·重阳

毛泽东

人生易老天难老,岁岁重阳,今又重阳,战地黄花分外香。　一年一度秋风劲,不似春光,胜似春光,寥廓江天万里霜。

3. 以《秋思》为题创作七绝一首,限用"平水韵"第四部"支韵"。

拓展链接

1. 王力:《诗词格律概要 诗词格律十讲》,北京联合出版公司 2013 年版。
2. 龙榆生:《唐宋词格律》,上海古籍出版社 2010 年版。
3. 中国大学 MOOC:西北大学"创意写作"。

下编 文化资源开发与文学利用

第十一章　中国古代神话故事资源与文学利用

第十二章　中国古代寓言资源与文学利用

第十三章　地域文化资源与文学利用

第十一章　中国古代神话故事资源与文学利用

[学习目标]
1. 了解中国古代神话的特点与发展概貌。
2. 理解神话对文学创作的多方面启发意义。
3. 通过学习西王母神话的古今演变,掌握神话故事改编的方法。

　　神话是先民在生存过程中通过幻想而进行艺术加工创造的文学形式,它是人类社会幼年时期的产物,是原始社会最早的艺术形式之一,表现了古代劳动人民对自然的美妙解释和想象。劳动人民把自然力人格化、神化,在幻想中不自觉地进行文化加工,就创作出了各种各样的神灵,以及有关他们的故事。茅盾认为神话是"一种流行于上古民间的故事,所叙述者,是超乎人类能力以上的神们的行事,虽然荒唐无稽,但是古代人民互相传述,却信以为真"。世界上有诸如古希腊神话、古印度神话、古埃及神话、北欧神话、美索不达米亚神话等神话故事,它们构成了丰富的世界神话体系,美丽多姿的中国古代神话也是其中一员。神话本身就是精彩的文学故事,同时也是后世文学创作取之不尽的源泉。中国古代神话和中国文学的发展结下了深厚的关系,随着时代的发展,神话故事不断丰富、发展壮大,成为中华文化中璀璨的一部分。本章将讨论中国古代神话故事和文学创作之间的关系。

第一节　中国古代神话基本概况

　　中华文明历史悠久,源远流长,在几千年的发展中,出现了众多的精彩神话。上古神话具有原创意义,但大多散佚,存世者都较为简短零散,保存在《山海经》《庄子》《风俗通义》等典籍里,弥足珍贵。随着佛教、道教等宗教的兴起,以及民间文学的不断丰富发展,文人的增补润色,神话世界不断成长壮大,出现了如魏晋志怪、唐宋传奇、明清时期神魔小说等不同的表现形态,形成了蔚为壮观的神仙世界。这些神话故事大致可以分为以下几种类型：

一、创世神话与英雄神话

　　创世神话是指关于天地开辟、人类和万物起源的神话。创世神话也称开辟神话，是人类幼年时期用幻想的形式对自然、宇宙所作的幼稚的解释和描述，反映出先民对天地宇宙和人类由来的原始观念。中国古代的创世神话，以盘古开天辟地、女娲补天最为著名，其他则是炎黄等上古帝王的故事，如伏羲女娲兄妹成婚、燧人氏钻木取火、蚕马故事等。

　　比创世神话稍晚出现的是英雄神话。在中国古代神话中，英雄神话是数量较多且极富魅力的一部分。如治水、抗旱的神话，颂扬了与自然灾害作斗争的英雄；黄帝战蚩尤、共工怒触不周山的神话，则是社会斗争的反映，描述了氏族社会部落之战的英雄；还有刑天与帝争神的神话，赞美了敢于斗争、不怕失败的英雄。他们组成了一系列神奇灵异的英雄群像，在我国古代神话的宝库中熠熠闪光，如"大禹治水""夸父追日""后羿射日""精卫填海""愚公移山"等，塑造了一批不屈不挠的具有抗争精神的英雄。

　　这些中国上古神话和古希腊神话、古印度神话比起来虽然数量不多，也保存零散，但是奠定了中国神话的基础，具有重要的原型和开端意义，成为后世神话发展和演变的起点。

二、宗教神话

　　由于以孔子为代表的儒家轻视、贬斥神话，并且着意加以改造，把"神"人化，对神奇怪诞的传说作出一番看似合理的诠释，使之化为历史，载入简册。神话本来就含有一定的哲理，后世的某些思想家为了宣扬自己的学说，从神话的宝库中选取自己需要的部分，自觉地进行艺术加工，将其改造为寄托思想的寓言，在形象的故事中包含某种哲理，于是神话被寓言化了。庄子堪称改造神话为寓言的高手。神话与原始宗教都是原始思维的产物。神话中的"神"，本来就是先民信仰与崇拜的对象，而神话借助想象以征服和支配自然力，也与原始宗教借助巫术控制自然同出一源。神话中含有宗教的因素，故易为宗教所利用。秦汉以后，佛教和道教相继兴起，给神话的发展注入新的能量，佛教神话和道教神话逐渐占据神话的主流。

（一）佛教神话

　　佛教传入中国，也带来了众多精美绝伦的佛经故事和佛教神话。佛教在其创立成长的过程中吸收了很多古印度神话，形成了一个体系庞大、神祇众多的神话系统。在佛教传入中国的过程中，这些神话和神祇也进入了中国，丰富了中国神话的世界。佛教为了宣传教义，在佛经中记载了众多关于佛教神祇劝善惩恶、因果报应的神奇故事，如佛祖的故事，以及在中国影响巨大的观音信仰故事等。佛教的传入直接促成了魏晋志怪神魔小说的出现和繁荣；唐代的变文故事则有不少来自佛教神话故事，如《降魔变文》《大目乾连冥间救母变文》等。《降魔变文》写佛弟子舍利弗与"外道"六师斗法。六师先后化出"顶侵天汉"的宝山，"莹角惊天"的水牛，"口吐烟云"的毒龙等,一一为舍利弗化出的金刚、狮子、鸟王等所破灭,其中有不少想象瑰奇的描绘。这些变文故事充分地铺陈描绘,情节曲折,想象大胆,极富文学性。再如《目连救母》的故事本出《佛说盂兰盆经》,叙述佛陀弟子目连拯救亡母出地狱的故事,因为和中国传统儒家的孝道思想相契合,产生了广泛影响。《大目乾连冥间救母变文》成为变文中的代表,比原来的佛经故事增加了很多情节,先是目连地狱寻母不获,后凭借佛陀的锡杖才得入阿鼻地狱见母;然后又承佛陀亲临地狱,放光动地,大破地狱,于是目连母转成饿鬼。目连又依佛喻广造盂兰盆,使其母成为黑狗。目连引黑狗七日七夜诵经忏悔,其母才又得转人身。于是,目连乃劝其母求生西方佛国。这些变文故事注重刻画人物形象,描写人物心理活动,表现出较强的叙事文学特色。

为了宣传教义,导人向善,佛经中有许多神佛灵验类故事。这些故事也非常丰富,在中国得到了进一步发展,观音题材故事就最为著名。观音是佛教中的著名菩萨,为西方阿弥陀佛的左右协侍之一,佛教传入中国后,观音信仰发展壮大,成为信众最熟悉的菩萨。关于观音的故事,一开始多是佛经中观音灵验的内容,在其进一步中国化的过程里产生了众多观音故事,形成了观音救济灵验故事、出家修行成道故事、世俗故事等多种类型。其他如弥勒故事、释迦牟尼故事都产生了较大影响。这些故事类型丰富,内容多姿多彩,也是故事改编开发的重要资源。

另外一些来自佛经故事中的人物,如哪吒,成为中国文学中的经典人物,《哪吒传奇》等对其的再开发非常成功。据研究,孙悟空的形象和印度史诗《罗摩衍那》中的神猴哈努曼有关,而哈努曼也被吸收为佛教护法神,间接通过佛经故事而变成了中国家喻户晓的文学形象。除了唐僧师徒,《西游记》包含的佛教神话人物,如托塔天王父子、牛魔王,以及各种菩萨罗汉、龙王等,都是文学开发可资借鉴的资源。

(二) 道教神话

东汉张道陵等人把神仙方术与老庄道家哲学思想结合起来创立了道教。道教的核心内容与核心教义是神仙信仰,主要表现形式是炼丹与求仙,基本目的是长生不死与得道成仙。自此以后,"仙"与"道"结合起来成为"仙道",神仙信仰、长生不死成为其共同追求;"方士"与"道士"融为一体,成为宣传道教教义的"道人"。道教吸收和收编了许多上古神话、巫术、山川自然神等形象,将其熔为一炉,构建了自己的神仙体系,产生了许多神仙和美丽的神话故事。道教的神仙,除了"三清六御",上古神话中的盘古、女娲、黄帝、西王母、大禹、后羿、嫦娥等人都成了道教的神仙,位列仙班。此外《搜神记》《天平广记》等书中记载了大量的道教神话,各路琼台女仙如骊山老母、海神妈祖、碧霞元君、华山三圣母、麻姑献寿等;各种求仙、遇仙故事如秦始皇求仙、汉武帝和东方朔、唐玄宗梦仙、烂柯山传奇等;还有雷公电母、风神雨伯、天师钟馗、月下老人等民间神灵等。其中八仙的故事,传播尤其广泛,八仙得道成仙和八仙过海的故事,塑造了八位性格鲜明的神仙,在民间影响极大。

明清时期,儒释道三教合流,佛道二教的神话也有融合趋势,如《西游记》《封神演义》《聊斋志异》等书中佛道二教的神仙共处于同一时空,彼此互相交流转换,形成了中国特色的神仙世界。

三、民俗神话

神话和民俗结合形成了大量的民俗神话,这些来自民间的传说故事多反映了底层劳动人民的幻想和欲望。这些故事大多摆脱了上古神话或宗教神话的束缚,展现了活泼的创作力,千百年来一直受到人们的喜爱。其中以"孟姜女""白蛇传""梁祝""牛郎织女"四大民间传说为代表,其中又多以婚恋爱情为主题,通过演绎人神相恋的故事来表达人们对自由爱情的渴望,对封建礼教的抗争,具有强烈的反抗精神。这类故事还有"毛衣女""白水素女""宝莲灯""天仙配""柳毅传书"等。这类爱情故事在《聊斋志异》里可谓得到了极大的发扬。民俗神话数量巨大,除了爱情故事,各类精怪故事也极多,如唐传奇中的《板桥三娘子》《南柯太守记》等。

四、古代神话故事对文学创作的启发意义

中国古代神话故事数量巨大,形成了绚烂的神话世界,这些神话故事对于文学创作有着多方面的启发意义。

(一)可以深入学习和借鉴神话绚烂的想象

神话是我国非写实文学的源头。想象、夸张、拟人化的表现手法成为非写实文学的基本特质。中华民族是一个早熟的民族,儒家文化讲究不语怪力乱神,上古神话过早地历史化,失去了生动活泼的一面。而传统的农耕文明,也让中华文化偏于实际,而不重幻想。因此,中国古代文学的整体特征也是偏于实际的诗文发达,史传传统强大,而偏于幻想虚构的小说戏剧一直被斥为小道。在这种背景下,偏重想象的神话故事就显得特别珍贵。

上古神话的这种烂漫想象是由神话的思维方式所决定的。原始先民的心智发展水平还处在一个比较低级的阶段,思维主体和客体还不能明确区分,在人和外界自然之间存在着一种互渗关系。在原始先民眼里,自然万物就和自己一样,拥有活泼的灵魂和情感,能够和人进行神秘的交往。因此,原始先民眼中的世界是一个充满奇异色彩和生命活力的世界,这种感受、理解世界的方法,是神话诞生的土壤。神话思维实际上是一种象征性或隐喻性的思维,而这种思维正是一种典型的文学思维方式。

(二)可以充分利用神话故事的丰富素材

除了直接重写神话,神话中的各种元素也是进行文学创作的重要参考。比如借助各种神话人物和意象来重新建构故事。近年来利用神话故事中的人物或形象来创作动漫蔚然成风,比如《小门神》使用了《山海经》中门神神荼和郁垒的形象,《哪吒传奇》利用和重塑了哪吒的形象。此外,神话作为小说的潜文本而存在,构成对现实故事的映衬。如毕飞宇的《青衣》,讲述的是为艺术献身的戏曲女演员的人生故事,但嫦娥这一意象却多次出现,嫦娥的形象和女主角形成镜像关系。神话中多样的法宝、法器、奇珍异兽,以及种种神话仪式等都能为今天进行玄幻小说创作提供借鉴。神话故事已经凝聚成文学典故,不断出现在各种文学创作中。

(三) 可以借用神话世界虚构文学世界

在一个虚构的文本世界里，作者可以拥有与现实世界完全不同的世界观，在虚构的世界里故事是逻辑自洽的，这成为虚构小说的显著特征之一。《西游记》《红楼梦》《封神演义》《魔戒》《星球大战》《哈利·波特》等经典作品拥有着历久弥新的魅力，就是因为它们拥有一个不同于现实世界的独特时空，那里有其独特的运转规则，这种设定是小说文本世界得以成立的基础。可以说，中国古代神话在现实世界之外，创造了中国人独特的认识世界的方式，人神魔三界的设定影响至今。

文学叙事中多重世界的展开方式

第二节　神话改编的思维路径：以西王母神话为例

西王母是中国著名的神话人物，其相关神话故事数不胜数，可以用西王母神话的演变为核心来讨论神话改编的思维路径。作为中国神话传说体系重要组成部分，西王母神话中的主人公由半人半兽形象向人王化、道教化形象的转变，折射了人类认知能力与思维观念的发展变化之轨迹。在《山海经》《穆天子传》《汉武帝内传》《西游记》等作品中，西王母的叙事形象、叙事角度、叙事结构皆发生变化，逐渐由部族神、图腾演变为道教女仙，从而确立了西王母故事的叙事主题。

一、西王母的早期形象与塑造

人物形象是叙事作品中不可或缺的要素，也是神话故事中的关键构成。神话故事的语言风格、故事情节、叙事特征尚不完善，愈发凸显其人物在作品中的重要性。原始神话人物和后世小说人物存在明显的差异，缺乏完整性、典型性，很多神话人物往往只是惊鸿一现，在作品中寥寥几笔就被带过，其性格特征不完善不成熟，像夸父、大禹、精卫、盘古、西王母、嫦娥皆如此类。原本叙事简略、性格单一的神话人物，在改编重写时逐渐被塑造成具有独特个性且生动逼真的人物形象，其性格特征被作家有意地用属于作家的时代文化氛围去塑造，他们被改造成符合特定时代价值观念与文化认知的人物，从而形成了一系列不断成长且具有鲜活生命力的人物形象。

（一）西王母形象的初始形态与原始意义

西王母堪称中国神话中举足轻重的女神形象，自从她被创造出来后，即引起了古今作家的青睐，反复被传写、重塑。因为神话最早凭借口头方式流传，故而这一形象诞生于何时已不得而知，可考的最早记载见于先秦典籍《山海经》。该书中的西王母出现三次，其活跃场景（依山而居）、容貌特写（豹尾虎齿）皆有值得关注之处，富有怪异新奇和原始狂野的韵味。

《山海经》中有这样一段记载：

> 又西三百五十里，曰玉山，是西王母所居也。西王母其状如人，豹尾虎齿而善啸，蓬发戴胜，是司天之厉及五残。（《山海经·西山经》）

这里所写的西王母形象有两个值得关注的地方：一是西王母住在玉山之上，二是西王母容貌带有野兽特征。这些内容反映了上古时期人们的山岳信仰与图腾崇拜意识。

玉山,即昆仑山,西王母故事是建立在昆仑山这一先秦山岳信仰文化圈中的。记录中国神话故事最多的典籍《山海经》,其《山经》部分就有 26 个山区、477 座山。山不仅为原始人类提供了栖居场所,还划定了他们的活动场域,构成了生存空间中的四方地理边界,而这一生存场域的西陲边界便是西昆仑山。

无论是创作故事,还是改写故事,都需要建构一个空间场所、划定空间范围。武侠小说的空间就在江湖之中,像《射雕英雄传》中的郭靖从大漠来到中原,游走江南,西至华山,又到襄阳抗敌,他始终行走在作者金庸绘制的江湖图景之中。当代的网文修仙小说将空间划分为几个层面,依据主人公修炼等级的提升不断进入新的空间场所,如《凡人修仙传》的主人公韩立离开故乡天南越国的镜州青牛镇五里沟,在修仙之地七玄门里开启修仙之途,为求修炼,他离开越国,先后前往乱星海、阴魂之地,最后告别人界而飞升灵界,直接从一个平面空间向上进入另一个空间界域之中。空间就是主人公表演的舞台、活跃的场域,神话的空间场所与活动范围往往以山脉为中心,而早期神话中最重要的一个山脉就是昆仑山山脉。

昆仑山是早期神话传说中最重要的神山,盘古、女娲、后羿、嫦娥等神话传说都和昆仑山有着某种关联。汉族文化的滥觞之地昆仑山,留存着上古时期的文化信仰印痕。我们看到神话中的动物、植物、人体的各部分、土地等皆具有神秘的属性,西王母被塑造成"豹尾虎齿而善啸"的形象,这种神秘性融合了人与兽的特征,她身上留存的兽性痕迹正是昆仑山地域的图腾信仰,这可能象征着当地人对猛兽的崇拜意识。昆仑山地区生活的虎豹,本身就象征着威猛强大,这种形似虎豹的人物原型代表了原始人对上位者的形象塑造。我们在神话中所见的人物,多有兽性的特征,如精卫化鸟、夸父珥两黄蛇、女娲人首蛇身,皆留有鲜明的兽性痕迹。

《山海经》记载西王母事迹时,对其形象的创作主调未曾偏移,但细节有所变化。《山经》《大荒经》中的西王母被塑造成一个原始时代的部落首领,狂野的外表是她身份与地位的象征。《海内西经》则有意将西王母予以柔化处理,淡化了其狂野的气质,倚靠几案、由戴胜和青鸟服侍等特征让人看见其母性气质,这一形象的变化表示人们的认知步入文明时代,故其形象具有了温雅淑婉而合于礼仪的气息。

(二) 西王母故事的生存场域与活动空间

面容狰狞、依山而居、栖息穴洞,这些特征皆是西王母早期形象的标签。无论是其外部容貌,还是野性气息、山穴居住的空间场域都让人有所惊惧。故而秦汉时期的西王母形象令人生畏,而不是让人仰慕。

在早期的神话中,人们对于生存场域的认识处于较朦胧的状态,认为广阔的天地组成了一个宇宙空间,人类只能在以大地为范围的空间里生存,还没有将人置身于脱离大地的空间之中。原始时期,涉及空间最著名的神话就是盘古开天地,盘古生存的空间就是有苍天、大地的混沌空间,一旦混沌破开,天地分离,盘古也只能脚踩大地而生存。《山海经》中的西王母居住在凡人可以到达的昆仑山中,而不是居住在凡人无法涉足的另一个空间中。我们在故事重写中,发现西王母会逐步脱离昆仑山而定居天庭,彻底地进入另一个生存空间,完成了由人到神的转变。这种转变已经把天与地相区隔,这种空间观念的变化说明古人的认知发生变化,已经将神仙学说融入了这一故事之中。

二、西王母形象演变与观念嬗变

人物形象的塑造,应该包括外在层面的"形象塑造"与意识层面、价值层面等内在的"形象塑造",作品既要对人物原型进行文学艺术加工,以塑造文学层面的形象,还要融入文化观念与价值认知来刻画人物意识与价值层面的形象。

(一) 人王化

西王母神话的主人公经历由半人半兽形象向人王化、道教化形象的转变,由凶神而成吉神,折射了人类认知能力与思维观念的发展变化之轨迹。在《山海经》《穆天子传》《汉武帝内传》《西游记》等作品中,西王母的人物形象、叙事角度、叙事结构由部族领袖、图腾神话演变为道教女仙,建构了西王母叙事系统。《山海经》对西王母的记载过于简单,类似一张脸谱,她的性格和特征都被绘制在上面,一目了然,毫无隐藏。可当这一形象被注入价值认知的元素之后,就变得丰富起来,她有一半鲜活真实地沾染了人间的气息,还有一半笼罩在形而上的迷雾之中,虚实相映,相得益彰。

我们先来看《穆天子传》的记载。这本书的成书时间可能是西周末年或东周初期,这一时期人类已进入了周朝的文明时代,西王母的兽性特征全然消失,并被赋予了浓郁的礼法特征,其文记周穆王西征于昆仑之丘,见西王母,《穆天子传》就建构在这种礼乐氛围中。穆天子对西王母毕恭毕敬,在拜访这位昆仑山上的重量级人物时,手执白圭和玄璧,献上三百纯彩色丝带。这和人间社会中,诸侯聘问礼仪如出一辙。当西王母高坐主位,接受周穆王进献的礼物时,我们从侧面可以感受她的形象:她是威严权重的上位者,言谈举止间充满着权势的气息。这位权力拥有者设宴款待来宾,双方咏歌对答。文中并没有明显的仙人气质,更像两位高级领导进行外交会晤,他们遵守礼仪,交往过程合乎礼法的规定。假如,我们将"西王母"换作春秋时期的某位公侯,并无违和之处,这说明这段记载烘托的礼乐氛围是当时的常态化的现象。

(二) 女仙化

魏晋时期,在《汉武帝内传》一书中,西王母形象有了很大变化,她明显被仙化了。《汉武帝内传》的文字书写极具有文学色彩,作者极力从文学层面来描绘西王母的形象,呈现出艳美富丽的特色,文辞华美,修饰繁复,对西王母的坐骑、服饰、侍从都叙述详备。如果我们把这段记载和魏晋时期的诗文加以比较,自然会发现那种华美艳丽、精工繁缛的外在特征与彼时文学创作何等相似,就像曹植《洛神赋》对洛神细致详备的描绘一样。这里的西王母已经不再是《山海经》里那个朴质粗犷的形象,她摇身一变成为"年三十许,修短得中,天姿掩蔼,容颜绝世"的美女。她身份高贵、侍从众多、衣着繁丽、排场华盛,已经高蹈出尘,不同于以往的形象刻画。作者笔下的西王母不是一个简单的普通女子,她具有仙家的气质与姿容,是以理想化的人物形貌特征来塑造的,可称仙气郁郁。文中的灵飞绶、分景剑、太华髻、太真晨婴冠、玄璃凤文舄,都是仙人的配饰,这几乎成为后世所认知的西王母形象了。类似的描述也成为后世描绘女仙的标准模板。

除了以文饰之笔对西王母予以理想化的外貌设想，《汉武帝内传》字里行间弥漫着道教观念、神仙认知的气息，从而塑造出富有神仙价值理念的仙人形象。

（三）道教化

汉末兴起的道教，将追求生命永恒与神仙逍遥的信仰扩散到了民间，无数人渴慕长生之术。《汉武帝内传》如实记录了民众的神仙信仰，虚构汉武帝探寻道教之术，寻求长生之法，屡屡祈祷于山岳；而西王母则被视作道教理论的宣讲者与代言人，她向汉武帝传授道教成仙秘术，西王母由西陲的野蛮女子，化身为知识渊博、经验丰富的道教大师，这很能够说明故事重写过程中存在一种文化观念与思想认知相融入的现象，而这种融入也是和作者所处的思想环境、宗教背景相一致的。

有关西王母的道教化特征，并非只有《汉武帝内传》中的一个例子。就像西王母会见周穆王的情节，后人在《十洲记》《拾遗记》等书中进一步将故事进行仙化处理。围绕原本《穆天子传》的记载，生成了新的情节，如西王母赐予穆天子一种黑枣，这种枣一百年才熟一次，果实有二尺长；又说穆天子与西王母宴会欢歌以后升云而去；或言西王母亲自到穆天子王宫，赐丹药珍馐予穆天子，礼毕西王母升云而去。这已经是神话与后世道教神仙合成思想的混合体。升云而去正是仙人的行径，而赠送黑枣丹药则将西王母与长生相联系，这些都和道教的观念密切相关。

长生不死代表着道教徒对生命永恒的至高期望，被视为道教代言人的西王母同时被世俗当作拥有长生不死之物的人物。嫦娥神话中讲述羿向西王母请不死之药，张华《博物志》称西王母瑶池桃树三千年一生实。随着西王母被当作仙药拥有者，她身上所具有的仙人气质就愈加浓郁，她象征着永恒不死，这显然不是昔日的形象了。她不能再被视作普通人物，不必遵循人间的礼仪法则，跳出了"凡"或"神"的认定区域，而成了"仙"。这让凡人羡慕不已、极度崇敬，遂以卑微谦恭的态度祈求她能赐予不死之物，于是仙凡的差距愈显巨大了，成为一道不可忽视的鸿沟。

三、身份地位与性别角色的转换

西王母故事重写历程中，她的身份地位、性别角色前后转变之轨迹极为鲜明。西王母起初所执掌的权力相对简单，此后她身上震慑威服民众的色彩逐渐淡去，她也从蛮荒神巫环境中脱离出来，成为中原神仙谱系中的一个重要人物，其执掌的权势无形中得以扩张。在由巫转向仙时，最明显的表现就是天上地下、三界内外十方，但凡女子得道登仙者，都隶属西王母管辖。仙人管理者的身份享有无限的权力，司掌诸种分门别类事务的女仙，都要受到西王母的辖制安排，她的权势已经得到无限扩张。

（一）西王母的女性化与柔顺化

西王母权力扩张中似乎又具有某种限制，这就是把她和女性紧紧缩结在一起，让她变得温婉柔顺，褪去了凶悍狂野。将西王母和女仙联系在一起，基于其女性的性别角色。与此相应，在西王母的改写史上横空出世了一位男性人物，即东王公。基于阴阳五行学说而得以匹配的西王母、东王公，在诸多方面皆有偶合之处。在这里的神仙谱系中，居于金字塔最顶端的两位神灵形成了两组相对立的阵营：金，西，母，阴，女；

木、东、公、阳、男。在阴阳家认知中，五行与方位相匹配，金属西方，木属东方，这些成为诠释西王母及东王公的理论根基，他们身份性别、所居方位、所掌职权无不暗自相对，符合阴阳学说。

东王公、西王母间阴阳平衡的关系后来被打破了，受到男性处于主导地位的传统社会属性影响，西王母故事中的权力威势被削弱，权力转移到男性手中。西王母的名称亦发生变化，"西"字消失，常被人称作王母、王母娘娘。按照这里所描述的天界结构，整个宇宙分为东西南北四天界，每个天界各有其主：东天界是道教群仙居所，西天界是佛教界域，北天界由玄武大帝管理，南天界则由昊天上帝统辖。四界之中皆有领袖，而西王母只是东天界中的一员而已，已丧失了原有的独尊地位。

如果阅读类似《西游记》的小说，我们会发现，西王母的身份已发生变化，她远离东王公而亲近玉皇大帝，甚至民间多将她视为玉皇大帝的配偶。在秦汉间享有最高神位的西王母形象日趋平凡，独占"西"方的神尊地位正渐趋模糊化，人们更喜欢尊称其为王母或王母娘娘。

（二）西王母与蟠桃会

明清时的西王母故事出现了两个常见的情节，其皆由早期西王母故事情节演变而成：举办蟠桃会与管理女仙。《八仙得道》《西游记》《女仙外史》《九云记》《镜花缘》等一系列明清小说皆涉及西王母召开蟠桃会的情节，这是将《博物志》昆仑山瑶池三千年的仙桃故事视作一个典型化的意象，自此而成了一种箭垛效应，将天庭盛宴与狂欢节日附于其意象之上。王母举办的蟠桃会是天上群仙的一场狂欢宴会，仙人服食仙桃、火枣，借此成就长生、登上仙榜，这是原有仙桃长生之意的延伸，一朝参与盛会，服用仙物奇酒，便永远名登仙榜，成为宇宙中的生命永恒者。

这场盛会是对仙人身份地位的肯定与认可，也是仙界论资排辈的聚会，聚集无数仙真佛菩萨，不少小说中多有类似的情节。天界的诸位神灵仙真、佛陀菩萨，皆跻身宴会，享受着和乐融融的仙界氛围。蟠桃会所述虽然烦琐，却能完整再现一幅繁华盛景，这场仙界盛会呈现出一派太平安乐的景象，见证着仙界的繁荣昌盛，也是天界仙人既定秩序的标志，象征着太平安乐与既定秩序的盛会，不容旁人质疑和破坏，一旦有人挺身而出意欲干扰仙界的这场盛会，意图干扰仙界秩序，必会受到严厉的惩罚。《西游记》中的师兄弟三人皆因破坏蟠桃盛会谪贬凡间，孙悟空打破了蟠桃会的热闹场景，猪八戒在蟠桃会上醉酒调戏嫦娥，沙僧在蟠桃会上失手打碎了玻璃盏，他们同因挑战天界的规则而被处罚；《韩湘子全传》中的卷帘大将冲和子因蟠桃会上醉夺蟠桃、打碎玻璃玉盏，遂被谪贬下凡；八仙故事中的八仙也因这场宴会改变了仙运，他们破坏的是太平盛会所暗示的天界太平秩序。秩序背后隐藏着统治者的统治理念与对太平盛世的期许，是其权力达到极致时的表现，它寄托着世人的无限期望，因为天界的兴盛稳定正是凡间的太平盛世的投影。

蟠桃盛会更像一幅政治群体与权位势力的分布图，从诸书所述来看，在这场盛宴中聚集了各家势力，佛、道、神济济一堂，这也是民间宗教观念融合的反映。融合诸多理念的这场盛会，不会寂寂无闻，而总是以亮眼的形式出现于多部典籍之中，成为西王母故事中的重要叙事情节。

(三)女仙管理者与天庭卫道者

至于西王母故事的另一个新变情节,管理女仙,也是维护天界秩序、规则的行为。西王母被有意塑造成冷酷无情的天条天规维护者,极力捍卫天庭的法则,不容普通的仙真任意干犯。这种职权同样是西王母统辖女仙故事的延续,然而却被赋予了一层浓郁的道德与礼法色彩。作为仙人理应跳出世俗情爱之欲,遵循仙界仙人的规则,如果动了凡心等同公然违反天庭律法,故而王母怒言:"何能以爱情当为应分之事?"而在民间故事中这位薄情寡欲的女仙首领,强行拆散牛郎织女,分开董永七仙女。惩戒女仙似乎成为西王母的职务,或许世人仅将她当作天庭律法的维护者,而不是真正权力的执掌者。这些作品并非刻画跳脱俗世而缥缈出群的仙女,反在她们身上捆缚层层礼法桎梏,限制着她们的自由,束缚她们的言谈举止,一旦她们有违所谓的天条天律,势必受到上位者的惩戒。一切情欲怜爱皆被控制在天界主宰划定的圈子中,任何女子不容越过那道森严的界线。

在西王母故事的创作与改编过程中,文化观念影响了故事重写的走向,从源于先民对神的理解的神话雏形,继之礼仪音乐观念对西王母形象的影响,再到道教观念的注入效应,西王母形象最终得以改造完成。

在这个过程中,我们需要思考:如何能够成功刻画一个神话形象?一个成功的人物形象应该具有新意,重写故事应审慎考虑如何蕴含思想观念,以入时、入世的属性来适应时代的需要,彰显时代的文化特征,而不是保持一成不变的性格设置,正如西王母由野性到人性的回归,再到仙性的转变,并非一个停止不动的过程;还得思索如何使塑造的人物能打动人心,使人物富有强烈的感染力,而不是如脸谱般僵化呆板;还要充分考虑人物的容颜变化、姿态变化、身份变化等描写。

第三节 神话改写中的关键要素

神话故事的改写作品,常把多个神话故事连缀在一起,从而形成一个系统完整、文脉贯通的故事,将原有琐碎化的上古神话改变为系统化、完整化的作品,很多影视剧便具有这样的创作特征。电视剧《精卫填海》借精卫故事而缀合了多个上古神话故事,西王母也被引入其中,成为故事情节中一个举足轻重的线索性人物。作品中的上古元素与原始气息较为浓郁,作为原始神灵的西王母被赋予了拯救部族的沉重责任,成为人类发展推动者的角色,尽管她在爱恨情欲中有所挣扎,却始终知晓自己身为天神需要肩负保护人类的重要职责。她是整部剧作中协调精卫、后羿关系的媒介,更是精卫前行的指路者,时时帮助精卫走向成熟。她在精卫幼时便将其带到瑶池中抚养,教授精卫仙术神咒,成为精卫成长过程中不可替代的教导者。剧作中的这一角色常在紧要关头发挥作用:当得知精卫的父亲炎帝被困炎谷时,她毅然决定与精卫一起救出炎帝,以拯救天下百姓;当精卫对于父亲炎帝的遭遇一无所知时,西王母指点她天帝义和才是暗害炎帝的元凶,给精卫指引一条奋斗之路;当精卫执意要擒杀小邪魔后羿时,她告诉精卫,只有联合后羿才能打败天帝羲和,并引导两人握手言和,共同抵抗天帝。西王母的形象大义凛然,能以大局为重,在解救后羿时,得知神兵互相攻击时会破坏不周山的天维之力,她还是毫不犹豫地举起了白虎令以救后羿;她总是睿智明哲,洞悉先机,在解救炎帝的时候,出谋划策,出力尤多。贯穿全剧的西王母,不再是一个可有可无的配角,她自始至终推动着剧情发展,成为整部剧的关键性环节。

西王母由一个原本简单的神话故事中的形象,发展成一个饱满鲜活的女神角色,这一人物形象变化显然具有丰富的创意思维。在神话故事的改写过程中,有三个地方值得关注:空间场域、人物形象和故事情节。

一、构筑适合故事的空间场域

如何构建人物活动的时空是一篇叙事作品在构思时就需要考虑的问题。在早期神话世界所塑造的三维空间中,西王母居住在凡人可以到达的昆仑山中,凡人只要虔诚地前往便有奇遇,《列仙传》记赤松子曾前往西昆仑山中的西王母石室,随风雨飘摇上下,最终得仙而去。后来的西王母故事则将生存的空间挪移到立体的多维空间中,她不再居住于凡人可以涉足的昆仑山中,而是居住于高高的天庭之中,彻底跳离了凡尘俗世,而故事的场域也由平面拓展成立体空间。

中国空间观念的成熟得益于佛教空间认知的输入,也烙刻着佛教痕迹。佛教传入中国后,佛教的小千世界、中千世界、大千世界等丰富完整的空间观念冲击了中国人的认知,像《后汉书》费长房的壶中天地、南朝梁吴均《续齐谐记·鹅笼书生》的口中世界,都是受佛教观念影响的结果,濡染着浓郁的佛教色彩。当代网络文学中的随身空间如乾坤袋、空间戒指、储物袋,追根究底可以说都受到上述故事的启发,形成大空间中包含着无数小空间、小空间中包含着无数更小空间的空间书写模式。既有的作品已经有了丰富的空间认识,神话的改编创作也要思索应该建构什么样的空间场域。

正常情况下人是三维空间生物,无法认识第四维度及以上的维度,而文学创作则应该去思索 n 维空间,不应该被固有的认识所束缚。比如,某部影视剧中的西王母从一朵金色花卉中缓缓走出,直接现身在玉帝的凌霄宝殿中,这样的出现方式将金色花卉当作一条空间通道,直接贯通西王母住处和凌霄宝殿,富有巧思,能够吸引观众。缘洛生的小说《征御诸天》以主人公赵旋穿越多个空间的情节连缀成文,将宝莲灯故事、哪吒故事、冥界故事、西王母故事串联在一起。小说中的空间层出不穷,号称有诸天万界,如"侠客行"世界、"平妖传"世界、游戏世界等多个单独分开的空间,每个空间发生的故事相对独立又暗有联系。小说把多部后世书籍或多个古代故事中的人物引入不同空间之中。在西王母及主人公成长的历程中,他们游历的无数世界使人眼花缭乱,其间所穿插的多个前人小说、游戏、漫画中的人物令人目不暇接。然而,这些繁复设计可能使读者产生过犹不及之感,甚至因原创意识被遮蔽而产生厌倦之意。

神话或玄幻主题的作品可以塑造多个可叠合的生存空间,让主人公在同维空间中来回转换,借以领悟空间的规则或彰显其神通,偶尔可以跨越界域,进入另一个完全不同的界域之中。目前流行的"快穿文",描写主人公由于某种情况穿越不同的时空。这类作品中的主人公灵魂不变,但身份、角色时常变换,会让读者无法畅意阅读一个完整的故事;即使让一个角色单独穿越多个空间,也常常无法使人一目了然,并不值得特别推荐。

在空间场域的构建中,或可划分为三个思维阶段:第一个阶段,复制简单的现实生存场域,作品人物全部生活在单一的空间;第二个阶段,跳出单一空间的思维限定,作家放开空间的思维设想,致力塑造多重空间的书写模式;第三个阶段,彻底领悟空间的秩序与奥妙,突破空间思维的界限,并不局限于塑造多重空间而是思索如何巧妙构筑适合文本的空间场域。怎样选择适合作品的空间场域,需要结合具体作品,而不在于频繁转换空间。

二、设置别有新意的人物形象

怎样成功刻画一个众所周知的神话形象,貌似简单,其实不然。神话人物出现在最初的文献中时,某些要素便已经确定了。像西王母的女性、神、昆仑等属性,甫一出现便被接受而未曾变化,苍然一色的小说《静听心中语,笑看别时花》便沿袭西王母的最初印象,以此作为小说的引子:

> 西海之南,流沙之滨,有山昆仑,其下有弱水之渊环之,其外有炎火之山。其山之主,名曰西王母。近来,西王母娘娘心情大好,漫步在瑶池边,看着一个个粉雕玉琢的蟠桃挂满枝头,不禁喜形于色。忽然,一点红光悠悠地从云雾中飘来,越飘越近。这时一只正在飞舞的鸾鸟,高亢鸣叫,向它飞冲过去,用尖锐的喙去啄,只见红光一闪,光芒四射,鸾鸟一声哀鸣,落荒而逃。西王母直呼奇哉,不由得聚精会神地观察起来。红光继续摇摇晃晃,不慌不忙地飘荡而来,眼看红光越来越近,终于飘落到瑶池边,红光快速一闪,钻入泥土里。不多时,西王母就看见一棵幼苗摇摆着蹿出地面,又左右摇摇摆摆地越蹿越高,一棵枝叶茂密的桑树拔地而起,红光闪耀,瞬间即逝。

这段文字中的昆仑、弱水、西王母、瑶池、蟠桃、鸟等关键词,都留有早期西王母故事的痕迹。小说除了将其铺展开来,其创作思路新意不足,仅仅是取用西王母故事来作为整篇作品的引子,并未致力于探究如何改写西王母的形象,也未将西王母故事与整部小说相融合,故在创意上有待提升。

如果将人物形象的塑造限定在固定的认知之中,忽略直观形象和形象思维,也不利用作家的创意性思维,这种人物形象很难称得上成功。人物形象的设置应具有新意,或摄入新时代的文化元素,彰显作者特有的创意,而不能是一个一成不变的固定模式。当然,如果回归到"改写"上,并不能彻底推翻原有的文化要素,不能仅因袭神话人物的名字,其内涵却与原有形象截然相反或毫无关联。

没有一部作品中的西王母形象达到了写作极致,其形象塑造在不断更新。透过古代西王母形象从野性到人性的回归、从人性到仙性的转变的历程,我们可以看到塑造好的人物,必须对时代特征、容颜变化、姿态变化、身份变化等元素都予以细致处理。电视剧《十二生肖传奇》中的西王母不似电视剧《西游记》中那个唯唯诺诺、不显法术的王母形象，反而具有无限神通，成为复活雪怜，帮虎、兔、鼠、龙生肖四子解开封印并指点未来之路的关键人物，她的地位已经得以提升。而电视剧《奔月》中的西王母也有变化，她敢与天后公然争斗。作品将现代女性的个性融入两位女性角色身上，将她们描绘得非常强悍，那种张扬桀骜的气场连天帝也只能认输，束手无策。现代的元素注入影视剧中的神话人物身上，让观众有了亲切真实的感受，降低了彼此间的隔阂感。

电视剧《宸汐缘》中的西王母是一个比较有新意的人物形象，由于爱情主题的限制，作品并未致力塑造其威严神圣的神性，反而将这位颜值极高的人物刻画得个性鲜明。作者虽然也将西王母的出场背景设置于蟠桃大会上，但蟠桃不再是宴会上的特有食物。西王母专门邀请两位药王洞的神仙，让他们把上古神兽吞天兽的骨血炼化成丹药，以备在这场仙界盛会上分享给群仙。她的出场次数在整部剧作中很有限，但从药王洞的医官青瑶口中，可以得知她在天庭的地位极其高贵，仅次于天君和天尊，在女子中堪称领袖。她具有一股强悍跋扈的霸气，一改其他作品中温存贤淑的形象。她一心想捕捉疑似魔族的灵汐，一掌打翻极渊大殿外面的守门者，轰碎了结界，殴打灵汐，行事果断，英气勃勃，这样的形象在影视剧中并不多见。

电视剧《天乩之白蛇传说》把现代人的幽默诙谐感带入电视剧之中，同样赋予人物以鲜活的个性。当"萌蠢"的白夭夭误认为西王母也是前来蟠桃园偷蟠时，剧中的西王母带着笑意告知她应回避巡逻天兵，后来又在紫宣的劝说下放过白夭夭，展现出她善良宽容的一面。这位西王母身上威严之势并未成为固定的标签，她更像是一位睿智英明的长者，对陷入迷茫的白夭夭多加开导和点拨，告诫她绝望的人没有资格悲伤，人生莫要忘记初心，自身肩负维护人间安危的重责，是一位有新见、有担当的仙界女首领。电视剧《奔月》中的西王母是天界的开心果，心直口快，泼辣直率，往往畅所欲言，无所顾忌，她终日与众动物精灵安然相处，自得其乐。西王母看到河伯使计骗娶嫦娥，便放下神威尊严，装疯扮傻大闹婚礼，明指这场婚姻错配了。上述两位西王母形象都褪去了神性的光芒，反而具有凡人的性情，也是展示创意的一种写作路径。

我们鼓励重塑人物性格以展现新意，但不应将人设弄得彻底崩塌。电视剧《宝莲灯》中的西王母被刻画成阴险毒辣的反派角色，彻底颠覆了以往的西王母角色，将凡人对神灵的尊崇礼敬的态度变成鄙夷轻视。在这部剧作中，西王母一直扮演着恶人的角色，做下了一系列恶事，她得知三圣母私通凡人生下沉香，便蛊惑玉帝将沉香捉拿归案，并打入十八层地狱，永世不得超生；她包庇二郎神，要将牛魔王打入天牢，逼得红孩儿火烧凌霄宝殿；她赐给二郎神一个乾坤钵，让他将三圣母镇压在华山顶上；她下令天兵天将，全力捉拿沉香。然而这一人物形象的刻画并未触及灵魂，甚或表现得肤浅片面，西王母信誓旦旦地说即便是玉石俱焚，也不会受妖孽的威胁而妥协，可是到了故事结尾，西王母的态度忽然转变，居然被沉香的真情感动，这样的转变难免突兀。

三、创造深刻的故事情节

重写一个故事时，最重要的是写出有思想深度的故事，刻画具有复杂观念的人物，这需要考虑文化观念影响和渗透程度。一个成功的故事，应蕴含复杂深邃的思想观念,而不是仅凭借一个曲折的故事情节,曲折离奇的故事或许能吸引人,却缺少回味感和启迪意义。如何才能在故事中寄寓深刻的思想观念,从而创造有深度的故事情节呢?这就需要在故事中建构深刻的矛盾冲突。冲突这个概念最早来自戏剧,按照亚里士多德等人的观点,所谓戏剧冲突就是指人心自然欲望与道德责任或与不可克服的障碍之间的冲突、斗争。深刻的冲突可以反映出深刻的社会问题,展示出人类所面对的生存困境。深刻的故事情节必须包含深刻的矛盾冲突。

我们在西王母神话改写的进程中,看到每个时期的西王母故事都包含当时的思想观念、文化内涵与价值理念,这是一个文学入时、入世的过程。西王母身上包含了人性和神性、个体和道德等深刻的内在矛盾。利用西王母文化资源,就要根据西王母的身份,建构深刻的矛盾冲突,从而创造有深度的故事情节。

树下野狐的小说《搜神记》中对西王母的描写和塑造就是如此。这是一个深刻复杂的神灵形象。文中西王母登场时便令人印象深刻:"那人青丝飞扬,玉胜摇曳,眉目如画,肌肤晶莹似雪,竟是一个典雅高贵的美貌女子。……明月皎皎,从半山下俯瞰,依稀可以看见她的脸容,端庄秀丽,眼珠淡蓝,如海水一般清澈透明;临风而立,宛如仙子飘飘欲飞,只是脸罩寒霜,双眉轻蹙,微带煞气,让人平生敬畏之心。"作品文笔优美生动,从眉目、肌肤、仪态等方面细致形容西王母,勾勒出了一个容貌美丽的绝世仙人。作者有意袭用一些传统理念来塑造西王母形象,文中的西王母因她出生时漫山散发异香,又取五行之中"金生水"而得名白水香,被金族称作"西方金王圣母",尊称为"西王母",能够召开蟠桃大会;但文中的西王母是一个全新的人物形象,她虽然沿用"西王母"的称号,却有着金族圣女身份,又有自己鲜活的个性。作者正是深挖西王母身上所蕴含的个人之爱和集体之爱之间的深刻冲突和矛盾来建构情节。她运筹帷幄,深谋远虑,性格复杂,有血有肉,是一个走下高高的神坛而富有人性情感的女子形象。她有凡人般的情爱欲望,对水族勇士科汗淮一片痴情,和他生下了女儿纤纤。同时她也是家族圣女,有自己天生的职责,当面对金族安危之时,她含泪放下个人情感,不得不在情爱与责任中做出选择,主动承担起守卫家族的安危的责任,独自默默承担这段无疾而终感情的苦果,以保全金族的威严;更是宁肯让自己被误解,也不愿向旁人倾诉自己内心的酸辛悲痛。身肩家族大义的她,外表刚强却内心柔弱,当她斩杀掉与窦窳合体的科汗淮时,面色惨白,娇躯微颤,却又放声大笑,在阵阵狂笑声中,分明有"一颗泪珠倏然从脸颊上滚落"。她掀起凌厉无匹的冲天刀芒、破空飞舞的刀光,具有凛冽锐利、雄浑刚猛的气势,这也是她人格品质的流露。

在这个性格复杂的人物身上,读者能看到西王母的温柔,能看到她的赫赫威势,能看到她的刚烈勇武,体会到她内心深处的痛苦。她住在瑶池宫中享受着奢华的生活,但决然不是一个贪图享乐的肤浅女子,她将自己所有的深沉情感隐藏在内心深处,她对失散多年的女儿之母爱深切真实;但在外人面前,她却不得不表现出果敢气势,宁为玉碎不为瓦全,铮铮铁骨令人钦服。

这个故事的情节围绕西王母身上的矛盾冲突来建构,显得很深刻。可见深度的情节和矛盾冲突的建构密不可分。西王母有着多重的身份,女性、妻子、母亲、始祖神、仙界领袖等,每一重身份都能建构起深刻的冲突,比如身为女性,和男性神仙的冲突,与神界存在的男尊女卑的抗争;身为母亲,面临女儿们自由恋爱的冲突,如七仙女董永故事中的西王母。神界不过是人界的折射,可以充分利用西王母多重的身份来建构深刻的情节。

再如西王母是中国神话中一个神秘的女神,这和人人渴望长生不死有紧密关联,这一点可以被用来建构深度情节。如南派三叔的小说《盗墓笔记》中的西王母是一个特殊的文化符号,作品形成了与以往作品全然不同的书写方式。她集文学的虚构与考古的真实为一体,并非一个真实人物,却又让读者觉得这是一个的确存在于历史中的人物。作者很擅长编写故事,从来没有从正面去勾勒过这一神话人物的外在形象或性格特征,也不会援引典籍所载去证明她的存在,而是利用西王母王国遗留下的诸多文物遗迹,带领读者去思索那个仅存于典籍中的神话人物。作者紧紧抓住拥有不死之药的西王母传说娓娓道来,渲染她身上所具有的神圣力量,设置悬念和故事情节。虚幻的神话人物与真实的文物古迹,共同勾画出一个西王母的文化印迹,一个绘有鸟图案的陶罐象征着西王母的图腾三青鸟,凝聚着西域的精神中心。虚幻的神话故事被能直观感触到的文物激活了,于是在西王母国的雕刻上读者看到了一个可触摸的真实存在:"那是一尊立像,是在山崖上直接凿出来的,鸟的头部是一张似人非人的女性怪脸,长着两对眼睛,面无表情,冷酷异常。两足下雕琢着五个骷髅头;鸟立于其中两个天灵盖上,似乎这些骷髅都是它吃剩的骨骸。"在作者的笔下,读者情不自禁地会产生一种真实感,西王母国并不再是神话中的国度,也不是一个遥远的西方国家,仿佛真实存在读者的眼前。

在神话故事创作与改编过程中,应关注故事重写中的相关要素,思索如何继承与发展原故事情节与要素。一篇短小的神话故事,存有很多可供拓展的地方,无论是文学经典、网文作品、影视作品皆可予以化用,这是一个能无限开发的创作领域。

课堂研讨

1. 中国古代神话有哪些类型?
2. 重写中国古代神话的基本策略有哪些?
3. 西王母神话改编和重写对我们有哪些启示?
4. 西王母神话中包含的深刻冲突是什么?

实践训练

1. 围绕一则神话故事,比如"嫦娥奔月"或者"女娲补天",按照本章所讲的方法策略,尝试将其改编为短篇小说,然后研讨故事改编的侧重点和改编效果。
2. 每位同学找一部含有神话元素的小说,提炼和分析这些小说是如何使用神话元素的。

3. 如果同学们要创作一部利用西王母神话元素的小说,请构思该小说的大纲。
4. 共同阅读《山海经》,研讨其中可供开发的神话元素。

 拓展链接

1. 袁珂:《中国神话传说词典》,上海辞书出版社 1985 年版。
2. 袁珂:《中国神话传说:从盘古到秦始皇》,世界图书出版公司 2012 年版。
3. [美]查尔斯·盖雷:《英美文学和艺术中的古典神话》,北塔译,上海人民出版社 2005 年版。
4. 宁稼雨:《诸神的复活:中国神话的文学移位》,中华书局 2020 年版。

第十二章　中国古代寓言资源与文学利用

[学习目标]
1. 了解中国古代寓言的特点与发展概貌。
2. 理解寓言对文学创作的启示。
3. 通过庄子寓言的古今改编,了解故事改编的方法。

第一节　中国古代寓言的特点与发展概貌

中国有着非常悠久的历史,具有大量优秀的文化资源,是当今文学创作用之不尽、取之不竭的宝库。今天进行文学创作,离不开对古代优秀文化资源的利用和开发,那些善于向古代文化学习,善于使用古代文化资源进行小说或影视剧改编的作者们,往往能取得很大成功。在这些灿烂的文化资源里,中国古代寓言故事是重要的组成部分,值得重视。

古代寓言是中华优秀传统文化的一部分,是中国早期叙事文学的重要代表,其中很大一部分仍然以成语的形式存在于今天的日常语言之中,比如大家耳熟能详的自相矛盾、狐假虎威、刻舟求剑、守株待兔、相濡以沫、亡羊补牢等。它们不仅数量众多,短小精悍的形式和深刻的意蕴组合在一起,产生了独特魅力,也极大地丰富了汉语的表现力。但如果认为寓言只是以成语形式存在,那就完全低估了寓言的价值和影响。

中国古代寓言的历史悠久,源远流长,在春秋战国时期,它随着百家争鸣而繁荣,形成了具有本民族特色的寓言文化,和印度寓言、希腊寓言并称世界三大寓言体系。春秋战国之后,寓言创作仍然获得了极大发展,成为文人文学创作的一种独立体裁,也成为开发不尽的创作来源,留下了数量庞大的精彩故事。从写作的角度来看,这些精彩的寓言故事对文学创作,特别是叙事文学创作有多方面的启发意义,值得认真学习。

那么什么才是寓言?中国古代寓言又有哪些特点呢?

第十二章 中国古代寓言资源与文学利用

寓言一词古已有之,最早见于《庄子·寓言》:"寓言十九,籍外论之""寓言十九,重言十七,卮言日出"。成玄英的注疏解释说:"寓,寄也。世人愚迷,妄为猜忌,闻道已说,则起嫌疑,寄之他人,则十言而信九矣。"陆德明《经典释文》中解释说:"寓,寄也。以人不信己,故托之他人,十言而九见信也。"这里的寓言都是说把自己的意思通过外人之口、外人的言论表达出来,就是将自己的意思寄托在他人之言中,所以古人把有所寄托的言和事往往都称为寓言,虽然和今天的寓言含义有差别,但强调不直接说,而是通过外在的言和事来寄托和阐明主旨,已经揭示了寓言的核心要义。寓言作为一种文体的名称,则始于1902年林纾用"寓言"一词来翻译《伊索寓言》这本书,1907年茅盾又借鉴西方寓言的概念编辑了《中国寓言初编》一书,此后寓言作为一种文体逐渐固定下来。今天的寓言主要指寄寓了劝谕或讽刺意义的各种小故事。寓言有四个基本特点:一是故事性,二是虚构性,三是有比喻寄托,四是强烈的道德训诫色彩。

首先,具有故事性是指这些寓言都有较完整的故事情节,有着故事发生发展的起因、经过和结果,展示了主人公的言行和前后变化,而且其中还包含着一定的故事冲突。没有故事情节的不能称为寓言,由此可以把寓言和普通比喻区别开来。故事性是寓言和后世小说等叙事文学最紧密的联系,也是寓言能够为文学创作提供借鉴的基础。

其次,虚构性是指寓言故事是虚构出来的,并不是真实发生的事件,比如狐假虎威、鹬蚌相争等,其虚构性是非常明显的。即使那些以普通人为主人公的寓言故事,如亡羊补牢、南辕北辙、自相矛盾等,虽有一定生活经验,但也经过了作者的加工改编。通过虚构性我们可以把寓言和历史记录区别开来。历史故事不是寓言。

再次,有比喻寄托是指故事的含义不在于故事表面,而是藏在故事背后,言在此而意在彼。这些寓言故事都包含着深刻的道理,具有讽刺、劝勉或警戒世人的作用,但往往托之动物或者他人的行动来表现,我们都知道狐假虎威、黔之驴讲的虽然是狐狸和老虎、老虎和驴的故事,寄托的却是人世的道理。由此点可把寓言和动物小说、童话等区别开来。从更本质上来看,寓言故事更像是一个比喻,跟普通比喻不同之处在于,寓言的本体是其表达的道理,而喻体则是一个完整的故事。通过故事这一喻体来传达故事背后的寓意。《庄子》中的寓言主要展示自己独特的人生体会,所以其寓言本身往往借助神话人物或传说,新颖生动,但寓意往往比较晦涩难解;而《韩非子》中的寓言则更多建立在民间故事基础上,和大众的生活联系紧密,因此寓意也比较确切显豁。这是两种不同的寓言类型。

最后,道德训诫色彩是指寓言故事往往具有强烈的劝诫警世的教化意义。与寓言所具有的比喻寄托含义紧密相连,寓言故事所寄托的就是那些劝诫、讽刺和警世的含义,这彰显了这类看起来荒诞不经、怪力乱神的小故事所具有的强烈和深刻的现实意义。一般来说,小说等文学作品都会寄托作者的情感和见解,但寓言特别偏重道德训诫。

此外寓言的篇幅大多短小,主要通过主人公简单的行动和语言来提示和暗示主题。以下是几则典型的寓言:

昔者海鸟止于鲁郊，鲁侯御而觞之于庙，奏《九韶》以为乐，具太牢以为膳，鸟乃眩视忧悲，不敢食一脔，不敢饮一杯，三日而死。此以己养养鸟也，非以鸟养养鸟也。

——《庄子·至乐》

三虱食彘，相与讼，一虱过之，曰："讼者奚说？"三虱曰："争肥饶之地。"一虱曰："若亦不患腊之至而茅之燥耳？若又奚患！"于是乃相与聚嘬其身而食之。彘臞，人乃弗杀。

——《韩非子·说林下》

齐有善相狗者，其邻假以买取鼠之狗。期年乃得之，曰："是良狗也。"其邻畜之数年，而不取鼠，以告相者。相者曰："此良狗也，其志在獐麋豕鹿，不在鼠，欲其取鼠也，则桎之。"其邻桎其后足，狗乃取鼠。

——《吕氏春秋·士容论》

第一则寓言选自《庄子·至乐》，讲的是鲁侯因为不懂养鸟，按照接待人的最高规格标准来养鸟，却把鸟养死了的故事。这表面上是告诉我们养鸟要顺乎鸟的本性，根据鸟的需求来饲养它，不能主观臆断，以人的需求来养鸟，其深层的寓意则是要说明治理国家也要顺乎百姓的本性，才能把国家治理好。

第二则寓言选自《韩非子·说林下》，讲的是三只虱子为了争抢猪身上肥腴的地方吸血而吵架，在意识到年终这只猪将作为祭祀的牺牲后，三只虱子尽释前嫌一起努力吸血，猪变瘦后未被杀掉，三只虱子也得以保住性命。故事表面上讲三只虱子的故事，深层寓意是劝诫人们在共同危险和利益面前，要摒弃私怨和小利而团结起来。

第三则寓言选自《吕氏春秋·士容论》，讲的是一个人想买一只狗来捉老鼠，但买到一只一心想打猎的狗，为了让这狗不再一心想着去外面打猎而能安心在家捉老鼠，他把狗的两条后腿绑了起来。故事表面是讲人为了猎狗能捉老鼠而戕害它的身体，寓意是在讽刺统治阶级埋没和残害人才，不能让人才施展才华。

这三则故事显然都是虚构的，故事自足完整，情节生动，讲述这样的故事就是为了揭示和传达背后的深意，就像比喻一样。因此，寓言就是一个虚构的以比喻的形式来说明道理，具有训诫性质的小故事。它借此喻彼，借远喻近，借物喻人，使得抽象深奥的事理从具体浅显的故事中体现出来。

中国古代寓言在发展成熟的过程中，形成了和西方《伊索寓言》《拉封丹寓言》等不同的特点，具有鲜明的中国色彩。一方面，西方寓言基本以动物为主角，虚构和寄托的特点是非常明显的，最常见的动物有狼、狮子、狐狸、狗、鹰、驴、乌鸦、绵羊等，著名的寓言《列那狐的故事》就以狐狸作为主角。即使同为东方寓言的印度佛经寓言，也以动物寓言为主，这些佛经寓言还曾给了中国寓言很大的影响，如柳宗元《黔之驴》中驴子的形象和明代马中锡《中山狼传》中的中山狼形象都能找到佛经渊源。而中国古代的寓言故事中，以动物为主角的虽然也有，如狐假虎威、鹬蚌相争等，但是以人物为主角的显然更多，数量上大大超过了动物寓言。中国古代寓言以人物为主角，喜欢通过虚构的人物故事来劝诫警世，这让古代寓言在更具有真实感和人情味的同时，也使其和民间传说难以区分。而唐代以后动物寓言增多，又恰恰证明了佛教与佛经寓言的影响在增强。另一方面,西方寓言以动物为主角,其寓意往往清晰,训诫色彩非常鲜明,而中国寓言则擅长借助神话传说来表达自己的主观感受,可从多方面解读,寓意晦涩复杂。

春秋战国时期,寓言创作特别发达,但此时寓言并未独立成为一种文体,而是以论据的形式大量出现在诸子百家的议论文之中,比如《庄子》的文章几乎就是由一个又一个寓言连缀而成的,《韩非子》一书中的寓言有300多则,而先秦时期的寓言总数则有上千则。翻阅先秦时期诸子百家的著作,会发现以寓言进行论证是当时常用的一种论说方式,这主要和先秦时期的文化息息相关。首先是引证的风气和传统。先秦时期引证风气流行,通过引述权威的言论来佐证自己,比如众所周知的征引《诗经》"赋诗言志",在论述中征引寓言来证明也是这种言说方式的表现。其次是追求立象尽意。立象尽意是指不通过直接阐明而是通过图像、形象等间接的方式来表情达意,是象征和譬喻的思维方式,在《周易》中体现最为鲜明。寓言本身就是以故事为喻体来表达背后的深意,而不是进行逻辑的论证,恰恰是这种思维的具体体现。最后是受先秦论辩之风影响。先秦时期百家争鸣,论辩风气兴盛,策士在游说之际往往以寓言为手段来证明自己的观点。寓言是虚构的他人的故事,和现实人生拉开了一定距离,这种虚构故事既浅显易懂、生动活泼,能让听者体会到深意,同时又不会对言说者造成威胁。因此寓言成为常见的一种言说手段。

汉代武帝时期"罢黜百家,独尊儒术",思想文化定于儒家一尊,经学发达,成为占据主导地位的学术形态,在这种背景下,寓言创作逐渐衰落,如刘向《说苑》《列女传》等书中的寓言更为偏向伦理说教,政治色彩浓厚,失去了先秦寓言活泼的色彩。但汉代佛教传入,给中国文化带来极大影响,也影响到了寓言的创作,如《燕子赋》等俗赋类动物寓言具有浓厚的佛教思想色彩。

唐代是寓言创作的另一个高峰,出现了柳宗元这样的寓言创作高手,他一人创作了大量以动物为主角的寓言,如《三戒》《罴说》等作品,内容深刻,形式完备精美,是完全独立的、高度成熟的寓言作品。不仅如此,寓言的思想理念和传记、传奇相结合,出现了大量人物传记类寓言作品,如韩愈的《毛颖传》,柳宗元《李赤传》《梓人传》《河间传》等作品,这些作品系虚构,不能当作真实人物的传记看待,作者创作这样的作品显然也有深意,可以当小说看,因此寓言本身和小说之间有深刻的联系。

宋以后,寓言创作仍然兴盛,宋代理学思想对寓言创作影响极大,出现了《东方智士说》这样阐明理学的寓言故事。同时,曾经严肃的寓言创作开始向谐谑一路转化,出现了大量笑话类型的寓言。宋以后专门类别的寓言集大量出现,如明代刘基的《郁离子》收录寓言数量非常庞大,海外寓言此时也逐渐传入,文人的寓言创作受到外来的影响越来越明显。

总之,在我国古代,寓言创作始终兴盛,作为一种独立体裁,留下了大量作品。这些寓言故事,比起历史故事,更加生动活泼,短小精悍,表达的哲理和思想却又特别的深刻,成为一类非常独特的文体。从叙事文学的角度去阅读寓言的时候,会发现在唐代小说兴盛之前,它们不仅可以当作较早的短篇小说来看待,在小说这类文体独立成熟之后,它们又为小说创作从素材到理念等各个方面提供了思路和借鉴,成为小说创作的宝库,它们不仅滋养了古代小说创作,而且也为今天小说创作提供了资源。

长期以来,寓言要么只是作为成语存在于人们的语言中,凝练的四字成语固然以简洁精练的形式符号传达出了深刻的意涵,让日常语言更为生动,但这个过程无疑也大大简化了寓言故事原本丰富的文本细节和内容;要么大量以文言文学习的素材出现在学生的教材和练习册里,沦为单纯的死的资料,学生们关注的是寓言文本里一个个字词的含义,而不是故事生动曲折的情节和大胆想象及深刻内涵。可以说这种不重视的态度造成我们对寓言的开发和利用是非常有限的,没有深刻认识到寓言对写作的重要意义。

20世纪90年代的寻根文学热,以及南美魔幻现实主义文学的传入,曾经激发了一部分作家向传统文化、民间文化寻找文学创作灵感和资源的热情,如韩少功、阎连科和贾平凹的作品多可看到从民间传说、寓言故事寻找创作素材的努力。20世纪初,"重述神话"创作活动也引起一些作家向传统的神话和寓言中寻找故事素材。

第二节　中国古代寓言对文学创作的启示

寓言这种文体,通过生动有趣的故事来揭示深刻的哲理,篇幅短小但又变化多端,本身就极富文学色彩,对文学创作产生了深远的影响。它是中国叙事文学的开端之一,直接滋养了后世小说的创作,今天还能给我们以各种启发。那么中国古代寓言对文学创作有什么启示呢?

一、寓言是对话交流的基本材料

寓言是精巧的故事和深刻哲理的完美结合,具有很强的说服力,比如先秦寓言还未曾取得独立文体的地位,主要是作为议论文的论据存在,《庄子》《韩非子》等议论文的论证方式之一就是将许多寓言直接罗列成文。那么今天,当我们在写文章的时候,虽然岁月变迁,但这些故事所具有的强大说服力仍然存在,仍然是我们言谈交流时候表达自己思想和认识的有力工具。再加上寓言故事本身的曲折动人,语言的优美,想象的大胆,思想的深邃,使用得当能有力提升言语的魅力和感染力,也能增加文本的深度,让文章显得更加蕴藉含蓄。例如:当要表达人生如梦的时候,我们很容易想到《庄子》里庄生梦蝶的寓言;当要讽刺在上位者尸位素餐、妒贤嫉能的时候,我们又能想起《庄子》里鹓雏腐鼠的故事;当要表达自己人生困顿、苟且偷生的时候,我们又能想起《庄子》里涸辙之鲋和曳尾涂中的故事;当我们要表达社会黑暗、生不如死的时候,也许再没有比《庄子》中夜梦髑髅更合适的了;当我们要劝说一个人不要离开家乡时,也能够告诉他《战国策》里那则土偶木梗的寓言故事;当要说明一个人鬼迷心窍的时候,也许可以讲讲柳宗元的《李赤传》里李赤是如何把厕所当成天堂的。

在创作小说的时候,寓言不仅能增加语言的优美含蓄,同时还具有推动情节发展的作用。《红楼梦》第二十二回借宝钗之口所讲的六祖慧能"菩提本无树"的禅宗寓言,第二十一回和二十二回中出现了多则《庄子》的寓言,如《庄子·胠箧》和《庄子·山木》中的"山木自寇,源泉自盗"等,与全书色空观念和宝玉思想的发展大有关联。不仅如此,在一些作品中,寓言故事则成为小说发展的关键因素。比如日本作家三岛由纪夫的作品《金阁寺》,主要讲述男主人公沟口焚烧著名寺庙金阁寺的原因和过程。沟口最后能下定决心并焚烧金阁寺,虽然与他身体的残疾、贫寒的出身和前途的暗淡紧密相关,但在这个过程里,他和他的师傅、朋友们对禅宗寓言"南泉斩猫"寓意的讨论构成了他思想转变的关键。"南泉斩猫"出自《景德传灯录》:

> 师因东西两堂争猫儿,师遇之,白众曰:"大众道得即救取猫儿,道不得即斩却也。"众无对,师便斩之。赵州自外归,师举前语示之。州乃脱履安头上而出。师曰:"子若在,即救得猫儿也。"①

关于这个禅宗公案争论很多,猫在这里代表什么历代禅师解说不一。在《金阁寺》里,沟口的朋友柏木多次将猫解释成美的化身,认为美是人痛苦的根源,就像生病的牙齿一样,只有像斩猫一样把牙齿拔去,才能去除人生的痛苦。② 这种理论,成为主人公下定决心焚烧作为美的化身的金阁寺的关键所在。

此外,还可以从互文和叙事分层的角度来理解小说创作中对寓言的引用。寓言作为一个故事文本被嵌入小说中,提供了不同于主文本的次文本,属于小说中不同的文本层次,扩展了小说叙事的空间,增加了整个小说文本的丰富性,具有独特的价值。

二、寓言是小说改编的重要素材

寓言和小说创作的关系

小说就是讲故事,故事可以来自作家自己的亲身经历,很多的自传、回忆录都是作者直接的经历,而很多小说则是以作者自己的经历为原型再加以虚构形成的,比如《红楼梦》《家》《春》《秋》等;故事还可以来源于自己的亲人、朋友或者听来的他人的经历,比如贾平凹就曾说他的小说《极花》就是听来的朋友女儿的故事;故事还可以来源或脱胎于历史,《三国演义》《水浒传》就是这样的。毫无疑问,寓言故事也是小说素材的一大宝库。寓言故事本身就可称得上是微型小说,夸张离奇的想象、精巧的故事情节、出人意料的结局、富有生命力的语言和对话,都可以启发后世小说的产生或作为扩展小说的蓝本。虽然故事简单、主人公形象还不丰满、缺少具体背景的铺展和介绍等,但这恰恰给小说留下了进一步开发的空间。《韩非子》中记载的许多民间故事类寓言,实际上就是汉魏杂事小说的开端;《庄子》和《列子》中虚构的鬼神怪异的故事,也可说就是魏晋六朝志怪小说的鼻祖。《搜神记》中苟巨伯遇鬼杀了两孙的故事就是从《吕氏春秋》蔡丘丈人遇鬼杀子的寓言演变而来的;《聊斋志异》中《陆判》一篇写陆判为朱尔旦换心,这个换心故事的直接来源就是《列子》中记载的师旷为鲁公扈和赵齐婴换心的故事。还有一些在先秦很短小的寓言,经过后人的加工改编,便成

---

① 《景德传灯录》卷八《池州南泉普愿禅师》。
② 三岛由纪夫.金阁寺[M].唐月梅译,北京:九州出版社,2018:151–153.

为很长很精彩的小说或戏剧,如《孟子》中齐人有一妻一妾,就被明代人改编成《东郭记》,清人又写有《东郭萧鼓词》。《庄子》中庄周梦蝶的寓言被后人添加改编成《蝴蝶梦》剧本。《庄子》中还有庄子梦髑髅的寓言,髑髅告诉庄子人死后自由自在的种种快乐,就是让他称王他也不肯复活,此寓言反映的是战乱年代人们生不如死的悲凉心态,这在汉代被张衡改写为《髑髅赋》,鲁迅《故事新编》中《起死》一篇也是据之改编的。《庄子》和《列子》均有《朝三暮四》这则寓言,它本是讽刺统治阶级变换手段欺骗民众,而到了刘基《郁离子》一书中则将这个故事发展成民众觉醒反抗统治阶层闹革命的故事。即使今日的小说创作,仍然能以寓言为素材,结合时代因素进行新的改编尝试。流潋紫《甄嬛传》中有一个情节,余莺儿冒充甄嬛被皇上封为答应,皇上随口说出一句词"玉楼金阙慵归去,且插梅花醉洛阳",果郡王为了试探余莺儿的真伪,故意说这是李白的诗,余莺儿自然不知道,也说这就是李白的诗,其实这是南宋朱敦儒《西江月》里的两句,余莺儿因此暴露了自己的身份。这个小情节,其实和邯郸淳《笑林》中"谁杀陈他"这则寓言一模一样。因此,在创作中可以多利用寓言,会有很好的表达效果。

三、寓言是小说冲突设置的范例

寓言是通过具体生动的故事来揭示背后蕴含的深刻哲理,而这样的故事不可能是普通的平铺直叙的故事,必然包含矛盾、富于戏剧冲突,正是通过这样的冲突和矛盾来揭示和反映生活中的种种问题和困境。在这一点上,寓言和小说无疑是相通的,小说也是通过设置矛盾冲突来反映生活。一篇小说以冲突为核心,前半部分是对冲突形成的铺垫和塑造,后半部分则是冲突的爆发和解决。寓言虽然情节简单,但恰恰特别善于设置冲突。所谓冲突就是两种力量的对抗,主要是人和社会或者不同价值观之间的对抗,寓言作者能以敏锐的眼光发现生活中的问题,并借助动物或神话人物,以冲突的形式表现出来。这些寓言凝聚了作者的智慧,值得认真品味。比如下面这篇:

> 泉涸,鱼相与处于陆,相呴以湿,相濡以沫,不如相忘于江湖。
> ——《庄子·大宗师》

泉水干涸了,两条鱼被搁浅在岸上,为了活下去,他们互相向对方身上吹气,向对方身上吐唾沫,以保持身体的湿润,艰难地维持生存。与其如此,是不是两条鱼从来都不认识而在江河湖泊中自由畅游更好呢?辛夷坞小说《致我们终将逝去的青春》可看作对这个寓言故事的精彩演绎。陈薇和陈孝正是大学时代的情侣,毕业后面临着艰难的日子,在这种情况下二人的爱情该如何发展?陈薇选择相濡以沫,而出身贫寒的陈孝正选择了放弃,相忘于江湖。当陈薇说:"如果我愿意和你一起吃苦呢?"陈孝正回答:"可是我不愿意!"将二人的痛苦纠结展示得淋漓尽致。李碧华的《胭脂扣》中,如花和十二少面临的也是相濡以沫还是相望于江湖的选择,选择相濡以沫以为自己可以坚持,不想在现实面前是如此狼狈不堪。这些故事聚焦寓言中爱情和现实之间的不可调和的矛盾,展示了造成这些矛盾的原因,以及人物面临困境时的艰难选择,是对庄子寓言的精彩诠释。千百年来,庄子寓言中相濡以沫不如相忘于江湖的故事就会不断上演,抓住核心冲突,结合新的时代背景,就可能创作出好的作品。再看下面这则:

> 齐人有女,二人求之。东家子丑而富,西家子好而贫。父母疑不能决,问其女:"定所欲适,难指斥言者,偏袒令我知之。"女便两袒,怪问其故。云:"欲东家食,西家宿。"

——《风俗通义》

这则寓言讲齐国人有一个女儿,有两个男子来求亲,东家子貌丑但是富有,西家子英俊但是贫穷,父母让女儿自己选,女儿说两家都想要。父母问缘由,结果女儿说:"想白天在东家吃饭,晚上在西家睡觉。"两千年前的寓言故事生动地写出了人在择偶时的矛盾心情。经济很重要,但是婚姻中爱情也很重要,没有爱情的婚姻难以长久。当两者不能兼得时该如何选择?即使到了今天,这仍然是让人头疼的问题。

四、借鉴寓言的创作

许多寓言以动物、神怪为主人公,通过他们的故事讽刺世事、劝诫世人,往往写得光怪陆离、怪诞夸张,如《庄子》中的各种畸人、奇人、异人形象,韩愈的《毛颖传》、柳宗元的《河间传》《李赤传》《种树郭橐驼传》《梓人传》等都是如此。《聊斋志异》里不少故事也可当寓言来看,这样一种创作精神投射到小说创作中,能启发作者在现实题材之外,通过夸张怪诞手法来反映现实,这和魔幻现实主义有异曲同工之处。因此不少作者将眼光投向中国传统寓言,吸收寓言的创作理念。比如莫言的《生死疲劳》《丰乳肥臀》,阎连科的《受活》《日光流年》《炸裂志》《风雅颂》等小说,既荒诞又现实,情节夸张,想象奇特大胆,极具寓言色彩。此外,寓言体小说的创作也是一种极好的尝试。实际上20世纪以来现代文学的发展,可以说充分开拓了寓言和文学之间的互动关系,在小说创作中深入展现了寓言的可能表现方式。在理论上有本雅明关于寓言的深度阐释,而在创作上,从卡夫卡开始,寓言气质丰沛地出现在小说文本中,从纳博科夫到以马尔克斯为代表的南美魔幻现实主义,从卡尔维诺到石黑一雄、阿特伍德,寓言给予作者不拘泥于现实生活、超越现实生活,但又深刻表现现实精神的启示,拉大了文本形象和潜藏寓意之间的距离,造成小说晦涩的同时,也形成故事更深层的魅力。

总之,学好寓言对我们的文学创作助益良多。

第三节 寓言故事的改编策略

寓言故事本身简略短小,从故事的丰满程度上来说是相对较低的。这一方面造成了寓言故事改编上的困难,因为改编者从故事中获得的信息过少;但从另一个方面看,这些简略的地方又恰恰给故事改编留下了大量可以充实和开发的空间,改编者可以充分发挥自己的想象力,根据主题的需要,去填补空白。

时代在不断发展,读者在不断变化,寓言故事也需要根据读者的不同特点去调整,改编重述就变得更为重要。现代作家要改编的寓言,故事情节、走向、结局都已先验地固定,故事元素都已被预知,这就在某种程度上限制了"故事"展开的向度与可能。如何用一种不同的讲述来使一个众所周知的寓言故事获得新鲜感,如何在重写中体现现代人的生存体验与对世界、生命的关注,是改编需要解决的难题。

故事改编时,改编者会根据自己的思想认识有意地解构原寓言的主题,赋予其新的内涵,这就需要运用一些策略来实现这个目标。一般来说主要是对寓言的情节、人物、环境等进行改造来表达新的主题,常用的策略主要有以下几点。

一、改变叙述视角

叙述视角是叙述者为了引导读者更好地审视小说的形象体系所选择的切入角度及由此而形成的视域。从谁的视角观察和展开叙述,站在谁的立场上讲故事,势必就会以谁的价值尺度去评价对象与观察的内容。因此,改变寓言故事的叙述视角、叙述的聚焦对象,故事的切入点、主题意蕴都将发生变化。这一点可以小说《水浒传》和《荡寇志》为例,《水浒传》是站在梁山好汉的立场上讲述的故事,因此梁山好汉为正义一方,朝廷则为反派,但讲述同一个故事的《荡寇志》则站在了朝廷一方,梁山好汉成了土匪,变成了一个剿匪的故事。李碧华小说《青蛇》改变以往从白蛇视角出发讲故事的惯例,从青蛇的视角立场讲述故事。2023年初上海美术电影制片厂的动画片《中国奇谭》第一集《小妖怪的夏天》,别出心裁地一改往日以英雄视角为主的模式,从一个小妖怪的立场上去讲述西游故事。这些叙事视角的改变都形成了故事独特的内涵。寓言故事在改编时也可从视角改变出发来建构故事。比如寓言故事《朝三暮四》,它展示了养猴人对猴子的愚弄,告诫人们要透过现象看本质,不要被表面现象迷惑。作者是从"上帝视角"出发讲述这个故事的,对其中的人和猴子都有所批判。如果我们以猴子视角,从它的立场出发来讲述这个故事会变成怎样?明代刘基《郁离子》中以猴子为主角和叙述视角,展示了猴子们逐渐觉醒和反抗的过程,变成了一个官逼民反的崭新故事。

二、改变情节

寓言故事的"简单"主要体现在情节的简略上,因此可以根据主题需要进行调整,特别是进行充分的补充,从情节到细节,不断丰富文本。在对寓言故事进行改编的时候,势必会对原始情节进行整合修改,加入一些作者认为必要和可能的事件,注入现代气息,表现时代精神。这一点是在故事改编时,作者最容易操作的。比如中国四大民间传说"牛郎织女""白蛇传""梁山伯与祝英台"和"孟姜女",它们的早期文本都极为简略。"白蛇传"来自唐传奇《李黄》故事,在后来的发展中,其情节不断增加,踵事增华,历经《西湖三塔记》《义妖传》《白娘子永镇雷峰塔》等文本才变成了今天我们熟知的故事。庄子寓言中的"梦髑髅"通过庄子和髑髅的对话,流露出浓郁的厌世思想,通过髑髅对死后世界的快乐和人世痛苦的对比,表达了生不如死的观念。余华的《第七天》从故事结构到主题思想和"梦髑髅"有着深刻的联系,是"梦髑髅"故事在今天的重新演绎,增加了许多新的情节。

三、改变时空背景

中国寓言故事发生在古代,带有鲜明的时代背景,表现的是古代人的精神状态和价值观念。如果将其放置在现代语境中,就会和当代人的精神碰撞,产生反差效果,犹如堂吉诃德到了现代,寓言的寓意也就会发生质变。鲁迅《故事新编》中的几篇重写故事,通过嵌合与有意误植的方式,使时空"古今杂糅",把现代的语境、事件、现象直接移植到古代的语境中,从而在文本中构成了明显的古代与现代的张力。这种叙述形式,源于作者深刻的对现代与历史的洞察方式,赋予了故事一种独特的深度和历史感。比如《故事新编》中的《起死》一篇,就是对庄子寓言"梦髑髅"的改编,鲁迅将这个原本古代的故事背景放到了现在,改变了原先髑髅为主的状况,鲁迅用当时的相对主义思想重新武装了庄子,通过庄子对髑髅的反驳,改变了原先寓言生不如死的厌世主题。将寓言故事的时空背景放置到现代,就需要用现代人的思维和思想去观照古人,从而表达今人对生活的理解和认识。

四、改变人物形象

改编寓言故事时都会涉及改变人物的情况,如将次要、边缘人物变成主角,但最重要的是改变和重塑人物的性格,因为性格是人物最核心的要素。寓言中的人物是一个高度符号化的形象,人们对其的认识、情感是恒定的。改编者往往把寓言质朴、简洁的"本事"丰富,把非现实的、理想化的、假定性的性格,改写成一种真实的、现实性的性格,让符号化的形象变成血肉丰满、心理情感复杂生动的形象;让被动的、失语的客体化的形象,变成拥有自己话语权的形象。作者重置情节,铺张场景,刻画细节,重述文本中的形象立起来了,新的主题意蕴也就应运而生。我们可以从今天普通人物的视角去重新看待古代寓言中的人物,赋予人物新的时代意义。庄子寓言"梦髑髅"的故事在后世有着众多的改编,特别是明代,出现了众多改编的小说和戏曲。当时天下太平,人们对原来反映乱世生不如死的故事感到不解,纷纷将其改写,改变故事的人物形象去表达新的理解。比如明末清初小说《续金瓶梅》第四十八回"莲净度梅玉出家,瘸子听骷髅入道"一节中,作者丁耀亢对"梦髑髅"故事有详细的描写,而且对此故事进行了较为成功的改编,人物性格更加生动,情节也变得曲折。在《庄子》中,髑髅复活仅是庄子的一个设想,而在小说《续金瓶梅》中,骷髅被庄子救活,复生为人。同时,髑髅入梦自述一段被删去,取而代之的是重生后的骷髅与庄子发生了纠葛,人物由庄子与骷髅变为庄子、道童、骷髅和县官四人。骷髅复活环节描写非常细致,庄子用三枝杨柳作骷髅的肋骨,骷髅重生后赤身裸体,向庄子讨衣服穿,穿好衣服后竟然诬告庄子谋财害命,拉他到县衙告状,最后庄子不得不用法术让骷髅现了原形,化清风而去。这个故事已经很完整,情节也有始终,形式虽为说唱,称它为短篇小说一点也不过分。最后人物性格鲜明,骷髅重生后名为武贵,故事发生地是洛阳。至此,庄子形象由《庄子·至乐》中的哲学家变为会法术的道士,并且仁慈行善。骷髅复活后却成为恩将仇报的小人,阴险狠毒,立于纸上,小说对其刻画非常细致,如:"那汉子把眼圆睁,将身一挺……那汉子眼中流泪,口内声冤,将前话哭诉一遍,说庄子用药谋死其命,尽劫资财,现有毒药葫芦邪水为证。"作为配角的县官语言也较个性化,整个故事与生死观联系不大,已经蜕变成一则坏人恩将仇报的故事,与中山狼故事主题类似。

五、借鉴原型

改编寓言故事一般会选择具有很强故事性的寓言,叙述会聚焦于高潮,新的文本也会在原故事结束的地方结束。但有些寓言因为短小或其他问题不适合直接改编,那么,可以借鉴寓言的故事原型,重新演绎。比如庄子寓言的"相濡以沫"故事就过于简单不适合直接改编,但是其故事内在的矛盾、蕴含的深刻哲理,非常适合再度创作。一对相爱的恋人面临绝境,是相濡以沫还是相忘于江湖?这艰难的选择至今也没有答案。比如《伤逝》《致我们终将逝去的青春》《爱乐之城》等文本中都有一个这样的"相濡以沫"的原型在。因此,众多的寓言故事,如"东食西宿""梦髑髅""庄生梦蝶"等都可以从化用原型的角度来再度开发。

上述这些改编寓言故事的方法和路径,并不是独立的,而是相互融通、共生共存的。在很多改编文本中,作者运用多种手法,处理寓言的预设意义,从固有的符号学与认识论模式中突围出来,赋予其现代意义和新的价值。

课堂研讨

1. 根据自己的学习经验,谈一谈东西方寓言有什么差异。
2. 寓言改编小说的难点在什么地方?
3. 讨论小说《金阁寺》中的"南泉斩猫"这则佛经寓言和小说主题之间的关系。
4. 讨论大家熟知的中山狼寓言故事古今中外的文本有哪些不同。

实践训练

1. 围绕一则寓言故事,比如《风俗通义》的"东食西宿"或者《黔之驴》,按照本章所讲的方法策略,尝试将其改编为短篇小说,然后研讨故事改编的侧重点和改编效果。
2. 每位同学找一部使用了寓言素材的小说,分析寓言故事在小说中发挥的作用。
3. 请使用寓言故事作为谈话的资料与同学聊天,感受寓言故事在表达中的效果。

拓展链接

1. 成云雷:《庄子:逍遥的寓言》,上海古籍出版社 2016 年版。
2. 陈蒲清:《中国古代寓言史》,湖南教育出版社 1983 年版。
3. [阿根廷]科塔萨尔:《动物寓言集》,人民文学出版社 2011 年版。

第十三章 地域文化资源与文学利用

[学习目标]
1. 初步了解我国各地文化资源的开发现状。
2. 学习传统文化中文学形象的影视化创作。
3. 掌握文化资源开发所遵循的思路和方法。

第一节 地域文化资源概况

中国地大物博,遍布高山大川,各地风土人情不同,民族多样,地域文化丰富多彩,皆是文学创作可资借鉴和开发的宝贵资源。小说创作的三要素包括情节、人物和环境,可见环境之重要,而地域空间就是一种基本而重要的背景环境。中国的地域特色在文学作品中得到了充分展现和书写,形成了多姿多彩的地域文学。地域不仅是故事上演的空间,也是作家成长的空间,更是读者欣赏的空间。因此才有京派和海派,才有上海和香港的双城记,才有塞北和江南的差异。鲁迅的鲁镇,沈从文的凤凰,老舍的北京,张爱玲和王安忆的上海,阎连科的耙耧山,叶兆言、苏童和毕飞宇的南京,路遥的陕北,贾平凹的陕南,陈忠实的关中,他们都各具特色,与众不同。那么可资开发利用的地域文化资源都有哪些呢?

一、地域自然环境

辽阔的中国大地,不同地区的历史地理条件、经济基础和要素禀赋孕育了各地独特的文化基因。地域自然环境首先就是各地独具特色的自然风光,塞北的黄沙大漠、茫茫草原,江南的杏花烟雨,成为文学书写和表现的重要意象,也是塑造故事发生和人物生活空间的重要资源。陕北邻近宁夏的毛乌素沙漠形成了大漠风情,而秦岭南麓与四川接壤的陕南,则有着鲜明的南方风情。一些高海拔地区,形成了山川深林、高山大漠,滋养高原和游牧文化,有些地区与少数民族交流融合,形成了农耕文化与草原文化、游牧文化共存共生的局面。① 帝陵也是一种重要的文化资源,仅陕西地区就存有帝陵七十余座,主要有炎帝陵、黄帝陵、周文王陵、周武王陵、春秋战国时数代秦王陵、秦始皇陵、汉陵 11 座及唐陵 18 座等。伴随帝陵而出的有碑志、壁画、雕塑、服饰等不同时代的丧葬文化。此外还有多种因素形成的丰富多样的少数民族特色文化,如受波斯阿拉伯音乐影响的新疆维吾尔木卡姆艺术,西藏的宫堡式建筑群布达拉宫,融汉、白、彝、藏、纳西族等各民族精华而建的云南丽江古城,等等。

地域文化资源在影视开发中的表现十分出色。《妖猫传》和《长安十二时辰》中对长安的书写是对长安这一地域资源的充分开发和展示。电视剧《装台》改编自陈彦同名小说,聚焦既有现代气息又历史韵味悠长的古城西安"装台人"这一特殊群体和"城中村"这一特殊空间,通过他们的装台人生,讲述普通民众悲欢离合、酸甜苦辣、温暖真切的日常故事。《装台》大量运用了西安的地域文化资源,例如西安的各种自然景观、文物古迹、地理标志。与之类似,电视剧《白鹿原》也充分展示和利用了西安这一地域特色资源,形成了显著的特色。作品以西安的"原"这一典型的地域自然景观作为背景展开故事,通过大量引入自然风光和文化元素,使虚构故事与现实世界构成互文,叙事张弛有度,处处闪烁着生命与文化思考的亮光。河北中部的白洋淀,是红色历史文化氛围浓厚的影视拍摄地,《小兵张嘎》的故事原型来自白洋淀的雁翎队,《荷花淀》《新儿女英雄传》等红色影视剧也以白洋淀的人与景作为故事素材。而很多通俗小说中的人物也被当代人赋予新的生命,活跃在影视作品中。

二、地域传统历史与文化资源

一个地方有一个地方的文化和历史,这也是地域文化资源的核心内容。西安有周秦汉唐等 13 个王朝建都,历史资源丰富,留下众多历史遗迹和历史故事。比如《大秦帝国》《芈月传》《皓镧传》是对秦文化的开发,根据汉代历史开发的小说影视剧则更多,数不胜数,《武则天》《唐明皇》等影视剧则是对唐代历史资源的开发。除了这些重要历史人物的故事,史书记载中还有很多小人物、普通人物的故事等,同样可深入挖掘。此外,各地还有民间故事广泛流传,也是文学开发的重要资源。贾平凹在他的小说中充分融入了陕南的地域文化元素,特别是许多当地神奇的民间故事,如《商州三录》系列,形成扑朔迷离的意境。

文人对地域文化的书写则造就了独特的文学地域,成为文学旅游资源的核心之一。这些旅游资源大体可以分为四类:一是文学遗迹,如故居(旧居)、祖居、祠馆(如纪念馆、纪念堂、纪念室、祠、庙)、墓葬、暂住地(如学习地、工作地、活动地)等。文学能够为自然旅游资源增添人文美。作家总是在记述本人行踪的过程中,或回忆当时的历史人物和历史事件,或赞美当地的自然景观和人文景观,或描述当地独特的风土人情和民风民俗。湖北省的赤壁景区因苏轼的《念奴娇·赤壁怀古》和《赤壁赋》而闻名遐迩;因为朱自清的《桨声灯影里的秦淮河》,秦淮河已经成为南京旅游的重要名

---

① 任保平,等.西部大开发 20 年[M].北京:社会科学文献出版社,2019:407-430.

片,吸引着众多旅游者前往感受江南风情;重庆根据罗广斌、杨益言的小说《红岩》开发的"红岩连线"旅游专线,成为一条红色旅游经典路线。郁达夫有诗写道:"江山也要文人捧,堤柳而今尚姓苏。"不朽的文学作品往往会赋予旅游景观以一种精神或气概,并传递给到此游览的旅游者,从而提升其人文精神。现在,很多作家的出生地、学习地、工作地等都被开发成了旅游景点,旅游者通过到作家故里旅游,追寻作家的足迹,从而与作家进行精神上的交流和对话。这既能够提高旅游景观的人文价值和文化品位,又能够加深旅游者对这些文学作品的理解,并获得丰富的社会和历史知识。北京围绕"恭王府为大观园旧址"之说做足文章,兴建了一处大观园并在此拍摄了电视剧《红楼梦》。江苏南京则在江宁织造府遗址上复建了江宁织造府博物馆、曹雪芹纪念馆、红楼梦文学史料馆等。江苏无锡将电视剧《水浒传》《三国演义》的拍摄地开发成了影视城。西安也借着影视剧《白鹿原》的拍摄和热播而开发了白鹿原影视城。可见,文学作品中虚构或虚实相生的人物、场景、情节可以变成实实在在的旅游产品,从而为地方旅游业的发展另辟蹊径。

总体来看,中国的地域文化特点表现出南北方的差异性。在文学创作方面,南方小说注重对人性的描写,语言繁复多样;北方小说则多为现实性的题材,长于揭示人的生存困境,关注民生和政治,语言多标准规范。在戏曲方面,北方戏曲如秦腔是"吼"出来的,戏剧表演以历史剧居多;而南方的戏曲则讲究一唱三叹,戏剧多取材于民间传奇、才子佳人。北方的粗犷美和南方的婉约美形成鲜明的对比,但都属于中华优秀传统文化宝库中的瑰宝。

三、地域现代文化资源

现代中国的历史发展也造成了新的地域文化资源,红色文化资源就是其中之一。井冈山、遵义、延安等成为拥有丰富红色文化资源的代表城市。例如延安的多处革命遗迹、各类博物馆、流传的红军和革命领袖的故事、跟红色文化相关的新的民俗、服装、饮食等,都值得挖掘和开发。整合利用红色资源,不管是文旅开发,还是文学创作都大有可为。当前政府也极为重视并扶持弘扬红色文化,相关文化产业也发展壮大,潜力巨大。红色经典的文学开发正在积极谋求与红色旅游市场相结合的生存之路,许多红色城市从丰富文化内涵、创新发展模式等角度积极寻求红色旅游与扶贫开发、休闲度假、节庆演出等发展的路径,以最大限度挖掘其乡土文化底蕴。诵读文化经典的各类活动若能在网络时空中与文化旅游形成互动,既不流于形式,又借助新技术实现红色文化的科普功能,引领数量众多的网络群体沉浸式体验红色文化,感知革命人物,参与旅游互动,这将为红色文化传承增添极其强大的动力。

四、地域民俗资源

我国是一个多民族的国家,有着丰富多彩的民俗活动,这些民俗也成为文学书写的重要资源。比如我国节日众多,而各地的节日又关联特定的文化内涵,和当地的风土人情、文化底蕴紧密相连。端午的龙舟和粽子文化、七夕的鹊桥乞巧文化、中秋的赏月文化、春节的过年文化等,各种民俗又和宗教、历史、人文紧密联系。如七夕文化关系紧密的牛郎织女故事,源远流长,枝繁叶茂,成为一个故事大类。我国各个省市在民族风俗集中的区域,通过资源整合成立了湖南民俗民居博物馆、云南民俗博物馆等一批民俗博物馆,为游客深入了解地方特色和亲身体验民俗活动提供了平台。有的省市充分发掘当地特色资源优势,举办旅游节庆系列活动。这些活动借助新媒介、新技术,使游客在科技的汪洋中身临其境,获得更为深刻而真切的旅游体验。如 2019 年春节,陕西策划了"西安年,最中国"的一系列中国年活动,以民俗、风情、文化为核心,举办了不夜城、花灯、庙会、社火等丰富的节日活动,并用网络传播出去,借助抖音、微博等观众喜爱的网络平台大展身手。如今各类民俗已使西安成为大 IP。《长安十二时辰》《装台》《大秦赋》等电视剧的播出将陕西地方饮食文化、语言文化和历史文化多渠道输出,人们通过文化娱乐节目了解史实,在灿烂的秦文化中陶冶情操,展望未来。著名秦腔《三滴血》在原剧目表演的基础上自我开发,创新出中国秦腔系列动画片,以及中英双语、图文并茂的故事丛书《漫画三滴血》,以弘扬传统戏曲文化,为秦腔在当下的艰难生存寻得曙光,也为西安这座古城的蓬勃发展增添了一味良方。甘肃的大型经典舞剧《大梦敦煌》在表演中其演员的肢体动作、伴奏的传统音乐融合了甘肃独特的地域风俗和文化特色,极富表现力地传播了当地民俗。由此可见,文艺工作者在记录、挖掘和发展民俗的过程中发挥了不可或缺的重要作用。

越是民族的就越是世界的。21 世纪的中国在实现民族复兴的大目标下鼓励社会各界积极挖掘文化基因,借助技术手段,多形式、多渠道开发自身的文化价值。丰富的地域文化能提供给作品独特的价值,值得认真学习和使用。总而言之,悠久的历史和传统文化资源是中国走出国门的软实力,我们要汲取传统文化资源开发的经验,让地域文化在文学创作中发挥重要作用。

第二节 地域文化资源的文学利用的基本思路与方法

地域文化资源对文学创作至关重要,对其开发和利用的思路与方法可从多个方面和角度切入,大略如下。

一、利用地域文化构建文学发生的背景与空间

对于文学创作而言,可以充分利用地域文化资源建构文学发生的地理空间。文学故事总是要发生在一定的空间背景里,而空间背景又对文学故事的发生有着重要的限定和约束作用。塑造好的背景环境、时代特征,不仅可以解释文学故事发生的深刻原因,也有利于塑造人物性格。所谓一方水土养一方人,首先要精心挑选具有地域鲜明特征的景观、物象来描写。塞北的大漠黄沙,一望无垠的戈壁滩、大草原,"大漠孤烟直,长河落日圆",雄伟壮阔的景色适合展示不受约束,游离在现实之外的旷野世

西安历史资源文学开发的思路与方法

界。中国西部电影,如《新龙门客栈》《双旗镇刀客》《无人区》等无不如此。陕北的黄土高原,人烟稀少,缺水少粮,生存艰难,在这样的背景下,路遥笔下的高加林不顾一切,即使牺牲爱情也要改变命运的选择就显得合情合理。再比如西藏、云南这些偏远地区的风土人情,喇嘛庙、哈达、布达拉宫、雪域高原的景致与当地独特生活方式息息相关,藏地电影和小说都是通过这些独具特色的地域风景描写与其他地方的作品区别开来,给读者留下深刻的印象,如万玛才旦《乌金的牙齿》等作品就塑造了一个神秘的藏地世界。

王安忆《长恨歌》里,大上海那些鳞次栉比的楼房和一群群飞翔的鸽子,再加上浩荡的黄浦江,一个浪漫慵懒的现代都市悄然显现;莫言小说里是红通通的高粱地,大碗大碗的高粱酒;迟子建笔下东北大兴安岭无尽的深山茂林、白雪、驯鹿,构建了鄂伦春族人的独特空间;徐则臣笔下是淮河风光、花街故事;贾平凹的小说开头总是喜欢详细描写故事发生的具体空间,从空间慢慢才写到人,如《浮躁》《山本》的开头都是如此。总之,选择最具有地方特征的景物物象来展现。

民俗是地域环境鲜明的一部分,也应该在构建故事背景中进行充分展示。民俗文化就是依附在地域环境之上而生成的,二者不可分割。山区道路狭窄,则会如贾平凹《五魁》那样出现背亲的故事;南方多水路,船舶摆渡不可或缺,则会有沈从文《边城》那样的故事;西安周边,不管是城内还是城外,汉唐故地,当地民俗也极具有代表性,如社火、庙会、祭祀、婚丧嫁娶红白喜事等,再加上独特的饮食文化、戏曲文化,以及秦岭独特风貌、峪口等,可以构建一个独特的文化地貌,这些造就了《白鹿原》《废都》《高兴》等佳作。

二、塑造富于地域色彩的人物形象与性格

人物形象的塑造是文学创作的核心之一,钱谷融说文学就是人学,不管是哪种体裁的文学创作,塑造人物都是重点,利用地域文化资源可以塑造富于地域色彩的人物形象。

首先是利用地方资源塑造人物生活的大背景、家庭环境;其次利用民俗文化、习惯来塑造人物的性格。如陕北的信天游、关中八大怪等。贾平凹小说《天狗》讲的是山月的丈夫"井把式"李正,在辞掉徒弟天狗后打井时不幸致残。为摆脱家庭困境和对山月的拖累,李正做主让光棍汉天狗入赘与山月成婚,可婚后三人均套上了精神枷锁。生活在双重痛苦中的李正为成全山月和天狗选择了自杀,这却让活着的人背上了更加沉重的心理负担。天狗一直是贯穿始终的人物。他自走进师傅家,就担当起了这个家的重任,他心中的酸楚、对山月的爱、因尊重李正而不愿"越雷池一步",通过三位主人公曲折的命运,表现出三个善良人的生活遭遇和对命运的无奈。这个故事中就涉及陕南地区的一个旧俗"招夫养夫",这种陋习虽不合法,在当时的情况下却是合情合理的,这就构成了故事得以展开的基础。最后,要特别注意地域空间对人物性格的限制和影响,发掘地域文化和人物之间的互动关系。《卧虎藏龙》讲述侯门千金玉娇龙和江湖强盗罗小虎身份悬殊,在大漠草原这样权力之外的空间里,二人就产生了爱情,可一旦回归到京城这样权力的空间里,二人的感情就面临考验。大漠和京城

构成了对立的两个文化空间,作者通过各种资源描写出了二者的巨大差异,推动了人物性格和故事的发展。

三、地域传说故事在创作中的活用

地域传说故事丰富多彩,是文学改编创作的宝库。比如西安南边的秦岭有72个峪口,每个峪口都有属于自己的传说故事,这些故事具有地域独特性。比如子午峪还流传着唐代高丽人金可记建立金仙观的故事。香积寺有关王维的故事,青龙寺关于惠果传法日本僧人空海的故事就出现在了小说《妖猫传》里。地域名人、历史传说在发展中也会衍生中许多相关故事,也是可以开发利用的宝贵资料。

一些独具母题特色的民间传说尤其值得关注。比如牛郎织女的故事,据赵逵夫考证,诞生于天水,在当地产生了大量传说,历代历朝不断变化,成为一大类型故事。这些故事在同一个母题目下,在不同地域会产生许多变形,值得认真整理研究。

四、地域方言与语言风格的锻造

语言是文学创作的基础,对于文学创作来说,仅仅依赖口语是不够的,需要提升到艺术的高度。对于大部分人来说,通过多年的教育,熟悉的是一整套普通话的表达。但是仅仅用普通话这一套话语体系,对于文学创作来说是难免有局限,因此,方言就成为文学创作中的重要部分。

不同地域方言有自己专门的词汇、语法,并不能和普通话简单对应起来,这样词汇语法可以起到一种陌生化的效果,造成语言表达的新奇感,还可以借之表达独特的情感,形成独特的风格。很多人认为贾平凹的语言富有韵味,他就是极好地结合了方言。众多陕西地方词汇出现在他的小说中,独特的语句形式,感叹词都增加了小说的语言魅力。王安忆的语言、沈从文的语言、阎连科的语言,甚至莫言的语言都和方言文化密不可分。

五、地域现代文化和传统文化相结合

21世纪以来,中国社会急剧转型变化,各地不断形成新的文化景观,产生了新的文化资源,这些资源应该进入文学创作者的视野。新的资源往往和现实的关系更加紧密,因此是很实际的可资利用的资源。比如因为基础设施建设和或者扶贫而导致的易地搬迁,就形成了新的文化现象,电视剧《山海情》就有充分的展示。东北作为曾经国企遍布的地区,在下岗潮的影响下,形成了独具特色的城市文化,这种文化在班宇、双雪涛、郑执等人的小说中得到触目惊心的展现。他们的小说聚焦东北下岗工人村和城市边缘地带等独特的空间,描写生活在这里的下岗工人和他们的子女们艰辛的人生。可见,地域文化和人物故事深度契合。沈从文说过,小说要贴着人物写。写人、写人情、写人性无疑是文学的根本诉求。如何刻画和塑造典型人物,在班宇等人的笔下,独具特色的新的地域文化无疑发挥了重要作用。

第三节　陕北地域文化资源的文学利用：以路遥作品为例

路遥一生著述大多数是小说，作品背景以陕北为主，因此作品中的主人公多是陕北人。英国文化地理学家迈克·克朗在《文化地理学》中说："地理景观不是一种个体特征，它们反映了一种社会的——或者说是一种文化的——信仰、实践和技术。"所以，考察地理景观就是解读阐述人的价值观念。路遥通过小说来塑造陕北这块神奇的土地，以及这块土地上生活的人们的形象，又通过对地域风情和人物的塑造，表达自己对世界的认识与观点。同时，路遥通过文学语言，对陕北地域文化的精神作了准确的诠释。陕北，特指陕西的延安和榆林地区。在地理分布上，陕北地区它既不属于华北，也不属于西北，它有其独特的人文地理和自然地理特征，形成了独特的地域文化特征。历史古迹、历史人物、文学艺术、方言民俗、陕北民歌等，这些都是我国陕北人民历史活动和精神活动的重要积累，代表着他们几千年来的人文风貌。总而言之，我们在探究陕北地域文化时，既要探究它同我国其他地区一样的地域文化特征，也要深入体会其独特的地域色彩。路遥就是一位陕北文化孕育出来并不断书写陕北的作家，他的文学创作中表现出了浓郁的陕北地域特色。

一、注重陕北地域自然环境对人物的影响

提到陕北，人们首先想到的是一望无际的黄土高坡，这种典型的自然环境在全国都是独具特色，造就了陕北的独特风貌，也成为陕北文化形成的基础。黄土高原光秃秃的群山、漫天黄沙、贫瘠的土地、雨水的稀少、地广人稀等因素形成了陕北艰苦的地理环境，也造成了民生的艰难。从小说写作的角度来看，人物的行动必须有足够的动机，故事发展的核心之一是设置冲突，展示剧中人物的选择和行动，从而展示人物的性格。而在人物动机的形成及戏剧情境的塑造中，特殊环境都是重要因素。陕北这种艰苦的地域风貌，特别适合塑造情境，因此在路遥的文学作品中发挥了重要作用。《人生》中故事发生地之一就是陕北高原上的高家村，这是一个典型的陕北村子，土地贫瘠的生活艰苦，有限的资源造成了激烈的竞争，路遥在故事中详细展示了这个村子中村民的艰苦生存环境，为高加林不顾一切想要逃离村子进城制造了足够的动机和推动力。《平凡的世界》中孙少平生活的农村也是一个典型的黄土高原，路遥详细描写了由于土地贫瘠造成的当地人生活的困顿，孙少平高中求学时期的学校、窑洞和与之相应的贫寒生活，都成为孙少平立志走出农村的推动力。不仅如此，《人生》和《平凡的世界》中都有一个农村和城市对立所形成的几乎无法跨越的城乡差异，这种差异既是一种由一定时期国家制度导致的差别，同时也表现为一种环境上的巨大差别。艰苦贫寒的农村和富足的城市在路遥的小说中差别巨大，在陕北这种极端的地域环境下，显得触目惊心，难以跨越，因而就形成了故事主人公去挑战的巨大障碍，进而塑造了故事情境和冲突。《人生》中的高加林为什么宁愿牺牲爱情也要去城市，只有在

这种地域环境中才能理解。《人生》中因高原缺水，高家村只能吃池塘的死水，进而造成水污染，高加林和巧珍因为一起治理污水加深了感情。高加林和巧珍分手的场景是小说中最让人印象深刻的部分，作者把这个场景的发生地设置在延河大桥这个独特的地方，桥是连接农村和城市的建筑，一边是落后的农村，另一边是象征文明的城市，具有特殊的象征意义，作者善于利用这种地域环境来构建情节。

二、对陕北地域的道德和制度的展示

陕北并不是像西部电影如《双旗镇刀客》或《新龙门客栈》那样的法外之地。陕北历史上虽属胡汉杂居之地，但也有着浓厚的道德和制度制约。在陕北形成的文化中，这种文化特质也是明显的。路遥善于在小说中塑造质朴敦厚之人，如《人生》中德顺老汉的形象。路遥也善于在小说中塑造温婉坚韧又善解人意的女性形象，如巧珍、田润叶、胡秀莲等女性。这体现了陕北传统道德和文化对路遥的影响。另外，由特殊地域所导致的地域权力结构，比起省城西安所在的关中和相对富足的陕南也有不同，家族势力等在陕北更加盘根错节，路遥在《人生》和《平凡的世界》中也非常注意对这种地域文化的反映和书写。

三、陕北服装民俗和民居在路遥小说中的利用

陕北是一个地域特色鲜明的地方。陕北地域文化是我国农耕文明与游牧民族相结合并经历不断的融合形成的。千百年来，这里经历了民族的征战与融合，形成了不同于其他地区的独特民俗风俗。尼日利亚伊博族小说家齐诺瓦·阿切比曾说过："没人能了解他所不熟悉的语言背后的文化。"用这句话来形容路遥的小说再适合不过了。通过路遥的小说，我们可以深入了解这种陕北独特的民俗文化。有人说："服饰是穿在身上的历史。"长期以来，陕北人着装方式独具特色，冬天穿皮袄或者棉袄，夏天穿土布衣裙，头上经常蒙白羊肚手巾，腰上系着红裤带。具体到小说《平凡的世界》中，路遥写道："少平索性把他那卷破烂铺盖也送给了'萝卜花'——可怜的'老萝'就一领老羊皮袄伴随他度夏过冬，连个被褥也没有。"服饰的特色也揭示了陕北地区的艰苦和贫困，是人物性格的外在展示。除了服饰，路遥在小说中还多次描写了陕北的窑洞。众所周知，窑洞是陕北地区尤其是黄土高原上常见的民居形式，直到今天还有许多陕北人住在窑洞里，这种古代北方少数民族的生活特色延续至今。路遥在《平凡的世界》中有这样写道："秀莲听他说完，在被窝里抬起半个光身子，高兴地说，'如果能赚这么大一笔钱，那咱们不光能打土窑，就是硬箍几孔石窑洞也够了！'"从这段话的描述中，我们能够体会到小说中塑造的人物对窑洞的向往和追求，在他们看来，窑洞是家的象征，有了钱他们第一件事就是要打窑洞，创造一个属于自己的家。

四、陕北方言在路遥小说中的表现

方言是作家们的母语，杰出的作家都能结合自己从小熟悉的方言创作出属于自己的独一无二的文学语言，路遥也不例外。路遥出生在陕北，一生中大半时间都生活在陕北，因此他的语言文化中具有丰富的方言词汇。《人生》和《平凡的世界》等小说

处处体现着这种方言文化,如"秀莲给他换了'见人衣裳',又烧了半锅热水,让他把满头的土垢洗干净……""常有林是上门女婿,就是丈人有心帮扶他们,'挑担'会不会从中作梗?""他要利用中午别人睡觉的时间来营务自己的庄稼"。路遥笔下塑造出来的每一个人物都鲜活地运用着地道的陕北方言,充分符合其所塑造的人物个性,也进一步地展现了人物的真实和淳朴。陕北方言的大量使用让路遥的小说语言鲜活起来,带上了自己的个性特征,形成流畅自然、耐人寻味的风格。

五、陕北民歌的利用

陕北民歌"信天游"独具特色,是重要的地域文化资源。作为小说等作品中一种插入的文本,这些民歌具有多种叙述功能,既能烘托情绪,也能暗示人物命运。路遥在小说中大量使用陕北民歌来构建情节。在《平凡的世界》中,作者数十处引用了陕北民歌。这些民歌的引用,在一定程度上增强了作者情感的表达。以《平凡的世界》中的《冻冰歌》为例,这首歌在小说中先后出现了五次之多,是小说内容上不可缺少的重要组成部分,具有强烈的暗示功能。当润叶和孙少安到县城外散步时,山野里传来了一阵女孩子唱的"信天游":

> 正月里冻冰立春消,
> 二月里鱼儿水上漂,
> 水呀上漂来想起我的哥!
> 想起我的哥哥,
> 想起我的哥哥,
> 想起我的哥哥呀
> 你等一等我……

这些陕北民歌具有鲜明的源自《诗经》的表达手法,特别是比兴手法的广泛使用,它们往往通过外在景物来传递人物内心的情感。这首陕北民歌,歌词透露了润叶当时的心情,既缓和了故事原本紧张的情节,又增强了抒情功能,使读者能产生深刻的共鸣。

除了爱情主题的民歌,全书中还有很多其他类型的民歌,都深化和丰富了作品内涵。如王满银和田万有这两个角色,前者在孙少安和贺秀莲的婚礼上唱出:"上山里核桃下山里枣,孙少安好像个杨宗保。前沟里韭菜后沟里葱,贺秀莲好像个穆桂英……"这首歌告诉了读者孙少安和贺秀莲二人的般配和恩爱,也暗示了二人后续的命运。而田万有的歌声则更有特色,体现出了陕北独特的民间文化,比如天气干旱求雨的《祈雨调》,歌词中充满了对干旱的恐惧,还有对苍天的祈求,这首歌体现了陕北"十年九旱"的事实,以及陕北人因干旱而迷信的事实。

"上河里(哪个)鸭子下河里鹅,一对对(哪个)毛眼眼望哥哥……"这句歌词来自《人生》当中《叫一声哥哥快回来》,"鹅"和"哥"谐音,一语双关。双关是民歌中惯常的用法,意味隽永,正是在两次这样的歌曲背景下,高加林和巧珍恋爱了。歌词含蓄委婉地传达了高加林和巧珍的生长环境,道出了他们此时此刻在身份上的般配。只是后来黄亚萍的出现使高加林另择新欢。其实,这个结果在歌词里也有所暗示,上河的鸭子下河的鹅,二者一上一下是失之交臂。在这部小说中,还有多处充满地域风情的民歌,比如旅店老板灵转姑娘的"走头头那个骡子呦三盏盏灯……"是她在等待自己的爱人时所唱,表达了她心中的期盼。总之,路遥利用民歌,如同《红楼梦》中的诗词灯谜,暗示人物命运、衬托人物的性格,同时也具有独立的审美价值。

六、陕北民间婚丧习俗等资源在小说中的利用

陕北独特的地域造成了许多独特的民间习俗,涉及婚丧嫁娶各个方面,成为可资利用的重要资源。路遥在小说中对婚丧嫁娶等习俗有着许多书写。如《平凡的世界》中,虽然孙少安和贺秀莲婚礼相对简朴,但应走的流程一个不落。婚礼前一晚的荞面饸饹,寓意新人永结同心。婚礼宴请了众多宾客,还有一位不请自到的叫花子,按照陕北乡俗,有叫花子来参加红白喜事是吉祥之兆,这恰是陕北地域所独有的风俗,路遥充分地利用这一风俗,写出了一场与众不同的婚礼。以前陕北乡村男女婚姻的缔结一般不以个人感情为基础,主要靠父母做主,媒人引见。因此,自由恋爱往往无法获得皆大欢喜的结果。巧珍的父亲刘立本无法接受女儿与高加林的自由恋爱并坚决反对他俩的婚事,觉得与贫寒的高家结亲,自己颜面尽失,他相中了家境殷实的马栓,在巧珍父亲的言行中解读到的不仅是陕北婚嫁礼俗中门当户对的观念,还呈现出长期顺从落后的习俗而形成的愚昧、保守的心态。这些传统是约束陕北人民行为的一道红线,不能逾越。而这种民俗恰恰也成为构建矛盾冲突的重要力量,成为爱情的阻力而发挥塑造人物和情节的作用。

此外,陕北地区还有许多独特的风俗传统,如独特的饮食文化等,对它们的利用可以丰富文本、构建情节。总之,路遥在小说中充分利用了陕北当地丰富的地域文化资源来进行创作,其方法和路径值得我们学习。

课堂研讨

1. 请谈一谈地域文化和文学创作之间的关系。
2. 讨论中国当代文学创作中对地域文化资源的利用情况,以贾平凹、阎连科、双雪涛、班宇为例。
3. 架空小说中的地域背景可以随便设定吗?
4. 分析人物和他所生活的地域之间的关系。

实践训练

1. 回到自己的家乡,通过采访老人的方式,调查和发掘当地的地域文化资源,记录、搜集、整理,为文学创作准备素材。
2. 建构一个独特的地域空间,设定其中特有的文化因素,并在此基础上构思一篇小说,写出大纲。

3. 阅读一部地域色彩鲜明的小说，如陈忠实的《白鹿原》，提炼和整理其中的地域元素，分析它们和小说主题表达之间的关系。

4. 找出自己家乡特有的一项民俗，并以之为核心构建一个故事。

 拓展链接

1. 曾大兴：《文学地理学概论》，商务印书馆 2017 年版。
2. ［法］米歇尔·柯罗著：《文学地理学》，袁莉译，福建教育出版社 2021 年版。
3. 韩蕊：《地域文化与艺术生成：贾平凹与张艺谋》，中国社会科学出版社 2021 年版。

后　　记

编写一本中国化的《创意写作理论与实践》教材,是我们长久以来的梦想。创意写作近年来在中国的蓬勃发展为我们提供了实现这一夙愿的机缘。感谢中国写作学会、高等教育出版社的大力支持,感谢方长安、宋时磊、刘自挥、张晶晶、时俊龙、荀创成、叶也琦等诸位教授、编辑的辛勤付出。同时,也感谢西北大学教务处、西北大学文学院长期以来对创意写作学科全方位的帮助和照顾。更要感谢伴随着创意写作学科一路走来的诸位学界同人和勇敢选择创意写作专业的各位同学,正是你们的陪伴和扶助才使路途的坎坷变成了诱人的风景。本书在编写过程中,汲取和借鉴了中外众多学者的研究成果,在此并致谢忱。

本教材多人参与,历经数年,反复删改,集腋成裘。全书共 13 章,第一至三章构成上编,是"创意写作史论"部分,第一章创意写作基本理论、第三章创意写作方法论由陈晓辉撰写,第二章创意写作简史由安晓东撰写;第四至十章构成中编,是创意写作"分体写作"部分,第四章散文写作由关峰撰写,第五章小说写作由陈然兴、雷勇共同撰写,第六章话剧剧本创作由施鸽撰写,第七章儿童文学创作由梁景岚撰写,第八章融媒体写作由张嫣然撰写,第九章现代诗写作由宋宁刚撰写,第十章旧体诗写作由刘卫平撰写;第十一至十三章构成下编,是"文化资源的文学性开发"部分,第十一章中国古代神话故事与文学创作由邵颖涛、杨遇青共同撰写,第十二章中国古代寓言资源的利用与开发由苏岑撰写,第十三章地域文化资源的文学利用与再开发由王晨佳撰写。其后,安晓东对中编部分作了一定修改并审定文稿,苏岑对下编部分做了重大修改并审定文稿,陈晓辉负责教材的整体设计和框架搭建,以及对上编的修改,最后通读并审定全文,定稿。

虽然我们致力于编写一本高质量的创意写作教材,满足读者的不同期许,但由于本教材涉及的知识面广,文体众多,学科发展时间不长,可供借鉴的资料有限,加上编者水平有限,能力不足,错漏之处自难免除。幸亏创意写作具有鲜明的开放性、包容性和生长性,才能稍微弥补教材的瑕疵,还请各位读者多提宝贵意见,如若今后有修订机会,我们定当弥补本次工作中的缺憾,以更大的热情、更高的质量来回报广大师长、读者的支持和厚爱。

编　者

2023 年 12 月 20 日

郑重声明

高等教育出版社依法对本书享有专有出版权。任何未经许可的复制、销售行为均违反《中华人民共和国著作权法》，其行为人将承担相应的民事责任和行政责任；构成犯罪的，将被依法追究刑事责任。为了维护市场秩序、保护读者的合法权益，避免读者误用盗版书造成不良后果，我社将配合行政执法部门和司法机关对违法犯罪的单位和个人进行严厉打击。社会各界人士如发现上述侵权行为，希望及时举报，我社将奖励举报有功人员。

反盗版举报电话　（010）58581999　58582371
反盗版举报邮箱　dd@hep.com.cn
通信地址　北京市西城区德外大街4号　高等教育出版社知识产权与法律事务部
邮政编码　100120

教学资源服务指南

扫描下方二维码,关注微信公众号"高教社极简通识",学生可学习名校通识课,教师可学习教师培训课程、免费申请课件和样书、观看直播回放等。

名校通识课

点击导航栏中的"名校通识",点击子菜单中的"课程专栏",即可选择相应课程进行学习。

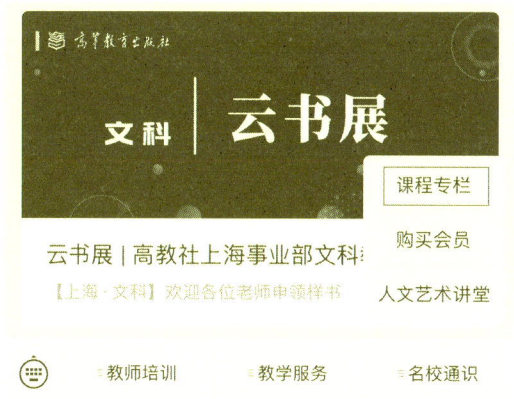

教师培训

点击导航栏中的"教师培训",点击子菜单中的"培训课程",即可选择相应课程进行学习。

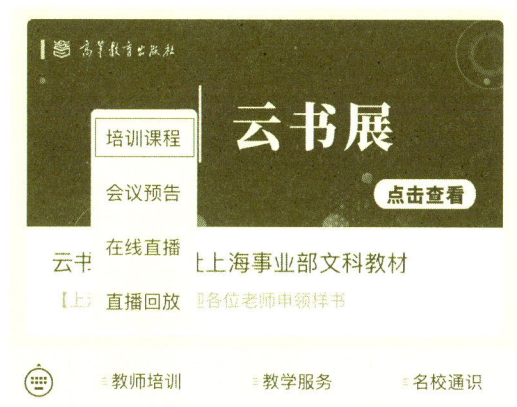

教学资源服务指南

课件申请

点击导航栏中的"教学服务",点击子菜单中的"课件申请",填写相关信息即可申请课件。

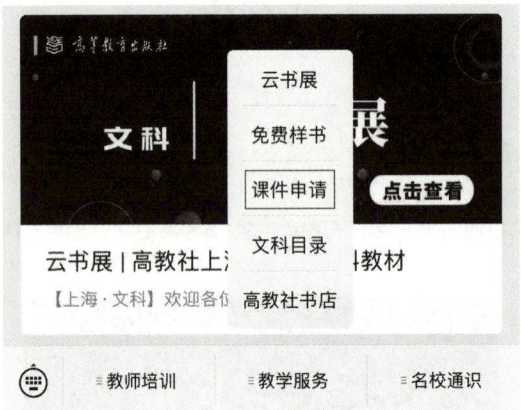

样书申请

点击导航栏中的"教学服务",点击子菜单中的"免费样书",填写相关信息即可免费申请样书。

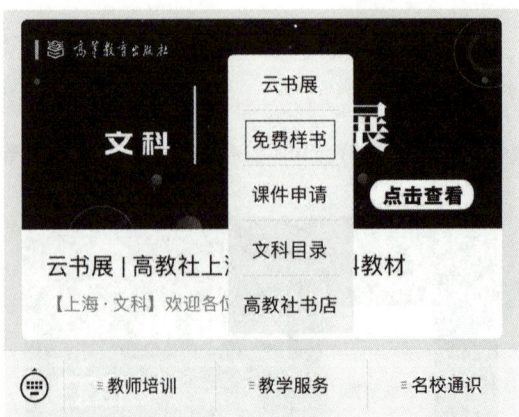